Viktorija Tokarjewa

Die Diva

*Zehn Geschichten
über die Liebe
Aus dem Russischen von
Angelika Schneider,
Monika Tantzscher und
Susanne Veselov*

Diogenes

Originaltitel:
›Не сотвори‹, ›Между небом и земли‹,
›Нам н нужно общение‹, ›Рарака‹,
›Скажи мне что-нибудь на твоём языке‹,
›Нахал‹, ›Рабочий момент‹,
›Летающие качели‹, ›Длинный день‹,
›Старая собака‹.
Copyright © 1995 Diogenes Verlag
Umschlagillustration von Tom Keogh

Inhalt

Die Diva

Seine Frau wollte immer abnehmen, und immer fehlte das Brot im Haus. Wenn Trofimow morgens den hölzernen Brotkasten öffnete, erblickte er dort harte schimmelige Reste voller kleiner Ameisen, und es schien ihm, als seien diese Reste wie sein ganzes Leben: freudlos, ungenießbar, irgendwie beleidigend.

Seine Frau erschien mit schuldbewußter Miene in der Küche und fragte: »Hättest du nicht selber etwas kaufen können? Du weißt doch, daß ich keine Kohlenhydrate esse.«

»Aber du lebst doch schließlich nicht allein«, erinnerte sie Trofimow.

»Doch«, widersprach seine Frau sanft. »Du siehst mich ja gar nicht.«

Das war die Wahrheit. Trofimow liebte eine andere Frau. Sie hieß Silvana, und sie lebte in Rom. Die beiden hatten keine, oder doch fast keine Zukunft. Es gab nur eine Vergangenheit, und selbst diese Vergangenheit betraf, wenn man ehrlich war, ganz allein Trofimow.

Trofimow hatte Silvana in dem italienischen Film *Alles über sie* gesehen. Sie hatte die Hauptrolle gespielt, und dann waren in Moskau keine weiteren Filme mehr mit ihr gezeigt worden. Vielleicht hatte Silvana die Schauspielerei ganz aufgegeben, aber vielleicht filmte sie auch weiterhin, und nur ihre Filme wurden nicht mehr gekauft. Trofimow hatte sie nur ein einziges Mal gesehen. Er war damals fünfzehn Jahre alt gewesen und ging in die achte Klasse. Silvana war groß, üppig und edel wie ein Rassepferd auf der Kinoleinwand erschienen. Sie hatte riesige, unnatürlich schöne Augen und Zähne – so weiß und gerade, wie sie in der Natur sonst nicht vorkommen, da die Natur kein Juwelier ist und Fehler durchaus zuläßt. Silvana war die Vollkommenheit, der Triumph der Natur. Sie hatte einen gewöhnlichen, durch nichts bemerkenswerten Kerl umarmt, ihn mit ihren vollen, weißen Armen an sich gedrückt. Dann hatte sie geweint, war in Verzweiflung ausgebrochen, und aus ihren wunderbaren Augen waren Tränen gerollt – ebenfalls groß und glänzend, wie Diamanten.

Fünfzehn Jahre – das ist das Alter der Erschütterungen. Silvana hatte Trofimow in direktem wie übertragenem Sinne erschüttert. Schüttelfrost hatte ihn übermannt. Er konnte sich nicht von seinem Platz erheben.

»Was ist denn mit dir los, bist du krank?« hatte sein Freund und Klassenkamerad Kirka Dodolew gefragt.

Trofimow hatte nicht geantwortet. Er konnte nicht sprechen. Irgendwie tat sein Hals weh. Silvana war in ihn eingedrungen wie eine Krankheit, ein goldener Staphylokokkus, von dem man, wie die Ärzte versichern, den Organismus nur sehr schwer, ja fast überhaupt nicht heilen kann. Er nistet sich für immer im Menschen ein. Manchmal schweigt er, und dann scheint es, als gäbe es ihn gar nicht. Aber er ist da. Und er macht sich in den allerunpassendsten Momenten bemerkbar.

Nachdem Trofimow die Schule beendet hatte, ging er zur Universität, auf die Fakultät für Journalistik, in der heimlichen Hoffnung, man würde ihn nach Italien schikken, damit er Silvana interviewte. Alles würde mit diesem Interview beginnen. Vielmehr hatte für ihn alles schon früher angefangen, damals, als er fünfzehn Jahre alt gewesen war. Aber für sie würde es mit diesem Interview beginnen. Trofimow lernte Fremdsprachen: Italienisch, Englisch, Japanisch – vielleicht würde Silvana sich mit ihm auf japanisch unterhalten wollen.

Jede Sprache ähnelt ihrem Volk, und während sich Trofimow in den Klang der fremden Worte vertiefte, erlauschte er das andere Volk, wurde mal ein bißchen zum Engländer, mal ein bißchen zum Japaner.

Um nach Italien zu kommen, mußte man nicht nur einfach Journalist sein, sondern ein guter Journalist. Trofimow lernte viel, er lernte die verschiedensten Dinge und wandelte sich vor den Augen seiner erstaunten Eltern von einem Faulpelz zu einem Arbeitstier. Später wurde ihm sein Arbeitseifer zur Gewohnheit, und er kehrte nie wieder in die Haut des Faulpelzes zurück.

Am Ende des dritten Studienjahres erhielt der zwanzigjährige Trofimow für die beste Reportage den ersten Preis der Zeitschrift ›Smena‹, und sein Foto wurde auf der vorletzten Seite veröffentlicht. Die Aufnahme war zu dunkel und mißglückt, aber dennoch war es sein Gesicht, das da in einer Auflage von mehreren tausend Exemplaren zu sehen war. Es hatte sich sozusagen von Trofimow gelöst und gehörte nun der gesamten Menschheit. Dieser Umstand brachte ihn Silvana näher. Sie waren fast ebenbürtig.

Trofimow lud alle Studenten seines Semesters ein, und sie gingen in ein Restaurant, um das Ereignis zu feiern. Es wurde eine ausgelassene und laute Feier. Hoch und heilig versprach das Leben einem jeden Ehre, Liebe und Unsterblichkeit. Aber plötzlich, auf dem Höhepunkt der Feier, tat sich vor Trofimow ein Abgrund auf. Offensichtlich war der goldene Staphylokokkus aus einem Winkel seines Organismus herausgekrochen und spazierte nun durch die Hauptverkehrsadern seines Körpers. Urplötzlich begriff Trofimow: Welch unbedeutende Kleinigkeit mußte das für Silvana sein – der Preis der Zeitschrift ›Smena‹ und ein Honorar in Höhe von vierzig Rubeln nach dem alten Kurs. Trofimow wurde alles gleichgültig. Er bemühte sich, sich vor seinen Freunden diese Stimmung nicht anmerken zu lassen, um ihnen das Fest nicht zu verderben. Denn wenn er zu erklären versucht hätte, was in ihm vorging, dann hätten sie ihn nicht verstanden und vielleicht sogar verprügelt.

Nach dem ersten Preis erhielt Trofimow einen zweiten – den Preis des ›Goldenen Stiers‹ in Bulgarien. Danach einen Preis der Vereinten Nationen. Und dann hörte Trofimow auf, die Preise zu zählen. Er war einfach ein guter Journalist geworden. Man nannte ihn sogar scherzhaft ›die goldene Feder‹. Aber welch unbedeutende Kleinigkeit war das alles für Silvana . . .

Lange Zeit konnte Trofimow sich nicht verlieben, und lange Zeit konnte er nicht heiraten, denn alle Anwärterinnen waren wie kleine Pfützen und Bächlein, im äußersten Falle wie Flüsse im Vergleich zum Ozean. Seine Liebe zu Silvana machte Trofimow unnahbar für andere Frauen.

Und Unnahbarkeit läßt nicht nur Frauen, sondern auch Männer außerordentlich anziehend wirken. Trofimow schien schön, geheimnisvoll zu sein – und vom Leben enttäuscht wie Lermontow. Die Frauen fielen ihm in direktem wie übertragenem Sinne des Wortes zu Füßen. Eine von ihnen sank direkt auf der Eisbahn vor ihm nieder, wobei sie ernsthafte Verletzungen riskierte, denn Trofimow raste – wie ein Auto der Marke Pobeda – mit einer Geschwindigkeit von sechzig Kilometern pro Stunde über das Eis. Trofimow stolperte über das Mädchen und fiel hin, und alles endete damit, daß er sie nach Hause begleiten mußte. Das Mädchen hieß Galja. Damals hießen alle Mädchen Galja, so, wie sie jetzt alle Natascha hießen.

Zu Hause bot Galja ihm Tee an. Und beim Tee gestand sie, daß sie nicht zufällig, sondern in vollster Absicht gestürzt war. Sie hatte keine Kraft mehr gehabt, ihre unerwiderte Liebe zu ertragen, und war bereit, von der Hand – besser gesagt: unter den Füßen – des geliebten Menschen zu sterben.

Es stellte sich heraus, daß Galja Trofimow von der achten bis zur zehnten Klasse geliebt hatte und dann vom ersten Studienjahr bis zum fünften. Sie waren in dieselbe Schule gegangen, wenn auch in verschiedene Klassen. Dann in dieselbe Universität, aber an verschiedene Fakultäten, und Trofimow erinnerte sich überhaupt nicht, oder fast gar nicht an sie. Für ihn war die gesamte weibliche Welt in zwei Hälften geteilt: Silvana und Nicht-Silvana. Zur ersten Hälfte gehörte eine einzige Frau, zur zweiten alle anderen. Und wenn es ihm nicht beschieden sein sollte, Silvana zu heiraten, so war ihm jede beliebige Vertreterin der zweiten Hälfte als Ehefrau recht. Warum also nicht Galja, wenn sie es doch so sehr wollte.

Die Hochzeit feierten sie bei Galja zu Hause. Die Wohnung war brechend voll. Es paßten nicht alle Gäste auf einmal an den Tisch, und so aßen sie in zwei Schichten wie in einem überfüllten Pionierlager. Aber dennoch ging es laut, lebhaft und furchtbar lustig zu.

Galja war ganz benommen, vor Glück und wegen ihrer engen Schuhe. Ihre Füße waren groß, Größe vierzig, sie schämte sich deswegen und trug Schuhe, die zwei Nummern kleiner waren, damit ihre Füße ein wenig eleganter wirkten. Damals galt es als schön, kleine Füße zu haben. Viele Jahre später kaufte Galja, um bequemer laufen zu können, Schuhe, die eine Nummer größer waren, und trug nicht Größe vierzig, sondern einundvierzig. Und die Meinung der anderen war ihr völlig egal. Obwohl die anderen weder damals noch heute auf ihre Schuhgröße achteten. All das war nur für sie selbst wichtig gewesen. Die Jugend unterscheidet sich von der Nicht-Jugend dadurch, daß sie von der Meinung anderer abhängig ist.

Auch auf der Hochzeit wurde Galjas Opfer von niemandem bemerkt. Alle feierten auf Teufel komm raus, und Galja fühlte sich wie die Tochter der Stiefmutter, die ihren Fuß in den Schuh aus Kristall gesteckt hatte. Es endete alles damit, daß sie die Schuhe ganz auszog und barfuß weiterlief. Irgend jemand zerbrach ein Glas. Galja trat in die Scherben und schnitt sich in den Fuß.

Trofimow lief ein Handtuch holen, kniete vor ihr nieder, und in diesem Augenblick tat sich vor ihm der bekannte Abgrund auf. Er kniete nicht vor Silvana. Silvana war in Rom mit ihrem Ehemann. Nicht mit Trofimow, sondern mit irgendeinem Millionär, dem Besitzer einer Fabrik für Kugelschreiber oder elektronische Uhren, dem Besitzer einer Kette von Reisebüros oder Hotels, oder dem Besitzer von sonst irgendwas. Und er, Trofimow, feierte seine Hochzeit in einer Kommunalwohnung, Kabeljau in Tomatensoße, Gemüsesalat und Sülze, Galja in zu engen Schuhen und Blut an seinen Händen, so, als hätte er seinen Traum eigenhändig umgebracht.

Um sie herum faßten sich die Hochzeitsgäste an den Händen. Und Trofimow kniete im Zentrum des Reigens und stürzte in den Abgrund seiner Einsamkeit.

Danach betrank er sich und schlief in der Toilette ein, und niemand konnte sich Einlaß verschaffen. Schließlich brachen sie die Tür auf.

Alles weitere lief wie von allein. Die sechziger Jahre lösten die fünziger ab, dann kamen die siebziger. In den sechziger Jahren wurde brachliegendes Neuland erschlossen. Die Komponisten schrieben Lieder, die Dichter verfaßten Gedichte, die Journalisten Artikel. »Der Weg ist wie ein langes Band, auf dem wir geh'n zu neuem Land«. In den siebziger Jahren begann der Bau der Baikal-Amur-Eisenbahn, der BAM. Ein alternder Sänger mit Doppelkinn sang im Fernsehen: »Bam, bam, bam, bam, bam – das singen Millionen«.

Trofimow ging im Gleichschritt mit dem ganzen Land, er fuhr zum Neuland und zur BAM, und als man in Tjumen Erdöl fand, flog er zum Samotlor-See, in dem es keine Fische gab. Sie lebten dort nicht. Hatten keine Lust, dort zu leben. Trofimow flog in einem Hubschrauber und sah von oben auf die gelben, geschwollenen Sümpfe hinab. Sie kamen ihm wie Geschwüre auf dem Körper der Erde vor. Die Wissenschaftler hatten jedoch versichert, daß Sümpfe für die Natur notwendig, ja geradezu unerläßlich seien. Und sie auszutrocknen, bedeute eine gewaltsame Einmischung in die Natur, die sich später dafür rächen könne. Die Natur wisse am besten, was sie brauche und was nicht. Und der Mensch sei kein Gott, sondern ebenfalls nur Teil der Natur, genauso ein Teil wie, sagen wir, die Sümpfe.

Trofimow ging im Gleichschritt mit der Zeit, stritt manchmal mit ihr und lief ihr manchmal voraus, was bekanntlich ein Anzeichen für Genialität ist. Das Genie unterscheidet sich von dem Durchschnittsmenschen dadurch, daß es ihm um hundert, manchmal sogar um zweihundert Jahre voraus ist.

Nach Italien war Trofimow allerdings nicht gereist. Und Silvana war nicht mehr nach Moskau gekommen. Er mußte mit anderen Leuten englisch und japanisch sprechen. Von Silvana oder besser gesagt, von seiner Liebe zu ihr waren ihm nur seine Gewohnheiten geblieben: Er arbeitete viel und schenkte den Frauen keinerlei Beachtung. Mit anderen Worten – er war kein Frauenheld, der sich hinter den Frauen vor dem Leben versteckte.

Galja hatte jeden Grund, sich für eine glückliche Frau zu halten. Gründe hatte sie, aber glücklich war sie nicht. Sie hatte Trofimow rein territorial erobert, aber sie vermochte es nicht, seine Seele zu erobern. Sie hatte ihn und hatte ihn auch wieder nicht. Die Widersprüche spalteten Galja in ihrem Innersten, sie wurde davon dick und machte ständig Diäten. Sie strafte sich mit Hunger, lief ständig hungrig und trübsinnig umher. Wie konnte man da von Glück reden?

Außer Arbeitseifer und Beständigkeit hinterließ Silvana in Trofimow das Gefühl, daß sein Leben sinnlos verloren war. Der goldene Staphylokokkus alterte zusammen mit Trofimow und spazierte nur noch selten, und nicht mehr so unverschämt, durch die Hauptverkehrsadern seines Organismus. Aber dennoch war er da. Trofimow wußte das und empfand es als Fehler. Zur Zeit war der Begriff Komplex in Mode, Trofimow hatte einen Silvana-Komplex. Er hatte Angst, daß man es bemerken könnte, und verbarg den Komplex hinter Hochnäsigkeit. Viele hielten Trofimow für überheblich.

Die achtziger Jahre lösten die siebziger ab. Der italienische Neorealismus war zur Vergangenheit geworden. Sein Stammvater Cesare Zavattini war gestorben. Gina Lollobrigida hatte sich der Fotografie zugewandt. Die alten Stars wurden von neuen abgelöst: Stefania Sandrelli, dann Ornella Muti. Keine einzige konnte Trofimow derart erschüttern, wie Silvana es getan hatte. Vielleicht lag es daran, daß fünfzehn Jahre das Alter der Erschütterungen ist – fünfundvierzig jedoch nicht. Mit fünfundvierzig erschüttert einen nur die direkte und unmittelbare Bedrohung des eigenen Lebens. Wenn du zum Beispiel die Tür öffnest, und auf dich ist eine Pistole gerichtet wie in einem der italienischen Politkrimis der letzten Jahre. Auf alle anderen Eindrücke und Emotionen reagiert der Mensch mit den Jahren immer apathischer. Aber auch ein anderer Grund für die Treue war denkbar. Trofimow war ein stabiler Mensch. Stabilität ist eine Charaktereigenschaft und als solche eine Spielart der Anständigkeit. Trofimow hatte eine Abneigung dagegen, die Möbel in seiner Wohnung umzustellen, er trug jahrzehntelang ein und denselben Mantel, arbeitete an ein und demselben Arbeitsplatz. Er war mit ein und derselben Frau, Galja, verheiratet, liebte ein und dieselbe Frau, Silvana, machte in ein und demselben Monat, im Juli, Urlaub, hatte ein und denselben Freund, Kirka Dodolew, mit dem er seit der sechsten Klasse befreundet war und mit dem er früher einmal den Film *Alles über sie* gesehen hatte. Und niemand anderes als eben gerade Kirka war es, der ihm verkündete, daß er seinen Urlaub vom Juli auf den August verschieben müsse, weil im Juli ein internationales Filmfestival in Moskau stattfinden und unter anderem auch die italienische Schauspielerin Silvana nach Moskau kommen würde.

Silvana kam. Der Traum erfüllte sich. Er war gealtert, aber immer noch lebendig.

Kirka Dodolew hatte ihm diese Neuigkeit am Telefon mitgeteilt. Er wartete auf eine Reaktion, aber Trofimow schwieg. Urplötzlich bekam er heftige Halsschmerzen. Er konnte nicht sprechen. Trofimow legte den Telefonhörer auf und fuhr sofort nach Hause. Zu Hause stellte er fest, daß der Wasserhahn in der Küche kaputtgegangen war. Das Wasser tropfte unaufhörlich mit einem nervtötenden, schnalzenden Geräusch. In seinem Kopf schien ein Specht zu pochen. Trofimow machte sich einen Halswickel und rief den Klempner an. Es schien ihm, als gäbe es zwischen dem Wasser, Silvana und seiner Gesundheit eine mystische Verbindung. Aber der Klempner Witalij, den er aus diesem Anlaß herbestellt hatte, nannte völlig materielle Gründe für all das: Im Wasserhahn war die Dichtung hinüber. Sie mußte ausgewechselt werden.

»Haben Sie denn eine Dichtung dabei?« fragte Trofimow.

»Warum denn nicht? Klar habe ich eine dabei.«

Witalij öffnete sein Köfferchen und holte einen Gummiring heraus. »Das ist sie«, zeigte Witalij und nahm dann den Wasserhahn auseinander.

Trofimow wunderte sich. Er war an ein anderes Beziehungsmuster zwischen Klempner und Mieter gewöhnt. Nach diesem früheren Muster mußte der Klempner sagen, daß Dichtungen schon vor einem Jahr aus dem Handel verschwunden seien, daß es unmöglich sei, sie zu besorgen, und daß er es über seine Beziehungen versuchen wolle. Er selber brauche nichts, aber die Arbeit der anderen Beteiligten müsse bezahlt werden. Der Mieter hatte zu flehen, mit dem Schwanz zu wedeln und fünf Rubel für etwas zu zahlen, was elf Kopeken kostete und in der Tasche des Klempners lag.

Witalij war anders. Entweder war da eine neue Generation von Klempnern herangewachsen, oder aber Witalij war ein individuell ehrlicher Mensch und hatte keinerlei Bezug zu dieser Generation.

»Wie alt sind Sie?« fragte Trofimow.

»Fünfundvierzig«, antwortete Witalij. »Warum?«

Trofimow wunderte sich. Witalij sah aus wie ein zerzauster Praktikant aus einer technischen Berufsschule. General Gremin war, als Tatjana Larina ihn heiratete, fünfundvierzig Jahre alt, und Puschkin hatte ihn als Greis mit ›ergrautem Haupt‹ beschrieben. Entweder hatten sich im zwanzigsten Jahrhundert die Lebensbedingungen infolge des technischen Fortschritts verändert – und der Mensch war mit fünfzig Jahren noch nicht verschlissen. Oder die Generation, die vor dem Krieg und ganz zu Beginn des Krieges geboren wurde, war durch Infantilismus gekennzeichnet. Oder aber die Jugendlichkeit Witalijs war ein individuelles Merkmal, das er in seinem genetischen Code trug. Ehrlichkeit und Jugendlichkeit.

Witalij hätte, gewaschen und entsprechend gekleidet –, das Aussehen eines korrespondierenden Akademiemitglieds, eines Weltreisenden oder eines Wegelagerers haben können.

Trofimow hatte einmal eine Fernsehsendung gesehen, in der man den Teilnehmern der Sendung ein großes Portrait gezeigt und gesagt hatte, sie hätten hier einen Wissenschaftler von internationalem Ruf vor sich. Alle waren gebeten worden, den Charakter dieses Menschen von seinen äußeren Merkmalen ausgehend zu beschreiben. Die Teilnehmer hatten Verstand, Bescheidenheit, Aufmerksamkeit, hohen Intellekt hervorgehoben. Dann hatte der Moderator zugegeben, daß dies kein Wissenschaftler, sondern ein Krimineller, ein schlimmer Gewohnheitsverbrecher sei. Und er hatte darum gebeten, ihn doch genauer zu betrachten. Die Teilnehmer der Diskussion hatten ihn abermals gemustert und in seinem Gesicht übereinstimmend geistige Unzulänglichkeit, Dummheit und Grausamkeit entdeckt. Im weiteren hatte sich der Moderator mit den Worten entschuldigt, daß dieser Mann doch ein Wissenschaftler sei, ein Theoretiker der Physik, der Vater irgendeiner Theorie, und er hatte darum gebeten, noch einmal genau hinzusehen. Und wieder waren auf dem Gesicht Verstand, Kraft und Intellekt zum Vorschein gekommen. Das Interessante war gewesen, daß das Portrait auch auf Trofimow unterschiedlich wirkte – je nachdem, mit welchen Augen er es ansah. Es hing folglich wohl alles von der psychologischen Einstellung ab.

Auf Witalij blickte Trofimow voller Wohlwollen. Er verspürte sogar den Wunsch, ihm von dem Festival und von Silvana zu erzählen. Das große Ereignis erfüllte Trofimow über alle Maßen, und er mußte zumindest ein wenig davon ausspucken. Es seiner Frau zu erzählen war unmöglich – es ist unüblich, mit seiner Ehefrau über andere Frauen zu sprechen. Seinem Sohn konnte er es auch nicht erzählen. Er war in einem Alter, in dem die Beziehungen zwischen den Menschen keine Nuancen kennen, in dem sie konkret waren und mit konkreten Worten belegt wurden. Welche Worte ließen sich jedoch für die Beziehung zwischen Trofimow und Silvana finden . . . Sein Sohn würde ihn einfach nicht verstehen. Und so mußte er sich auf einen völlig fremden Menschen verlassen.

»Im Juli gibt es ein Filmfestival«, sagte Trofimow wie beiläufig.

Witalij blickte von seiner Arbeit hoch und sah aus dem Fenster. Draußen schneite es. Bis zum Juli war es noch weit. Witalij wandte sich wieder dem Waschbecken zu und setzte schweigend seine Arbeit fort.

»Die Pressebar wird die ganze Nacht lang geöffnet sein.« Trofimow dachte daran, daß es ihm vielleicht gelingen würde, mit Silvana an einem Tisch zu sitzen.

»Wo?« fragte Witalij ganz unerwartet.

»Was heißt ›Wo‹?« verstand Trofimow nicht.

»Wo wird diese Pressebar sein?«

»Im Hotel Moskva. Wieso?«

»Ach, nichts«, antwortete Witalij.

»Haben Sie den Film *Alles über sie* gesehen? Er ist in den fünfziger Jahren gelaufen. Sie müssen sich daran erinnern.«

»Also . . .«, sagte Witalij.

»Haben Sie ihn gesehen oder nicht?« fragte Trofimow wieder.

Dies war eine sehr wichtige Einzelheit.

»Ich erinnere mich nicht.«

»Dann haben Sie ihn nicht gesehen. Sonst würden Sie sich daran erinnern. Da war eine Schauspielerin . . . Sie kommt zu dem Filmfestival.«

»Dann ist sie ja bestimmt schon eine Greisin«, vermutete Witalij.

»Warum?« fragte Trofimow verdutzt.

»Der Film ist in den Fünfzigern gelaufen, und jetzt haben wir die Achtziger. Da brauchen Sie doch nur zu rechnen. Sie ist jetzt fünfzig, vielleicht sogar sechzig.«

Trofimow wurde sich zum ersten Mal bewußt, daß die Zeit eine objektive Tatsache war – sie existierte nicht nur für ihn, sondern auch für Silvana. Aber es gab zwei Kategorien von Menschen, die nicht altern: die Toten und die Menschen aus unseren Träumen. Und Trofimow starrte Witalij benommen und mit leerem Gesicht an. Witalij beendete unterdessen ruhig seine Arbeit und überprüfte das Ergebnis seiner Bemühungen. Der Wasserhahn ließ sich ohne Anstrengung fest zudrehen, zuverlässig stoppte die Dichtung den Wasserstrahl.

»Fertig!« sagte Witalij und fing an, sein Werkzeug in seinem Köfferchen zu verstauen.

Trofimow besann sich und holte sein Brieftasche hervor. Früher wurde diese Arbeit mit einem Rubel belohnt, aber in letzter Zeit war der Rubel nichts mehr wert. Für einen Rubel konnte man nichts mehr kaufen. Trofimow überlegte, wieviel er zahlen sollte – drei oder fünf Rubel. Ein Fünfer war zu viel: Er konnte den Werktätigen verderben, so daß dieser ohne Trinkgeld überhaupt nicht mehr arbeiten und seine menschliche Würde verlieren würde. Der Begriff des Arbeitsstolzes war zum Witz verkommen. Und ein gut Teil Schuld daran trugen die Intellektuellen. Diese Schicht mußte als Avantgarde der Gesellschaft vorangehen und nicht mit dem Proletariat herumscharwenzeln, indem es ihm einen Dreier zusteckte.

In solche Gedanken vertieft, zog Trofimow drei Rubel hervor und hielt sie Witalij hin.

»Das ist nicht nötig«, lehnte der Klempner ab.

»Warum?« fragte Trofimow, zutiefst erstaunt.

»Wozu denn? Ich bekomme ein festes Gehalt.«

»Was ist denn los, hat es die Wohnungsgesellschaft auf einen Ehrentitel abgesehen?« vermutete Trofimow.

»Was für ein Ehrentitel?« Witalij begriff nicht.

»Als ›Brigade der kommunistischen Arbeit‹.«

»Ich persönlich habe es auf keinen Ehrentitel abgesehen. Ich arbeite, das ist alles.«

»Und gibt es bei euch viele wie Sie?« interessierte sich Trofimow.

»Solche wie mich gibt es nur einen. Jeder Mensch ist
einzigartig. Was ist denn das für eine Art zu verallgemei-
nern . . .«

Trofimow schämte sich wegen des Dreiers, und er sagte:
»Also dann, vielen Dank . . . Wenn Sie etwas brauchen, ich
stehe Ihnen zur Verfügung.«

»Ich würde gern einmal in der Pressebar sitzen«, gab
Witalij zu.

Draußen schneite es. Bis zum Juli war es noch weit,
aber in diesem Augenblick wollte er Witalij sehr gern
gefällig sein.

»Aber natürlich!« stimmte Trofimow begeistert zu.
»Mit Vergnügen . . .«

Witalij ging. Trofimow dachte daran, wie sehr sich die
Grenzen zwischen den Klassen verwischt hatten. Heutzutage konnte man einen Bauern von einem Arbeiter,
einen Arbeiter von einem Intellektuellen nicht mehr unterscheiden. Alle lasen Bücher, saßen vor dem Fernseher
und trugen Jeans, die frei verkäuflich in den Geschäften zu
haben waren. War das nun gut oder schlecht? Trofimow
konnte sich diese Frage nicht eindeutig beantworten und
machte es sich zur Aufgabe, darüber nachzudenken. Es
könnte eine interessante Story daraus entstehen, die eine
gesonderte Untersuchung erforderte.

In der Pressebar war das Rauchen gestattet. Der Raum
war klein, deshalb hing der Rauch in Schwaden wie Federwolken unter der Decke. Frauen mit nacktem Rücken
und mit Schmuck behängt schwammen durch den
Qualm. Es war nicht zu unterscheiden, welche von ihnen

Einheimische waren und welche nicht. Alle sahen sie wie Ausländerinnen aus. Doch die Kellner verstanden es, sie mit scharfem Blick zu unterscheiden.

Durch einen Rauchschleier hindurch erblickte Trofimow sich in einem Spiegel. Er unterschied sich nicht nur überhaupt nicht von den Ausländern, sondern war sogar noch ausländischer als sie: Hager, elegant, in einem weißen Anzug aus Panamastoff mit einem himbeerfarbenen Tüchlein in der Reverstasche und einer ebenso himbeerfarbenen Krawatte, duftete er nach teurem Tabak und teurem Parfum.

Er erblickte Silvana sofort. Sie saß an einem Tischchen an der Wand und war einen Kopf größer als ihre Umgebung. Sie war ebenso groß, üppig und funkelnd wie vor dreißig Jahren. Neben ihr – Trofimow bemerkte auch das sofort – saß ein allgegenwärtiger Mensch mit dem Spitznamen Schleifchen. Seinen Spitznamen verdankte er seinem Beruf: Er war Modeschöpfer. Schleifchen war ein Luftikus, sah gut aus und stand immer im Mittelpunkt der allgemeinen Aufmerksamkeit. Trofimow konnte sein ganzes Leben lang davon träumen, sich neben Silvana zu setzen. Schleifchen hingegen saß bereits neben ihr und schenkte ihr Champagner in das schwere Glas. An Silvanas anderer Seite saß ein Ausländer, der Vertreter irgendeiner Handelsfirma, die in Moskau Geschäfte machte. Möglicherweise hatte er die Rolle des Dolmetschers übernommen. Von den zwölf Monaten eines Jahres verbrachte der Ausländer neun in Moskau und drei in dem Flugzeug, mit dem er von einem Land ins andere flog. Er war klein, hatte ein hübsches Gesicht und war nach russischen Maßstäben märchenhaft reich. Nach westlichen Maßstäben war er einfach nur reich. Er hatte großen Erfolg bei den Frauen. Vielleicht war es dieser letzte Umstand, der den Ausländer so lange in Moskau hielt. Russische Frauen wurden im Westen hoch geschätzt. Sie sind aufrichtig, romantisch, und es ist leicht, sie glücklich zu machen.

Schleifchen erblickte Trofimow und winkte ihm einladend mit der Hand. Bis jetzt lief alles sehr gut.

Als Trofimow näher kam, sah er einen berühmten einheimischen Filmregisseur an dem Tischchen sitzen. Er langweilte sich ganz offensichtlich. Sein Gesicht war das eines Menschen, der sehnsüchtig auf das Ende des ungewollten Müßiggangs wartet. Menschen auf Bahnhöfen haben solche Gesichter.

Trofimow schaute Silvana nicht an. Er zögerte diesen Moment hinaus. Er fürchtete ihn. Aber dann konnte er es nicht mehr weiter hinauszögern.

»Darf ich bekannt machen ...«, stellte Schleifchen munter vor. »Das ist die italienische Schauspielerin ...«

»Ich weiß«, unterbrach ihn Trofimow und schaute Silvana direkt an. Es schien ihm, als hätte er sich verbrannt.

»Und das ist unser Journalist. Ein Wolf. Ein echter Wolf«, stellte Schleifchen Trofimow vor.

Der Ausländer übersetzte. Silvana fragte etwas: Offensichtlich verstand sie nicht, was ein ›echter Wolf‹ war.

»Ein guter Journalist«, erklärte Schleifchen. »*Grande professore.*«

Silvana nickte leicht und streckte ihre große weiße Hand aus. Trofimow sah diese ausgestreckte Hand an und wagte es nicht, sie zu berühren.

»Setz dich doch. Was stehst du noch rum?« wunderte sich Schleifchen.

Der kleine Tisch war für sechs Personen gedacht, es waren nur vier Plätze besetzt, zwei waren noch frei. Schleifchen suchte sich seine Leute aus. Trofimow an seinem Tisch zu haben war nicht schlecht für das Prestige. Er war zwar kein Fellini, natürlich, aber immerhin ... Schleifchen war um seinen Umgang besorgt, wie alle oberflächlichen Menschen.

Der Filmregisseur schob ein Glas Champagner in Silvanas ausgestreckte Hand. Sie verstand nicht, warum ihr der *grande professore* nicht die Hand gegeben hatte, aber vielleicht war das bei den Russen so üblich. Silvana hob das Glas an ihre göttlichen Lippen und betrachtete Trofimow eine Zeitlang mit ihren Pferdeaugen. Es schien ihm, als stände er in einem offenen Feuer.

»Ja, setz dich schon hin!« forderte Schleifchen ihn auf.

Trofimow schob einen Stuhl zurück, um sich zu setzen, aber in diesem Moment trat ein Mann mit einer Armbinde auf ihn zu.

»Sie werden verlangt.«

»Ich?« wunderte sich Trofimow.

»Ja, Sie«, sagte der Saaldiener überzeugt und zeigte zur Tür. Trofimow blickte in die gleiche Richtung, aber wegen des Rauchschleiers konnte er nichts erkennen.

»Einen Moment.« Trofimow blickte Silvana an und fügte hinzu: »*Uno momento.*«

Silvana nickte kaum merklich. Sie benahm sich wie eine professionelle Schönheit. Das war ihr Beruf: eine Schönheit zu sein. Eine Frau mit diesem Beruf würde den Tisch, an dem sie sitzt, niemals mit einem Gespräch unterhalten, sie würde ihrem Gesprächspartner zum Zeichen ihres Vertrauens und ihres Wohlwollens niemals die Hand auf den Arm legen. Sie brauchte das alles nicht. Sich unterhalten und jemandem die Hand auf den Arm legen – das ist eine Methode, Interesse für sich zu wecken. In gewissem Sinne ein Angriff. Eine Schönheit hingegen befindet sich immer in aktiver Verteidigungsstellung, und zu ihrer Verteidigung baut sie eine Mauer zwischen sich und ihrer Umgebung auf. Diese Mauer ist durchsichtig, aber sie ist da. Und an diese Mauer war Trofimow gestoßen, obwohl er noch nicht einmal zwei Worte mit Silvana gewechselt hatte. Seine Seele füllte sich mit Kälte und Unruhe.

»Einen Moment«, wiederholte er und folgte dann dem Saaldiener.

In der Nähe der Tür war der Rauch nicht so dicht, und Trofimow erkannte den Klempner Witalij, der von zwei robusten Muskelprotzen festgehalten wurde. Witalij hatte eine graue Arbeitsjacke an und eine verblichene flache Kappe aus Kunstleder auf dem Kopf. Offensichtlich hatte er heute nacht Bereitschaftsdienst gehabt, es hatte keinen Notruf gegeben, und es war ihm zu langweilig geworden, in der leeren Wohnungsgesellschaft herumzusitzen – also war er gekommen, genau wie sie es im Februar verabredet hatten.

»Da ist er!« brüllte Witalij, als er Trofimow auf die Tür zukommen sah. »Ich habe es Ihnen doch gesagt, und Sie wollten es mir nicht glauben«, klagte er die Saaldiener an. »Sag es ihnen!«

Trofimow geriet in Verwirrung. Witalij tauchte wirklich in einem ganz und gar unpassenden Moment auf, und

Trofimow konnte ihn, wie man so sagt, brauchen wie ein Fisch einen Regenschirm. Aber Witalij wußte das nicht. Er ahnte nicht, daß er ein Regenschirm war. Man hatte ihn eingeladen, und er war gekommen wie verabredet.

»Also, ich gehe dann«, sagte Witalij zu den Saaldienern und drängelte sich in die Bar. »Danke, daß ihr ihn geholt habt.«

Witalij trat auf Trofimow zu und sah sich nach allen Seiten um.

»Ziemlich verqualmt hier«, bemerkte er. »Na, wo setzen wir uns hin?«

Aus den Rauchschwaden tauchte Schleifchen auf und fragte: »Du verdrückst dich doch nicht etwa?«

»Nein. Ich verdrücke mich nicht«, antwortete Trofimow.

»Und, hast du Geld dabei?«

»Ja.«

»Na, dann laß uns gehen. Sonst wird es noch peinlich.«

Trofimow ging hinter Schleifchen her. Witalij hinter Trofimow.

Alle setzten sich an den Tisch. Witalij saß zwischen Trofimow und dem Regisseur. Silvana blickte Witalij fragend an, da er ein neues Gesicht war und ganz offensichtlich aus der allgemeinen Stilrichtung herausfiel.

»Sein Freund«, stellte sich Witalij selber vor und schlug Trofimow auf die Schulter.

»Ja«, bestätigte Trofimow und fügte ganz unerwartet für sich selber hinzu: »Das ist unser russischer Alain Bombard.«

»Oh!« wunderte sich Silvana und vergaß für einen Moment, daß sie eine professionelle Schönheit war. »*C'est impossible!*«

»Ja, ja«, bestärkte Trofimow. »Unser Alain Bombard.«

»Und wer ist das?« fragte ihn Witalij leise.

»Eine Italienerin«, antwortete Trofimow flüsternd.

»Nein doch, der Mann, für den du mich ausgegeben hast.«

»Später«, sagte Trofimow.

»Wurde dieses Experiment etwa auch in der Sowjetunion durchgeführt?« wunderte sich der Ausländer.

»Natürlich. Wir stehen dem Westen in nichts nach«, bemerkte Trofimow stolz.

»Ich habe auch gar nichts derartiges sagen wollen«, rechtfertigte sich der Ausländer.

»War es sehr schlimm?« fragte Schleifchen. Offensichtlich schätzte er ab, ob dieses Experiment auch für ihn in Frage kommen könnte.

Witalij blickte Trofimow an.

»Sag, daß es schrecklich war«, rief Trofimow leise.

»Was hast du denn gedacht . . . Und wie schrecklich«, spielte Witalij überzeugend.

»Das ist es ja gerade«, bemerkte der Filmregisseur. »Wenn es nicht schrecklich wäre, dann wäre es ja keine solche Heldentat.«

Die Musik dröhnte los. Ihr Tischchen stand direkt neben dem Orchester. Der Ausländer forderte Silvana zum Tanzen auf. Sie erhob sich. Sie trug ein Seidenkleid in der Farbe von Teerosen. Der etwas bittere Duft von Jasmin streifte Trofimows Gesicht.

Silvana mischte sich mit dem Ausländer unter die tanzende Menge. Er reichte ihr bis zum Ellenbogen. Aber im Westen war das wahrscheinlich unwichtig. Wenn er reich war, durfte er auch nur bis zum Knie reichen.

»Was für ein Pferd!« reagierte Witalij und meinte Silvana.

Schleifchen führte eine Blondine, die zerbrechlich wie das Däumelinchen aussah, zum Tanz.

»Herrje«, begeisterte sich Witalij. »Die ist ja zum Anbeißen.«

Trofimow war Witalij wegen Silvana nicht böse. Im Gegenteil. Indem er sie zum ›Pferd‹ erniedrigt hatte, hatte er sie vermenschlicht. Hatte gleichsam die Distanz zwischen der unerreichbaren Silvana und dem gewöhnlichen Trofimow geschmälert. Schließlich waren sie alle nur Menschen, jeder war nur ein Mensch. Und nicht mehr.

»Hättest dich wenigstens umziehen können«, bemerkte Trofimow friedfertig.

»Wozu denn?« wunderte sich Witalij. »Ich fühle mich auch so wohl.«

»Du fühlst dich vielleicht wohl. Du siehst dich ja auch nicht. Den anderen geht es da schlechter. Die müssen dich ansehen.«

»Das sind doch nur Konventionen«, bemerkte Witalij geringschätzig. »Wer ist denn dieser Kerl?«

»Welcher?« Trofimow verstand nicht.

»Der, für den du mich ausgegeben hast.«

»Alain Bombard«, sagte Trofimow betont deutlich.

»Ein Tatar?«

»Ein Franzose. Er hat den Ozean auf einem Gummiboot überquert.«

»Und wozu?«

»Um die menschlichen Fähigkeiten auszutesten.«

»Wie'n das?«

»Um zu begreifen, was der Mensch leisten kann, wenn er allein auf dem Ozean ist.«

»Und was kann er?«

»Er kann umkommen. Aber er kann auch überleben. Das hängt von ihm selber ab.«

»Und wenn die Haie den Franzosen gefressen hätten?«

»Sie hätten ihn fressen können. Das ist das Risiko.«

»Und wozu? In wessen Namen?«

»Das hast du schon mal gefragt«, erinnerte ihn Trofimow. »Er wollte beweisen, daß Menschen, wenn sie in Seenot geraten, vor Angst sterben, und nur vor Angst. Er hat bewiesen, daß man überleben kann, wenn man sich nicht fürchtet. Man kann rohen Fisch essen und Meerwasser trinken.«

»Und er, ist er etwa in Seenot geraten?«

»Nein, ist er nicht.«

»Und wozu das dann alles?«

»Er hat es nicht für sich getan. Für die anderen. Er wollte beweisen, daß es aus jeder beliebigen Situation einen Ausweg gibt.«

»Aha . . .« Witalij dachte nach. »Und hat man ihn dafür bezahlt?«

»Ich weiß nicht. Vielleicht hat man ihn bezahlt, vielleicht auch nicht. Darum geht es doch gar nicht.«

»Worum dann?«

»Um die Idee.«

»Und was ist das – eine Idee?«

»Weißt du das etwa nicht?«

»Ich weiß, was eine Idee ist. Aber ich möchte gern die Meinung eines kultivierten Menschen hören.«

»Eine Idee ist eine abstrakte Kategorie, genauso wie ein Traum, eine Hoffnung.«

»Die Liebe auch?«

»Wenn sie nicht erwidert wird«, antwortete Trofimow und geriet selber ins Grübeln.

Eine erwiderte Liebe verwandelt sich in Kinder, und das bedeutet, daß es sich um Materie handelt, nicht um eine Abstraktion. Die unerwiderte Liebe jedoch funkelt hoch über dem Leben wie ein Traum. Wie alles und gleichzeitig nichts.

»Ich langweile mich«, sagte plötzlich der Regisseur. »Ich kann nur arbeiten, aber leben kann ich nicht. Denn schließlich braucht man auch dafür Talent: zum Leben.«

Witalij hatte von dem Gesagten nichts verstanden. Trofimow hatte alles verstanden, konnte es aber nicht mitfühlen. Um Mitgefühl zu verspüren, mußte man sich in den Gemütszustand seines Gegenübers hineinversetzen. Trofimow jedoch hing wie ein Fisch an Silvanas Angel und fühlte nur seinen eigenen Gemütszustand.

Silvana und der Ausländer kehrten zurück. Sie setzten sich an den Tisch. Silvana schaute Witalij unablässig an, als wären auf seiner Stirn arabische Schriftzeichen zu lesen, die es zu entziffern gelte.

»Was glotzt die mich so an?« wunderte sich Witalij.

»Frag sie doch selber.«

Trofimow sammelte sich innerlich wie vor einem Fallschirmsprung und forderte Silvana zum Tanzen auf.

Silvana erhob sich und folgte Trofimow. Neben dem Orchester wogte eine bunte Menge. Es war ein langsamer Tanz. Trofimow legte seine Hand um Silvanas Taille. Sie war fest, wie eingegipst. ›Wahrscheinlich ein Korsett‹, dachte Trofimow. Ihre Brüste berührten ihn und waren ebenfalls hart wie aus Plastik. Ihre Gesichter befanden sich auf gleicher Höhe. ›Sie ist gar nicht so groß‹, erkannte Trofimow. ›Nicht mehr als einen Meter achtzig.‹ Unter Silvanas Augen war keine einzige Falte zu sehen. Die Haut war gespannt wie bei einer Trommel.

›Das ist doch nicht normal‹, dachte Trofimow. ›Es kann doch nicht sein, daß sie in ihrem ganzen Leben nie gelacht hat und nie geweint.‹ Silvana strahlte nichts aus, weder Wärme noch Kälte, und Trofimow schien es plötzlich, als tanze er mit einer großen Puppe, die auf ihrem Rücken ein Loch hatte, damit man sie mit einem Schlüssel aufziehen konnte.

Der Tanz war zu Ende. Sie kehrten an den Tisch zurück.

»Erinnern Sie sich an Ihren Film *Alles über sie*?« fragte Trofimow Silvana.

»Diesen Film kenne ich gar nicht«, antwortete Silvana.

»Aber wie kann denn das sein . . .« Trofimow war verwirrt. »Er lief bei uns im Kino . . . vor langer Zeit.«

Silvanas Gesicht zeigte leichtes Befremden.

»Was hat sie denn?« fragte Witalij, da das Gespräch auf italienisch geführt wurde.

»Sie sagt, daß sie den Film *Alles über sie* nicht kennt.«

»Vielleicht ist sie es ja überhaupt nicht«, vermutete Witalij.

Trofimow war verwirrt. Er sah, daß jene Silvana und diese Frau dasselbe Gesicht hatten. Aber die Silvana aus seinem Traum war die echte, und jene dort – eine künstliche. So, als hätte man die frühere Silvana ausgestopft.

»Wahrscheinlich hat der Film bei ihnen einen anderen Titel«, vermutete der Ausländer. »Ihr Verleih schlägt manchmal eigene Filmtitel vor, kassenträchtigere, wie sie meinen.«

»Merkwürdig«, sagte Trofimow.

Er sagte es mehr zu sich selber als zu seiner Umgebung. Aber das Merkwürdige lag nicht darin, daß sich die Verleiher eigene Titel ausdachten, sondern darin, wie die Verwirklichung seines Traumes aussah. Darin, wie sich seine Abstraktion materialisiert hatte.

Wenn der goldene Staphylokokkus hervorkriechen und, wie es seine Gewohnheit war, fragen würde: »Na, was ist?« – dann wäre Trofimow leichter ums Herz gewesen. Er würde in den altvertrauten Abgrund tauchen und darin sitzen bleiben. Aber selbst der Staphylokokkus schwieg und hob seinen Kopf nicht. Vielleicht war er gestorben? Silvana hatte ihn Trofimow vor dreißig Jahren eingeimpft – sollte ihn dieselbe Silvana jetzt, dreißig Jahre später, liquidiert haben?

Silvana forderte Witalij zum Tanzen auf und erhob sich. Witalij blieb sitzen.

»Man hat dich aufgefordert«, übersetzte Trofimow.

»Ich kann nicht tanzen«, erwiderte Witalij.

»Dann hilf dir selber aus der Patsche, wenn du kannst«, sagte Trofimow.

Plötzlich war er ganz ruhig. Er war die panische Anspannung des Fisches an der Angel leid. Er verspürte den Wunsch, sich bequem hinzusetzen, sich zu entspannen, zu schauen und zuzuhören, oder vielleicht auch nicht zu schauen und nicht zuzuhören, sondern zum Beispiel aufzustehen und fortzugehen, je nachdem, wozu er mehr Lust hatte.

Witalij tanzte zum ersten und vielleicht zum letzten Mal in seinem Leben in der Pressebar des Filmfestivals mit einem italienischen Kinostar. Er war einen Kopf kleiner als sie und sah vor sich nur ihren Schmuck, der auf ihrer Brust wie in der Auslage eines Juweliergeschäftes lag.

Zwei große Hände lagen auf seinen Schultern, und es schien ihm, als hätten sich dort zwei Bügeleisen niedergelassen: Sie waren ebenso schwer und ebenso heiß. Die Italienerin strahlte so etwas wie ein Vibrieren aus. Witalij kam es vor, als sei er in das Hochspannungstransformatorenhäuschen geraten, das neben seiner Wohnungsgesellschaft stand und auf dem ein Totenschädel mit Knochen aufgemalt war. Witalij hielt sich an Silvana fest und fürchtete ein wenig um sein Leben. Es war zwar nicht besonders bedeutungsvoll, dieses Leben, aber Witalij hatte nur dieses eine.

Silvana beugte sich vor und sagte ihm etwas ins Ohr.

»Ich höre keine Silbe!« schrie Witalij.

Die Italienerin fixierte ihn wie eine Taubstumme und versuchte, den Sinn des Gesagten von seinen Lippen abzulesen. Witalij zeigte auf das Orchester, dann auf seine Ohren, dann fuchtelte er verneinend mit den Händen vor ihrem Gesicht herum. Dieser Gebärdenkomplex sollte bedeuten: Ich höre keine Silbe.

Silvana nickte – das hieß, sie hatte verstanden – und zeigte auf die Tür. Witalij erriet: Sie lud ihn ein, nach draußen zu gehen, um sich an der frischen Luft in Ruhe zu unterhalten.

»Na, los«, stimmte er zu. Er nahm Silvana am Ellenbogen, und sie verließen die Bar.

Sie drängelten sich an den kleinen Tischen, an Trofimow und dem Ausländer vorbei. Der Regisseur war irgendwohin verschwunden: Wahrscheinlich war er nach Hause gegangen und hatte sich schlafen gelegt. Schleifchen hatte sich an einem anderen kleinen Tisch niedergelassen, neben der Blondine, die dem Däumelinchen so ähnlich sah. Er erblickte Witalij und Silvana, wandte sich von Däumelinchen ab und schaute ihnen nach. Er wollte irgend etwas rufen, schaffte es aber nicht mehr.

»Ah, die können mir doch den Buckel runterrutschen«, entschied er.

»Wer?« wollte Däumelinchen wissen.

»Na, die da, sie alle. Diese Aufschneider.«

Däumelinchen hob selbstzufrieden ihre Nase hoch. Alle, außer ihr selber, konnten Schleifchen den Buckel runterrutschen. Folglich war sie ihnen allen überlegen. Sie genoß den Vorrang vor ihnen allen. Schleifchen hingegen quälte irgend etwas. Einer hatte den Ozean auf einem Boot überquert, der andere war ein *grande professore*, der dritte ein Ausländer. Alle legten ihre Trümpfe offen auf den Tisch. Schleifchen aber konnte nur seine Rubel hinlegen, was allerdings auch nicht wenig war. Aber dennoch war das irgendwie nicht genug.

»Na, hör schon auf damit«, tröstete ihn Däumelinchen,

die seine Stimmung erraten hatte, ohne den Grund zu kennen. »Du bist jung, und sie sind alt.«

Schleifchen wurde wieder munter. Wie hatte er die Trümpfe der Jugend und der Zukunftsperspektiven vergessen können. Er wußte noch nicht, daß ein Tag langsam vergeht, die Jahrzehnte jedoch wie im Nu vorüberfliegen. Zwei Augenblicke später würde er bereits nicht mehr jung sein, und müßte sich beständigere Trümpfe beschaffen.

Silvana ging um das Hotel Moskva herum und betrat es durch den Haupteingang, vorbei an dem hochmütigen Türsteher, der wie der Präsident eines kleinen Staates aussah. Witalij wurde unter seinem allwissenden und gleichzeitig abwesenden Blick ganz kleinmütig. Als sich aber Silvana umdrehte, so, als wolle sie die Unversehrtheit und Vollständigkeit ihres Begleiters überprüfen, folgte Witalij ihr mutig und ohne zu verstehen, wohin man ihn führte und wozu.

Sie traten in einen geräumigen Fahrstuhl, und schon in diesem Fahrstuhl wurde deutlich, daß ein anderes Leben begann. Witalij schwang sich in ein anderes Leben empor.

Silvanas Zimmer hatte hohe Decken, an die sechs Meter hoch. Man hätte eine zweite Etage einbauen und eine zweistöckige Wohnung daraus machen können. Die Decken – sie wären dann drei Meter hoch, wie in den modernen Häusern des gehobenen Standards.

»Hoch«, sagte Witalij und streckte seine Arme in die Höhe.

Silvana hob den Kopf, konnte jedoch nichts Interessantes entdecken. Für sie war diese Höhe normal. Offensichtlich hatte sie zu Hause ebensolche Zimmerdecken, wenn nicht sogar höhere. Sie begriff nicht, was den russischen Bombard so verblüffte.

»*Ché?*« fragte Silvana.

»Schon gut, nichts«, antwortete Witalij und setzte sich, von dem Duft gequält, in einen Sessel. In Silvanas Zimmer hing, ungeachtet der Weitläufigkeit des Raumes, der stickige Duft ihres Parfums.

›Das bringt die Mücken um‹, dachte Witalij, und dies war der einzig positive Aspekt. Der Sommer war heiß in Moskau – es war die Zeit der Mücken. Sie waren grausam in letzter Zeit, sie hatten sich selbst in der Stadt verbreitet. Auf dem Asphalt. Heutzutage waren sogar die Motten von ganz besonderer Art, sie hatten sich an das Fressen von Synthetik gewöhnt. Aber was sollten sie andererseits auch fressen, wo doch Naturfasern gar nicht mehr hergestellt wurden. Entweder reine Synthetik oder Mischfasern. Und auch den Menschen begann man langsam an Synthetik zu gewöhnen. Es hieß, daß man jetzt auch synthetischen schwarzen Kaviar produzierte. Äußerlich sollte er von dem anderen nicht zu unterscheiden sein.

Aber was hatte das alles mit Motten und Mücken zu tun? Silvana streckte zwei Arme in Witalijs Richtung aus und sagte etwas in ihrer Sprache. Die Worte standen eng beieinander und klangen rund und glatt wie Billardkugeln. Ihren Sinn verstand Witalij nicht, erriet jedoch, daß die Italienerin etwas für sich selbst sehr Wichtiges sagte. Sie hatte sogar Tränen in den Augen. Sie war sauber gekleidet, ihre Gesichtshaut war von der gesunden Ernährung glatt, und sicherlich aß sie löffelweise echten Kaviar.

»Dir hat man wohl noch nie die Sporen gegeben«, sagte Witalij zu ihr. »Würdest du leben wie meine Nadja, dann wüßtest du, wovon ich rede. Aber so . . . diese Zimmerdecken, der Schmuck . . .«

»*Ché?*« sagte Silvana.

»Ja, genauso so. Aber macht nichts. Dich sticht der Hafer, sage ich. Der Mensch braucht Schwierigkeiten. Ohne Schwierigkeiten geht es nicht. Das ist das Ende. Hast du verstanden?«

Silvana redete noch schneller. Ihre Worte sprudelten nur so hervor, stießen sich gegenseitig über den Haufen und flogen davon. Unter den Augen hatte sie schwarze Ringe wie ein Clown. Sie tat Witalij leid.

»Ach, laß nur«, sagte er. »Hast du eigentlich Enkelkinder? Jetzt, wo du gut gelebt hast, kannst du im Alter ja mit deinen Enkeln spielen. Man sieht sich ja kaum um, und die Zeit ist vorüber. Das Leben – was ist das denn schon? Ein Zeitvertreib. Wenn es fröhlich zugeht, heißt das, daß die Zeit schnell vergeht. Und wenn einem traurig zumute ist – dann zieht sie sich endlos lange hin. Da ist zum Beispiel mein Kollege Kusjajew. Ich bin gestern losgegangen, habe mit der Wohnung Nummer dreiundneunzig abgesprochen, daß wir die Waschmaschine direkt an die Wasserleitung anschließen – fünfundzwanzig Rubel. Zwölf Rubel fünfzig für jeden. Ich habe es abgesprochen, und dann hat er Nikolaj mitgenommen. Mich hat er sozusagen außen vor gelassen. Na? Ist das etwa in Ordnung? Es ist nicht in Ordnung. Aber mich läßt das kalt. Ich stehe über diesen Dingen! Hast du verstanden? Und da sagst du noch . . .«

Silvana hörte Witalij aufmerksam und vertrauensvoll wie ein kleines Mädchen zu. Es schien ihr, als sage er etwas sehr Bedeutendes, als löse er all ihre Probleme. Der Klang seiner Stimme und die Überzeugung, mit der er diese Worte in einer ihr fremden Sprache hervorbrachte, beruhigten sie.

Jeder sagte das seine, aber Silvana kam es vor, als verstünde sie dieser Mensch wie niemand sonst, als könne sie ihm gegenüber ganz und gar aufrichtig sein. Und ihm gestehen, was sie sogar vor sich selber verbarg.

»Ich bin fünfzig«, sagte Silvana. »Aber ich habe meine Rolle noch nicht gefunden, habe meinen Mann noch nicht gefunden. Ich habe nichts, alles liegt noch vor mir, als sei ich erst zwanzig. Aber – ich bin fünfzig.«

Der Russe sagte irgend etwas. Sie glaubte ihn sagen zu hören: »Das Fleisch nutzt sich schneller ab als die Seele. Die Seele altert nicht. Sie ist immer zwanzig. Das geht allen so, und dir geht es nicht anders.«

»Trotzdem tue ich mir selber leid. Ich habe mein ganzes Leben lang die große Liebe gesucht und sie nicht gefunden.«

»Daran bist du selbst schuld.«

»Ich weiß, ich bin schuld. Meine Schuld ist die Kompromißbereitschaft. Ich habe es immer verstanden, mich zufriedenzugeben. Mit dem Falschen. Ich war feige, hatte Angst, allein zu bleiben. Und habe an der Seite von irgend jemanden auf *ihn* gewartet. Aber so etwas gibt es nicht. Man muß etwas riskieren können. Du hast zum Beispiel dein Leben riskiert – und hast dich selber gewonnen.«

»Meinst du?«

»Natürlich. Du bist echt. Alle, die ich kenne, fürchten am meisten auf der Welt um ihre kostbare heile Haut. Aber du hast sie nicht geschont. Alle, die ich kenne, sorgen sich um ihr Äußeres, dekorieren sich. Aber du ziehst dich irgendwie an, machst die Mode nicht mit, machst nicht einmal deine Fingernägel sauber. Du kannst dir das erlauben, weil du echt bist. Und wie lächerlich wirken neben dir all diese Leute mit ihren Krawatten und ihren Tüchern und ihren dicken Geldbeuteln.«

»Hast du dich verliebt, oder was?«

»Nein. Ich fühle in dir nur einfach einen Gleichgesinnten. Ich bin auch echt. Und ich bin einsam.«

Wieder traten Tränen in Silvanas Augen.

»Na, was hast du denn?« Der Russe berührte leicht ihre Hände.

»Ich bin traurig. Ich kann keine Ruhe finden. So, als ob die große und echte Liebe ein ganzes Leben lang auf mich gewartet hätte, und ich habe sie dennoch nicht gefunden. Ich habe Filme gedreht, um berühmt zu werden, um meinen Bekanntenkreis zu erweitern und *ihn* zu finden. Aber weder Schönheit, noch Berühmtheit – nichts hilft. Ich weiß, daß ich talentiert bin, ich fühle es, aber das wichtigste Talent einer Frau ist es – *ihn* zu finden. *Ihn*, mit dem man voller Stolz durch das ganze Leben gehen kann. Aber meine Zeit ist vorbei.«

»Das geht allen so, und dir geht es nicht anders«, sagte der Russe gelassen.

»Aber ich bin ganz allein.«

»Jeder ist ganz allein.«

»Und was schlägst du vor?«

»Finde dich damit ab.«

»Ich kann nicht. Ich habe jetzt mehr als früher das Gefühl, als hätte ich Zukunftsperspektiven. Es kommt mir so vor, als hätte ich alles noch vor mir, als würde alles erst kommen.«

»Das liegt am Alter. Den Jungen kommt es so vor, als hätten sie alles hinter sich. Und den Alten, als hätten sie alles noch vor sich.«

»Du bist hart zu den Menschen.«

»Ich bin auch zu mir selbst hart. Man muß sich die Wahrheit eingestehen können.«

»Talentierte Menschen werden nicht alt. Das Talent ist der Widerschein der Kindheit.«

»Du kannst dir einreden, was du willst. Aber wenn du meinen Rat hören willst: Gib dich so, wie es deiner Jahreszeit entspricht.«

Silvana zog die Brauen zusammen.

»Was soll das heißen?«

»Sei wie ein Baum. Wie ein Fluß.«

»Aber ein Baum verliert seine Blätter. Und ein Fluß friert zu.«

»Dann verliere deine Blätter und friere zu. Und fürchte dich nicht davor. Das Wichtigste ist die Würde. Ohne Würde ist der Mensch lächerlich. Erniedrige dich nicht, laß dir dein Gesicht nicht oben und unten glattziehen. Man muß in Würde alt werden.«

Silvana starrte den Russen mit ihren großen Augen an. Sein Gesichtsausdruck war etwas dümmlich, und diese Dümmlichkeit wirkte irgendwie beruhigend, so, als würde er sagen: »Na und? Der Mensch ist ein Teil der Natur und muß sich ihren Gesetzen fügen. So ist das bei allen und allem, außer bei den Steinen.«

»Aber zufrieren und seine Blätter verlieren – das ist der Winter. Und ich – ich stehe erst im Herbst.«

»Bereite dich auf den Winter vor. Allmählich.«

»Und du?«

»Ich auch.«

Er ging neben ihr in derselben Marschkolonne. Die große Kolonne floß langsam dem Winter entgegen. Und noch weiter.

Silvana verspürte plötzlich Entschiedenheit, und diese Entschiedenheit beruhigte sie, rückte alles an seinen richtigen Platz. Die Verwirrung löste sich. Die Seele wurde durchsichtig. Noch heute morgen hatte sie sich die Frage nicht beantworten können: Warum war sie hierhergekommen? Und jetzt begriff sie: Es hatte sich gelohnt, so weit zu fahren, um zu erfahren, daß nichts mehr kommen würde. Nur der Winter. Und das war gut so, wie sich jetzt herausstellte. Man konnte ruhig werden, sich umsehen, das bewerten, was ist. Das, was war. Man mußte nicht mehr ständig irgendwohin rennen, nicht mehr nach irgend etwas streben in einem Tempo, bei dem alle Gegenstände und Gesichter zu einem einzigen ununterbrochenen Band verschmelzen. Man konnte stehenbleiben, sich nach allen Seiten umsehen: Dort sind Häuser, dort sind Menschen, dort bin ich.

Im Wasserhahn ertönte ein dumpfes Heulen. Witalij brauchte nur hinzuhören, um den Defekt zu erkennen. Er stand auf, ging ins Badezimmer und nahm den Deckel vom Wasserkasten ab. An der einen Stelle schraubte er etwas fest, an einer anderen lockerte er etwas.

Silvana war ihm gefolgt. Sie stand da und schaute ihm zu.

»Was ist?« fragte Witalij.

»Du bist ein Mensch, mit dem man sich nirgends fürchten muß. Weder auf dem Wasser noch an Land«, sagte Silvana auf italienisch.

»Also, ich will wirklich nichts dafür«, lehnte Witalij ab. »Du bist doch schließlich Gast hier . . .«

Es war noch sehr früh. Der Türsteher war noch nicht abgelöst worden und blickte ziemlich munter vor sich hin. Er hatte sich wohl irgendwo gemütlich ausschlafen können.

»Auf Wiedersehen«, sagte er zu Witalij.

Witalij antwortete nicht. Der Türsteher war ihm vollkommen gleichgültig.

Er sah das Gesicht der Italienerin, vielmehr ihre verschiedenen Gesichter vor sich. Ihr Gemütszustand veränderte sich alle Augenblicke, wie der eines Säuglings: Einmal weint es, und gleich darauf lächelt es. Seine Nadja war genauso. Und überhaupt waren die Weiber alle gleich: Italienerin oder Russin, Millionärin oder arme Schluckerin. Und alle wollten sie dasselbe: lieben und geliebt werden. Es gab da ein Sprichwort: ›Wenn die Liebe es will, dann liebst du sogar einen Esel‹. Aber das Sprichwort stimmte nur ungefähr. Man konnte einen Esel zwar liebgewinnen, aber so eine Liebe dauerte nie lange. Nach einer bestimmten Zeit begreifst du dann doch, daß das Objekt deiner Liebe eben nur ein Esel ist.

Die Italienerin hatte ihn für einen anderen gehalten. Für einen Franzosen, der den Ozean überquert hatte. Und er, Witalij, hatte dem nicht widersprochen. Also hatte er gelogen. Er hatte schon wieder gelogen. Er tat nichts anderes als lügen und schwindeln. Ob es nun notwendig war oder nicht. Aus lauter Gewohnheit. Dieser Franzose hatte um der Menschheit willen Salzwasser getrunken, rohen Fisch gegessen, neben Haien geschlafen. Er aber, Witalij, würde über die ihm vorgeschriebene Norm hinaus nichts tun, für niemanden, selbst wenn alle Rohre platzten und der ganze Stadtteil bis zu den Knien im Wasser waten müßte.

Witalij hatte nicht bemerkt, wie er zum Fluß hinuntergelangt war. Am Ufer leuchtete das Andronewski-Kloster weiß in der Morgendämmerung, an seiner Mauer lag ein schwarzer Lastwagenreifen.

Witalij rollte den Reifen ins Wasser, setzte sich, ohne sich über sein Handeln recht klar zu werden, auf den Reifen und schwamm den Fluß hinunter, wobei er mit den Armen wie mit Ruderblättern paddelte.

In Norwegen fischte man ihn aus dem Wasser.

Trofimow kehrte gegen Morgen aus der Bar zurück. Er ging durch die nächtliche Stadt und hörte seine eigenen Schritte. Die Häuser, an denen er vorbeiging, trugen die Zeit in sich, und zum ersten Mal dachte Trofimow: ›Wie schön meine Stadt ist!‹ Früher hatte er ihr einfach keine Beachtung geschenkt.

Früher hatte er überhaupt vieles nicht bemerkt, so, als ob er mit nur einem Auge gelebt und nur einem Lugenflügel geatmet hätte. Heute jedoch atmete er aus voller Brust und blickte mit weit offenen Augen um sich. Und das erwies sich als doppelt so gut wie früher.

Silvana war nicht mehr zurückgekehrt, und der Klempner irgendwie verlorengegangen. Aber das machte nichts. Er war schließlich kein kleiner Junge mehr und würde sich schon zurechtfinden. Was Silvana betraf, so hatte er sich von ihr befreit, und jetzt hatte er, Trofimow, in sich mehr Raum für anderes. Mehr Raum für die Stadt, für die Luft, für den Sinn des Lebens.

›Du sollst dir keinen Götzen schaffen und auch kein Gleichnis‹. Dieses Gebot stand in einer Reihe mit ›Du sollst nicht töten‹ und ›Du sollst nicht stehlen‹.

Und das bedeutete, daß es ein und dasselbe war, ob man sich einen Götzen schuf oder eine lebendige Seele tötete. Ob man in sich selber einen Teil tötete und an dessen Stelle einen Götzen errichtete. Es bedeutete, daß eine Hälfte in dir du selbst bist und die andere Hälfte nicht. Genau die Hälfte hast du dir dann selbst gestohlen.

Trofimow ging den Arbat entlang, er war ganz und gar Trofimow, und niemand anderes, nichts anderes war in ihm: weder Silvana noch der Staphylokokkus, weder die ätzende Unzufriedenheit noch der Neid auf ein anderes unerreichbares Leben. Er fühlte sich wie damals als Fünfzehnjähriger. Vor ihm lag das ganze Leben, und er konnte es von neuem erobern und unterwerfen wie ein Bergsteiger. Aber nicht vom Fuße des Berges aus, sondern von bereits genommenen Höhen – noch höher und steiler hinauf. Bis hin zum Gipfel. Um dann aufzustehen, sich umzusehen und seine Fahne einzupflanzen.

Trofimow hatte sich in dreißig Jahren nicht verausgabt. Er hatte wie in einem Kühlschrank gelegen und war nun taumelnd in den Sommer hinausgestiegen, in sich das Gefühl unverbrauchter Lebenskraft und das Vertrauen in die Welt.

Seine Frau und sein Junge schliefen, jeder in seiner Höhle, und sogar im Traum spürten sie, daß sie beschützt wurden: Niemand würde kommen und sie fressen, denn der Hausherr beschützte sie. Trofimow durchströmte eine warme Welle der Zärtlichkeit und der Dankbarkeit dafür, daß es die beiden gab. Dafür, daß die beiden seinem Schutz anvertraut worden waren: die Frau und der Junge. Es waren seine Frau und sein Junge. Sie brauchten ihn. Und also war er nicht allein, sondern gleichsam verdreifacht.

Es war wie immer kein Brot da. Dieselben schimmeligen Brotreste voller Ameisen. Die kleinen Ameisen liefen winzig und anmutig hin und her und sahen aus wie Gedankenstriche auf der Schreibmaschine. Merkwürdig, daß Wesen aus derselben Familie einen solch drohenden Namen trugen – Termiten – und zum Beispiel ein ganzes Holzhaus auffressen konnten.

Seine Frau erschien lautlos und unerwartet wie ein Gespenst in der Tür.

»Wenn du willst, kann ich Brot holen?« bot Trofimow an.

»Ich kann auch selber gehen.«

»Dann laß uns doch zusammen gehen.«

»Wozu?« begriff seine Frau nicht.

»Zusammen«, wiederholte Trofimow, als wolle er ihr den Sinn des Wortes ›zusammen‹ erklären.

Seine Frau blickte ihm schüchtern wie ein kleines Mädchen ins Gesicht – dasselbe kleine Mädchen, das sich ihm auf der Eisbahn vor die Füße geworfen hatte. Sie stand da, hielt sich am Türpfosten fest und wagte es nicht einzutreten, so, als ob es nicht ihr Haus wäre.

»Komm doch her«, lud Trofimow sie ein. »Warum stehst du so da . . .«

Deutsch von Susanne Veselov

Zwischen Himmel und Erde

Natascha saß auf dem Flughafen und erwartete den Aufruf ihres Fluges. Der Flug wurde andauernd verschoben: zuerst um drei Stunden, dann um vier. Mit demselben Flugzeug flog ein bulgarischer Zirkus. Die Zirkusleute hatten es sich bequem gemacht und sich wie die Zigeuner überall ausgebreitet: auf dem Boden genauso wie auf allen Sesseln. Um sie herum sprangen verstrubbelte Hündchen mit ausgebleichtem Fell, alle gleich alt und gleich groß. Wahrscheinlich gab es im Zirkusprogramm ein Hunde-Corps-de-Ballet.

Neben Natascha ging ein großer Mann vorbei, der irgendwie entfernt ihrem ersten Ehemann ähnelte. Man hatte viel Zeit, der Kopf war leer, und vor lauter Nichtstun erinnerte sich Natascha an ihre erste Ehe. Ansonsten hätte sie nie daran gedacht.

Sie hatte geheiratet, als sie achtzehn war und er zweiundzwanzig. Und sie hatten sich sofort wieder scheiden lassen. Na gut, nicht sofort. So um die acht Monate hatten sie immerhin miteinander gelebt. Aber die Ehe erwies sich als brüchig. Als die Leidenschaft verflossen war und das Flußbett freigab, wurde der Grund sichtbar. Auf dem Boden lagen alle möglichen rostigen Konservendosen und anderes Gerümpel. Sie begannen miteinander zu streiten, sie zankten sich die ganze Zeit über und eigentlich wegen nichts. Ihre Liebe wurde krank davon, hustete vor lauter Nichtübereinstimmungen und starb schließlich.

Aber als sie geschieden waren trafen sie sich noch oft und stritten sich weiter. Sie konnten nicht miteinander leben, aber sie konnten auch nicht ohne einander auskommen.

Das Thema einer ihrer Streitigkeiten war beispielsweise, daß Natascha fand, ihr Mann sei ein Dummkopf, der ihre Schönheit nicht genügend würdige. Sie dachte, daß der Faktor Schönheit im Leben besondere Vorteile bringen müßte, wie zum Beispiel einen Talon für einen Weihnachtsbaum oder eine Sonderzuteilung für Delikatessen an Feiertagen. Aber ihr Mann sagte, daß Schönheit ein vorübergehendes Phänomen sei. In zwanzig Jahren sei sie spätestens auf und davon und winke ihr höchstens noch nach. Seine Fähigkeit dagegen, zu einem dauerhaften Gefühl namens Treue bliebe für immer. Das würde der Zahn der Zeit nicht annagen. Er war also sozusagen ein Mann zum Reinwachsen. Jetzt war er noch nicht ganz so gut, dafür würde er aber später um so besser sein. Aber wenn man achtzehn ist, denkt man nicht an später. Das Leben kommt einem über alle Maßen lang vor, und man glaubt, daß es alles zuhauf gibt und alles noch vor einem liegt.

Sie gingen auseinander und trafen sich nach zwanzig Jahren wieder. Er war zum zweiten Mal verheiratet, hatte eine Tochter, die ihn beim Vornamen nannte. Er wohnte in einer anderen Stadt. Natascha hatte es auf einer Dienstreise in diese Stadt verschlagen. Sie wußte, daß ihr Exmann hier irgendwo lebte. Sie rief die Auskunft an und nannte seinen Nachnamen. (An den erinnerte sie sich noch genau.) Man gab ihr seine Telefonnummer.

Natascha wählte, und zum ersten Mal nach zwanzig Jahren hörte sie seine Stimme. Sie hatte sich nicht verändert. Die Stimme ist das Instrument der Seele, und die Seele altert nicht. Sie bleibt ewig ein junges Mädchen. Sie sprachen miteinander mit ihren früheren, jungen Stimmen.

»Guten Tag!« sagte Natascha. »Jetzt wundere dich mal nicht.«

»Wer spricht da?« fragte er vorsichtig.

»Deine Ehefrau Nummer eins.«

Es entstand eine Pause, die so lange dauerte, daß Natascha schon dachte, die Leitung sei unterbrochen worden.

»Hallo?« fragte sie.

»Ich komme gleich zu dir«, sagte ihr Exmann. »Wo bist du denn?«

Sie nannte das Hotel und die Zimmernummer.

Als sie den Hörer aufgelegt hatte wurde sie nervös. Sie wußte selbst nicht, warum sie eigentlich angerufen hatte. Warum hatte sie ihn hierher bestellt?

Sie zog ihre französische weiße Bluse an. Dann überlegte sie es sich anders und tauschte sie gegen eine schwarze: die paßte besser zu ihrer Figur, dafür aber schlechter zu ihrem Gesicht. Sie mußte sich zwischen Figur und Gesicht entscheiden.

Es klopfte früher an der Tür, als sie gedacht hatte. Sie öffnete und sah ihren früheren Mann. Die zwanzig Jahre hatten ihn etwas in die Breite gedrückt, seine Wangen waren voller geworden. Aber sein Gesichtsausdruck und sein ganzes Wesen waren genau wie früher, und dieses Wesen schaute offenherzig aus den Fensterchen seiner beige-grünen Augen hervor.

»Wie du dich verändert hast . . .« sagte er und wiegte den Kopf, als wollte er sich die Richtigkeit seiner früheren Meinung bestätigen: Die Schönheit war vorbeigeflogen wie eine Bushaltestelle und genau in dem Zeitraum von zwanzig Jahren, so wie er damals vorausgeahnt hatte.

»Aber du hast dich überhaupt nicht verändert«, sagte Natascha, womit sie bestätigte, daß er genau derselbe Dummkopf geblieben war.

Natascha hatte sich wirklich verändert in diesen zwanzig Jahren. Wenn man ihre Schönheit mit der Natur vergleichen wollte, konnte man sagen, daß sie früher eine Wiese gewesen war, und jetzt war sie ein Feld.

Aber verwunderlich war etwas anderes: Sie begannen sich mit genau demselben Satz wieder zu streiten, den sie vor zwanzig Jahren abgebrochen hatten. Als wenn es diese zwanzig Jahre nicht gegeben hätte und sie erst gestern auseinandergegangen wären, mit genau denselben Vorwürfen.

Sie gingen hinunter, um im Restaurant zu abend zu essen. Er begann zu erzählen, wie lange und quälend er den Bruch mit ihr erlebt hatte. Er hatte wieder geheiratet, weil er befürchtet hatte, aus lauter Kummer zum Trinker zu werden.

»Aber du hast es ja überlebt«, beruhigte ihn Natascha und wechselte das unangenehme Thema. Sie wollte zu verstehen geben, daß alles Schlimme ja schon hinter ihnen lag, in der Vergangenheit.

»Aber ich habe so gelitten . . .« Er unterstrich das Wort leiden und bestand auf dem langen Stück seines Lebens, das dem Leiden gewidmet gewesen war.

»Leiden ist nützlich«, rechtfertigte sich Natascha. »Leiden formt die Seele.«

»Unsinn«, widersprach er. »Ich weiß nicht mehr wer, aber jemand hat gesagt: ›Das Glück, das ist die Universität‹. Leiden trocknet die Seele aus. Und aus der Dürre kann nichts Vernünftiges wachsen. Alle Keime sind dann voller Bosheit.«

Er erwies sich tatsächlich zu einem dauerhaften Gefühl fähig. Zuerst hatte er sie geliebt, dann gehaßt. Jetzt verzieh er ihr nicht. Also war sie ständig bei ihm.

Sie tranken noch etwas. Natascha erzählte von ihrer Dissertation. Sie erforschte die Gene der Drosophila, der kleinen Fruchtfliege, die eher nach Staub aussehen als nach lebenden Organismen. Aber Natascha kreuzte sie, erforschte sie und kam durch sie zu ernsten Schlüssen, die die ganze Menschheit betrafen.

Ihr erster Mann erzählte, daß er sich nach seinem Medizinstudium auf Zahnprothesen spezialisiert hatte. Er hatte wunderbares ausländisches Porzellanmaterial, und die Nachfrage nach seinen Gebissen und Teilprothesen überforderte seine körperlichen Kräfte. Dabei hatte er den Hintergedanken, daß ›Geld nicht stinkt‹ und daß Natascha sich damals vor zwanzig Jahren wohl etwas zu sehr beeilt hatte. Jetzt wäre er ihrer durchaus würdig.

»Hast du wieder geheiratet?«

»Ja«, log Natascha. Sie lebte mit einem Mann, war aber offiziell nicht verheiratet.

»Und betrügst du deinen Mann?«

Das war die Cardinalfrage. Weibliche Treue, das war seine Hauptforderung an eine Frau. Und wenn Natascha dieser Forderung entsprach, dann war sein Verlust um so größer.

»Schämst du dich nicht?« fragte Natascha verwundert.

»Also, ja oder nein?«

»Nie!«

Ihrem ersten Mann schlug es auf die Laune und er ließ den Kopf hängen. Das, was sein früheres Leben betreffend sich auf dem Grund seiner Seele abgesetzt und beruhigt hatte, wurde wieder aufgerührt, so wie wenn man in einem Teich mit einem Stock herumstochert. Es kommen abgestorbene Wasserpflanzen und Dreck zum Vorschein und vielleicht sogar ein Totenschädel mit Gebeinen.

Dann trennten sie sich. Wieder für zwanzig Jahre. Die Stadt, in der er lebte und arbeitete, war klein, eine Dienstreise dorthin war kaum möglich, aber daran lag es auch nicht. Es lag vielmehr an ihrer gegenseitigen Sinnlosigkeit füreinander.

Als Natascha sich von ihrem Mann getrennt hatte, kam es ihr so vor, als ob sie sehr schnell wieder heiraten würde. Daß sie nur auf die Straße hinausgehen und rufen müßte ›Ich will heiraten!‹ und es würde eine Männermenge zusammenlaufen und sich in einer langen Schlange bei ihr anstellen. Aber sie war naiv in ihrer Selbstsicherheit. Mit der Suche nach Glück war die ganze Menschheit beschäftigt, und nur einige wenige fanden es. Na, vielleicht ein paar zig . . . oder ein paar hundert. Aber was sind schon

ein paar hundert gerechnet auf die ganze Menschheit ...
Doch Natascha gelang es nach einiger Zeit zu diesen paar
hundert dazuzugehören. Vielleicht sogar zu den paar zig
Glücklichen, denn sie verliebte sich in Kitajew, einen Bio-
chemieprofessor, den Autor von vierzehn genialen Ent-
deckungen, unter anderem auch Hypothesen über die
Erdentstehung. Offenbar hatte er im Kopf kein Gehirn,
sondern ein übermächtiges Kraftwerk, das Ideen gene-
rierte und damit seine Umwelt infizierte. Er verschenkte
Ideen nach rechts und links, war großzügig wie jedes echte Talent, wie im Märchen von dem Huhn mit den goldenen Eiern, das so viele goldene Eier legt, daß es nicht auf
alle achtgibt. Es weiß, daß auch das nächste Ei wieder ein
goldenes sein wird.

Rein äußerlich gesehen war Kitajew nicht schön, er war
kahlköpfig, von gelblicher Hautfarbe, ausgetrocknet, er
wäre als Kambodschaner durchgegangen, obwohl er zu
diesem Land keinerlei Beziehungen hatte. Er ähnelte seiner Mutter, was sich mit zunehmendem Alter verstärkte.

Natascha nahm gar nicht wahr, daß er nicht schön war.
Einen Hübschen hatte sie schon gehabt. Sie sah Kitajew
auf ihre besondere Art, und alle anderen Männer kamen
ihr im Vergleich mit ihm bleich und unüberzeugend vor,
wie der zehnte Abzug von einer Matritze.

Kitajew konnte lange nicht an Nataschas Liebe glauben, dann glaubte er ihr schließlich doch, und nach den
langen Jahren ihrer Beziehung war er an sie gewöhnt wie
an eine Ehefrau, obwohl Natascha nicht offiziell zu ihm
gehörte. Natascha war nicht seine Ehefrau. Das war eine
andere. Aber diese andere störte in keiner Weise, und Na-

tascha verlangte nichts, so ergab sich die Möglichkeit, nichts zu verändern. Eine ständige Veränderung bohrte sich in das goldene Gehirn Kitajews, aber äußerlichen Veränderungen gegenüber war er kühl.

Manchmal kam es Natascha so vor, als ob morgen, ja, genau morgen und nicht übermorgen, er ihr einen Antrag machen würde, so tief waren sie miteinander verflochten. Aber manchmal kam es ihr so vor, als ob das nie geschehen würde. Sie hätte nicht herumzuraten brauchen, sondern direkt fragen können, aber in Fragen – und überhaupt in Worten – liegt etwas Konkretes. Die Musik ist die höchste aller Künste, weil sie nicht konkret ist. Die Musik und die Liebe mußten jenseits aller Fragen liegen.

Und heute morgen, als Kitajew sie aus Baku angerufen hatte, wo er sich bei einem Symposium afrikanischer und asiatischer Staaten aufhielt, und sie gebeten hatte, doch für die letzten Tage herzukommen, da hatte sie nicht lange gefragt: wozu? Es war auch so klar. Er sehnte sich nach ihr. Er konnte die letzten Tage nicht ohne sie verbringen. Aber von diesen zwei Tagen waren schon zehn Stunden zum Teufel. Sie saß auf dem Moskauer Flughafen und er auf dem in Baku, zum Nichtstun und Warten verurteilt, und wahrscheinlich bedauerte er schon, daß er sich diesen Marschbefehl hatte einfallen lassen.

Über Lautsprecher forderte eine blecherne Stimme zum Einsteigen auf. Die Zirkusleute setzten sich in Bewegung, die Hunde bellten gutmütig, als ob sie alles verstanden hätten und sich freuten.

Natascha zurrte ihren Sicherheitsgurt fest. Ihr war schlecht vor Angst und vom Start der Maschine und davon, daß ihr zehn Stunden verlorengegangen waren und ihr Gefühl zu Kitajew wie ausgelöscht war.

Das Flugzeug flog ruckartig, dann sackte es plötzlich nach unten, und jedes Mal, wenn es nach unten sackte, flog das Herz bis zum Hals hinauf im Vorgefühl des nahenden Endes. Natascha fürchtete nicht so sehr das Ende selbst, als vielmehr den Weg dorthin. Denn der Weg war lang, so um die dreißig Sekunden, und was am unangenehmsten war – er war einem bewußt. Natascha hatte einen entfernten Verwandten, Valik, der in einen Schacht verschüttet worden war. Vierzig Tonnen Geröll waren auf ihn gestürzt, und man hatte viele Loren gebraucht, um ihn von allem, was auf ihm lag, zu befreien. Schließlich hatte man ihn ausgegraben – mit weißen Augenbrauen, obwohl er ein junger Mann gewesen war. Also hatte er für gewisse Zeit – vielleicht dreißig Sekunden, vielleicht auch sechzig – noch gelebt, im vollen Bewußtsein dessen, was mit ihm geschah. Seine Frau, Nadka, war in ihrer ungeteilten Verzweiflung auf seinen Sarg gefallen wie die große italienische Schauspielerin Anna Magnani. In den südlichen Regionen ist ein Begräbnis ein Spektakel ganz eigener Art. Es ist eine Art Kartharsis, wenn man mit einem Schrei seine ganze Verzweiflung ausatmet, sein Nichteinverstandensein mit dem Schicksal. Und die Leute drum herum, die von dem fremden Nichteinverstandensein angesteckt werden, weinen mit und atmen ihre eigene Verzweiflung aus, um ihre Seele zu erleichtern und weiterzuleben. Nadka war auf den Sarg gefallen, man zog sie weg. Ein Fotograf hatte diese Augenblicke festgehalten. Aber nach einer Woche übernachtete bei Nadka schon ein gewisser Petko. Es stellte sich heraus, daß er seinen Platz bei Nadka noch zu Lebzeiten des Ehemannes eingenommen hatte und daß die beiden diese eine Woche kaum hatten abwarten können. Die Nachbarn empörten sich, und ein Satz machte die Runde: »Seine Pantoffeln sind noch kaum ausgekühlt«, womit natürlich die Pantoffeln von Valik gemeint waren.

Aber am meisten regte sich über Nadkas Untreue ihre Mutter auf, Valiks Schwiegermutter. Sie kam ins Haus und fragte Nadkas Tochter aus, die damals ein Teenager war.

»Hat er hier übernachtet?« fragte sie auf ukrainisch.

»Ja«, antwortete das Mädchen düster.

»In diesem Bett?« fragte Nadkas Mutter erschrocken.

»Wo denn sonst?« wunderte sich das Mädchen. »Unter dem Bett vielleicht?«

Nadkas Mutter begann zu weinen, rang die Hände.

»Aber er hat doch gelebt . . . hat doch gelebt. Was für eine Sünde . . . als ob es ihn nie gegeben hätte . . .«

Nadka hatte sich so verhalten, als hätte es Valik nie gegeben. Aber es hatte ihn doch gegeben . . . er hatte gelebt . . . Und dieses sofortige Vergessen war es, was Nadkas Mutter am meisten erschreckt hatte. Es war, als wenn Valik ein zweites Mal verschüttet worden wäre. Einmal als Lebender und einmal als Toter.

Natascha fürchtete sich davor genauso. Sie wußte, daß alles Lebendige an das Leben denkt. Und wenn sie jetzt zusammen mit dem Flugzeug abstürzen würde, dann würde Kitajew sie nicht vergessen, aber er würde sie in der großen Schublade seines Gedächtnisses ablegen und in die

Augen einer anderen schauen. Das Vergessen ist ein zusätzlicher Tod.

Das Flugzeug gewann wieder an Höhe. Natascha drückte die Lehne ihres Sitzes zurück und schloß die Augen. Das Flugzeug sackte nicht mehr ab. Das Herz blieb an seinem Fleck. Sie beschloß, sich anzusehen, was sich unter ihr tat und was es neben ihr gab.

Um sie herum schliefen alle, mit offenen Mündern, und die große Anzahl schlafender Männer erinnerte an das Gemälde *Nach der Schlacht*. Neben ihr saß ein junger Mann, er sah wie ein Basketballspieler aus, denn er war gut eineinhalb Köpfe größer als die ohnehin schon große Natascha. Sie sah aus dem kleinen Fensterchen und erblickte kosmische Dunkelheit – und Flammen, die unter der Tragfläche hervorschlugen.

Ihr Gehirn erstarrte vollkommen. Und durch diese Erstarrung hindurch erklang nur ein Wort: ›unangenehm‹. Als ob es auf Tonband aufgenommen worden wäre und in ihrem völlig leeren Kopf abgespielt würde. Als ob jemand neben ihr ganz leidenschaftslos sagen würde ›das ist aber unangenehm‹. Über Kitajew wurde in ihrem Gehirn nicht ein Wort gesagt. Der Körper reagierte auf seine eigene Art und Weise, losgelöst vom Willen. Sie krallte sich in den Arm des neben ihr sitzenden Basketballers.

»Au!« rief der Basketballer. Für ihn kam sowohl der Schmerz überraschend als auch die Berührung überhaupt.

»Wir brennen«, sagte Natascha, relativ ruhig für eine derartige Mitteilung. Der Basketballer beugte sich zum Fensterchen herüber und schaute aufmerksam hinaus.

»Das sind Warnlämpchen«, sagte er. »Erkennungssignale.«

»Und wozu braucht man die?« fragte Natascha ungläubig.

»Damit ein anderes Flugzeug nicht auf uns drauffliegt.«

Natascha sah noch einmal aus dem Fensterchen. Die Flämmchen schlugen tatsächlich mit gleichmäßigem Rhythmus hervor, als ob sie pulsierten. Eine Feuersbrunst hat einen wilderen, spontaneren Charakter.

Den Gang entlang kam eine geschäftige, teilnahmslose Stewardeß. So verhält man sich nicht bei einer Katastrophe, selbst dann nicht, wenn man sehr mutig ist.

Das Licht im Flugzeug erlosch. Offensichtlich schlug man den Fluggästen ein Schläfchen vor. Natascha schloß die Augen. Der Basketballer schob seine Lehne auch zurück, ihre Köpfe waren jetzt auf gleicher Höhe, und man hatte den Eindruck, daß sie zusammen in einem Bett lagen.

Von ihm ging Wärme aus wie von einem Ofen. Sie hätte nicht wegrücken, sondern noch näher an ihn heranrücken mögen, um sich nicht so schrecklich einsam zu fühlen zwischen Himmel und Erde. Er streckte seinen Ellenbogen zu ihr hin, nur ein ganz klein wenig, einen halben Zentimeter. Aber sie spürte diesen halben Zentimeter. Sie zog ihren Arm nicht weg. Aus seinem Ellenbogen floß die Energie eines jungen Biofeldes. Diese Energie hüllte Natascha mit ein, und sie flogen gemeinsam in ein und derselben Wolke. Es war dunkel und still, aber sie spürte, wie in der Stille sein Herz im Käfig seiner Brust schlug wie ein Hammer. Natascha legte unwillkürlich ihren

Kopf auf seine Schulter. Er ließ sein Gesicht in ihr Haar sinken. Jetzt schlugen ihre Herzen im selben Takt, und Natascha hatte plötzlich keine Angst mehr vor dem Fallen. Hauptsache zusammen.

»Bist du aus Baku?« fragte Natascha.

Man mußte doch irgend etwas sagen. Es wäre ihr unangenehm gewesen, in so einer Situation anonym zu bleiben.

»Ja, ich bin aus Baku.«

»Aber du bist doch Russe . . .«

»Dort leben auch Russen.«

»Und was haben die dort verloren?«

»Es ist eine schöne Stadt . . .«

»Und was hast du in Moskau gemacht?«

»Ich war bei einem Wettkampf.«

»Bist du Sportler?«

»Ja, Sportler . . .«

Sie redeten im Flüsterton, denn die Leidenschaft hatte ihre Stimmen erstickt. Und sie unterhielten sich nur deshalb miteinander, um sich von der überwältigenden Kraft abzulenken, die sie zueinander hinzog. Diese Kraft war wirklich überwältigend, es war unmöglich, sie zu überwinden.

Der Basketballspieler beugte sich über Natascha und küßte sie. Seine Lippen waren vorsichtig und weich wie die Nüstern eines Pferdes.

Nataschas Herz stieg bis zu ihrer Kehle empor, als wäre das Flugzeug in ein Luftloch gefallen. Aber dieser Fall ließ ihre Seele hochfliegen, das Flugzeug flog ganz normal. Der Kuß war vorsichtig, weise, als ob sie sich nicht mit den Lippen, sondern mit einem Vorgefühl berührten.

Natascha hatte in ihrem ganzen Leben noch nie so etwas verspürt. Ernstere Handlungen, die man in der Sprache der Erwachsenen Liebe nennt, hatten mit diesem Zustand nicht das geringste zu tun. Es war wie Worte zu klassischer Musik, wie der Text zum Zweiten Klavierkonzert Rachmaninows.

»Hast du einen Freund?« fragte er.

»Mein Verlobter. Ich fliege zu ihm . . .«

»Ja . . . Du bist noch jung . . .«

Im Halbdunkel konnte er nicht erkennen, wie alt sie war.

»Und du, hast du ein Mädchen?«

»Eine Braut. Sie heißt Sneshana. Ich vergöttere sie.«

»Ist sie Bulgarin?« erriet Natascha wegen des Namens.

»Ja. Bulgarin. Ich liebe sie sehr. Aber das, was ich für dich fühle, habe ich noch nie für eine Frau gefühlt, und ich wußte nicht einmal, daß es das gibt.«

»Und was fühlst du?«

»Ich weiß nicht. Es ist wie ein Hitzschlag.«

Natascha rückte ein bißchen von ihm ab und sah ihn an. Sie hatte ihn ja noch gar nicht richtig betrachtet. Er hatte ein junges Gesicht, glatte Haut, aufgeweckte Augen. Es schien ihr nicht genug, ihn nur zu sehen, sie streckte die Hand nach seinem Gesicht aus und betastete es mit den Fingern, wie eine Blinde, in dem Versuch seine Gesichtszüge durch das Gefühl in Erinnerung zu behalten. Er wunderte sich nicht darüber. Alles, was zwischen ihnen geschah, schien so natürlich, und mehr als das, es schien das einzig mögliche zu sein. Als ob nicht das Flugzeug in der Nacht mit seinen Lämpchen geblinkt hätte, sondern ihre Seelen einander Erkennungssignale gegeben hätten.

»Wie lebst du so?« fragte Natascha.

»Quälend. Ich quäle mich.«

»Wieso?«

»Ich will meine Mutter wiederauferstehen lassen. Kann man einen Menschen von den Toten wiederauferstehen lassen?«

»Ich bin Biologin. Ich kenne mich da in ungefähr aus. Das ist das einzige, was man nicht tun kann und nicht darf. Alles andere kann man vollbringen.«

»Aber man hat doch auch antike Pferde wieder zurückgeholt. Die Tarpaner. Man hat Kreuzungen gemacht, solange, bis sie wieder zum Vorschein kamen. Und jetzt gibt es in Askani-Nowa eine ganze Herde Tarpaner.«

»Man hat ihr biologisches Äußere wieder zum Leben erweckt. Aber die Individualität kann man nicht wiederherstellen. Die Persönlichkeit ist einmalig.«

»Aber es gab doch einen Philosophen, Fjodorow, ein Zeitgenosse Tolstoijs: Er glaubte, daß man durch die Nachkommen die Vorfahren wieder zum Leben erwecken kann, die Persönlichkeit wieder auferstehen lassen kann.«

»Die Natur braucht den Wechsel der Generationen. Die Menschen werden geboren, werden alt und sterben, um den Jungen Platz zu machen. Man darf das Rad des Lebens nicht zurückdrehen.«

»Aber meine Mutter ist nicht alt geworden. Sie ist jung gestorben. Sie hat ihr Leben nicht zu Ende gelebt.«

»Damit muß man sich abfinden.«

»Ich kann mich nicht damit abfinden. Ich kann nicht ohne sie leben. Ich wollte ihr sogar folgen . . . Glaubst du, daß ich verrückt bin?«

»Nein, das glaube ich nicht.«

Natascha wunderte sich tatsächlich nicht über seinen Wunsch, seine Mutter wieder zum Leben erwecken zu wollen. Besser gesagt, sie wunderte sich schon, aber sie verstand die Antriebskraft seines Wunsches. Nadka hatte sich von ihrem Mann schon vor dessen Tod verabschiedet, der Faktor seines Todes änderte nichts. Aber der Basketballspieler hatte sich auch nach dem Tod nicht von seiner Mutter verabschieden können, im Gegenteil, er war mit ihr zu einem Ganzen verschmolzen gewesen, und die erzwungene Trennung erschien ihm widernatürlich. Er konnte sie nicht annehmen. Er suchte einen Ausweg. Er versuchte entweder hin zur Mutter zu gehen oder sie wieder zu sich zurückzuholen. Auf letzterem beharrte er nun.

»Wir hatten sonst niemanden auf der Welt: Ich hatte nur sie, und sie hatte nur mich. Mein Vater hat uns sitzenlassen, als ich einen Monat alt war, und sie war zwanzig. Ich weiß nicht einmal, ob es ihn überhaupt gegeben hat. Ich habe ihn jedenfalls nie gesehen. Wir haben nicht nur arm gelebt, wir haben von nichts gelebt. Manchmal hatten wir den ganzen Tag nur je einen Teller dünner Suppe. Und einmal habe ich den ganzen Winter über zu Hause gesessen, weil ich keine warmen Stiefel hatte . . .«

Natascha legte sich auf ihrem Sitz zurück, das Gesicht ihm zugewandt. Sie atmete seine Stimme und seine Worte ein.

Er erzählte davon, wie seine Mutter die Schauspielschule abgeschlossen hatte, aber kein einziges Theater hatte sich für sie interessiert. Wahrscheinlich war sie eine sehr schwache Schauspielerin gewesen. Ihr Geld verdiente sie, indem sie bei Lesungen der Zeitschrift ›Znamja‹ mitwirkte. Der Lektor las, sagen wir mal über das Leben von Maxim Gorki, und sie trat auf, in einem bodenlangen Kleid, mit Chiffonschal, und deklamierte den *Sturmvogel*, indem sie mit Hilfe des Schals mal das Meer, mal den Sturmvogel darstellte. Wahrscheinlich hätte sie auch in normaler Kleidung auftreten können, mit Rock und Bluse. Aber sie war eben doch eine Schauspielerin. Sie hatte das Bedürfnis, sich zu verstellen und sich so auszudrükken. Aber ihr Bedürfnis stimmte nicht mit der Wirklichkeit überein. Ihr Talent war zu klein geraten, aber das wollte sie nicht glauben. Selten kann jemand aus dem Kreis der Leute, die mit dem Bazillus der Kreativität angesteckt sind, vor sich selbst zugeben: Ich habe kein Talent. Dafür braucht man einen besonderen Verstand und einen besonderen Mut.

Und dann war sie krank geworden und gestorben. Im Krankenhaus. Das war vor einem Jahr gewesen. Er, ihr Sohn, war jede Minute bei ihr gewesen, Tag und Nacht. Seine Taschen waren voller zerknitterter Rubelscheine, mit denen er sich eine zusätzliche Pflegerin hätte leisten können, aber er machte alles selbst. Einmal sagte der behandelnde Arzt: »Halt noch ein bißchen durch, es geht nur noch zwei, drei Tage ...«

Der Basketballspieler hatte ihn angesehen und nicht begriffen, was er meinte ... Er wäre bereit gewesen, sein ganzes weiteres Leben so zu leben, nicht zu essen, nicht zu schlafen, sich nicht einmal hinzusetzen, wenn seine Mutter nur atmete und die Augen aufschlug. An einem dieser Tage ging er morgens auf den Treppenabsatz hinaus, um eine Zigarette zu rauchen, und als er zurückkam, da verstand er im ersten Moment nicht, was passiert war. Seine Mutter war da, aber es gab sie nicht mehr. Sie war irgendwohin gegangen, hatte ihren Körper zurückgelassen, wie man auf dem Dorf alte Häuser zurückläßt.

Im Krankenzimmer lag noch eine Frau, die der Mutter zur Nachbarin geworden war. Sie zeigte mit zitterndem Finger auf seine Mutter und flüsterte: »Sie ist gestorben . . .«

»Ja . . .« antwortete er genauso flüsternd.

»Sagen Sie, daß sie sie holen sollen.«

»Nein. Man darf sie nicht anrühren.«

»Warum?«

»So ist die Regel.«

Er hatte gehofft, daß man sie noch von dort zurückholen könnte, zurückrufen von daher, wohin sie gerade gegangen war.

»Aber ich halte das nicht aus. Ich werde verrückt.«

»Ich kann Ihnen nicht helfen.«

»So rufen Sie doch jemanden.«

»Gut. Aber das bringt auch nichts.«

Die Frau sprach flüsternd und ruhig, und er antwortete ihr flüsternd und versuchte, so kam es ihm vor, ihr etwas zu erklären. Aber es war das Gespräch zweier vor Kummer um den Verstand gekommener Menschen: flüsternd und sehr logisch.

Und dann ging er zum Arzt, zuerst zu dem, der seine Mutter behandelt hatte, dann zum Stationsarzt und flehte ihn an, seine Mutter wieder zum Leben zu erwecken. Dabei entschuldigte er sich dauernd für die Störung. Man gab ihm eine Spritze und schickte ihn nach Hause. Zu Hause schnitt er sich die Pulsadern auf.

»Und Sneshana?« fragte Natascha.

»Sie hatte keine Bedeutung. Ich dachte gar nicht an sie.«

Sie schwiegen. »Glauben Sie, daß ich nicht normal bin?« fragte der Basketballspieler wieder.

»Nein, das glaube ich nicht. Sie sind einfach noch jung und können noch keinen Kummer aushalten. Sie haben es noch nicht gelernt, ihn auszuhalten.«

»Vielleicht ist es so. Aber meine Mutter hätte nicht sterben dürfen. Das war unfair. Sie hat so kurz gelebt, und es ist ihr so schlecht gegangen. Sie hat nur Erniedrigungen gekannt, sowohl als Schauspielerin als auch als Frau. Und was ist der Ausgleich? Der Tod etwa?«

»Jeder Mensch erntet, was er sät. Das ist grausam, aber so ist es.«

»Sie hat Zärtlichkeit und Naivität gesät . . .«

»Dann hat sie nicht auf dieser Wiese gesät, sondern auf einer anderen.«

»Wieso?« fragte der Basketballspieler verwundert und schob sein vor Unverständnis angespanntes Gesicht näher an Natascha heran.

»Sie hat nicht den richtigen Beruf gewählt. Hat nicht dem richtigen Mann ein Kind geboren.«

»Nicht dem richtigen, aber *das* richtige! Ich liebte und liebe sie mehr als jeden anderen Menschen.«

»Schicksal . . .«

»Nein!« schrie er flüsternd auf. »Das ist nicht fair!«

Er ballte die Faust, schob sie zwischen die Zähne und brach in Tränen aus.

Natascha hatte noch nie einen Mann weinen sehen. Ihr erster Mann hatte zwar mehrmals angefangen zu weinen, wenn er etwas getrunken hatte, aber das waren andere Tränen.

Natascha zog seine Faust zwischen den Zähnen hervor, bog die Finger auf und legte ihr Gesicht in seine Hand. Sie wollte, daß er sie neben sich fühlte. Sie sollten einander festhalten zwischen Himmel und Erde.

»Heirate Sneshana«, sagte Natascha. »Hab mit ihr eine Tochter. Taufe sie auf den Namen deiner Mutter. Wie hat sie geheißen?«

»Alexandra.«

»Na also, nenn sie Alexandra. Das ist ein wunderschöner Name. Man kann alle möglichen Koseformen daraus machen: Alja, Sandra, Schura, Sascha . . . Sie wird dir ähnlich sehen, weil die Mädchen immer den Vätern ähnlich sehen. Und die Jungen der Mutter. Sandra wird über dich deiner Mutter ähnlich sehen, und so hast du sie wieder zum Leben erweckt . . .«

»Und wie heißt du?«

»Natascha.«

»In wenigen Minuten landen wir in Baku«, verkündete eine Stewardeß forciert weiblich. »Stellen Sie bitte die Lehnen Ihrer Sitze in die Ausgangsposition zurück, und legen Sie die Sicherheitsgurte an.«

Das Licht flackerte auf. Die Passagiere rutschten auf

ihren Sitzen herum und schnallten sich an. Natascha sah den Basketballspieler an, wobei sie ihm Gelegenheit bot auch sie bei voller Beleuchtung zu betrachten. Aber er bemerkte den großen Altersunterschied zwischen ihnen nicht. Anscheinend hatte der Hitzschlag in seinem Gehirn andauernde Veränderungen verursacht.

»Sehen wir uns wieder?« fragte er.

»Nein«, sagte Natascha. »Das geht nicht. Ich bin nicht allein.«

»Na und? Vielleicht finden Sie doch etwas Zeit?«

»Vielleicht. Aber wozu?«

Er antwortete nicht. Was konnte man darauf schon sagen?

Das Flugzeug setzte dröhnend zur Landung an. Es landete ruckartig, genau wie es gestartet war. Unter der Tragfläche schaukelte es, daß einem schlecht werden konnte. Offensichtlich war der Kapitän des Flugzeugs kein geborener Pilot, sondern nur ein angelernter.

Der Flugplatz war von der Stadt mit einem eisernen Gitter abgetrennt.

Kitajew stand voll innerer Spannung auf der anderen Seite des Gitters. Er schaute fortwährend auf die Tür, hinter der Natascha erscheinen mußte, und im Moment sah er so aus, daß man ihn für einen gutmütigen Räuber hätte halten können.

Natascha ging nicht zur Tür, sondern blieb neben den Eisenstangen stehen und sah Kitajew von der Seite an, im wörtlichen und übertragenen Sinne des Wortes. Dann rief sie leise: »Kitajew . . .«

Er drehte sich schnell nach ihr um und lief zu den Stäben. Er streckte die Hände durch das Gitter, umarmte sie und küßte sie fest und erregt. Seine Lippen waren schmal und hart. Sein Kuß ging ihr nicht ins Herz. Er blieb auf ihren Lippen.

Während sie auf das Gepäck warteten, jammerte Kitajew über die Verspätung des Flugzeugs. Eine verlorene Nacht, die einen nicht vollwertigen Tag nach sich ziehen würde. Man hätte sagen können: ›Und was kann ich dafür? Du hättest mich nicht rufen sollen.‹ Aber Natascha schwieg mit schuldbewußter Miene. Kitajew wußte nichts von ihrer Schuld. Aber sie wußte es: Sie hatte in der Minute der Todesgefahr nicht an ihn gedacht und hatte die Nacht mit einem anderen verbracht. Ein doppelter Verrat.

Das Gepäck kam. Ein breites Band drehte sich langsam im Kreis. Aus dem Dunkeln fielen wie aus dem Kosmos Reisetaschen und Koffer auf das Band. Die früheren Fluggäste, die jetzt einfach unausgeschlafene Menschen waren, standen drum herum und starrten wie verzaubert auf das Band, so wie man auf die Hände von ›Väterchen Frost‹ sieht, der die Weihnachtsgeschenke bringt, obwohl sie außer ihrem eigenen Koffer nichts zu erwarten hatten.

Da sah Natascha den Basketballspieler. Hier auf dem festen Erdboden sah er sehr einnehmend aus: aufrecht, groß, mit einem wunderschönen Kopf auf dem starken Hals. Solche Hälse malten die Trickfilmzeichner dem Iwan-Zarewitsch und Iwan-Dummkopf. Er schaute mit offener Verwunderung auf Kitajew und konnte es nicht begreifen: Wieso ging Natascha von ihm fort zu diesem vertrockneten Frührentner? Warum konnte man das Wasser des Lebens nicht erlangen, um die Toten wiederzuerwecken? Warum konnte er seine Froschkönigin nicht erlösen?

Seine Sporttasche, der man schon ansah, daß sie schwer war, schwebte mehrmals an ihm vorbei und stieß mit anderen Koffern zusammen, die neu auf das Band kamen. Und so stießen auch die Fragen in seinem Kopf aufeinander, und davon wurden seine Augen größer und dunkler.

Kitajew nahm Nataschas rötlichen Koffer, der ihm so vertraut war, vom Band, und sie gingen zum Ausgang. Sie zeigten dem Kontrolleur die Gepäckscheine vor.

Bevor sie ganz hinausgingen, drehte sich Natascha um. Der Basketballspieler reckte den Kopf hoch wie ein Vogel. Er hatte schreiende Augen wie das Zigeunerkind.

Das war ihr einmal passiert: Im Sommer hatte sie mit ihrer Mutter auf der Datscha gewohnt, und eine Zigeunerin war in ihren Hof gekommen. Auf ihrem Arm saß ein wunderschönes, verdrecktes Zigeunerkind und hielt die schmutzige Hand auf. Die Zigeunerin wollte Essen, Kleidung und Geld. Sie forderte das Maximum, denn sie wußte: Wenn sie einen Rubel bekommen wollte, mußte sie zehn fordern. Die Mutter ging ins Haus und brachte das heraus, worum es ihr nicht leid tat, oder wenigstens nicht sehr: eine Pirogge mit Fleisch, etwas Geld und einen alten Mantel. Und dem Zigeunerkind legte sie eine vor kurzem gekochte Pellkartoffel in das ausgestreckte Händchen. Dann erschrak sie, weil sie fürchtete, daß die Kartoffel nicht kalt genug geworden war, und riß sie grob aus dem kleinen Händchen. Die Augen des Zigeunerkindes wurden sofort größer, von der Beleidigung füllten sie sich mit Tränen, und das Kind weinte – still und bitter, wie ein zutiefst verletzter Mensch. Das Kind verstand nicht, daß man ihm die Kartoffel zu seinem eigenen Besten wegge-nommen hatte. Und der Basketballspieler verstand auch nicht, daß es nur zu seinem Besten war, wenn Natascha jetzt fortging. Er hatte dieselben schreienden Augen.

Menschen und Verpflichtungen verhalten sich zueinan-der wie Erde und Bäume. Die Wurzeln der Bäume reichen wie gigantische Arme tief in die Erde, halten sie und wer-den selbst gehalten. Die Erde braucht Bäume und die Bäume die Erde. Verpflichtungen bestehen nicht nur zwi-schen Lebenden und Toten, sondern auch zwischen Le-benden und Lebenden. Man muß sehr, sehr sicher sein, um einen Baum auszureißen und an seiner Stelle einen neuen zu setzen, damit er angeht und wächst. Sonst kann es pas-sieren, daß man einen ausreißt, und keinen neuen zu setzen vermag. Dann steht man neben dem aufgewühlten Erd-trichter und kann nur auf das Werk seiner Hände schauen.

Natascha ging hinter Kitajew her, und in ihren Hinter-kopf bohrte sich wie ein sich verhärtender Strahl, der Blick des Basketballspielers. Und noch lange danach, fast eine Woche lang, fühlte sie seinen Blick als schmerzenden Punkt auf ihrem Hinterkopf.

Ja, so war das . . . Aber was hatte ihr erster Mann damit zu tun? Überhaupt nichts. Nur, daß damals, am Anfang ihres Lebens, es nicht schwer war, die noch zarten Wur-zeln auszureißen, sie herauszuziehen und wegzuwerfen. Damals kam es ihr so vor, als ob alles noch kommen würde und alles noch vor ihr läge.

Deutsch von Angelika Schneider

Wir brauchen Gesellschaft

Am siebten September neunzehnhundertsechsundsieb-
zig ging ich von zu Hause fort. Und das geschah so: Meine
Frau und ich saßen vor dem Fernseher. Die Sendung ›Im
Tierreich‹ fing gerade an. Eine wunderbare Melodie erklang, und Strauße begannen zu tanzen. Ich begriff, daß
wenn ich nicht sofort aufstehen und fortgehen würde, ich
irgend etwas anstellen würde. Zum Beispiel den Fernseher auf den Boden werfen oder aus dem Fenster springen.
Und wenn ich springen würde, so würde ich nicht nach
unten fallen, sondern nach oben. Ich würde über die
Grenzen der Erde hinausfliegen und zu einem künstlichen Satelliten werden. Die Zeit würde für mich bedeutungslos sein, für alle Ewigkeit würde ich durch Finsternis und Kälte fliegen.

Ich stand auf und zog den Mantel an. Meine Frau war
der Meinung, daß ich zum Kiosk gehen wollte, um Zigaretten zu kaufen, und ermahnte mich, mich beim Gehen
gerade zu halten. Sie sagte, daß ich beim Gehen mit dem
Kopf nach unten tauche wie ein Kutschpferd. Dann sagte
sie noch, daß ich immer auf den Boden blicke, als ob ich
auf dem Asphalt nach Münzen suche.

In meiner Kindheit habe ich es geliebt, nach Münzen zu
suchen, und ich habe auch welche gefunden. Jedesmal
habe ich dann geschaut: Kopf oder Adler?

Jetzt suche ich schon lange nach nichts mehr.

Ich trat auf die Straße hinaus und ging einfach meiner Nase nach. Meine Nase führte mich dann doch zum Zigarettenkiosk, und ich kaufte eine ganze Stange bulgarischer Zigaretten. Ich steckte mir eine an, und während ich rauchte, überlegte ich: Was weiter?

In der Regel überlegen die Leute zuerst und verlassen danach ihre Familie. Aber ich verließ sie zuerst und begann dann zu überlegen.

Die Bindung zwischen mir und meiner Frau war seltsamerweise nicht durch gemeinsame Anschaffungen entstanden, sondern durch gemeinsame Verluste. Sie hatte meinetwegen die Möglichkeit verpaßt, ein Kind zu bekommen, und haßte mich deswegen. Und ich hatte ihretwegen die Möglichkeit eines Abenteuers verpaßt und war zu dem geworden, der ich bin. Ich schnüffle denen nach, die die Ordnung stören, und bewache das Privateigentum der Bürger. Genaugenommen hatte ich einen hundsmiserablen Job, und vielleicht war das der Grund, warum ich die Hundesprache verstand.

Ein herrenloser Hund kam auf mich zu. Er sah Tschechows Kaschtanka ähnlich, und vielleicht war er ihr Kind oder Enkelkind.

»Wie geht's?« fragte ich.

»Es geht so«, antwortete Kaschtanka.

»Willst du etwas essen?«

»Eigentlich habe ich schon gefrühstückt«, sagte Kaschtanka rücksichtsvoll und musterte meine Hand.

In der Hand hielt ich die brennende Zigarette. Kaschtanka stand noch ein wenig vor mir und ging dann fort.

Meiner Frau zuliebe war ich vor sechs Jahren dem Ruf der Liebe nicht gefolgt, und bis zum heutigen Tag tut es mir leid darum. Ihr tut es auch um irgend etwas Eigenes leid, und manchmal weint sie drei Tage hintereinander. Sie ißt und weint. Sie geht und weint. Sie schläft und weint. Tag für Tag erfüllen wir in unserem Verhältnis zueinander zugleich die Rolle des Opfers und des Henkers. Ich weiß nicht, was sie fühlt. Wenn man jedoch versuchen wollte, meinen Zustand in Worte zu fassen, so paßt am ehesten der Begriff Langeweile. Meine Augen langweilen sich, mein Hirn und mein Fleisch. Wenn ich mich mit meiner Frau in einem Zimmer befinde, kommt es mir vor, als stiege ich langsam eine Treppe in den Keller hinunter, in dem ausgekeimte Kartoffeln liegen. Es weht mich kalt und dunkel an, und ich würde zu gern hinausgehen an die Sonne.

Der Zigarettenkiosk befand sich gegenüber dem Kaufhaus. In dem Kaufhaus wurden Teppiche verkauft, und lange Warteschlangen – vorwiegend Usbeken und Zigeuner – hatten sich gebildet. Immer wieder tauchten in der Tür Leute auf, auf deren Brust ein zusammengerollter Teppich wie ein Lorbeerkranz hing.

Ich holte eine neue Zigarette hervor und erinnerte mich aus irgendeinem Grund daran, wie ich vor einer Woche angestanden hatte, um frischen Fisch zu kaufen. Ein großer Spiegelkarpfen hatte seinen Kopf aus dem Aquarium gestreckt, den Mund geöffnet und tief nach Luft geschnappt. Ihm war der Atem ausgegangen. Um ihn herum schwammen seine Bekannten und Verwandten – ebensolche Karpfen. Aber ihm stand der Sinn nicht nach ihnen.

Aber was hatte der Karpfen damit zu tun? Der Karpfen – das war ich. Ich war aus dem Aquarium ins Meer geschwommen, obwohl doch der Karpfen ein Flußfisch ist. Also, in einen See. Oder in einen Fluß.

Ich hatte das Aquarium verlassen, und irgendwo mußte ich nun übernachten.

Ich konnte zu Freunden gehen, aber das war unangenehm. Unsere Familien waren miteinander befreundet, vor allem telefonisch. Sie waren mit mir und meiner Frau befreundet, und wenn ich auftauchen würde, um dort zu übernachten, so würde ich sie vor die unangenehme Wahl stellen: ich oder meine Frau. Wozu sollte ich meinen Freunden mit einem weiteren Problem das Leben schwermachen?

Neben dem Kaufhauseingang saß auf den Stufen ein wunderschöner junger Collie. Ich hatte nicht bemerkt, wie er dorthin geraten war. Der Collie schaute vor sich hin, in seinen Augen zitterten Tränen.

Ich hockte mich vor ihn und fragte: »Was hast du?«

»Ich fürchte mich so. Ich habe Angst, daß mein Herrchen nicht mehr zurückkommt.«

»Er wird schon zurückkommen«, sagte ich. »Wohin soll er denn schon verschwinden?«

»Und warum glaubst du das?« fragte der Collie und sah mir in die Augen.

»Weil du auf ihn wartest.«

Ich rauchte noch eine Zigarette und ging nach Hause. Schließlich war meine Frau auch ein Karpfen.

Ich beschloß, irgendeine Wohnung zu mieten und erst dann von zu Hause fortzugehen. Das zu beschließen war

eine Sache. Das Mieten einer Wohnung – eine ganz andere. Das erste hing nur von mir ab, das zweite aber – das
war die Summe zweier verschiedener Wünsche.

Ich warf mein Netz aus, und ein halbtotes Fischlein
blieb darin hängen. Der Abteilungsleiter Grakin bot mir
seine Winterdatscha an. Er sagte, daß es dort den Komfort
einer Stadtwohnung gebe, mit dem einzigen Unterschied,
daß sich eine Stadtwohnung in einer modrigen Gasse mitten zwischen Steinen und Auspuffgasen befindet. Auf der
Datscha aber – da gab es das Land, Eichhörnchen und die
Stille.

Grakin war ein ziemlich junger und ziemlich intelli-
genter Mann mit wunderschönen Zähnen. Er war Chef,
seitdem er zwanzig Jahre alt war, allerdings kein sehr
großer. Und ich denke, daß er es wohl auch nicht viel
weiter bringen wird. Er liebte es, ins Schwimmbad zu
gehen, auf die Rennbahn und zu den Nachmittagsvor-
stellungen ins Bolschoj-Theater. Nie war er zu erreichen.
Grakin kam nur zur Arbeit, um dort auf ein Telefonat zu
warten und dann dem Leben entgegenzugehen, das so
stürmisch und vielfältig vor den Fenstern seines Büros
dahinfloß.

An einem Sonntag holte ich Grakin ab, und wir fuhren
los, um uns die Datscha anzusehen.

Es war Anfang November.

Die Bäume auf dem Grundstück hatten noch nicht alle
Blätter verloren. Sie standen golden, stolz und wunderschön da.

Die Datscha sah einer Bauernkate ähnlich, aber es war
keine wirkliche Kate, sondern eben eine stilisierte Kate:

Einfachheit, die nicht von Armut, sondern von Geschmack zeugte. Im Haus war bis hin zur Decke alles holzgetäfelt. Es schien mir, daß alle Unruhe, die sich im Laufe des Lebens angesammelt hatte, in meine Füße herabsank und durch das Holz hindurch in der Erde verschwand, und ich wurde leicht und ruhig.

Grakin hatte dieses Haus von seinen Eltern bekommen und brauchte es – soweit ich verstand – überhaupt nicht, da er im Winter in den Bergen und im Sommer am Meer Urlaub machte.

Im Zimmer standen alte und uralte Möbelstücke herum, die nicht in die Stadt paßten, denn sie konnten eher als Trödel denn als Antiquitäten bezeichnet werden.

An der Wand – eine schwarze japanische Schirmwand mit Perlmuttintarsien; ein riesiger Schreibtisch von der Größe eines Billardtisches.

Das Klavier mit den prachtvollen schweren Kerzenleuchtern war unglaublich verstimmt. Ich öffnete den Deckel und berührte die Tasten. Auf den Ton hin sah eine große graue Katze in den Raum. Sie schaute mich streng an, grüßte und miaute mit klirrender, heiserer Stimme – ganz genau wie das Klavier.

»Das ist Klawa«, stellte Grakin die Katze vor.

Hinter den Fensterscheiben pfiff der Wind, aber im Zimmer war es warm, und gemütliche Japaner mit runden Köpfen wanderten über die schwarze Schirmwand.

Ich beschloß, mir diese Datscha zu sichern, und zahlte für drei Monate im voraus. Irgendwie hatte ich gedacht, daß Grakin kein Geld von mir nehmen würde, er machte den Eindruck eines uneigennützigen Menschen, aber

Grakin forderte sechzig Rubel pro Monat. Er war dem Geld sehr zugetan, wie jeder, der gern einmal einen trinkt. Für jemanden, der gerne trinkt, war jeder Rubel das Drittel einer Flasche. Und das Drittel einer Flasche war der Beginn wunderbarer Irrungen und Wirrungen.

Einmal hatte Grakin mir erzählt, daß er sich, wenn er betrunken sei, wie unter Narkose fühle. Und wenn er nüchtern sei, falle es ihm schwer, in dieser Welt zu leben.

Grakin zählte das Geld nach und steckte es in die Innentasche seines Jackets. Ich machte einen Scherz über die Einzugsfeier. Grakin lachte, und plötzlich wurde ich ganz traurig. Jede Selbstironie verwandelte sich zu guter Letzt in Selbstmitleid. Ich tat mir selbst leid. In einem Alter, wo ich schon Enkel hätte haben können, fing ich erst an zu leben, wie ein junger Spezialist, der nach Abschluß seiner Institutszeit zum Arbeiten aufs Dorf kommt.

Mein ganzes Leben lang hatte ich von einem eigenen Häuschen im Grünen geträumt. Ich liebe die Natur und die Einsamkeit. Grakin begriff die Natur nicht und konnte Einsamkeit nicht ertragen. Dieses Haus brauchte er im Grunde überhaupt nicht. Aber er hatte eins, während ich keins hatte. Und niemals eines haben würde.

Grakin hatte drei Kinder von zwei Frauen. Und ich hatte nicht ein einziges.

Seit zehn Jahren träumte ich davon, mir einen Pelzmantel zu kaufen. Ich wünschte mir einen, Grakin hatte zwei davon: einen kanadischen – zum Vorzeigen – und einen anderen aus der Mongolei – für strengen Frost.

Die Katze Klawa strich um meine Beine. »Gib mir etwas«, gurrte Klawa und sah mich mit intrigantem Blick an.

Ich holte einen kleinen runden Haferkeks aus der Tasche.

»Das ist zu süß«, sagte Klawa. »Ich will etwas Richtiges essen.«

»Gleich werde ich dich füttern«, versprach Grakin und spähte in den an der Wand hängenden Küchenschrank.

Aus einer Schuhschachtel blickte ein winziges Kätzchen hervor. Ich wollte es auf den Arm nehmen, aber Grakin warnte mich: »Flöhe . . .«

Das Kätzchen sperrte die Augen auf, deren Weiß bläulich schimmerte.

»Die werden wir ausmerzen«, versprach ich ihm.

»Bleibst du denn hier? Wirst du bei uns wohnen?« Das Kätzchen sperrte seine Augen noch weiter auf.

Ich wäre nur zu gern auf der Datscha geblieben. Ich hätte mich an den großen Tisch gesetzt wie der Denker von Rodin, und so hätte ich eine Stunde, zwei Stunden gesessen, und niemand hätte mich gestört. Ich wäre gern gleich hiergeblieben, aber Grakin mußte zurück, und ich fuhr ihn in die Stadt.

Auf dem Weg klagte Grakin über sein Leben. Er hatte ein Haus im Grünen, Kinder, wunderschöne Zähne, zwei Pelzmäntel, aber es fehlte ihm an seelischem Gleichgewicht, und er hätte gern alles, was er hatte, gegen das eingetauscht, was er nicht hatte. Dann sagte er, daß er mir Klawa und das Kätzchen anvertraue und daß ich mich um sie kümmern müsse. Klawa war, wie ich es verstand, eine ausgesprochene Datschakatze. Sie lebte nur während der Sommersaison mit ihrem Herrchen zusammen, und wenn das Herrchen dann in die Stadt umsiedelte, nahm er Klawa aus irgendeinem Grund nicht mit. Vielleicht hatte er in der Stadt eine andere Katze, eine Stadtkatze.

Wir kamen abends um neun Uhr in Moskau an. Es hatte bereits keinen Sinn mehr, nochmals zur Datscha zu fahren, um so mehr, als ich meine Bücher und Papiere von zu Hause holen mußte.

Ich kehrte nach Hause zurück. Meine Frau hockte vor dem Backofen und warf von Zeit zu Zeit einen Blick hinein: War die Kruste schon schön braun? Sie machte gerade Zwieback mit Äpfeln und wollte mich damit bewirten.

Wir hatten keine Kinder, und so war ich ihr einziges Kind. Sie hatte weder einen Vater noch Brüder – und so war ich ihre ganze Familie und ihr einziger Lebensinhalt. So langweilig dieses Leben auch sein mochte, es war ihr Leben. Und ein anderes Leben hatte sie nicht.

Ich zog mich aus, und ohne ein Wort zu sagen, ging ich an meinen Schreibtisch.

Ich schaltete den Kassettenrecorder auf volle Lautstärke und machte mich an meine Dissertation. Ich schrieb sie wie der Annalenschreiber Pimen – Jahr für Jahr. Tag für Tag. Irgendein eifriger Nachfahre wird nach vielen Jahren meine inbrünstige namenlose Arbeit finden, er wird wie ich seine Leselampe anknipsen, wie ich seinen Kassettenrecorder anschalten . . .

Wenn ich arbeite, habe ich die Gewohnheit, meinen Kopf in die Hand zu stützen. Diese Gewohnheit fällt, wie überhaupt alle Gewohnheiten – unter die Kategorie der Zwangsneurosen, und ich bemerke sie nicht. Außerdem kann ich es nicht ertragen, wenn mein Zimmer aufgeräumt und durchlüftet ist. Ich liebe es, von verstreuten

Papieren, Gerümpel und Wärme umgeben zu sein. Es kann gut sein, daß ich von den Schweinen abstamme.

Meine Frau kam herein und sagte etwas.

Ich hob den Kopf von meinem Text und verstand nicht sofort, was sie wollte. Ich sah nur ihre Augen – hellblau, fast weiß. Ohne Lid waren sie direkt in das Gesicht eingelassen, und ihr Blick war unheildrohend. Zwei unheildrohende Augen in einem nicht mehr jungen Gesicht. Unter dem flauschigen Hauskittel lugten meine warmen, langen Unterhosen hervor – die aus aufgerauhtem Flanell, die ich schon lange nicht mehr trug. Meine Frau fror ständig und lief deshalb zu Hause in Männerunterhosen herum.

Ich blickte sie lange an, dann fragte ich: »Was?«

Meine Frau sagte, daß ich meinen Kopf nicht in die Hand stützen solle, denn sonst sähe ich aus wie Ilja Murometz, der mit schützend vor die Stirn gelegter Handfläche nach Tataren Ausschau hält. Dann öffnete sie das Fenster und fing an, das Zimmer zu fegen, wobei sie vor sich hin murmelte, daß sie eine Frau sei und Dreck in ihrem Haus nicht ertragen könne.

Ich nahm die Hand vom Tisch und starrte vor mich hin. Ich fühlte mich wie das Opfer, zu dem der Henker gekommen ist. Bevor dieser sich aber seiner eigentlichen Aufgabe zuwendet, beschließt er, meine Zelle zu fegen. Ich hob den Kopf aus dem Aquarium und schnappte nach Luft.

Langsam stieg ich die Treppe hinunter und ging in den Keller mit den gekeimten Kartoffeln, und in der Finsternis erblickte ich die bleichen Keimlinge.

»Gehst du schon wieder?« fragte Klawa.

»Aber ich habe dich doch gefüttert. Sag, aber ganz ehrlich: Hat dir jemand schon einmal rohes Huhn gegeben?«

»Was hat das Huhn damit zu tun? Ich brauche Gesellschaft. Ich langweile mich . . .«

»Ich langweile mich auch.« Das Kätzchen streckte sein
Schnäuzchen aus der Schachtel. »Ich könnte verwildern.
Aus mir könnte ein Luchs werden.«

Ich nahm das Kätzchen und trug es ins Badezimmer.
Die Flöhe hatten wir bereits ausgemerzt, und nun achteten wir auf Reinlichkeit.

Ich goß warmes Wasser in eine Schüssel, schüttete ein
wenig Waschpulver hinein, rührte um. Zarter, weicher
Schaum stieg über der Schüssel auf. Ich ließ das Kätzchen
hineingleiten und begann, es vorsichtig zu waschen, immer darauf achtend, daß kein Wasser in die Ohren lief.

Klawa schaute ins Badezimmer und sagte: »Paß auf, daß
sie sich nicht erkältet.«

Ich goß klares Wasser in eine Kelle. Das Kätzchen hob
die Pfoten und legte sie über den Kopf, über die gekrümmten Ohren. Ich begoß es mit klarem Wasser. Dann
wickelte ich es in ein Frottierhandtuch ein. Es war ganz
naß. Ich rieb es trocken und ließ es auf den Boden hinunter. Die Haare seines Fells standen ihm zu Berge.

Das Kätzchen schritt mit hoch erhobenem Schwanz
durch das Haus, und ich folgte ihm voll Freude über die
vollbrachte nützliche Arbeit.

»Du kommst und gehst«, sagte Klawa. »Wozu hast du
die Datscha gemietet?«

Ich schwieg.

»Na, wozu? Weswegen?« Klawa richtete ihre schönen Augen auf mein Gesicht.

»Wegen der Freiheit«, sagte ich.

»Was?« fragte Klawa, obwohl sie ausgezeichnet verstanden hatte. Ich sah es ihrer Schnauze an. »Du zahlst sechzig Rubel im Monat und fährst jeden Tag vierzig Kilometer hin und wieder zurück. Soll das Freiheit sein?«

»Die Möglichkeit der Freiheit«, verbesserte ich mich. »Ich muß für die Möglichkeit der Freiheit zahlen . . .«

»Und wozu brauchst du diese Möglichkeit?«

»So kann ich frei sein, wann immer ich es will.«

»Dann fang doch an zu wollen.«

»Wenn die Zeit reif ist, werde ich wollen. Soweit kommt es noch, daß du mir diktierst, was und wann ich zu wollen habe . . .«

»Ich werde dem Herrchen sagen, daß er die Datscha an normale Leute vermieten soll. Denn so lebst du selbst nicht hier, und anderen machst du es auch unmöglich. Du rast herum wie eine Maus in der Toilette.«

»Was ist denn das für ein Vergleich?«

»Du hast das noch nicht gesehen, ich aber habe es bereits erlebt.«

»Na, und welchen Ausweg gibt es für sie?« fragte ich.

»Für wen?«

»Für die Maus in der Toilette.«

»Sie hat zwei Auswege: Der erste ist, in der Toilette zu ertrinken. Der andere, mir in die Pfoten zu fallen.«

Ich stellte mir die Gefühle der Maus vor und sagte: »Du schimpfst mich aus, und dabei bist du selbst ein ausgewachsener Blutsauger.«

»Aber das ist schließlich meine Pflicht«, antwortete Klawa. »Du hast deine Pflichten, und ich die meinen. Obwohl, wenn du ein Kater wärst . . .«

»Was wäre dann?«

»Du würdest dich zuerst bei der Maus entschuldigen und dann vor dem Herrchen und würdest alle bitten, sich doch in deine Lage zu versetzen.«

»Und was weiter?«

»Das hängt vom Herrchen ab. Ich an seiner Stelle würde mir einen anderen Kater suchen. Nicht so einen intellektuellen . . .«

Klawa drehte sich um und verließ das Zimmer. Sie wollte sich mit mir nicht endgültig überwerfen: Schließlich war sie von mir abhängig. Ich fütterte sie.

Ich setzte mich an den Holztisch.

Die kleine Katze richtete sich auf und sprang mir auf den Rücken. Vom Rücken tastete sie sich zur Schulter vor. Sie machte es sich auf der Schulter gemütlich und fing an, mir lautstark ins Ohr zu schnurren. Sie sang auf ihre Katzenart. Ich schloß die Augen und hätte am liebsten mit ihr zusammen geschnurrt. Aber ich konnte es nicht.

»Bleib hier«, bat Klawa, als sie wieder hereinkam. »Morgen früh werden wir auf die Straße laufen und Frühsport machen.«

»Du wirst Pilze finden . . .«, versprach das Kätzchen.

Ich stellte mir einen Steinpilz vor, der unter einem Blatt versteckt war, das Rauschen der Bäume. Und dann stellte ich mir meine Frau vor, wie sie am Telefon sitzt und sich erkundigt, ob in Moskau ein Unglücksfall gemeldet worden sei. Man antwortet ihr, daß es in Moskau jeden Tag

vierzig Unglücksfälle gebe. Dann ruft sie in der Leichen-
halle des Sklifosowski-Krankenhauses an und fragt, ob
man dort wohl einen Mann um die fünfundvierzig, mit
einem Bärtchen, der dem Präsident Lincolns ähnelt, ein-
geliefert habe.

Ich nahm das Kätzchen von der Schulter. Es hörte zu
singen auf.

»Ich kann nicht bleiben«, sagte ich. »Ich habe nicht
Bescheid gesagt.«

Klawa schwieg.

»Warum schweigst du?«

»Wenn ich dir sagen würde ›bleib‹, würdest du trotzdem fortfahren.«

»Wenn ihr wollt, könnt ihr mit mir kommen«, schlug
ich vor.

»Nein«, lehnte Klawa ab. »Wir sind Datschakatzen.
Wir müssen hier Mäuse fangen.«

Draußen herrschte klirrender Frost. Die Autoscheiben
waren eisbedeckt. Ich sah nicht, was hinter mir oder neben mir geschah, und fuhr blind. Zu allem Überfluß war
auch noch der Blinker kaputt, und wenn ich abbiegen
wollte, konnte ich das Auto hinter mir nicht vorwarnen.
Ich brachte mich und andere in echte Gefahr, und genau
wie Klawa konnte ich nicht recht begreifen, weswegen.
Aber gleichzeitig hatte ich das unbestimmte Gefühl, als
beschütze irgend jemand, der Schicksal oder auch Gewissen genannt wird, die mir anvertrauten Wesen und dränge
mir von oben herab seinen Willen auf.

Als ich nach Hause kam, war meine Frau nicht da. Ich dachte, daß sie zu den Nachbarn gegangen sei und bald wiederkommen würde. Aber es verging eine Stunde, dann eine zweite. Es folgte eine dritte.

Ich setzte mich ans Telefon, rief die Miliz an und fragte, ob in Moskau wohl ein Unglücksfall gemeldet worden sei. Man antwortete mir, daß es in Moskau jeden Tag vierzig Unglücksfälle gäbe. Ich wollte schon die Auskunft des Sklifosowski-Krankenhauses anrufen, als sich im Türschloß ein Schlüssel drehte. Und mein Herz machte vor Freude eine Umdrehung, wie der Schlüssel im Schloß.

Meine Frau zog sich in der Diele den Mantel aus und kam ins Zimmer. Sie hatte ein dunkelgrünes, halblanges Kleid an – dasselbe, in dem ich sie vor zwanzig Jahren zum ersten Mal gesehen hatte.

»Was ist das für ein Kleid?«

»Das ist die neue Mode«, antwortete meine Frau. »Ich kann schließlich die Mode nicht ignorieren.«

Mir wurde klar: Es war ein anderes Kleid. Die Mode von vor zwanzig Jahren wiederholte sich nur einfach, und meine Frau kam ins Zimmer herein wie aus ihrer eigenen Jugend. Sie kam herein und blieb stehen.

»Du hast mich geweckt. Jetzt kann ich nicht mehr einschlafen«, warf ich ihr vor.

Ich wollte gar nicht schlafen. Ich wollte eine Erklärung.

»Ich bin gleich wieder weg«, erklärte meine Frau. »Ich gehe gleich.«

»Wohin?«

»In ein anderes Leben.«

Sie bewegte sich durch das Zimmer und sammelte die

Sachen zusammen, die sie in dem anderen Leben brauchen würde.

Die Netzhaut meiner Frau hatte die merkwürdige Eigenschaft zu glänzen. Und jetzt glänzten ihre großen blauen Augen so, als würden sie von innen leuchten. Die schwarzen Haare glänzten wie lackiert. Elegant glänzten die Fingernägel.

Meine Frau blieb stehen und biß sich nachdenklich auf die Unterlippe.

»Nimm die langen Unterhosen mit«, erinnerte ich sie.

Meine Frau lächelte zerstreut. Ihr Lächeln war irgendwie unvollendet. Als ich anfing, sie zu lieben, so tat ich das, wie mir scheint, eben dieses verschämten Lächelns und dieser leuchtenden Augen wegen.

Meine Frau nahm die langen Unterhosen und packte sie in eine schöne Plastiktüte. Mehr brauchte sie nicht.

»Geh nicht fort«, bat ich.

»Ich bin es leid, ohne Liebe zu leben«, sagte meine Frau.

»Überleg es dir noch einmal«, bat ich.

»Wozu denn?«

Meine Frau sah mich an. Ihr Gesichtsausdruck war derselbe wie Klawas. Und es waren dieselben schönen Augen.

Und ich dachte: »Ja, wirklich, wozu?«

Am nächsten Tag öffnete ich die Arbeitsmappe und machte mich an meine Dissertation.

Mein Zimmer war nicht aufgeräumt und nicht durchlüftet. Niemand kam herein und verlangte, daß ich den Kopf nicht in die Hand stützen solle. Ich konnte arbeiten, soviel ich wollte, aber ich hatte keine Lust dazu. Um arbeiten zu wollen, brauchte ich es, daß man mich störte.

Ich holte mir ein Kreuzworträtsel und las: »Portugiesische Hauptstadt«. Und ich dachte: ›Wo ist Portugal? Und wo bin ich?‹

Ich saß noch ein wenig da, und ohne mich auszuziehen, legte ich mich dann wieder schlafen. Ich lag den ganzen Tag im Bett und blickte an die Decke.

Gegen Abend stand ich auf und ging in die Küche. Ich holte ein Stück Wurst aus dem Kühlschrank, aber es war langweilig, allein zu essen. Ich wickelte die Wurst in eine Zeitung und fuhr auf die Datscha.

Es dämmerte. Die Fenster des Hauses waren erleuchtet. Schatten bewegten sich.

Ich öffnete die Tür und hörte die hastige, sich überstürzende Stimme eines Sportreporters. Ich erriet, daß im Fernsehen ein Fußballspiel übertragen wurde.

Die Tür öffnete sich, und Grakin trat, sich die Hände abwischend, in den Vorraum. Er roch nach dem, was er gerade gegessen und getrunken hatte.

»Ah!« freute sich Grakin. »Komm herein! Wirst uns ein lieber Gast sein!«

»Wieso Gast?« fragte ich, obwohl ich bereits alles verstanden hatte: Grakin hatte die Datscha vermietet.

»Ich habe die Datscha vermietet«, bestätigte Grakin. »Da ist dein Geld.«

Er hielt mir das Geld hin. Ich stand da und nahm es nicht. Grakin steckte mir das Geld in meine Tasche.

Es war mir unangenehm. Grakin bemerkte es.

»Hier muß ständig jemand wohnen, man muß heizen«, sagte Grakin. »Sonst wird das Haus feucht.«

»Das Haus braucht Gesellschaft«, sagte ich.

»Was?« Grakin verstand nicht.

Der Reporter schrie plötzlich »Tor!«, und im Zimmer brüllten einige Stimmen triumphierend auf.

»Komm herein«, schlug Grakin vor.

»Nein«, lehnte ich ab. »Ich gehe wieder.«

Klawa kam in das Vorzimmer heraus und sah mich mit offenem, klarem Blick an.

»Ach, du . . .«, sagte ich.

»Das ist ja interessant, was hast du denn erwartet?«

»Komm mit mir«, rief ich ihr zu.

»Nein«, lehnte Klawa ab.

»Ich werde dich füttern und mich mit dir unterhalten.«

»Hunde gewöhnen sich an Menschen. Aber Katzen an Häuser . . .«

»Und es ist dir ganz egal, mit wem du zusammenlebst?«

»Völlig gleichgültig. Solange man mich nicht tritt, versteht sich.«

Ich drehte mich um und ging fort.

Draußen war es dunkel und windig. Am Himmel blinkten Sterne.

Bevor ich durch die Pforte trat, wandte ich mich zum Haus um. Aus dem Schornstein stieg Rauch empor. Das Haus leuchtete gemütlich aus seinen gelben Fenstern.

In der Ecke des rechten Fensters saß das Kätzchen mit an die Scheibe gepreßtem Schnäuzchen und sah mir nach.

Ich hob die Hand und winkte ihm zu. Das Kätzchen hob seine Pfote und winkte ebenfalls, aber nicht mit der

Hand wie ich, sondern mit der ganzen Pfote, die es hin und her schwenkte wie ein Filmstar, der aus dem Flugzeug steigt.

Ich trat durch die Pforte und hob den Kopf. Direkt über mir hing zwischen vereinzelten Wolken ein Stern.

»Na, wie geht es dir da oben so?« fragte ich leise.

»Mir ist kalt«, antwortete der Stern ebenso leise, und seine Strahlen fröstelten.

Ich hatte die vollkommene Freiheit erreicht, die auch Einsamkeit genannt wird.

Ich war allein zurückgeblieben. Aber dafür hatte ich gelernt, die Sprache der Sterne zu verstehen.

Deutsch von Susanne Veselov

Raraka

Die Träne schwoll langsam, lange an, dann bildete sie sich endgültig und lief die Wange herab. Sie gelangte zum Rand der Wange, wartete auf die nächste Träne, und nachdem sie schwer genug geworden war, fiel sie auf den Tisch.

Lariska verwischte die Träne mit dem Finger.

»Na, sag ihm doch, wie es ist . . .«, flüsterte ich. »Geh einfach hin, und sag es . . .«

»Was?«

»Wieso ›was‹ . . .? Sag: ›Ich liebe Sie!‹«

»Und er?« Lariska fing die nächste Träne mit der Zunge auf.

»Und er wird dir antworten.«

»Was?«

»›Ich Sie auch.‹ Oder er sagt: ›Aber ich Sie nicht!‹ Dann weißt du es wenigstens.«

»Und was glaubst du, wird er sagen?«

»Hört ihr wohl mit dem Gerede auf!« befahl die Gonorskaja. »Wenn euch der Unterricht nicht interessiert, könnt ihr den Klassenraum verlassen. Ihr braucht überhaupt nicht mehr zu meinen Stunden zu kommen.«

Lariska und ich verstummten.

»Die Begleitpartie!« erklärte die Gonorskaja und trat an den Flügel.

Sie setzte sich, hieb mit beiden Händen in die Tasten, und es schien mir, als wunderte sich der Flügel wie ein Mensch und erzitterte so sehr, daß er sogar auf seinen drei Beinen zu springen begann.

Die Gonorskaja spielt aus Prinzip laut und falsch: Die Dummköpfe würden es nicht bemerken, die Klugen würden schweigen. Ich benehme mich immer wie ein Dummkopf und wie ein kluger Mensch. Ich bemerke etwas und schweige. Wenn ich aber dieses Klavierspiel höre, verspüre ich nur noch Verwirrung und Scham.

Die Gonorskaja versucht, möglichst selten zu spielen, und bringt immer ein Tonband mit. Auch jetzt schloß sie den Deckel des Flügels und schaltete das Tonband ein. Dann setzte sie sich auf ihren Platz und begann nachzudenken. Worüber? Wahrscheinlich über die Liebe. Und die gesamte Abschlußklasse unserer Musikschule – achtzehn Mädchen und drei Jungen –, alle saßen sie da, lauschten Kalinikows Symphonie und dachten über die Liebe nach. Alle außer mir. Ich gelte als die drittschönste, nach Tamara und Lariska, aber ich denke niemals an irgend etwas, außer an die Musik. Ich habe ein paar Verehrer, drei oder vier, vielleicht auch fünf. Einer von ihnen küßt mich sogar im Haupteingang, aber jedesmal warte ich darauf, daß sein Gesicht von meinem abrückt und ich nach Hause gehen und mich ans Klavier setzen kann.

Meine täglichen acht Stunden spiele ich nicht etwa, weil ich übermäßig gewissenhaft wäre, sondern weil mich nichts anderes interessiert. Ich weiß nicht, ob das gut ist oder schlecht. Wahrscheinlich weder das eine, noch das andere. Es ist einfach meine Art zu leben.

Außerdem bin ich gern zu Hause, weil ich mich ohne meine Eltern langweile, und sie sich ohne mich.

Mein Vater ist ein wunderschöner Mann. Alle Patienten und das gesamte medizinische Personal sind in ihn verliebt. Früher einmal hat Mama das gefallen, dann hat es ihr nicht mehr gefallen, jetzt ist es ihr egal.

Das Tonband jaulte wie ein Wasserhahn, aber durch die schlechte Aufzeichnung hindurch erkannte ich das zart gestaltete Thema: Ein Ton entsprang dem anderen, der Gedanke war nicht aufzuhalten. Dann stockte er unvollendet ein wenig, um Luft zu holen und dann erneut sein klares Kreisen zu beginnen.

Die Gonorskaja hatte gesagt, daß Kalinikow früh gestorben sei. Ich hörte seine Seele. Ich stellte ihn mir mit schräg gescheitelter Frisur und hellbraunen Augen vor.

»Natürlich!« flüsterte Lariska leidenschaftlich. »Wenn er mich nicht liebte, würde er sich schließlich nicht so benehmen.«

»Wie?«

»So demonstrativ gleichgültig!«

»Natürlich!« flüsterte ich. »Er neckt dich nur einfach!«

Das Lesen von Gesangspartituren ist ein fakultatives Fach und dafür gedacht, daß diejenigen, die nach Abschluß der Musikschule Gesangsunterricht in einer allgemeinbildenden Schule geben wollen, Gesangspartituren vom Blatt lesen können.

Ich zum Beispiel habe vor, nach der Musikschule in das Konservatorium zu wechseln, alle internationalen Wettbewerbe zu gewinnen und die ganze Welt zu bereisen.

Lariska hat vor, Ignatij Petrowitsch zu heiraten und

ihm drei Kinder zu schenken. Bis jetzt weiß er davon noch nichts.

Die restlichen Studenten haben ebenfalls ehrgeizigere Pläne als Gesangsunterricht in einer allgemeinbildenden Schule, und deshalb wird diesem Schulfach allgemein nur Verachtung entgegengebracht.

Der Unterricht findet einmal wöchentlich – am Dienstag – statt, und an einer Unterrichtsstunde nehmen immer zwei Schüler teil. Ich gehe zusammen mit Lariska zum Lesen der Gesangspartituren, jede von uns liest zweiundzwanzig und eine halbe Minute vom Blatt.

Heute war Dienstag. Lariska und ich standen in dem düsteren Korridor im Erdgeschoß und warteten auf Ignatij Petrowitsch.

»Was findest du bloß an ihm?« fragte ich. »Er ist mit unzugänglich. Wie ein Marsmensch.«

»Und Lerik ist deinem Verständnis zugänglich?«

Lerik war Lariskas Verehrer, ein Schüler der Militärmedizinischen Hochschule.

»Er ist mir auch unzugänglich, nur eben von einer anderen Seite«, sagte Lariska. »Ich begreife nicht, wie man ein solcher Misanthrop sein kann.«

Lariska war in Ignatij verliebt, weil er Pädagoge war, das Konservatorium abgeschlossen hatte und gleichsam auf einer höheren Entwicklungsstufe stand. Und dann noch, weil er Lariska keinerlei Aufmerksamkeit schenkte.

»Wenn ich ihm nicht gefalle, heißt das, daß er schon bessere getroffen hat«, lautete Lariskas logischer Schluß. »Das heißt, daß ich noch besser sein muß als die, die besser als ich sind. Der große Geschlechterkampf!«

»Das ist ja eine feine Jagd ...«, wunderte ich mich.

»Und was für eine Jagd! Aber was soll man schon machen?«

»Gibt es sonst etwa keine ernsthaften Beschäftigungen?«

»Das ist die allerernsthafteste Beschäftigung, wenn du es genau wissen willst.«

»Welche?«

»Von demjenigen gebraucht zu werden, den du brauchst!«

Lariska stand in voller Kriegsbemalung für den großen Geschlechterkampf vor mir. Ihre Wimpern waren oben und unten so sehr und so dick getuscht, daß ich, wenn sie blinzelte, hören konnte, wie sie aufeinanderschlugen wie die Schlafaugen einer Puppe. Sie hatte eine tadellose Figur. Ihre Bluse wurde nicht mit Knöpfen geschlossen, sondern hatte einen Schnürverschluß. Das Bändchen war locker geschnürt, man konnte die Vertiefung zwischen ihren Brüsten sehen – zart, unschuldig und irgendwie selbständig schien diese Vertiefung keinerlei Beziehung zu Lariska selber zu haben. Dieses Detail stach jedem sofort in die Augen und wirkte auf die Menschen ganz unterschiedlich.

Die Mädchen fragten sofort: »Was, trägst du etwa keinen BH?«

Die Männer stellten keinerlei Fragen und bemühten sich aus allen Kräften, nicht hinzusehen.

Ich stand in meinem öden Pullover neben Lariska wie eine Klette neben einer Chrysantheme.

Am Ende des Korridors tauchte Ignatij auf.

Lariska wurde angespannt. Die Luft um sie herum verdichtete sich durch das Fluidum ihrer Nerven.

Ignatij Petrowitsch ging ohne Eile auf die Tür zu. Er begrüßte uns und schloß den Klassenraum auf.

Ignatij war zwischen dreißig und vierzig. Er war groß, blond, ungekämmt und wirkte wie ein zotteliges, vom Sommer ausgeblichenes Vagabundenkind. Sein Teint war blaß und welk, zerquält von Müdigkeit oder auch Widerwillen gegen die Fakultativität seines Unterrichtsfaches.

Ich hatte ihn mir niemals zuvor näher angesehen, aber irgendwie hob Lariskas Verliebtheit sein Ansehen in meinen Augen. Plötzlich bemerkte ich die ideale Konstruktion seiner Schultern und seine Fähigkeit, schöne Sachen auf schöne Weise zu tragen.

»Setzen Sie sich!« forderte Ignatij Lariska auf.

Lariska ließ sich auf dem Stuhl nieder wie ein Schmetterling auf einer schwankenden Blüte und legte ihre leichten Finger graziös auf die Tasten. Jeder dieser Finger war ein Kunstwerk.

Ignatij setzte sich mit gekrümmtem Rücken neben sie. Sein Gesicht war grimmig.

»Schlie-i-ief die Wo-o-o-olke ...«, begann Lariska verzweifelt zu jaulen und bewegte ihre Finger.

Die Schwierigkeit bestand darin, die erste Stimme zu singen und gleichzeitig drei andere zu spielen.

»Die go-o-ol-de-ne ...«

»F«, sagte Ignatij.

Lariska blickte lange in die Noten, dann auf ihre rechte Hand, auf die linke, wobei sie unter jedem Finger nachsah.

Ignatij wartete und schob dann Lariskas Finger vom E auf das F.

»De-ne . . .«, jaulte Lariska weiter. »A-auf der Bru-ust
. . .«

»D«, sagte Ignatij.

Lariska fixierte erneut die Noten, ihre rechte Hand,
dann ihre linke.

»Lassen Sie mich mal«, sagte Ignatij.

Er schob Lariska zur Seite und setzte sich auf ihren
Platz. Mit seiner Demonstration verfolgte er keine päd-
agogischen Ziele. Er war Lariskas Stümperei einfach
überdrüssig und wollte selber spielen.

Ignatij spielte sauber und streng, er versteckte sich in
der Musik vor den Dienstagen seines Lebens.

Er war ein guter, kluger Pianist. Ich begriff, daß er hier,
in der Musikschule, nicht an seinem richtigen Platz war
und nicht seiner wahren Berufung nachging.

Lariska schwieg, durch ihre Erniedrigung von Ignatij
entfremdet. Sie begriff, daß sie den großen Geschlechterkampf bereits verloren hatte, bevor sie ihn überhaupt
hatte eröffnen können.

»Nächstes Mal dasselbe!« sagte Ignatij zu Lariska und
stand auf.

Jetzt war ich an der Reihe.

Ich schlug die Orchesterpartitur von Tschaikowskijs
»Romeo und Julia« auf. Das Pflichtprogramm hatte ich
schon längst absolviert und spielte während des Unter-
richts ganze Opern, in deren vielen eingestrichenen und
zweigestrichenen Oktaven ich mich schon gut zurecht-
fand.

Ich war überzeugt, als Tschaikowskij das Liebesthema
schrieb, den vierten Takt, hat sich in seiner Seele irgend

etwas zusammengepreßt, so daß er nicht atmen konnte. Ich kann an dieser Stelle auch nicht atmen und versenke meine Verwirrung in das mittlere Stimmregister.

Ignatij klatschte in die Hände. Ich nahm die Hände von den Tasten. »Versuchen Sie, an dieser Stelle das Gegenteil zu spielen«, bat er.

»Wie?« Ich verstand nicht.

»Spielen Sie die Liebe wie den Tod, und den Tod – wie die Liebe.«

»Warum?«

»Weil die Liebe immer stärker als der Mensch ist. Und der Tod wie eine Injektion des Glücks.«

Ich begriff nicht ganz, blätterte aber einige Seiten zurück und fing von vorn zu spielen an.

Ignatij zog seinen Stuhl an meinen heran, übernahm meine beiden oberen Stimmen, okkupierte die Hälfte der Tasten. Wir spielten vierhändig und stießen dabei mit den Ellenbogen aneinander.

Draußen regnete es.

Die Töne drangen nicht in die Wände ein, sondern wurden von ihnen zurückgeworfen, und der ganze Klassenraum füllte sich mit der Liebe, die wie der Tod war, und mit dem Tod, der wie die Liebe war.

Lariskas Augen saugten sich an Ignatijs Profil fest, und wenn man sie gebeten hätte, ihm eine Niere zu opfern, hätte sie ihm, ohne zu überlegen, beide gegeben.

Auf dem anderen Ufer lag die Peter-und-Paul-Festung. Die Anlegestellen der Flußdampfer waren verschneit und sahen kleinen Verkaufsbuden ähnlich.

Wir schlenderten langsam in Richtung Sommergarten. Von der Newa wehte ein eisiger Wind, aber es schwammen bereits einige Ionen des Frühlings in ihm.

»Sein Gesicht ist in drei Teile gegliedert«, sagte Lariska. »Die Wölbung der Stirn, die Brauen und die Augen – das ist seine Vergeistigtheit. Die Nase ist seine Männlichkeit, er hat das Profil eines Imperators. Und die Lippen und das Kinn – das ist seine Egozentrik und seine Grausamkeit. Hast du einmal darauf geachtet, was für einen abscheulichen Mund er hat?«

Lariska blieb stehen, und ich mußte ebenfalls stehenbleiben und mich ernsthaft daran erinnern, was für eine Nase, was für einen Mund und was für eine Stirnwölbung Ignatij hatte.

»I-g-n-a-t-i-j!« sprach Lariska seinen Namen aus. »Hör nur: Nichts als Vokale und weiche Konsonanten. Welch zarte und zugleich männliche Mischung. Einfach und rassig. Auf spanisch heißt es Gnassio.«

»Und auf russisch eigentlich Ignat«, ergänzte ich.

»Dummkopf!« sagte Lariska herablassend.

Ich war beleidigt, schwieg aber.

»Und hast du bemerkt, wie er lacht? Als ob er den Buchstaben t ausspricht. ›T-t-t-t-t‹ . . .«

»Hör auf!« verlangte ich.

»Was meinst du, gefalle ich ihm denn wenigstens ein bißchen?«

»Du gefällst ihm, du gefällst ihm . . .«

»Woher willst du das wissen?«

»Ich sehe es!«

»Und woran siehst du das?«

»Er wird wie aus Bronze«, bestimmte ich, wobei ich damit sowohl Ignatijs Unzugänglichkeit als auch seine Gesichtsfarbe meinte.

Wir gingen in den Sommergarten. Die Statuen standen ganz in Weiß da, wie in Leichentücher gehüllt.

»Was für großartige Menschen!« lobte Lariska.

»Wer?«

»Die alten Griechen. Und die, die den Sommergarten angelegt haben. Sie haben es schließlich nicht für sich selbst getan, sondern für uns.«

»Für sich selbst auch.«

»Für sich selbst nur ein kleines bißchen . . .«

Wir gingen zu den Teichen. Das Eis war grau, vom Frühling angeschwollen. Ich setzte in Gedanken einen Fuß auf das Eis, brach in Gedanken ein und erschauderte in Gedanken.

Lariska blickte mit klaren, nichtssehenden Augen auf das Eis. Sie hatte ihre eigenen Assoziationen. »Stell dir vor«, sagte sie. »Der Ozean, die Nacht, schwarzes Wasser, schwarzer Himmel, der Horizont nicht zu sehen. Eine einzige Schwärze, als wäre die Erdkugel untergegangen. Du weißt nicht mehr, wo Wasser ist und wo Luft. Plötzlich leuchtet ein Raraka wie ein kleiner Punkt auf, und sofort wird alles klar: Da ist der Himmel, und dort ist das Wasser. Es ist Nacht, aber es wird einen Morgen geben.«

»Und was ist ein ›Raraka‹?«

»Ein Meeresglühwürmchen. Es lebt im Meer.«

Ich begriff nicht, welchen Bezug das zu Ignatij haben sollte, aber irgendwie mußte es ihn betreffen, denn außer Ignatij existierte nichts bei Lariska.

»Er ist mein ›Raraka‹«, sagte Lariska. »Wenn er da ist, werde ich das Ufer erreichen . . . Natürlich ist es bis zu ihm so weit wie bis in die Türkei. Aber ich werde mein ganzes Leben lang zu ihm schwimmen, bis ich irgendwo auf halber Strecke sterbe.«

»Du Glückliche!« beneidete ich sie. »Du weißt, wohin du schwimmen mußt.«

»Du weißt es doch auch«, sagte Lariska voller Ernst. »Du hast deinen eigenen Raraka. Dein Talent.«

»Und was habe ich davon?«

»Du bereitest anderen Freude.«

»Das ist doch die Freude der anderen.«

»Dein Feuer wird für die Menschheit lodern. Wie das der alten Griechen. Darin liegt deine Bestimmung.«

»Das heißt, daß mein Feuer lodern wird und du dich daran wärmst?«

»Ich habe mein eigenes Feuer«, sagte Lariska. »Das Feuer der Liebe.«

Ein Windstoß blies die Locke auf Lariskas klarer Stirn in die Höhe.

»Laß uns singen«, schlug ich vor. »Drei, vier . . .«

»A-a-a . . .«, tönten Lariska und ich.

Das war unser Spiel: Gleichzeitig einen Ton herauszuschmettern wie eine Spielkarte – jede ihren eigenen – und dann zu lauschen, in welchem Intervall sie zueinander standen: eine Terz, eine Sekund, eine Sexte . . .

Heute schafften wir ein Unisono. Eine ziemlich seltene Übereinstimmung.

»Los, noch einmal«, sagte Lariska.

»A-a-a . . .«, tönten wir gleichzeitig.

Wieder ein Unisono. Wir blieben stehen und brachen in Gelächter aus.

Wahrscheinlich waren unsere Seelen an diesem Tag gleich gestimmt wie zwei Kammertöne und antworteten dem Sommergarten mit derselben Anzahl von Schwingungen.

Bach hat einundzwanzig Kinder gehabt: sieben von seiner ersten Frau und vierzehn von seiner zweiten. Diese Kinder haben höchstwahrscheinlich hinter der Wand gebrummt wie Fliegen in einer geballten Faust. Aber Bach ist in sein Zimmer gegangen, hat seine Perücke abgenommen und sich mit dem Cembalo vergnügt.

Ich denke nicht, daß ihn große Leidenschaft oder rauschhafte Begeisterung überwältigt haben. Er hat seine Polyphonien in seiner Genialität ganz intuitiv gebaut, genauso wie ein Mathematiker. Deshalb mag ich Bach nicht mit dem Pedal spielen.

Ich saß zu Hause, spielte Bach und wartete auf Lariska. Heute sollte Lariska Ignatij ihre Liebe gestehen und sich anhören, was er darauf zu antworten hatte.

Ich war zu Hause geblieben, um nicht zum Partiturlesen zu erscheinen. Und damit mein Fehlen nicht wie Absicht aussah, war ich gar nicht erst zur Schule gegangen.

Es klingelte an der Tür. Lariska kehrte von dem Geschlechterkampf mit ihren Trophäen zurück.

Sie schritt langsam über die Schwelle, trat in den Flur. Taumelte an die Wand und lehnte sich mit dem Gesicht an die Tapete.

»Hör auf, an der Wand zu nagen«, sagte ich. »Was ist los?«

Lariska schwieg. Sie stand mit ausgebreiteten Armen da.

»Was ist passiert?« erschrak ich.

Lariska bewegte sich nicht.

»Na, was also?« bohrte ich weiter.

»Nichts«, sagte Lariska plötzlich ruhig und trat von der Wand zurück. »Ich habe gespielt, dann habe ich aufgehört zu spielen. Er hat gefragt: ›Warum hören Sie auf?‹«

»Und du?«

»Ich habe wieder angefangen und bis zu Ende gespielt.«

»Und dann?«

»Dann hat es geläutet.«

»Und du hast nichts gesagt?«

»Er hat es mir verboten.«

»Wie?« Ich verstand nicht.

»Mit den Augen. Er hat so geschaut, daß ich nichts sagen konnte.«

Lariska sprach leise und ohne Ausdruck. Sie hatte nicht die Kraft, den Text mit Intonation auszuschmücken.

»Iß etwas«, sagte ich.

»Ich kann nicht ...«, flüsterte Lariska. Ihre Lippen waren grau.

»Ist dir schlecht?« erschrak ich.

»Nein. Mir ist überhaupt nichts.«

Ich führte sie ins Zimmer und bettete sie auf den Diwan. Ich legte ihr ein Kissen unter den Kopf und warf ihr eine Decke über.

»Kommen deine Eltern bald zurück?« fragte Lariska.

»Sie haben Nachtdienst.«

Lariska rollte sich zusammen und schloß die Augen. Ihre Wimpern legten sich auf die Wangen.

»Soll ich gehen?« fragte ich.

Lariska schüttelte den Kopf, ohne die Augen zu öffnen.

Ich setzte mich an den Flügel und begann, leise Bach zu spielen.

Lariska öffnete ihre Augen und blickte lange vor sich hin. Dann brummelte sie: »Nicht denken, nicht denken, nicht denken, nicht denken . . .«

Ich hörte zu spielen auf und fragte: »Hast du den Verstand verloren?«

»Nein«, sagte Lariska. »Das ist meine Gymnastik. Jeden Morgen wache ich auf, und wie ein Gebet sage ich: ›Mut, Mut, Mut . . .‹ So fünfhundert Mal. Und vor dem Einschlafen ebenso: ›Hoffnung, Hoffnung, Hoffnung, Hoffnung, Hoffnung . . .‹.«

Lariska brach in Tränen aus. Aus ihren Augen strömten die Tränen auf das Kopfkissen. Die Tränen waren so brennend heiß, daß sie sich, wie mir schien, durch das Kopfkissen und den Diwan hindurchfressen würden.

»Mein Gott!« seufzte ich. »Sieh dich doch nur mal um. Da gibt es überall so viele tolle Männer, die nur davon träumen, daß so ein Mädchen wie du sich ihnen in die Arme wirft. Warum hast du dich bloß an diesem Ignatij festgebissen? Sein Gesicht ist doch ganz gelb wie eine Zitrone für fünfundzwanzig Kopeken.«

»Ich darf ihn meiner Liebe nicht berauben«, sagte Lariska. »Vielleicht ist sie das einzige, was er hat. Er ist so einsam . . .«

»Und wozu braucht er deine Liebe?«

»Und wozu braucht man einen Raraka im Meer? Und Tautropfen auf dem Gras?«

Auf der Straße knallte ein Schuß – wahrscheinlich war einem Lastwagen in voller Fahrt ein Reifen geplatzt.

Lariska zuckte zusammen, setzte sich hastig auf.

»Das ist er . . .«, sagte sie.

Ich blickte sie aufmerksam an und begriff, daß sie in gewisser Beziehung tatsächlich den Verstand verloren hatte.

»Vielleicht liebt er dich, verbirgt aber seine wahren Gefühle. Vielleicht wäre alles andere gegen seine Prinzipien«, schlug ich vor.

Lariska richtete ihren Blick auf mich. Sie begriff nicht, was das für Prinzipien sein mochten, in dessen Namen ein Junggeselle seine wahren Gefühle verbergen mußte.

»Er ist ein Lehrer, du seine Schülerin«, erklärte ich. »Das sieht doch aus, als würde er seine Dienstposition mißbrauchen. Das ist unmoralisch.«

Lariska setzte ihre Füße auf den Boden und begann, ihre Schuhe anzuziehen.

»Wohin willst du?« fragte ich verwirrt.

»Zu ihm. Ich weiß, wo er wohnt.«

»Wozu willst du denn zu ihm gehen?«

»Ich werde ihm sagen: Wenn er will, schmeiße ich die Schule hin. Ich spucke auf diese Schule!«

»Deine Eltern werden dich aus dem Haus jagen.«

»Ich brauche kein Zuhause, wo er nicht ist.«

»Ich lasse dich nicht gehen!«

»Du kommst mit mir!«

»Das ist unverschämt«, versuchte ich, Lariska zu Verstand zu bringen. »Du kommst da an – frisch gelockt, geschminkt ... Er wird dich als allererster verurteilen. Männer schätzen Bescheidenheit!«

Lariska ging aus dem Zimmer. Ich hörte, wie im Badezimmer grimmig Wasser plätscherte.

Es verging eine Minute, und ins Zimmer trat nicht Lariska, sondern ihre Schwester aus dem Dorf Filimonowo: nasse Haare, glatt an den Schädel gedrückt und hinter die Ohren gestrichen. Die Stirn frei, die Augen völlig ohne Wimpern.

»Na, wie sehe ich aus?« fragte Lariska fröhlich und trocknete sich dabei den nassen Hals mit einem Handtuch ab.

Verblüfft durch die Veränderung schwieg ich.

»Ich bin fertig!« verkündete Lariska.

»Warte ...«, flehte ich, aber das war in etwa dasselbe, als hätte ich mich an ein abstürzendes Flugzeug gewandt, das bereits ins Trudeln geraten war.

Das Gogol-Denkmal war von leicht fallendem Neuschnee eingehüllt, und auf den traurigen Bronzehaaren lag eine weiße Mütze.

Lariska eilte voran, um ihren Kopf waren zwei Tücher gewickelt, ihre Augen sahen eifrig geradeaus. Wir gingen wie ein Spähtrupp: Es gab keine Vergangenheit, keine Zukunft, nur die Gegenwart, nur das Gefühl von Gefahr.

»Warte hier auf mich«, befahl Lariska und verschwand im Dunkel des Hauseingangs.

Ich sah mich nach allen Seiten um. Das Haus war aus

rotem Backstein. Die Mauer wirkte in der einbrechenden Dämmerung irgendwie unheilverkündend. An solchen Mauern werden Geiseln erschossen.

Es schneite munter. Die Bäume waren wie mit Zucker bestäubt. Die Streifen der Straßenbahngleise glänzten.

Ich wartete auf Lariska und dachte daran, daß sie ihren Verstand verloren hatte, ich hingegen nicht in der Lage war, die Schmalspur meiner Nüchternheit zu verlassen. Ich war jung und hübsch, war die Drittschönste. Aber irgendwie brachten mir diese seltenen und wertvollen Umstände wie Jugend und Schönheit keinen einzigen Vorteil. Ich lebte wie eine alte Frau, mit dem einzigen Unterschied, daß ich mehr Lebensjahre vor mir hatte. Was bedeutete, daß ich noch länger Klavier spielen und meine Eltern lieben würde.

Ich wartete auf Lariska, und ich wünschte mir ebensolche starken Shakespeare-Leidenschaften, ich wollte mit nassen Haaren durch Eis und Schnee zu irgend jemandem laufen und ihm meine zerbrechliche Existenz zu Füßen werfen.

Lariska tauchte wieder auf.

»Es macht niemand auf«, sagte sie.

»Das heißt, er ist nicht zu Hause.«

»Aber vielleicht versteckt er sich?«

»Er weiß doch gar nicht, daß du kommst. Du hast dich ja nicht angekündigt.«

»Und was denkst du, wird er zurückkommen?«

»Natürlich! Wo soll er denn sonst hin!«

»Und wenn er nun eine andere hat?« In Lariskas Augen malte sich Entsetzen.

»Dann würde er heiraten«, sagte ich. »Er ist ja schließlich frei.«

»Aber vielleicht ist sie nicht frei?«

»Dann hat es mit Liebe nichts zu tun.«

Lariska faßte sich selbst um die Schultern, um nicht so sehr zu zittern.

»Du wirst dich erkälten«, ahnte ich.

»Und was glaubst du, wird er machen, wenn ich mich erkälte und sterbe?«

»Er wird sich betrinken«, schlug ich vor.

»Wirklich?« freute sich Lariska.

»Er wird sich betrinken und weinen«, versprach ich.

»Mein Bild wird in seinem Gedächtnis mit der Zeit verblassen, und er wird sich in den Verlust verlieben.«

»Wart ab, vielleicht verliebt er sich ja auch so in dich.«

Lariska und ich schlenderten die rote Mauer entlang. Ein sehr großer Hund ging an uns vorbei. Er ging vorbei im Bewußtsein, daß ihn alle ansahen.

Lariska hob den Kopf. »Sieh nur!« sagte sie.

»Wohin?«

Auch ich hob den Kopf. Am Himmel gärte es undeutlich, wie in einem Topf, in dem die Suppe zu kochen anfängt. Lariska und ich standen wie zwei überflüssige Suppenknochen am Boden der Kochtopfwelt. Wir würden eine schöne Brühe abgeben ...

»Siehst du?« fragte Lariska. »Das sind meine Zärtlichkeit und meine Traurigkeit.«

»Wo?« Ich blickte suchend in die Federwolken, die sich hin und her bewegten und durcheinanderschwebten.

»Die menschlichen Gefühle und Stimmen zerstreuen

sich nicht, sondern steigen in den Himmel auf«, erklärte Lariska mir. »Und von dort werden sie in noch höhere Schichten der Atmosphäre übergeben.«

»Vielleicht wandert irgendwo in den Galaxien Kalinikows Stimme herum ...«

Wir standen ein wenig schwankend da und schauten zu, wie Lariskas Traurigkeit aussah. Sie war in jeder Sekunde anders. Dann senkten wir unsere Köpfe und erblickten gleichzeitig Ignatij. In einer kurzen Pelzjacke kam er mit nach vorn gerichtetem Blick schnell heran. Er überholte uns und ging vorbei, ohne uns zu erkennen.

»Ignatij Petrowitsch!« schrie Lariska auf, als hätte man auf sie geschossen.

Er drehte sich um. Sie trat zu ihm und zog mit selbstverleugnender Geste langsam die beiden Tücher auf den Kragen herunter.

»Lariska?« wunderte sich Ignatij. »Ich habe Sie gar nicht erkannt. Aber was machen Sie denn hier?«

Lariska blickte auf die Wölbung seiner Stirn, in die Naturkatastrophe seiner Augen. »Ich wohne hier in der Gegend«, sagte sie.

»Ich verstehe ...«

Sie schwiegen. Dann sagte Ignatij: »Sie bereiten sich überhaupt nicht auf den Unterricht vor, wir verlieren so nur unnütz Zeit. Ich werde mit der Schulleitung sprechen, man sollte Sie besser zu Samusenka schicken ... Gute Nacht!«

Er drehte sich um und trat in seinen Hauseingang.

Lariska machte langsam einen Schritt, um ihm zu folgen. Dann fing sie an zu laufen.

Ignatij blieb stehen und sagte, ohne sich umzudrehen: »Ich höre Ihre Schritte. Gehen Sie mir nicht nach, denn dann müßte ich Sie nach Hause begleiten, und ich bin sehr müde . . .«

Als ich auf Lariska zutrat, stand sie wie versteinert da, und ihr neues Gesicht drückte nichts aus.

»Laß uns gehen!« Ich band ihr die Tücher um und schlug ihr den Kragen hoch. »Wenn du ihm nicht gefallen würdest, hätte er dich nicht zu Samusenka geschickt.«

»Laß mich. Ich will allein sein.«

»Was willst du machen?« erschrak ich.

»Nichts«, sagte Lariska stolz. »Ich werde zu Samusenka gehen.«

Unser Spähtrupp hatte mit Erschießen an der steinernen Mauer geendet.

Lariska ging fort. Ich blieb allein neben Ignatijs Haus zurück. Ich wäre zu gern zu ihm hochgegangen, um zu fragen: ›Warum nur? Warum? Warum?‹

Es heißt, man müsse unbedingt drei Anweisungen beachten, wenn man aus der Straßenbahn springt:

1. Sich auf das Trittbrett stellen und sich ganz auf den Sprung konzentrieren.

2. Nach vorn in Fahrtrichtung der Straßenbahn abspringen und weiterlaufen, um dem Trägheitsmoment der Bewegung zu folgen und nicht wie ein Sack unter die Räder der fahrenden Straßenbahn zu fallen.

3. Die Straße überqueren, ohne auf die Pfiffe der Milizionäre zu achten, und hinter der Tür der vertrauten Schule verschwinden.

Wenn du, ohne unter die Räder zu geraten, abgesprungen und nach dem Absprung heil und gesund dem Milizionär entkommen bist, spürst du den Atem des Lebens, seine von allen banalen Alltäglichkeiten gereinigten, ursprünglichen Eigenschaften besonders deutlich.

Die Japaner haben eine Soße, die sie ihrem Essen beimischen. Diese Soße verstärkt und verdeutlicht den Geschmack der servierten Gerichte: Fleisch wird irgendwie noch fleischiger und Fisch fischiger, und den Japanern wird jeder Zweifel daran genommen, ob sie nun tatsächlich Fisch essen oder etwas anderes.

Das Risiko – das ist so eine Art Lebenssoße. Ich jedoch springe von der Straßenbahn nicht ab, um die Freude am Dasein stärker zu verspüren. Unsere Schule befindet sich nur eben gerade auf halber Strecke zwischen zwei Straßenbahnhaltestellen, und ich wähle lediglich den kürzesten Weg.

Ich lief zum Partiturlesen und legte meine Noten zurecht. Da das Klavier alt war – wohl an die hundert Jahre – und das Zimmer düster – früher hatte hier ein mürrischer Kaufmann gelebt –, schien das weiße Licht auf der Straße noch heller zu sein.

Ignatij kam fast unmittelbar nach mir herein. Er wirkte belebt, zerzaust, so, als sei auch er eben erst bei voller Fahrt von der Straßenbahn abgesprungen.

Er zog einen Stuhl an das Instrument und rieb sich die Hände, als würde er sich auf das Festmahl seiner Selbstbestätigung vorbereiten. Ich war seine beste Schülerin, der Sinn seines Lehrerdaseins, und offensichtlich gefiel er sich sehr in meiner Gesellschaft.

Wir hatten fünfundvierzig Minuten – dreiundzwanzig von mir und zweiundzwanzig von Lariska.

Ich schlug die Ouvertüre zu ›Schneewittchen‹ auf und blickte Ignatij an. Sein Gesicht war nah an meinem, und ich erkannte plötzlich, daß es tatsächlich in drei Teile gegliedert war.

Die Wölbung der Stirn, der großzügige Schwung der Brauen und die starken Augen eines fröhlichen Selbstmörders – das war seine Vergeistigtkeit. Die Nase – seine Männlichkeit. Der Mund – seine Grausamkeit. All das gehörte tatsächlich zu ihm, aber nicht ich hatte das entdeckt. Es schien mir plötzlich, als stände Lariska mit an die Wand gepreßtem Rücken hinter der Tür. In mir stieg das Gefühl auf, als hätte ich ein gestohlenes Kleidungsstück an und träfe den Eigentümer.

Ich blickte in die Noten.

»Lassen Sie uns anfangen, bitte ...«, forderte Ignatij mich zur Eile auf.

Ich blickte von den Noten auf die Tasten und von den Tasten auf meine Knie.

»Was ist passiert?« fragte Ignatij.

Wirklich, was war passiert?

Ignatij hatte Lariska nicht darum gebeten, ihn zu lieben. Sie liebte ihn aus freien Stücken, und er trug daran keine Schuld. Aber Lariska liebte ihn so wunderschön, so voller Talent. Nur brauchte eben niemand diese Liebe. Und jetzt schwamm Lariskas ruhelose Liebe über den Dächern. Und Ignatij saß da, wie er immer dagesessen hatte, und sein Gesicht war wie immer in drei Teile gegliedert. Und ich, ihre Freundin und Hüterin ihrer Geheimnisse, saß an ihrem Platz und verbrauchte die zweiundzwanzig Minuten, die die wichtigsten ihres Lebens waren.

»Was haben Sie denn?« wunderte sich Ignatij.

»Ich werde nicht mehr zum Partiturlesen kommen«, sagte ich und studierte das Muster des Strumpfes auf meinem Knie.

»Warum?«

»Weil ich mich auf mein Hauptfach konzentrieren muß. In einem Monat ist das Diplom.«

Ignatij stand auf und ging zum Fensterbrett – wahrscheinlich war es für ihn angenehmer, mich von weitem anzusehen.

Mir war das auch angenehmer. Ich hob den Blick zu ihm und erkannte an der Linie seines zusammengekniffenen Mundes, daß er beleidigt war.

Wir schwiegen ungefähr fünf Minuten, und in meinen Ohren dröhnte es vor lauter Anspannung.

»Warum schweigen Sie?« fragte ich.

»Und was soll ich Ihnen sagen?« fragte Ignatij.

Ich zuckte mit den Schultern, und wieder versanken wir in langes und tragisches Schweigen.

»Falls Sie sich darüber Sorgen machen, ich werde mich nicht im Dekanat beschweren. Da können Sie ganz beruhigt sein: Ich werde mich nicht beschweren. Aber grüßen werde ich Sie auch nicht mehr.«

»Bitte sehr«, sagte ich.

Danach haben wir uns nicht mehr gegrüßt.

So merkwürdig es ist, aber Lariska und ich entfernten uns ebenfalls voneinander.

Sie wollte in ihren Gedanken weder in den Sommergarten noch an die rote Mauer zurückkehren, und so unterwarf sie sich intuitiv den Gesetzen des Selbstschutzes und mied mich.

Einmal trafen wir in der Garderobe aufeinander und gingen zusammen hinaus.

»Ich gehe nicht mehr zum Partiturlesen«, sagte ich.

»Ist sowieso egal . . .«, antwortete Lariska narzißtisch.

Auf ihrer Stirn saß ein Furunkel von der Größe einer Walnuß. Ich erinnerte mich daran, daß sie ohne Familie in Leningrad lebte, ein Zimmerchen gemietet hatte und nur unregelmäßig aß.

»Na, und wie geht's dir?« fragte ich unbestimmt, um Lariska die Möglichkeit zu geben, genauso unbestimmt mit ›danke‹ oder ›gut‹ zu antworten.

»Schlecht«, sagte Lariska.

Da ich ihre Partei ergriffen hatte und nicht mehr zu Ignatij ging, schenkte sie mir ihre Offenheit.

»Ich streichle mich selbst, beruhige mich wie ein kleines Kind«, sagte Lariska. »Aber manchmal möchte ich losschreien . . . Ich habe nur Angst, daß die Erdkugel von ihrer Achse entgleist, wenn ich schreie.«

»Und Lerik?« fragte ich.

»Was hat Lerik damit zu tun?«

Nach der Aushändigung der Diplome fand ein Konzert statt.

Als ich auf die Bühne trat, registrierte ich es genau: Der Boden der Bühne, ihr Fundament, war mit Brettern bedeckt, und es kam mir vor, als träte ich auf ein Baugerüst.

Ich sah den Saal, die erhobenen Gesichter; die vorherrschenden Farben waren Schwarz und Weiß.

Ich sah die Tasten, diese gleichmütige schwarzweiße Reihe. Und dann sah ich nichts mehr.

Ich setzte mich an den Flügel. Ich hatte ein ärmelloses Kleid an. Es scheint mir immer, als trenne mich der Ärmel, dieser Stoffstreifen, vom Saal. Jetzt aber störte mich nichts.

Die erste Oktave spielte ich auf den Baßtasten.

Ich hielt die Oktave, konzentrierte mich ganz auf den Sprung.

Im Dunkel meines Unterbewußtseins flammte der Raraka wie ein leuchtender Punkt auf, ich ließ die Griffe der Straßenbahn los und flog unter alle Räder.

Ich spielte, und das war alles, was ich hatte, was ich habe, was ich haben werde: meine Eltern und meine Kinder, meine Wurzeln und meine Unsterblichkeit.

Als ich später vom Flügel aufstand und mich verbeugte, gab es mich nicht mehr. Es war, als hätte man mich mit einer Kelle aus mir herausgeschöpft, nur die Hülle war übriggeblieben.

Hinter den Kulissen kam Lariska auf mich zu und sagte: »Wie siehst du bloß aus?!«

Mein Kleid gefiel ihr nicht. Sie seufzte und fügte hinzu: »Ach, wenn ich nur hätte auftreten können, das wäre ein Auftritt gewesen ...«

Die Sache war die, daß sie auftreten, ich aber spielen konnte.

Nach dem Konzert wurde getanzt.

Das Orchester bestand aus Studenten und Lehrern. Am

Flügel saß unser Chorleiter Pavel und hieb nach Meinung der nicht Eingeweihten wie ein junger Gott in die Tasten. Tamara, die in der Schule die Schönste von allen war, umarmte den Kontrabaß. Und hinter dem Schlagzeug thronte Ignatij mit seinen ideal gebauten Schultern. Sein Gesicht war naiv und feierlich wie das eines Jungen – man sah, daß es ihm dort oben gefiel.

Lariska war mit einem bekannten jungen Filmstar, den sie sich bei irgend jemandem für ein paar Stunden ausgeliehen hatte, zum Abschlußball gekommen. Sein Portrait klebte überall in der ganzen Stadt.

Der Filmstar war mit der schauspielerischen Aufgabe betraut worden, den Verliebten zu spielen, und er wandte seine schönen beigefarbenen Augen keinen Moment von Lariska.

Lariska sah blendend aus, war ganz in etwas Rot-weißes, Wallendes, Raschelndes gehüllt, wie ein chinesischer Papierlampion. Auf ihrem Gesicht lag ein Ausdruck, als hätte sie die Taschen voller Dynamit.

Ignatij schwang die Trommelschlegel: eins, zwei, drei ... eins, zwei, drei ... die erste ... die fünfte ...

Lariska hängte sich an den Filmstar, und sie rauschten als erstes Paar in die Mitte des Saales.

Der Filmstar beugte sich ein wenig über Lariska, sie hingegen lehnte sich weit zurück, die Zentrifugalkraft zog sie fort. Er war wunderbar, war ein Genie der reinen Schönheit und wandte seinen Blick nicht von Lariska. Und sie nicht von ihm. Alles war so schön und so überzeugend, daß man geradezu eine Kamera hätte nehmen und einen Film drehen können.

Langsam erfaßte der Walzer auch die anderen, und einen Moment später war alles in Bewegung geraten, wogte los, so daß nirgendwo auch nur ein Apfel hätte zu Boden fallen können.

Ich stand an der Wand, niemand hatte mich aufgefordert. Vielleicht hatten die Männer Angst vor mir, weil ich etwas Besonderes war. Aber vielleicht dachten sie auch: ›Wenn sie so gut Klavier spielen kann, dann ist sie auch ohne Tanzen glücklich.‹

Plötzlich bemerkte ich, daß Lariska nicht mehr mit dem Filmstar, sondern mit der Gonorskaja, unserer Lehrerin für Musikliteratur, tanzte.

Die Gonorskaja war dick und breit in der Taille wie eine Scholle. Wenn ich irgendwann einmal eine solche Taille bekommen sollte, würde ich einfach etwas davon abschneiden.

Lariska und Gonorskaja hielten sich aneinander fest, standen auf einem Fleck und traten von einem Bein auf das andere. Wahrscheinlich dachten sie beide, daß sie tanzten. Ihre Starrheit fiel vor dem bewegten Hintergrund besonders auf.

Dann trennte sich Lariska von der Gonorskaja, ihr Blick fand mich, und sie stürzte auf mich zu, wobei sie die Menschenmenge durchquerte wie der Eisbrecher Jermak. Ihr Gesicht war ganz klein geworden, war ganz in den Augen verschwunden. Und die Augen waren riesig, fast schwarz durch die weiten Pupillen.

»Weißt du, was die Gonorskaja mir gesagt hat?«

Ich sollte fragen: ›Was?‹ Aber ich schwieg, denn ich wußte, daß Lariska es auch so erzählen würde.

»Sie hat gesagt, daß Ignatij niemals heiraten wird. Niemanden.«

»Warum?«

»Weil er wie ein verbranntes Feld ist, auf dem nichts mehr wächst . . .«

Ich begriff nicht.

»Kannst du dir das vorstellen? Was für ein Glück! Jetzt wird ihn niemand bekommen, und ich werde ihn noch mehr lieben!«

Lariska biß sich auf die Lippe. Ihre Brauen erzitterten, und aus den Augen ergossen sich in drei Strömen ihre ungesalzenen, leichten und glücklichen Tränen.

Der Filmstar kam auf uns zu.

»Tango . . .«, sagte er vertraulich zu Lariska, und in seiner Interpretation klang dieses Wort ganz besonders geheimnisvoll und ausländisch.

»Ach, laß mich doch in Ruhe, du Stümper!« stieß Lariska hervor und rauschte in Richtung Ausgang. Das Rot-Weiße flammte auf wie eine Fackel, die sich im Feuer der Liebe entzündet hatte.

Der Filmstar verbarg professionell seine wahren Gefühle, sah mich ruhig an und fragte: »Möchtest du tanzen?«

Ich legte meine Hand mit den verstümmelten Nägeln einer Pianistin auf seine Schulter, und wir tanzten los.

Es war eng und stickig. Ich wurde in die Seiten und in den Rücken gestoßen. Ich war unbeweglich wie ein Lastkahn, und der Tango war bedrückend und dauerte so endlos lange wie die Nacht vor einer Operation.

Über allen saß Ignatij zwischen seinen Trommeln, und

über seinem geraden Scheitel flimmerte der Heiligenschein seiner Unnahbarkeit.

Es vergingen dreizehn Jahre.

Ich wurde die, die ich hatte werden wollen: Ich beendete das Moskauer Konservatorium, gewann alle internationalen Wettbewerbe und bereiste die ganze Welt. Nur in Australien war ich noch nicht gewesen.

Lariska wurde ebenfalls die, die sie hatte werden wollen: Sie heiratete einen Militäringenieur aus Moskau und bekam drei Kinder. Der Ingenieur wurde demobilisiert, und jetzt lebten sie in Moskau.

Ich sehe sie nicht, es ergibt sich irgendwie nie. Ich weiß nur, daß sie jetzt Demidenko heißt und am Bernadski-Prospekt wohnt.

Einmal bekam ich eine Einladung zum Jubiläum unserer Schule. Sie fing so an: »Sehr geehrte Tamara Grigorjewna!«

Anscheinend hatte man den Brief an Tamara, jene Tamara, die die Schönste von allen gewesen war, in den Umschlag mit meiner Adresse gesteckt. Das hieß, daß mein Brief wohl an sie geschickt worden war.

Ich blickte lange auf den Umschlag, auf den Brief, dann zog ich mich plötzlich an, ging auf die Straße, holte mir bei der Auskunft Lariskas Adresse und fuhr zu ihr nach Hause.

Lariskas Haus hatte neun Stockwerke und stand neben einem künstlichen Teich.

Die Tür öffnete Lariska selbst.

Sie war schön, aber anders als früher. Die Zeit hatte auf

uns unterschiedlich gewirkt: Lariska war in den Schultern und Hüften breiter geworden, ich dagegen war zusammengeschrumpft, hatte mich mumifiziert – zu meinem Vorteil, wie meine Eltern meinten.

Wir erkannten einander in der ersten Sekunde und konnten uns nicht rühren. Ich stand auf der einen Seite der Schwelle, Lariska auf der anderen, beide gelähmt, mit aufgerissenen Augen, so als hätte man uns ins eiskalte Wasser geworfen.

Dann holte Lariska tief Luft und sagte: »Also, du machst Sachen!«

Ich kam ebenfalls zu mir, trat in den Flur, legte meinen Pelz ab. Und plötzlich wurde alles leicht und gewohnt, so als hätten wir uns erst gestern oder vielleicht sogar erst heute morgen getrennt.

Ein etwa achtjähriges Mädchen trat in den Flur, blond und reizend.

»Das ist meine Tochter. Und das ist Tante Kira«, stellte Lariska uns vor.

»Tante Kira, Sie sind so chic!« sagte mir das Mädchen und wandte sich an seine Mutter: »Gib mir einen Rubel!«

»Wozu?«

»Ich muß in die Parfümerie, unsere Lehrerin hat morgen Geburtstag.«

»Erst machst du die Schulaufgaben, dann kannst du gehen!« bestimmte Lariska.

Die mittlere Tochter war im Kindergarten oder vielmehr, wie Lariska sich ausdrückte, ›auf Arbeit‹.

Die jüngste Tochter schlief dick eingemummt im Kinderwagen auf dem Balkon, sie war fünf Monate alt.

Lariska sagte, daß sie gestern zu lachen gelernt habe und sich jetzt von den durchlebten Emotionen erhole.

»Wirst du noch mehr bekommen?« fragte ich.

»Ich würde gern noch einen Jungen haben«, sagte Lariska unbestimmt.

»Und warum so viele Kinder?«

»Aus Neugier. Es ist doch spannend, ihnen ins Gesicht zu blicken und zu sehen, wie sie werden.«

»Kinder – die hat man lange«, sagte ich. »Du wirst ihnen ein ganzes Leben lang ins Gesicht blicken und nichts anderes mehr sehen.«

»Was ist es denn, was ich nicht sehe? Honolulu? Das sehe ich mir im Fernsehen an.«

»Und das Feuer der Liebe?« fragte ich.

»Ich setze meine Kinder drum herum.«

Lariska holte Wein in einer schönen Korbflasche hervor, stellte Pelmeni auf den Tisch, die sie selbst aus drei Sorten Fleisch zubereitet hatte. Die Pelmeni schmeckten köstlich und waren schön anzusehen.

»Das ganze Geld geht für das Essen drauf«, sagte Lariska. »Mein Mann wiegt hundert Kilo . . .«

»Ist er so dick?«

»Er ist eins sechsundneunzig groß, da sieht man die hundert Kilo nicht besonders. Obwohl, natürlich, er ist schon ganz schön kräftig . . .«, gab Lariska zu.

»Und was macht er so?«

»Meinst du etwa, das weiß ich?«

Lariska schenkte Wein ein.

»Worauf wollen wir trinken?« Sie blickte mich fröhlich und direkt an.

»Auf Ignatij!«

»Also wirklich . . .«

»Was heißt hier ›Also wirklich‹! Du wolltest bis in die Türkei zu ihm schwimmen.«

»Und wenn ich hingeschwommen wäre, was wäre dann gewesen?« Lariska richtete ihren Blick auf mich.

Das Mädchen kam mit einem Heft herein.

»Das ›g‹ kommt nicht zusammen«, sagte sie.

Lariska nahm ihr Heft.

»Rück den nächsten Buchstaben näher ran!«

Das Mädchen sah mich an.

»Wo siehst du denn hin? Sieh hierher! Siehst du da das Schwänzchen vom ›g‹? Das muß direkt an die Seite des nächsten Buchstabens anstoßen. Hast du verstanden?«

Das Mädchen nahm das Heft und tänzelte kokett aus dem Zimmer.

»Erinnerst du dich an die Gonorskaja?« fragte ich. »Sie hat Ignatij geheiratet.«

Lariska richtete wieder ihren Blick auf mich und sah mich lange an – länger, als das überhaupt möglich war. Dann trank sie das halbe Glas in einem Zug aus, als wäre es Medizin, und ging aus dem Zimmer.

»Und warum hast du dich scheiden lassen?« rief Lariska.

»Der Beruf hat uns geschieden!« rief ich. »Ich spiele doch die ganze Zeit, da bleibt keine Zeit für eine Familie.«

»Geht denn nicht beides?«

»Es geht, es geht, aber bei mir klappt es nicht.«

»Du bist dumm!« sagte Lariska, als sie mit dem Kaffee zurückkam. »Wenn man bedenkt: Frankreich, Amerika

. . . Aber wenn du mal krank bist – hast du niemanden, der dir ein Glas Wasser bringt.«

»Das ist wahr . . .«, stimmte ich zu.

»Die Franzosen hören sich dein Konzert an, klatschen und gehen jeder zu sich nach Hause. Und du – ins leere Hotel. Sehr interessant!«

Lariska setzte sich an den Tisch und schenkte wieder Wein in die Gläser.

»Worauf?«

»Auf das Raraka!« sagte ich.

Das Mädchen kam herein, hielt Lariska ihr Heft hin.

»Ich werd dir deine Parfümerie schon zeigen!« brüllte Lariska mit angespanntem Baß. »Du denkst nur daran! Nirgends wirst du hingehen!«

Sie schlug dem Mädchen das Heft um die Ohren und zerknüllte es dabei. Das Mädchen zog den Kopf ein, ihre Wimpern zitterten, ohne daß sie den Blick von mir abwandte. Es fiel ihr schwer, diese Erniedrigung vor Fremden hinzunehmen.

Auf dem Balkon wachte der Säugling auf und fing ein Brummeln an, dem man nicht entnehmen konnte, ob er lachte oder weinte.

»Ich gehe schon«, sagte ich und stand auf.

Lariska stieß die ältere Tochter beiseite und begleitete mich in den Flur. Zwei rote Flecken leuchteten auf ihren Wangen.

»Wenn du im Ausland bist, bring mir eine Perücke mit«, bat Lariska. »Mit diesen Parasiten habe ich nicht mal Zeit, mich zu kämmen!«

Seitdem haben wir uns nicht mehr gesehen.

Acht Monate später fuhr ich nach Australien.

In Australien war alles absolut genauso wie auch in den anderen Ländern: die Bühne – mein Baugerüst; die zu mir erhobenen Gesichter; die vorherrschenden Farben – Schwarz und Weiß; die Kristallüster, die in allen Farben des Lichtspektrums funkelten.

Am Anfang sehe ich all das, dann sehe ich es nicht mehr. Ich konzentriere mich auf die Tasten und warte darauf, daß im Dunkel meines Unterbewußtseins das Raraka wie ein goldener Punkt auflodert, um mein Feuer daran zu entzünden. Dann übergieße ich mich mit Benzin und stelle mich mitten in das Feuer, damit es noch höher und heller leuchtet. Und die unbekannten Menschen mit den erhobenen Gesichtern sitzen da und wärmen sich an meinem Feuer, still und herausgeputzt wie kleine Kinder.

Die Australier klatschten lange. Ich verbeugte mich lange.

Und dann war alles so, wie Lariska es gesagt hatte: Die Australier standen auf und gingen nach Hause. Und ich fuhr ins Hotel und legte mich schlafen.

Deutsch von Susanne Veselov

Sag mir was in deiner Sprache

Ich bin ein Nichts.

In keiner Menschenmenge bemerkt man mich, und wenn man mich bemerkt – dann dreht man sich nicht um. Man bemerkt mich nicht einmal unbedingt dann, wenn nur ich allein da bin.

Im Pionierlager bin ich immer eine einfache Pionierin, man wählt mich nicht einmal als Sanitäterin.

Im Chor stehe ich immer in der letzten Reihe, und meine Stimme schwingt ganz auf dem Boden des Stimmengewirrs. Beim Tanzen drücke ich mich immer in die Ecke und beobachte von dort aus, wie die hübschesten Jungen mit den hübschesten Mädchen tanzen.

Meine Stiefmutter träumt davon, daß ich den erstbesten heirate. Mein Vater aber befürchtet gerade das.

Ich und meine Stiefmutter haben fast dasselbe Alter. Sie vergöttert meinen Vater, seine Fehler, seine Vergangenheit und mich, denn auch ich gehöre zu seiner Vergangenheit. Sie sagt immer: Es ist besser, zu heiraten und sich wieder scheiden zu lassen, als ohne Leidenschaft zu leben. Sie begreift nicht, wie man ohne Liebe leben kann.

In dieser Sekunde meines Lebens stand ich am Fenster und wählte mir den erstbesten aus.

Da ging der Klempner der Wohnungsverwaltung, Onkel Kolja, und schleifte ein Kabel hinter sich her. Das

Leben dieses Menschen gliedert sich in Fünf-Tage-Abschnitte. Fünf Tage nacheinander trinkt Onkel Kolja Wodka, und dann erblüht in ihm eine helle, außergewöhnliche Persönlichkeit. Er philosophiert, ist schwermütig, freut sich, protestiert, wobei er mit Leichtigkeit vom Zustand der Ergriffenheit in den Zustand der Erbostheit wechselt. Die darauf folgenden fünf Tage liegt Onkel Kolja stumm da und stiert an die Decke. Er ißt nichts, der Organismus nimmt nichts an. Auf seinem Gesicht wachsen wilde Borsten, und Anzeichen beginnenden Greisentums werden erkennbar.

Während des nächsten Fünf-Tage-Abschnittes läuft Onkel Kolja still und schuldbewußt herum. Er stürzt sich auf jede beliebige Arbeit, und jede beliebige Arbeit geht ihm gut von seinen geschickten Händen. Und in diesen Tagen ist es schwer, sich vorzustellen, daß Onkel Kolja auch anders sein kann.

Es vergehen weitere fünf Tage, und Onkel Kolja wird plötzlich allem gegenüber gleichgültig, in seinen Augen liegt etwas Verträumtes, und erneut beginnt er ganz zufällig, sich zu betrinken, und alles geht von vorn los, in derselben Reihenfolge.

Im Moment befand sich Onkel Kolja gerade im dritten Fünf-Tage-Abschnitt, schleppte ein Kabel hinter sich her und war – getrieben von seinen Schuldgefühlen – bereit, das gesamte Wohnviertel zu reparieren.

Onkel Kolja verschwand hinter der Hausecke. Eine Zeitlang war die Straße leer. Dann trat mein Nachbar mit einer Aktentasche aus dem dritten Hauseingang. Wir sind einander nie vorgestellt worden, ich weiß nicht, wie er heißt. Für mich selbst nenne ich ihn den ›Funktionär‹, denn im gesellschaftlichen Leben bekleidet er irgendeine Funktion. Er fährt einen hellen, schicken Wolga und hat einen provinziell-bedeutungsschwangeren Gesichtsausdruck.

Er paßt als Bräutigam schon eher als Onkel Kolja. Ihn könnte man heiraten und sich dann von ihm scheiden lassen, aber er hat bereits eine Ehefrau, Raja. Manchmal kommen sie in den Hof und setzen sich auf eine Bank, um ein wenig frische Luft zu schnappen. Er sieht immer nach rechts, Raja nach links. Zusammen erinnerten sie an ein Wappen mit einem doppelköpfigen Adler, dessen beide Köpfe in verschiedene Richtungen blicken. Und es gibt keine Naturgewalt, die sie dazu hätte bringen können, einander anzuschauen oder wenigstens in dieselbe Richtung zu blicken. Es geht eine derart überzeugende Langeweile von ihnen aus, daß diese Langeweile sogar die siebente Etage erreicht, durch das Fenster dringt und mein Gesicht berührt.

Onkel Kolja wäre wohl doch die bessere Wahl. Mit ihm würde es nie langweilig werden.

Meine Stiefmutter sagt gern: »Das ist nicht das richtige Pferd, um darauf zu setzen.« Man stelle sich das, dem Sprichwort folgend, einmal vor: Mein Leben – die Pferderennbahn, ich – die Spielerin, und das Pferd – der Herr Erfolgreich. Es lief darauf hinaus, daß heute lediglich fremde abgehalfterte Gäule im Kreis galoppierten.

Einmal waren meine Stiefmutter und ich die Straße entlanggelaufen, wir waren ins Kino gehastet, und mitten auf dem Weg hatte ein stadtbekannter Säufer gelegen – nicht

Onkel Kolja, sondern ein anderer. Er hatte versucht aufzustehen, war aber auf die Seite gekippt. Abermals hatte er es versucht, abermals war er hingefallen, und sein umnachtetes Bewußtsein hatte nicht begreifen können, was ihn am Aufstehen hinderte.

Menschen waren vorbeigegangen und hatten einen weiten Bogen um diesen Mann gemacht wie um einen Gegenstand.

Ich habe meine Stiefmutter angeschaut und gesagt: »Wenn wir nicht so in Eile wären, würden wir ihn nach Hause bringen. Nicht wahr?«

»Aber natürlich«, hat meine Stiefmutter gesagt.

Wir sahen uns um, und Gewissensbisse nagten an unseren Seelen.

»Da siehst du«, hat meine Stiefmutter gesagt. »Gerate niemals unter eine Situation.«

»Was?« Ich hatte nicht verstanden.

»Es kommt vor, daß der Mensch über einer Situation steht, aber es gibt auch Situationen, die über dem Menschen stehen. Laß es nie zu, daß eine Situation über dir steht.«

Auf meinem Fensterbrett ließ sich eine weiße Taube nieder. Es war ein Taubenkind, das einem übermäßig gewachsenen Spatzen ähnelte. Langsam öffnete ich das Fenster, verbrannte mich an der eisigen Winterluft, wartete, daß die Taube einen Schreck bekam und fortflog, aber sie blieb sitzen und rührte sich nicht. Dann wandte sie den Kopf und sah mir direkt in die Augen.

Ein blauer Moskwitsch fuhr ans Haus heran, und Sofka Medwedjewas Bruder, Alexander Medwedjew, stieg in seinem blauen Pelzmantel und seiner Fuchsmütze aus. Er wohnte auf dem Arbat, und seine Eltern in unserem Haus, deshalb sah ich ihn manchmal.

Alexander war Schlagersänger. Er trat ständig im Fernsehen auf, sprang in seinen alle um den Verstand bringenden Gehröcken und mit dem Mikrophon in der Hand herum, und alle Mädchen zerflossen vor dem Bildschirm.

Es gab Tage, an denen er im Radio und im Fernsehen sang und sich außerdem in einer Zeitungsdiskussion über den modernen Schlager zu Wort meldete, und dann schien es, als ob sich die ganze Welt nur mit einem einzigen Menschen befassen würde.

Diese Belastung ermüdete Alexander ganz offensichtlich, und von Zeit zu Zeit kam er zu seinen Eltern, um sich an seinen Stammbaum anzulehnen und für das weitere Leben Kräfte zu sammeln.

Einmal, vor einem halben Jahr, war ich zu Sofka gegangen, um mir etwas bei ihr zu leihen oder, im Gegenteil, ihr etwas zurückzubringen. Alexander hatte die Tür geöffnet. Er hatte mich angesehen und gesagt: »Verzeihen Sie, aber ich kann Ihnen nicht die Hand geben, sie ist ganz voller Wodka; ich mache dem Hund eine Kompresse.«

Damals war ich wieder gegangen, war bis zum dritten Stockwerk zu Fuß die Treppe hinuntergestiegen, dort neben dem Treppenfenster stehengeblieben und hatte mich lange nicht vom Fleck bewegen können. Es war mir vorgekommen, als sei das mir unbekannte wunderbare Leben wie eine leichte Brigg unter vollen Segeln gerade an mir vorbeigezogen und ich allein auf einer unbewohnten Insel zurückgeblieben.

Am nächsten Tag war ich in die Schneiderei gegangen und hatte erzählt, daß ich Alexander Medwedjew gesehen hätte.

»Na und, wie war er?« hatten die Mädchen gefragt.

»Seine Hände waren ganz voller Wodka«, hatte ich gleichgültig geantwortet.

»Was macht er denn, trinkt er den Wodka etwa aus den bloßen Händen?« hatte Igor Kornejew gefragt.

Er war nur eifersüchtig.

Die Taube spazierte auf dem Gesims entlang, und Alexander Medwedjew hockte sich hin, um irgendeine Schraubenmutter im Rad zu betrachten.

Ich stand am Fenster meines kleinen Zimmers mit der niedrigen Decke, und die junge weiße Taube flatterte mit ihren Flügeln über mir.

Gleich würde Alexander sich aufrichten und weggehen.

Ich riß den Pelzmantel meiner Stiefmutter aus dem Schrank und tauchte in das weiche Fell. Es war eigentlich kein Mantel, sondern ein Cape. Es hatte keine Knöpfe, sondern wurde einfach übergeworfen und mit der Hand zugehalten. Die Hand mußte in einem langen Handschuh stecken, denn die Ärmel reichten nur bis knapp unter den Ellenbogen. Meine Stiefmutter sagt immer, daß sie dieses Cape ausschließlich zu ihrer Selbstbestätigung braucht, denn für kalte Tage und die Bequemlichkeit hat sie einen alten verschlissenen Mantel.

Der Pelz umarmte mich, ich wurde in derselben Sekunde um einiges schöner und fühlte mich nicht mehr wie die Angestellte einer Kinderschneiderei, sondern wie die

Ehefrau des hiesigen Milizionärs Alex. Ich hüllte mich lässig in das Cape und lief nach unten. Erst die Treppe hinunter, dann auf die Straße.

Ich lief an Alexander vorbei und blickte geradeaus.

Er wandte den Kopf um und sah mich an. Er sah mich an, und ich sah geradeaus.

»Hallo! Warum grüßt du denn nicht?«

Er duzte mich, weil ich die Freundin und Altersgenossin seiner Schwester war, die Vertreterin eines für ihn völlig nebensächlichen Lebens.

Ich blieb stehen und drehte meinen Kopf langsam in seine Richtung, um ihn mit gelangweiltem Erstaunen anzusehen. So in der Art: Hier laufen so viele von euch Schlagersängern herum. Wenn ich alle grüßen würde, bliebe mir zu nichts anderem mehr Zeit.

Er erhob sich, trat auf mich zu – elegant, außerirdisch.

Alexander und Sofka hatten einen russischen Vater und eine spanische Mutter. Rosita. Neunzehnhundertsechsunddreißig hatte man sie aus Spanien hierher gebracht, hier hatte sie gelebt und war aufgewachsen, um eines Tages einen russischen Burschen kennzulernen und in einer Sternstunde diesen Sohn zur Welt zu bringen.

Alexander und Sofka sahen sich sehr ähnlich, sie hatten dieselben Gesichtszüge. Aber während diese Züge in einem weiblichen Gesicht uninteressant aussahen, war Alexander wunderschön: Ein zartdunkles Gesicht, die Augen wie aufgemalt, die kleinste Wimper war zu sehen.

Er sah mich an, als würde er eine Berechnung aufstellen, und sagte dann plötzlich: »Ich habe eine Bitte an dich. Versprich mir, daß du sie mir nicht abschlägst.«

»Und was ist das für eine Bitte?«

»Da haben wir's ... du feilschst bereits.«

»Ich kann ja nicht wissen, worum du mich bittest.«

Ich trieb meinen Preis in die Höhe, obwohl ich zu allem bereit war. Wenn Alexander mich gebeten hätte, zu stehlen oder zu morden, ich hätte sofort eingewilligt, obwohl ich es am nächsten Tag vielleicht bereut hätte.

»Könntest du heute mit mir ins Restaurant gehen?«

»Und was soll ich da machen?«

»Nichts. Sitzen, Musik hören.«

»Du lädst mich zum Essen ein?«

»Verstehst du ...«, sagte Alexander unsicher. »Da gefällt mir eine ganz bestimmte Frau. Sie wird mit ihrem Ehemann kommen.«

»Alles klar«, verstand ich.

»Was ist dir klar?« war Alexander auf der Hut.

»Dieser Ehemann soll denken, daß ich dein Mädchen bin.«

»Du bist doch nicht beleidigt?«

»Soll er doch denken, was er will«, sagte ich.

Das Wichtigste beim Schminken ist die Sorgfalt.

Unser Schneidermeister für Kinderbekleidung sagt immer: Es gibt drei Stufen der Meisterschaft. Die erste – wenn das Kleid wegen Mangel an Phantasie und schlechter Ausführung sehr einfach ausfällt.

Die zweite Stufe – wenn alles außerordentlich kompliziert gemacht ist, weil der Schneider viel kann und sich damit brüsten möchte.

Und die dritte Stufe ist erreicht, wenn aufgrund der

Klarheit des Entwurfs und der vollendeten Meisterschaft alles ganz einfach wirkt.

Ich saß vor dem Spiegel und arbeitete an mir, um die dritte Stufe der Meisterschaft zu erreichen. Meine Schminkutensilien waren französisch. Mein Geschmack war einwandfrei. Nur mein Gesicht störte.

Ich habe kein eigenes Gesicht. Im allgemeinen habe ich natürlich schon ein Gesicht, aber meine Züge sind nicht durch ein durchgehendes Thema verbunden und scheinen wie aus verschiedenen Gesichtern zusammengeklaubt. Die Augen aus dem einen Gesicht, die Nase aus einem anderen, der Mund aus einem dritten.

Ich seufzte schwer, und ohne an den Erfolg zu glauben, machte ich mich an die Arbeit. Zuerst setzte ich mir eine halbe Stunde lang falsche Wimpern an, dann nahm ich eine Nadel und begann, die Wimpern voneinander zu trennen, worüber abermals eine halbe Stunde verging. Mein Gesicht ähnelte einer Wohnung während des Umbaus, wenn alles durcheinandergeworfen ist und man den Eindruck hat, so würde es jetzt immer bleiben.

Danach nahm ich einen Nerzhaarpinsel und malte die Konturen nach. Stück für Stück wuchs das Auge auf meinem Gesicht, veränderte seine Form und sogar seinen Ausdruck, und ich spürte, daß so ein Auge jedem Menschen zur Ehre gereichen mußte.

Wenn ein Mädchen sich nicht bemüht zu gefallen – dann gefällt es auch nicht. Wenn es sich bemüht und das deutlich zeigt – dann gefällt es genausowenig. Es schien, als bliebe nur die dritte Möglichkeit: Ich mußte mich bemühen, ›nicht bemüht‹ auszusehen.

Alle Mädchen aus unserer Schneiderei gliederten sich in die ›Seelchen‹ und die ›Schönchen‹. Der Begründer dieser Klassifizierung war der berühmte Physiker Landau. Wir hatten uns seine Theorien zu eigen gemacht und sie mit neuer Terminologie bereichert. Die ›Schönchen‹ nannten wir ›Maulomanen‹. ›Maulomanen‹ – das sind diejenigen, für die das Äußere eines Menschen das Wichtigste ist; sein äußerlicher Ausdruck. Die ›Seelchen‹ hingegen bevorzugten am Menschen seine tiefe Seele.

Ich war weder das eine noch das andere. Mir gefallen die, denen ich gefalle. Wenn ich irgendwann irgend jemandem gefalle, dann kommt mir dieser Mensch klug und schön vor.

Letztlich liebt jeder sich selbst am meisten. Jeder liebt das eigene Ich in sich selbst und in den anderen. Und das ist keineswegs etwas Anstößiges. Je besser die Einstellung eines Menschen sich selbst gegenüber ist, desto besser ist auch seine Einstellung anderen gegenüber.

Außer in ›Seelchen‹ und ›Maulomanen‹ gliederten wir uns noch in ›Sofisten‹ und ›Igoristen‹.

Der Begründer des ›Igorismus‹ war Igor Kornejew.

Igor spezialisierte sich auf Oberbekleidung für Kinder, aber mehr als alles andere liebte er es, Ausflüge zu machen, im Zelt zu übernachten, Fischsuppe in einem rußigen Kochgeschirr zu kochen. Daran war an sich nichts Schlechtes. Aber auf diesen Ausflügen trug Igor vermoderte Cowboy-Hemden, sein Zelt war voller Spinnweben und Eidechsen, und das Kochgeschirr und die Blechtassen sahen so aus, als hätte irgend jemand im Spaß Holz auf ihnen gehackt.

Der ›Igorismus‹ – das war die Simplifizierung des Äußeren auf Kosten der inneren Befreiung. Die Variante eines Hippies. Aber ein Hippie ist absichtlich schlampig, während Igor es unabsichtlich war. Er bemerkte eben einfach nicht, wo er aß und schlief. Wie eine Katze oder ein Hund. Auf diese Art und Weise ist wahrscheinlich auch den Neandertalern alles egal gewesen. Und all den in Jahrtausenden erreichten Errungenschaften der Menschheit gegenüber blieb er völlig gleichgültig.

Der ›Sofismus‹ hatte seinen Ursprung in Sofka Medwedjewa.

Einmal hat Sofka eine Blinddarmentzündung gehabt. Sie hatte auf dem Diwan gelegen und plötzlich Schmerzen gespürt. Der Schmerz war von Stunde zu Stunde stärker und irgendwann dann unerträglich geworden. Dann hatte er sich in einen dumpfen Schmerz verwandelt, und auch Sofka selbst war wie dumpf geworden und schwamm halb im Fieberwahn, halb der Ohnmacht nahe dahin. Später hatte sich herausgestellt, daß ihr Blinddarm durchgebrochen war.

Als ich sie im Krankenhaus besucht habe, habe ich gefragt: »Warum hast du denn nicht gleich einen Arzt gerufen?«

»Der wäre doch in seinen Stiefeln schnurstracks an mein Bett gekommen«, hatte Sofka geantwortet.

Sie hatte sich vorgestellt, daß der Arzt, ohne die Stiefel abzulegen und vielleicht sogar ohne sich die Schuhe abzutreten, direkt durch das Zimmer laufen würde. Dann würde er sich im Badezimmer die Hände waschen, und auf der Seife würden Dreckspuren zurückbleiben. Ferner

würde der Arzt seine nassen Hände zum Handtuch hin-
bewegen, und Wasser würde auf den gekachelten Boden
tropfen. Es wäre peinlich, gleich in seiner Gegenwart zu
wischen, die Tropfen würden auf dem Boden zu Flecken
antrocknen, und man würde sie später abkratzen müssen.
Der Arzt würde sich die Hände mit dem Handtuch
abtrocknen und dann das Handtuch nicht richtig hin-
hängen. Sofka wollte lieber sterben, als eine derartige
Gleichgültigkeit ihrer Majestät Sauberkeit gegenüber zu
ertragen.

Und tatsächlich wäre sie fast gestorben.

In Sofkas Wohnung herrscht die sterile Sauberkeit eines
Operationssaals. Einen jeden, der sie besucht, empfindet
sie nicht als Persönlichkeit, als individuelles Exemplar der
Natur, sondern als eine Quelle der Unsauberkeit.

Wenn Sofka ein Kleid füttert, so scheint es, als sei der
angenähte Streifen Stoff nicht mit Fäden befestigt, sondern hielte sich ganz von allein, dank der eigenen Anzie-
hungskraft.

Unser Meister stellt uns Sofka als ein Beispiel hin und
sagt immer, daß wir ihr etwas abgucken sollten. Aber der
Sofismus ist eine Charaktereigenschaft, mit der der
Mensch geboren wird; ihn sich abzugucken ist unmöglich ...

Vielleicht hat es unter Sofkas Vorfahren mütterlicher-
seits spanische Zigeuner gegeben, die jahrhundertelang
nomadisiert haben wie die Igoristen. Vielleicht hat sich
der Sofismus langsam, von Generation zu Generation,
herausgebildet und sich dann in Sofka endgültig ver-
körpert.

Aber vielleicht hat auch die Mischung russischen und spanischen Blutes zu diesem so überraschenden Ergebnis geführt. Denn dies war eine eigentümliche Erscheinungsform des Talents. Alexander – ein Sänger, und Sofka – ein Genie der ästhetischen Perfektion.

Was mich betraf, so bezog ich eine Zentrumsposition zwischen dem Sofismus und dem Igorismus. Für mich war das ›wo‹ nicht wichtig, sondern das ›mit wem‹. Nur der Mensch kann den Menschen ergänzen. Nur an einem Menschen kann man sein Blut erwärmen.

Mein Gesicht war inzwischen fertig. Ich sah aus, als sei ich gestern von den Stränden der Krim oder aus dem Kaukasus zurückgekehrt. Meine Wimpern kratzten an der gegenüberliegenden Wand. Die Haare lagen wie ein kompaktes Stück Stoff auf dem Kopf und glänzten.

Ich sah mich an und sagte langsam: »Penelope ... Melpomene ...«

Wer diese Tanten waren, wußte ich nicht so genau. Ich glaube, Melpomene war eine Muse und Penelope die treue Gattin des umherreisenden Odysseus. Es ging nicht darum, wann sie gelebt hatten oder ob es sie überhaupt gegeben hatte. Es ging um ihre Namen – so lang, merkwürdig und unglaublich wie mein Gesicht, das, ebenso wie meine Stimmung, durch kein durchgehendes Thema verbunden war.

»Penelope ... Melpomene ...«

Dann seufzte ich und dachte in einfacheren Kategorien.

›Mein Gott!‹ dachte ich. ›Wie kann man nur so hübsch sein! Eigentlich müßte man doch zumindest ein klein wenig schlechter aussehen.‹

Das Restaurant war angeblich chinesisch, die Musik jedoch europäisch.

Auf dem Podium hatten sich sechs langhaarige Musiker zusammengefunden. Sie machten den Eindruck, als würden sie nicht arbeiten, sondern zu ihrem eigenen Vergnügen ein Fest feiern und dieses Vergnügen allen anderen mitteilen wollen.

»Das gibt dir den richtigen Kick«, sagte Alexander.

»Was?« Es schien mir, als spräche er spanisch.

»Hör zu«, übersetzte er. »Und versuch, es zu genießen.«

Ich konnte nicht ›versuchen, es zu genießen‹, nickte aber auf alle Fälle zustimmend.

Neben mir war Alexanders Ellenbogen und sein Profil mit einem sauberen Ohr. Ich sah es an wie einen Gegenstand, der Sofkas Anbetung würdig wäre, und dieses Gefühl erfüllte mich mit Zärtlichkeit und Trauer.

»Wie heißt du?«

Er beugte sich zu mir. Sein Gesichtsausdruck wirkte so, als hätte ich mir ein Bein gebrochen und würde ihn um etwas bitten. Als beugte er sich mit dem größtmöglichen Mitleid für mein Unglück zu mir, voller Aufmerksamkeit für meine Bitte und sofort bereit, sie zu erfüllen. Offensichtlich war es ihm peinlich, daß er mich zu seiner Komplizin gemacht hatte, deshalb dieser Blick.

»Wie heißt du auf spanisch?«

»Alexandro.«

»Und die Koseform?«

»Satscha. Im Spanischen gibt es kein einfaches ›sch‹.«

Und wirklich, warum hatte er mich mitgenommen? Ich

stand ihm nahe genug, um mich um diesen Gefallen zu bitten. Und war ihm ausreichend fern, daß dieser Gefallen in der Zukunft nicht zwischen uns stehen würde.

»Sag mir was in deiner Sprache.«

Er überlegte, was er sagen könnte. Dann redete er los. In seinem Wortschwall gab es tatsächlich kein einziges ›sch‹. Die Worte rieselten herab, sprangen von den Zähnen herunter. Es schien, als würden sie nicht in der Tiefe des Kehlkopfes gebildet, sondern irgendwo zwischen den Lippen und den Zähnen.

Ich sah in sein Gesicht und bemerkte, daß die Worte seinen Wangen und Augen ähnelten.

»Was hast du gesagt? Übersetze!«

Der Kellner trat an unseren Tisch.

Alexander bestellte fast die gesamte Speisekarte von oben bis unten. Ich begriff – er war ein großzügiger Mensch. Aber in großzügigen Menschen verbirgt sich viel. Gutes wie auch Schlechtes.

Schließlich erschienen *er* und *sie*.

Sie – eine große Blondine, lockig und lächelnd, ganz von der fliegenden Seide ihrer Haare umweht. Die Augen- und Mundwinkel waren nach oben gebogen, so als würden sie jeden Moment fortfliegen.

Er – nett, aber ein wenig unscheinbar. Ein Igorist.

Sie nickte mir mit glücklichem Blick zu und fixierte dann Alexander mit demselben Gesichtsausdruck.

»Darf ich bekannt machen.« Sie stellte ihren Mann vor.

Alexander stellte mich vor. Alle streckten einander die Hände hin und zählten die Namen auf: Lilia, Slawik, Alexander, Veronika.

»Der Name Veronika wird auf dem ›o‹ betont«, verbesserte Slawik mich. »Von der Stadt Verona.«

»Woher weißt du denn das?« Lilia starrte ihren Mann verwundert an. Er starrte zurück, und so betrachteten sie einander eine Weile. Es war zu spüren, daß der Prozeß des gegenseitigen Kennenlernens bei den beiden noch nicht abgeschlossen war.

Wenn Lilia sprach, schlossen sich ihre Lippen bei den Konsonanten auf naive und rührende Weise. Ihre Augen hingegen waren geöffnet, um ausschließlich Güte und Erstaunen auszudrücken. Sie hatte etwas Bezauberndes, und ich sah sie an wie eine Schlange die Flöte des Schlangenbeschwörers.

»Studieren Sie?« fragte Lilia.

»Ich bin Schneiderin«, antwortete ich.

Im folgenden hätte ich mich für die Art ihres Berufes interessieren sollen, aber ich fragte nicht danach.

»Mich hat man zu dem Wettbewerb ›Hallo, wir suchen Talente‹ eingeladen.«

Ich hätte sie über ihr Talent befragen sollen, hielt mich aber zurück. Vielleicht hatte man ja keines entdeckt . . .

»Mein Repertoire war unglücklich gewählt«, sagte Lilia.

»Du kannst einfach nicht singen«, sagte ihr Mann.

»Natürlich. Du entdeckst in mir ja niemals auch nur den geringsten Vorzug. Dir gefällt jede andere besser als ich.«

»Na, das stimmt doch aber nicht«, widersprach Alexander, obwohl das eigentlich der Ehemann hätte sagen müssen.

»Diese andere, die aus Kasan, und singen konnte die überhaupt nicht. Eine Hysterikerin, das ist alles«, sagte Lilia beleidigt. »Sie hatte eben einfach nur das passende Repertoire.«

»Sie hat der gesamten Jury gefallen«, sagte Alexander diplomatisch.

Der Kellner trat heran und brachte Unmengen von Speisen. Alexander legte mir eine chinesische Vorspeise auf den Teller: grüne Eier, die auf ganz besondere, chinesische Art verfault waren, und dazu wässerige Würmer.

»Die reinste Kalorienbombe«, erklärte er.

Slawik schenkte uns Wodka ein. Alle erhoben die Gläser und blickten einander an: die fliegenden Augen Lilias, die spanischen Augen Alexandros, meine ruhelosen Augen und – unter der Asche höflicher Langeweile – die gleichgültigen Augen Slawiks.

»Auf unsere Bekanntschaft«, bestimmte Lilia.

Alle tranken schweigend.

Das verfaulte Ei schmeckte nach verfaultem Ei und nach nichts anderem. Und die Würmer in ihrer Soße rochen nach Feuchtigkeit.

Alexander fing an, Slawik von der Jury zu erzählen, von dem Wettbewerb, von den Talenten und der Wechselbeziehung dieser drei Kategorien. Er sprach begeistert, ein wenig liebedienerisch, so als wolle er sich für Lilias Mißerfolg entschuldigen. Slawik hörte zu, sein Gesicht wirkte aufmerksam und taktvoll. Alexanders Schönrederei, ja selbst das Wesen eines solchen Wettbewerbs schien er beiseite zu schieben. Nur Alexanders Wesen ließ er übrig und schenkte diesem höfliche Nachsicht.

Lilia schaute sich mit naivem und zerstreutem Blick um.

Ich saß da und spielte rechtschaffen die Rolle eines Deckels. Ein Mensch, den man des äußeren Anscheins wegen mitnimmt, wird »Deckel« genannt ... Ich war Alexanders Deckel. Slawik war Lilias Deckel. Vielmehr nicht ihr Deckel, sondern ihr Schirm. Sie hatte ihn bei sich für den Fall, daß es regnete oder zu heiß war. Wenn das Wetter aber schön war, klappte sie ihn zusammen und steckte ihn in die Tasche. Lilia lief mit einem Schirm durch das Leben und war auf der Suche nach einem Haus.

Irgendein Widerling kam an den Tisch und forderte sie zum Tanzen auf. Sie erhob sich von ihrem Stuhl, wenn auch nicht sofort. Zuerst streckte sie sich, wand sich in der Taille, als ob sie diese aus den Hüften herausdrehen wolle. Dann trat sie vom Tisch ab und ging.

Alle Männer im Saal hörten zu kauen auf, sahen Lilia an und sandten ihr von vorn und hinten die übermächtigen Strahlen ihrer Blicke zu. Die Luft war voller Strahlen, und Lilia schritt langsam daher, teilte die Strahlen mit ihren Armen, Schultern und Knien. Ihre Bewegungen waren langsam und geschmeidig wie die einer Katze.

Slawik sah ihr teilnahmslos nach, Alexander jedoch legte seinen Arm auf die Lehne meines Stuhles, so als wollte er sagen: Du hast das Deine, ich habe das Meine, und das Deine brauche ich nicht.

Die Musiker freuten sich und fingen wie wild an zu spielen. Alle sprangen los, auch der Widerling sprang auf, und nur Lilia stand unbeweglich und mit gesenktem Blick da, als wolle sie den Rhythmus in sich aufsaugen.

Dann war der Rhythmus in sie eingedrungen und wurde wichtiger als sie selbst. Lilia warf die Hände ausgestreckt über den Kopf, wie um ihren göttlichen Körper zu zeigen und sich gleichzeitig zu entschuldigen. ›Bitte verzeiht mir, daß ich so schön bin, es hat sich so ergeben.‹ Eine Zeitlang zitterte sie auf ihren langen Beinen, dann sprengte sie irgendeine Grenze in sich und tanzte, von ihrer Inspiration getrieben.

Wenn man den Tanz als Ausdruck seiner selbst versteht, dann hätte man Lilias Tanz folgendermaßen entschlüsseln können: Ich nehme dir, mein Leben, alles. Ich nehme dir alles und gebe dir alles. Ich halte nichts zurück. Ich verzeihe alles und räche alles. Ich gehe über die, die am Boden liegen, hinweg und bin selbst einverstanden, Opfer zu werden und die Stiefel auf meinem Gesicht zu spüren ...

»Na, die ist in Fahrt«, sagte Slawik mit ganz normaler Stimme, ohne Begeisterung und ohne Gereiztheit. Anscheinend war er dieses göttlichen Körpers und dieser göttlichen Inspiration schon seit einer halben Ewigkeit überdrüssig.

»Sie ist sehr schön«, sagte ich.

»Ja?« wunderte sich Slawik. »Dort, wo wir leben, gilt eine andere Ästhetik.«

»Und wo leben Sie?«

»Im Gebiet Muromsk. Im Dorf Karatscharowo.«

»Tatsächlich?« Ich konnte es nicht glauben.

»Ja, natürlich.« Slawik lächelte. Sein Lächeln war irgendwie unvollendet.

»Und als was arbeiten Sie?«

»Ich bin Arzt«, sagte Slawik. »Und Lilia ist meine Laborantin. Ich war der große Chef für sie.«

»Und was macht eine Laborantin?« fragte ich.

»Analysen.«

»Welche?«

»Blut. Urin und alles andere.«

»Lilia hat mit Urin zu tun?« wunderte ich mich aus tiefstem Herzen.

»Das muß man als bloßes Material betrachten«, sagte Slawik.

Lilia kam, begleitet von dem Widerling, heran. Kleine Fontänen des Glücks brachen aus ihr heraus.

»Es ist stickig«, beklagte sich Lilia fröhlich.

»Macht nichts. Positive Emotionen – das ist dasselbe wie Sauerstoff. Sie beschleunigen den Oxidationsprozeß.«

Ich sah Alexander an und erriet: Die Freuden des Lebens und alle Naturerscheinungen existierten für ihn nicht selbständig und für sich allein, sondern erfüllten eine Funktion. Sie hatten ganz unmittelbar für ihn, für Alexander, dazusein.

Musik – ein Kick. Das Essen – Kalorien. Freude – positive Emotionen. Und plötzlich wäre ich liebend gern bei Igor Kornejew im Zelt gewesen. Da konnte man sitzen, die Augen zu den Sternen erheben und auf den Knien eine zarte seidenglatte Eidechse streicheln.

Alexander schenkte Wodka in die Gläser.

»Von hier aus fängst du an, Moskau zu erobern«, verkündete er Lilia.

»Und wozu soll sie Moskau erobern?« fragte Slawik.

»Was soll sie denn sonst tun?« wunderte sich Alexander.

»Gibt es sonst etwa nichts?«

»Du redest wie ein alter Mann«, bestimmte Lilia.

»Die Alten sind weiser als die Jungen«, sagte Slawik.

»Die Alten sind älter als die Jungen«, sagte Alexander. »Ich werde dann alt sein, wenn ich alt bin. Aber jetzt bin ich dreißig, und ich werde niemals sterben.«

»Wie das?« fragte ich.

»Ich will nicht.«

»Du stirbst trotzdem.«

»Nein. Ich werde die Reserven meines Organismus aktivieren und bleiben.«

Ich blickte Alexander mit mystischer Neugier an.

»Laßt uns trinken!« erinnerte uns Alexander.

Alle tranken den klaren, durchdringenden Wodka aus und konzentrierten sich auf das Essen.

»Als Leonardo da Vinci von irgendeinem Magnaten eingestellt wurde, hat er ihm geschrieben: ›Ich kann Flugzeuge bauen und zeichne besser als alle anderen‹«, erzählte Alexander.

»Damals gab es keine Flugzeuge«, präzisierte Slawik.

»Ganz egal. Flugapparate. Darum geht es ja gar nicht. Leonardo hat ganz nüchtern seinen Platz erkannt. So sollte jedermann ganz nüchtern seinen Platz erkennen, und das hat nichts mit Bescheidenheit oder Angeberei zu tun.«

Lilia hörte zu, saugte Alexander mit ihren blauen rastlosen Augen in sich auf.

»Ich singe besser als viele andere, aber ich werde besser als alle anderen singen.« Von Leonardo ging Alexander auf sich selbst über. »Und wenn dann derjenige erscheint, der besser als ich singt, lasse ich die Bühne hinter mir und werde etwas anderes machen.«

»Flugapparate«, sagte ich.

»Ja. Flugapparate. Ich werde ein Flugzeug erfinden, das nicht abstürzen kann. Es wird zwar nicht landen können, aber herunterfallen wird es auch nicht. Und die Menschheit wird mir ein Denkmal errichten.«

»Und wozu brauchen Sie ein Denkmal?« fragte Slawik.

»Möchten Sie denn keines haben?«

»Ein Denkmal? Nein, ich will keines. Ich ziehe die kleinen Alltagsfreuden vor.«

»Weil alles Höhere unerreichbar für dich ist.«

»Vielleicht«, sagte Slawik, ohne beleidigt zu sein.

»Ich war einmal im Ausland. Dort haben die Taucher ihr Geld damit verdient, daß sie von einem Felsen ins Meer gesprungen sind. Man muß dabei nicht nur einfach springen und hinabfliegen, sondern im Flug einem Felsvorsprung ausweichen. Verstehst du?« Er wandte mir sein lebhaftes Gesicht zu. »Nicht nur einfach hinabfliegen, sondern seinen Körper lenken, um nicht auf den Felsvorsprung zu knallen. Und was denkt ihr? Ich bin auch da hinaufgeklettert und gesprungen. Und bin dem Felsvorsprung ausgewichen. Allerdings hat man mich noch am selben Tag in ein Flugzeug gesetzt und zurückgebracht.«

Ich blickte Alexander an, und an seinem Gesicht konnte ich erkennen, daß er jetzt dort war, auf der Felsspitze.

»Und wißt ihr, warum ich gesprungen bin?«

»Aus Neugier, die eigenen Fähigkeiten zu erproben«, sagte ich.

»Weil drum herum viele Leute standen«, sagte Slawik.

»Genau«, bestätigte Alexander. »Ich bin von der Meinung anderer sehr abhängig. Ich könnte vor meinem Publikum sogar sterben. Soll man mich ruhig auf den Richtplatz stellen und mir den Kopf abschlagen, wenn nur der Platz voller Menschen ist.«

Der Kellner kam heran und fing an, die leeren Teller vom Tisch zu räumen. Alexanders Blick blieb an ihm hängen, und ich erriet: Er wollte nicht, daß der Kellner wieder fortging. Er wollte, daß er blieb und zuhörte. Wir waren für ihn nicht nur Lilia, Slawik und ich. Wir waren das Publikum. Und je größer es war, desto besser.

Alexander hatte so viel seiner Person in sich, daß er sich mit anderen teilen wollte.

Und ich war ein Nichts. Ich konnte nichts mit den anderen teilen. Allerdings konnte ich mir alte abgetragene Sachen vornehmen und Flicken in der Form eines Blattes oder eines Herzens daraufnähen.

Lilia und Slawik gingen tanzen. Slawik saß hier und tanzte, weil er ›unter‹ die Situation geraten war.

Ein Deckel – das ist Mittäterschaft an einem Verrat. Slawik war Mittäter an seinem eigenen Verrat.

»Und du kannst wirklich einen Flugapparat erfinden?« fragte ich.

»Ja«, antwortete Alexander einfach. »Ich kann alles, was ich auch anfasse. Ich stopfe sogar besser als Sofka. Bei mir sieht man überhaupt nicht, wo die gestopfte Stelle ist und wo der Stoff.«

»Und warum bist du so?«

»Weil ich gern lebe.«

Lilia und Slawik kamen mitten im Tanz zurück. Es stellte sich heraus, daß Slawik vergessen hatte, sich den Schlüssel von der Hauswirtin geben zu lassen, und jetzt konnte diese sich nicht schlafen legen. Oder sie hatte sich bereits hingelegt und müßte nun aufstehen und die Tür öffnen.

Lilia sah schweigend vor sich hin. In ihren Augen zeichnete sich Gehetztheit ab.

Es gibt Menschen, die wie Katzen, und andere, die wie Hunde sind. Die Katzen gewöhnen sich ans Haus, die Hunde an die Menschen. Lilia war weder eine Katze noch ein Hund, sondern irgendein anderes Tier, das ich noch nie gesehen hatte.

»Ich habe mich noch nie von irgend jemandem erniedrigen lassen«, sagte Lilia und blickte mich an. »Ich weiß nicht einmal, was das ist.« Lilia verstummte plötzlich, als hätte man den Ton abgeschaltet. »Ich bin ein sehr stolzer Mensch.« Lilia schwieg wieder. »Aber die Hauswirtin ist für mich eine heilige Kuh, der alles erlaubt ist. Sie darf alles und ich nichts. Ich habe ihm gleich gesagt: Nimm die Schlüssel!«

Lilia verstummte unmittelbar, und ich sah, daß sie weinte. Sie weinte wütend und mühevoll und verbarg es hinter ihren Worten und ihrem starren Gesicht.

Sie weinte, weil sie bei dem Wettbewerb durchgefallen war und nun in die Umlaufbahn der kleinen Freuden zurückkehren mußte. Urin unter dem Mikroskop untersuchen und ihn als bloßes Material betrachten. Dabei wäre sie so gern kopfüber und vor aller Augen den Felsen hinuntergesprungen.

Ich wollte ihr sagen: ›Wenn du nicht abstürzt, dann wirst du dessen überdrüssig werden. Und wenn einem Menschen etwas überdrüssig ist, dann ist es ihm ganz egal, ob man ihm zusieht oder nicht.‹

Der Hauptgang wurde gebracht. Seetang mit Soße. Dieses Gericht war völlig ohne Geschmack und erinnerte an ungesalzene Reisbrühe.

Wahrscheinlich war der Seetang nicht richtig zubereitet oder aber zu oft eingefroren worden oder alles beides.

»Ärgern Sie sich nicht«, sagte ich zu Lilia. »Und haben Sie keine Angst vor der Hauswirtin. Die Hauptsache ist, sich nicht von der Meinung der anderen abhängig zu machen.«

Die Musiker auf dem Podium verloren auf die allerschönste Art und Weise ihren Verstand.

Der Sänger, langhaarig und elegant wie eine Frau, erbebte und schrie sein Lied heraus, als würde er irgendwelche Signale aus einem fremden Land übermitteln.

»Komm!« Alexander forderte mich zum Tanzen auf.

Ich blickte auf die dunkle schaukelnde Masse, in der alle von einer Lustigkeitsmikrobe angesteckt worden waren. Ihre Lustigkeit kam mir unnatürlich, krankhaft vor, so als müsse ihr ein allgemeines Unglück folgen. Wie vor einem Krieg oder der Pest.

Während wir zwischen den Tischen hindurchgingen, verstummte der Sänger, und stimmte dann ein langsames Lied an. Die Musiker wurden stiller und träumerisch.

Alexander umarmte mich, schloß die Augen, preßte seine Wange an meine, als ob er sich dort vor dem Krieg, vor der Pest retten wollte.

Ich schloß meine Augen nicht. Im Gegenteil, ich riß sie weit auf und erkannte, daß er nicht mich umarmte. Und plötzlich kam es mir so vor, als würden alle nicht mit den richtigen Leuten tanzen. Alle waren wie voneinander getrennt und taten nur so, als wären sie fröhlich.

Um mich herum bewegten sich, einander umarmend, Verräter und Mittäter. Und die Musik floß aus dem Land namens ›Vergeltung‹ herbei.

Ich machte einen Schritt zurück und entwand meine Schultern seinen Händen.

Alexander öffnete die Augen und sah mich an.

»Ich komme gleich wieder«, sagte ich und ging.

»Soll ich dich begleiten?« fragte Alexander.

»Nein. Ich gehe allein.«

Als ich zur Garderobe ging, fiel mir plötzlich ein, daß Alexander meine Garderobennummer hatte.

Wenn ich jetzt zurückgehen und ihn um die Nummer bitten würde, würde er sich wundern und fragen: »Warum gehst du denn?«

»Ich habe euch satt«, würde ich sagen.

»Aber warum denn?«

»Ich bin kein Pferd. Ich bin Penelope.«

»Ich verstehe überhaupt nichts mehr«, würde Alexander sagen.

»Weil wir verschiedene Sprachen sprechen.«

Die Garderobiere blickte mich an und wartete.

»Auf Wiedersehen«, verabschiedete ich mich und ging zur Tür.

Ich trat auf die Straße hinaus.

Um mich herum war der schönste Winter, der ganz für

sich allein existierte, unabhängig von Alexander und allen anderen, sehr talentierten Menschen. Der Schnee fiel nicht, sondern schien gleichsam in der Luft zu stehen und ein wenig hin und her zu schaukeln . . .

Über mir war wie ein uralter treuer Deckel der Himmel. Und es kam mir vor, als erblicke mich jemand Großes und Gütiges, ohne mich zu übersehen.

Mein Spitzenjäckchen wärmte mich nicht sehr, und meine Körpertemperatur näherte sich der Lufttemperatur an. Ich atmete tief ein und lief über die Straße, durchschnitt mit meinem Körper die Kälte und verspürte eine fröhliche Kraft in den Beinen.

Die wenigen Fußgänger blieben stehen und blickten mir verwundert nach – wahrscheinlich dachten sie, daß ich vor irgend jemandem flüchtete oder auch irgend jemandem nachjagte. Und tatsächlich flüchtete ich und lief gleichzeitig jemandem hinterher.

Morgen würde ich in die Schneiderei gehen und den Mädchen sagen: »Ich war mit Alexander Medwedjew im Restaurant und habe Seetang gegessen.«

Alexander Medwedjew ist nicht mit mir dort gewesen.

Ich würde also sagen: »Gestern war ich in einem chinesischen Restaurant und habe Seetang gegessen.«

Der Seetang ist gar kein Seetang gewesen.

Was also habe ich eigentlich in diesem chinesischen Restaurant gemacht?

Deutsch von Susanne Veselov

Der Flegel

Bis zum Neujahr blieben noch sieben Minuten. Es wurde Zeit, sich vom alten zu verabschieden.

Alle hoben ihre Gläser, und in diesem Moment klingelte es an der Tür.

»Das sind Edik und Rudik«, teilte Alik, der Hausherr, seinen Gästen mit und blickte auf sein Glas, so als ob er in der Prioritätenfrage eine Entscheidung treffen müsse: Sollte er zuerst trinken und dann die neuen Gäste empfangen oder ihnen die Tür öffnen und sich erst dann in Ruhe zum Trinken niederlassen.

Die Gäste blickten Alik, den Hausherrn, erwartungsvoll an, bereit, jedes von ihm vorgeschlagene Programm anzunehmen.

»Einen Moment . . .«, entschuldigte sich Alik.

Er hatte die Prioritätenfrage zugunsten der neuen Gäste entschieden und eilte in den Korridor.

Einen Augenblick später kehrte er mit Edik, aber ohne Rudik zurück.

Alik und Edik standen fassungslos in der Tür und blickten die im Zimmer Versammelten mit einem Blick an, als hätten sie sich in der Wohnung geirrt und sähen alle zum allerersten Mal.

»Rudik ist unter ein Auto geraten . . .«, sagte Alik.

Alle stöhnten laut ›Oh!‹ und hielten dann die Luft an.

Die Gesichter erstarrten ebenfalls, die Augen waren weit aufgerissen, die Münder leicht geöffnet. So verharrten sie eine oder zwei Minuten lang. Vielleicht auch fünf.

Als erster faßte sich ein wenig bekannter Gast.

»Wer ist denn dieser Rudik?« fragte er flüsternd die Hausherrin, da diese gerade neben ihm saß.

»Rudik ist Ediks Bekannter«, klärte die Hausherrin ihn flüsternd auf. »Edik ist ein Schulfreund von Alik, und Alik ist mein Mann.«

Der wenig bekannte Gast nickte leicht, als wolle er so bedeuten, daß er alles verstanden habe und sich nun besser und bedachter dem allgemeinen Kummer hingeben könne.

Das Schweigen war gebrochen. Fragen tauchten auf: »Tödlich?«

»Nicht ganz.«

»Was heißt ›nicht ganz‹: Lebt er oder ist er tot?«

»Halb lebt er.«

»Halb lebt er oder ist er halb tot?«

»Ist das denn nicht dasselbe?«

»Halb lebendig – das heißt vom Jenseits hierher, und halb tot – von hier ins Jenseits . . .«

»Und wann hast du ihn gesehen?«

»Ich habe ihn nicht gesehen«, sagte Edik.

»Aber woher weißt du dann, daß er unter ein Auto geraten ist?«

»Die Ignatewitschs haben mich angerufen.«

»Und wo ist er jetzt?«

»Wer?«

»Rudik, wer denn sonst . . .«

»Im Sklifosowskogo-Krankenhaus, wo soll er denn sonst sein?« wunderte sich Edik.

»Wir müssen zu ihm fahren«, sagte die Hausherrin und erhob sich als erste vom Tisch.

Die Gäste rückten ihre Stühle und erhoben sich ebenfalls vom Tisch.

Es folgte eine Minute des Schweigens.

»Muß ich auch ins Sklifosowskogo fahren?« fragte der wenig bekannte Gast.

Er wandte sich mit seiner Frage ins Nichts, und niemand antwortete ihm. Keiner wußte so ganz genau, was er tun sollte – und was nicht. Jeder konnte nur ganz allein für sich antworten.

»Wir müssen einen Wagen bestellen«, schlug eine schöne Freundin der Hausherrin vor.

»Wozu?« fragte eine häßliche Freundin der Hausherrin mißbilligend, da in dieser Situation alles Konkrete ungehörig schien.

»Wir können doch schließlich nicht zu Fuß ins Sklifosowskogo gehen.«

»Prost Neujahr!« gratulierte die festlich gekleidete Ansagerin vom Fernsehschirm.

Die Gäste des Silvesterprogramms ›Ogonjok‹ ließen ihre schweren Sektgläser aneinanderklirren. Es ertönte der zarte Klang von Kristall, der offensichtlich getrennt von der eigentlichen Sendung aufgezeichnet worden war, denn Sekt dämpft gewöhnlich das Geräusch, und gefüllte Gläser klingen dumpf und kurz.

»Übrigens: Prost Neujahr!« sagte der bei allen beliebte, fünfzigjährige und leichtsinnige Schurka Petrow, so als wolle er sich entschuldigen. Er war fast doppelt so alt wie die anderen, schien das jedoch nicht zu bemerken. Oder vielleicht wußte er es nur nicht, und niemand hatte es ihm je gesagt.

»Prost Neujahr«, stimmten die anderen zu und öffneten im Stehen die Sektflasche.

Der Korken flog nicht an die Decke, so als wüßte er um die Ungehörigkeit hoher Flugbahnen, sondern löste sich bescheiden mit einem trockenen Knall aus der Flasche.

Ohne Eile tranken sie den Sekt aus und stellten die Gläser zurück auf die Tischdecke.

Auf der Tischdecke stand ein altes Service, das blau auf weiß Bilder aus der Vergangenheit zeigte: Frauen in Krinolinen, Männer mit Zopfperücken.

In der Mitte stand eine Schüssel mit Salat. Wenn man genau hinsah, konnte man erkennen, woraus er bestand: Kartoffeln, Schwarzwurzeln, grüne Erbsen, hartgekochte Eier, gekochtes Fleisch, frische Gurken, saure Gurken, Walnüsse, Äpfel, Petersilie. All das versank welk in der Mayonnaise.

Daneben lag auf einem Teller bleiches, zartgelb gemasertes Störfleisch, dem sein fader Geschmack anzusehen war.

Die im Teigmantel gebackene Hammelkeule sah rötlichbraun aus. Die Gans orangegelb. Die Steinpilze waren klein und zusammen mit den Stielen mariniert worden.

»Laß uns fahren!« mahnte die Hausherrin.

»Und wohin?« fragte ein dümmlicher entfernter Verwandter.

»Zu Rudik. Ins Sklifosowskogo«, erklärte die Hausherrin geduldig.

»Ins Sklifosowskogo, aber nicht zu Rudik«, verbesserte der entfernte Verwandte. »Zu Rudik wird euch niemand lassen.«

»Die lassen uns tatsächlich nicht«, bestätigte Edik sachkundig, als wäre er schon im Krankenhaus gewesen und
kenne die dortige Hausordnung.

»Dann sitzen wir eben im Wartezimmer«, sagte die
häßliche Freundin.

»Wir können natürlich auch auf der Straße stehen.
Aber was hat Rudik davon?« fragte der entfernte Verwandte. »Was macht es ihm schon aus, wo wir stehen:
dort oder hier?«

»Aber wir müssen doch zeigen, daß . . .« Alik stockte,
suchte nach dem passenden Wort. »Solidarität . . .«

»Du kannst aus Solidarität auf die Straße gehen und
dich unter ein Auto werfen«, sagte die schöne Freundin.
»Aber Rudik wird es deshalb nicht bessergehen.«

»Und was schlägst du vor?« fragte die Hausherrin.

»Einen Arzt. Er braucht nicht eure Solidarität, sondern
einen guten Spezialisten.«

»Wir haben den besten Spezialisten!« rief die Frau des
leichtsinnigen Schurka. »Er ist Professor, Mitglied der
Akademie, ein korrespondierendes Mitglied. Mitglied in
achtzehn königlichen Gesellschaften.«

»Gibt es auf der Welt etwa achtzehn Königreiche?«
fragte der wenig bekannte Gast.

Er hatte sich mit seiner Frage abermals ins Nichts gewandt, und abermals antwortete ihm niemand.

Schurka Petrow stürzte zum Telefon und wählte die Nummer des besten Spezialisten. Alle blickten ihm voller Hoffnung ins Gesicht. Schurka hatte Ähnlichkeit mit einem gutmütigen Teufel.

»Besetzt«, sagte Schurka. »Wahrscheinlich Neujahrsanrufe. Die rufen aus der ganzen Welt an.«

»Eigentlich ist es ja peinlich«, sagte Schurkas Frau plötzlich. »Mitten in der Nacht einen alten Mann anzurufen und ihn ans andere Ende von Moskau zu schicken. So gut kennen wir ihn auch wieder nicht, und dicke Freunde kann man uns eigentlich nicht nennen.«

»Aber wenn davon ein Menschenleben abhängt«, widersprach der Hausherr, als wolle er Schurka unter Druck setzen.

»Sie haben im Sklifosowski ihre eigenen Spezialisten«, sagte Schurkas Frau. »Und wenn wir unseren hinschikken, sieht das ja geradezu so aus, als würden wir den dortigen mißtrauen. Das widerspricht jeder Ethik.«

»Aber wenn die Hausspezialisten erfahren, daß Rudik nicht irgend jemand von der Straße ist, werden sie ihn gleich ganz anders behandeln«, sagte die häßliche Freundin. »Das ist menschliche Psychologie.«

»Dort sind alle von der Straße. Es ist die Abteilung für Verkehrsunfälle«, erklärte Edik sachkundig.

»Ärzte haben ihre eigene Psychologie«, bemerkte der entfernte Verwandte. »Sie tun in jedem Fall alles, was in ihren Kräften steht.«

»Aber was sollen wir denn nun machen?« fragte die Hausherrin verzweifelt. »Wir können doch schließlich nicht einfach nichts tun!«

»Wir sollten im Sklifosowski anrufen und uns erkundigen.«

»Ruf an!« wurde Schurka befohlen, da dieser gerade neben dem Telefon saß.

»Und wo soll ich anrufen?«

»Frag bei der Auskunft.«

»Was soll ich bei der Auskunft fragen?«

»Also, du fragst zuerst nach dem Sklifosowski-Institut, dann nach der Unfallstation«, bestimmte Edik. »Dann rufst du dort an und erkundigst dich nach Rudik.«

Schurka wählte die Nummer der Auskunft.

»Besetzt«, sagte er. »Wahrscheinlich Neujahrsanrufe.«

»Die von der Auskunft bekommen keine Neujahrsanrufe.«

»Warum? Sind doch schließlich auch Menschen, oder?«

Im Fernsehen wurde Arkadij Rajkin angekündigt.

Alle wandten Schurka den Rücken zu und sahen auf den Fernsehapparat.

»Geh ins andere Zimmer«, bat ihn seine Frau. »Du störst uns hier und wirst selbst nur abgelenkt.«

Schurka nahm den Apparat, schleifte das Telefonkabel hinter sich her und verzog sich ins andere Zimmer.

»Greift doch zu!« bestimmte die Hausherrin. »Hammelfleisch muß gegessen werden, solange es heiß ist. Sonst wird das Fett talgig.«

Alle rückten ihre Stühle an den Tisch, und im nächsten Augenblick war die Hammelkeule auch schon auf die Teller verteilt.

Eine Zeitlang war es still.

»Wie machst du die Keule?« fragte Schurkas Frau.

»Ich lege sie in Zitronensaft ein.«

»Und ich in Essig.«

»Essig ist nicht das Richtige. Essig ist die reine Chemie.«

»Ich begreife die wilden Tiere«, sagte Edik, während er an einem Knochen nagte. »Manchmal bedaure ich es, daß meine Zunge nicht so ist wie die eines Wolfes.«

»Was haben Wölfe denn für Zungen?«

»So eine Art Feile. Habt ihr mal gesehen, wie ein Wolf einen Knochen poliert?«

Alle hoben den Blick von ihren Tellern und versuchten, sich vorzustellen, was Edik gerade erzählte.

»Hat Rudik eigentlich Familie?« fragte die schöne Freundin.

»Eine Frau.«

»Die Arme . . .«

»Der arme Rudik.«

»Dem ist doch schon alles egal.«

»Laßt uns trinken.«

Alle tranken und machten sich dann über die Pilze her, und sieben Gabeln trafen sich auf ziemlich begrenztem Raum.

Ein gutaussehender Sänger schmetterte im Fernsehen ein Lied über die unglückliche Liebe. Der Sänger schien mit dem Held des Liedes zu verschmelzen, und allen kam es so vor, als sänge er von sich selbst.

»Komm, wir tanzen!« seufzte die häßliche Freundin.

Alle erhoben sich vom Tisch und gingen in das andere Zimmer, wo der hungrige und nüchterne Schurka mit dem Telefon in der Hand auf der Couch saß.

Der Kassettenrecorder wurde eingeschaltet.

»Ich höre nichts«, beschwerte sich Schurka.

»Geh in den Korridor.«

Schurka stand auf, schleifte das Telefonkabel hinter sich her und verschwand im Korridor.

Der Tanz ›Donna Anna‹ ist ein individuell-kollektiver Tanz. In der Mitte des Kreises tanzt eine einzelne Person. Der Solist. Alle anderen fassen sich an den Händen und bewegen sich langsam im Kreis, wobei sie mit den Beinen und Schultern zucken wie die Huzulen*. Dann küßt der Solist einen der ›Huzulen‹, und die beiden tauschen ihre Plätze.

Im Kreis tanzte die häßliche Freundin hingebungsvoll, und alle erkannten plötzlich, daß Körperfülle ein bezaubernder Schönheitsfehler sein konnte – fast sogar ein Vorzug.

Die häßliche Freundin blieb vor dem wenig bekannten Gast stehen und küßte ihn – vielleicht dafür, daß er wenig bekannt war und noch niemanden hatte enttäuschen können.

Der wenig bekannte Gast sprang in den Kreis. Aus irgendeinem Grund hatte er keine Schuhe an, sondern nur noch seine Socken. Er begann auf einer Stelle zu stampfen, als wolle er Wein keltern. Dann hörte er auf, von einem Bein auf das andere zu treten, erstarrte mit ausgebreiteten Armen und zurückgeworfenem Kopf, und dennoch war deutlich zu sehen, daß er tanzte.

Die Hausherrin sah sich nach allen Seiten um und verließ vorsichtig, und ohne den Tanz zu stören, den Kreis.

---

* Huzulen: Ukrainische Volksgruppe in den Karpaten

Sie lief durch die Wohnung, um ihren Mann zu suchen, und warf einen Blick in alle Ecken.

Ihren Mann fand sie im Treppenhaus. Er stand neben der schönen Freundin und erklärte ihr die Vorteile von Ziegeln im Vergleich zu Beton und die von Holz im Vergleich zu Ziegeln.

Seine Frau hatte nicht vor, ihm zuzuhören. Sie wußte bereits seit langem, daß es gesünder war, von Holz umgeben zu leben als von Beton.

In der Wohnung dröhnte der Kassettenrecorder.

Schurka stand im Korridor und brüllte in den Hörer.

»Ljoscha! Erinnerst du dich an Irka ... die kleine Dunkelhaarige ... Und erinnerst du dich an ihren Mann? Der ist unters Auto geraten! Ja! So schnell geht das! – Und dir wünsch' ich dann noch ein gutes neues Jahr!«

Schurka legte den Hörer auf, wählte eine andere Nummer und brüllte wieder: »Tanja! Erinnerst du dich an Rudik? Der hat doch in Haus Nummer drei gewohnt, neben der Bäckerei ... Na, der bis zur siebten Klasse mit Edik zusammen zur Schule gegangen ist ... Edik, sag bloß, du erinnerst dich nicht an ihn? Hat doch die Katzen für das Institut besorgt ... Also, und sein Bruder war der, der so gestottert hat ...«

Die Hausherrin trat zu Schurka, nahm ihm den Hörer aus der Hand und warf ihn auf die Gabel.

»Was hast du denn?« wunderte sich Schurka.

»Und wenn ich unter ein Auto gerate, wirst du dann auch alle anrufen?«

»Natürlich! Man muß es den Leuten doch mitteilen ...«

»Aber ich will das nicht!«

Die Hausherrin nahm Schurka den Apparat weg und warf ihn auf den Boden.

Aus dem Zimmer traten die Tänzer. Der Hausherr und die Freundin kehrten aus dem Treppenhaus zurück.

»Wenn ich unter ein Auto gerate, wirst du dich gefälligst bekreuzigen!« schrie die Hausherrin.

»Warum?« Alik begriff nicht. »Laß es dir doch gutgehen! Was sollte mich daran stören?«

»Du würdest noch am selben Tag wieder heiraten, und deine neue Frau wird meine Sachen tragen.«

»Was hast du denn Hübsches, das man tragen könnte?« fragte die schöne Freundin.

»Hört doch auf mit diesem leeren Geschwätz!« verlangte der entfernte Verwandte.

»Was will sie denn?« fragte Schurkas Frau.

»Daß ich es niemandem erzähle, wenn sie unter ein Auto gerät.«

»Er wird es nicht erzählen«, schwor Schurkas Frau.

»Wir werden es nicht erzählen«, versprachen die Gäste.

»Mein Gott, schon wieder redet ihr über Verstorbene!« empörte sich die schöne Freundin. »Ich begreife es einfach nicht: Ist das hier eine Silvesterparty oder ein Leichenschmaus?«

Die Hausherrin bedeckte ihr Gesicht mit den Händen und schluchzte laut auf.

Irgend jemand schaltete den Kassettenrecorder aus. Stille und Trauer breiteten sich aus.

In diesem Moment öffnete sich die angelehnte Tür, und auf der Schwelle erschien ein Mann. Er hatte einen Mantel an und war ohne Mütze. Ein betrunken-rücksichtsvolles Lächeln schwamm unkontrolliert über sein Gesicht.

Alle stöhnten laut ›Oh!‹ und hielten die Luft an. Die Gesichter erstarrten ebenfalls. Die Augen waren weit aufgerissen. So verharrten sie eine oder zwei Minuten lang.

»Wer ist das?« fragte der wenig bekannte Gast leise.

»Rudik«, antwortete Edik flüsternd.

»Besser spät als gar nicht kommen«, entschuldigte sich Rudik und hatte Schwierigkeiten, ein Wort an das andere zu reihen.

Das Schweigen war gebrochen.

»Du Flegel!« sagte der hungrige und nüchterne Schurka laut und deutlich.

»Du Flegel!« äußerten sich die Gäste im Chor. »Du hast uns die ganze Feier verdorben!«

Deutsch von Susanne Veselov

Arbeitsmoment

Sewka Solowjow stand mitten auf dem Schulhof und spielte mit den Jungen Gorodki.

Konzentriert blickte er auf das Ende des Stockes in seiner ausgestreckten Hand, in Gedanken zog er eine Linie vom Stockende bis zum Gorodki-Berg, und dann holte er langsam aus, wobei er die gedachte Linie weiter im Blick behielt. In diesem Moment tauchte vor ihm, als sei sie aus dem Erdboden gewachsen, eine große Tante mit hohen Stiefeln auf.

»Wie heißt du, Kleiner?« fragte die Tante.

Sewka Solowjow ließ den Stock sinken und schwieg. Nur langsam klang in ihm die Aufregung vor dem Wurf ab.

»Hörst du nicht?« fragte die Tante.

»Sewka«, sagte Pawlik Charlamow vor.

»Und wie alt ist er?« fragte die Tante Pawlik.

»Neun«, antwortete Sewka selbst.

»Wunderbar!« freute sich die Tante. Wahrscheinlich freute sie sich darüber, daß Sewka endlich den Mund aufgemacht hatte.

»Möchtest du in einem Film mitspielen?«

»Das geht in Ordnung«, stimmte Sewka nach einer Weile zu. »Ich muß nur zuerst meine Eltern um Erlaubnis fragen.«

»Wir fragen sie auf jeden Fall«, versprach die Tante und holte einen speckigen Notizblock, aus dem lose Blättchen herausfielen, aus ihrer Tasche. »Hast du zu Hause ein Telefon?«

»Hundertneunundzwanzig, zehn, fünfundfünfzig«, diktierte Sewka, ohne zu stocken.

»Wir werden dich heute noch anrufen.«

Die Tante steckte den Notizblock in die Tasche zurück, drehte sich um und ging mit ihren hohen Stiefeln schwerfällig davon.

Hinter dem Schulzaun stand ein helles Auto mit der dunkelblauen Aufschrift AUFNAHMESTUDIO.

Die Jungen hörten auf, Gorodki zu spielen. Sie starrten Sewka an und suchten in seinem Gesicht nach Anzeichen eines Auserwählten. Aber Sewka stand da, wie er immer dastand: dieselbe dreieckige Nase, dieselben Augen mit den rostfarbenen Wimpern.

Tschekrygina aus der 5a stieß einen kurzen Schrei aus, stürzte der Tante hinterher und stolperte ihr in die Beine.

»Und ich?« fragte Tschekrygina.

»Du bist doch ein Mädchen«, erklärte die Tante, »und wir brauchen einen Jungen.« Sie setzte sich ins Auto und fuhr weg.

Am Tag nach diesem Ereignis saß Sewka in der Küche und aß Fischsuppe, aus der er die hellen Ringe einer zerkochten Zwiebel herausfischte, um sie dann angeekelt auf den Tellerrand zu hängen.

Er aß und hörte zu, wie Mama telefonierte, um allen guten und weniger guten Bekannten von den unerwarteten Wendungen in Sewkas Leben zu berichten. Sie sagte immer wieder dasselbe, und in ihrer Erzählung änderte sich lediglich der Name der angesprochenen Person. Und auch die Antworten, die sie erhielt, waren alle völlig gleich.

Offensichtlich war das erste, was man Mama entgegnete, ›Herzlichen Glückwunsch‹, denn sie antwortete jedesmal ›Danke‹. Dann schien man ihr ›Hals- und Beinbruch‹ zu wünschen, denn Mama antwortete jedesmal ›Es wird schon alles gutgehen‹. Und dann fing man damit an, neidvolle Bemerkungen zu machen, denn Mama beruhigte jedesmal: ›Na, es ist ja noch gar nicht klar, es sind ja erst die Probeaufnahmen.‹

Als sie alle angerufen hatte, kam Mama in die Küche, setzte sich Sewka gegenüber und beobachtete, wie er aß.

Sewka aß mit auf den Teller gesenktem Blick. Er hatte zwei Wirbel auf dem Kopf – das bedeutete, er würde zweimal heiraten. Mama sah auf diese beiden Wirbel, auf diese beiden Wasserstrudel, um die sich Sewkas goldene Haare drehten. Dann sagte sie: »Ich habe schon immer gewußt, daß du etwas Besonderes bist . . .«

»Ja?« Sewka hob den Kopf.

»Ich bin sehr froh, daß ich deine Mutter bin.«

»Und ich bin sehr froh, daß du meine Mama bist«, antwortete Sewka, und sie sahen einander an, Auge in Auge, aufrichtig und sich treu ergeben wie zwei Freunde.

In der Tür drehte sich ein Schlüssel. Sewkas Großmutter, Mamas Mama, kam vom Einkaufen zurück.

»Unseren Sewka will man zum Film holen«, sagte Mama. »Für eine Hauptrolle.«

Sewka erwartete, daß Großmutter dasselbe antworten würde wie alle anderen: ›Herzlichen Glückwunsch‹, ›Hals- und Beinbruch‹, und dann würde sie ihn zu beneiden anfangen – warum hatte ausgerechnet Sewka und nicht sie so viel Glück im Leben.

Aber Großmutter machte eine vollkommen andere, sehr seltsame Bemerkung: »Mit euren eigenen Händen zerstört ihr das Leben des Kindes.«

»Wieso?« wunderte sich Mama.

»Weil Kinder wie Kinder leben sollen, und nicht eure Erwachsenenspiele spielen sollten.«

»Davon verstehst du überhaupt nichts!« sagte Sewka ihr.

»Warum sollte die Großmutter nichts davon verstehen?« wies Mama ihn streng zurecht, obwohl sie absolut derselben Meinung war wie Sewka.

»Weil sie neunzehnhundertunddreizehn geboren ist. Sie hat ein vorrevolutionäres Bewußtsein«, erklärte Sewka.

Zwei Stunden später kam Sewkas Papa von der Arbeit nach Hause. Er zog sich lange aus, wusch sich dann im Badezimmer lange die Hände, setzte sich in den Sessel und griff nach der Zeitung.

»Frag mich mal: Habt ihr irgendwelche Neuigkeiten?« schlug Mama vor.

»Habt ihr irgendwelche Neuigkeiten?« fragte Papa.

»Die haben wir!« sagte Mama und rutschte in freudiger Ungeduld hin und her.

Papa faltete die Zeitung auseinander und begann, einen Artikel mit dem Untertitel ›Konfliktsituation‹ zu lesen.

»Jetzt frag mal: ›Und was ist das für eine Neuigkeit? Das würde ich gern wissen.‹«

»Und was ist das für eine Neuigkeit? Das würde ich gern wissen«, wiederholte Papa.

»Sewka hat man zu Probeaufnahmen eingeladen. Für eine Hauptrolle!«

»Ah . . .«, sagte Papa. »Dann würde ich jetzt gern etwas essen.«

»Freust du dich gar nicht?« wunderte Mama sich.

»Warum sollte ich mich freuen? Denkst du etwa, die haben nur Sewka eingeladen? Die haben doch tausend solcher Jungs wie ihn. Oder zweitausend.«

Mama sah Papa mit einem langen, wie aus weiter Ferne kommenden Blick an und sagte: »Was bist du bloß für ein Nörgler, Pawel. Du kannst dich nicht einmal freuen.«

»Wenn die Sache klar ist, können wir uns freuen. Sonst freuen wir uns jetzt, und dann sind wir enttäuscht. Wozu also die ganze Aufregung.«

»Das ist doch schön so«, sagte Mama. »Jetzt freue ich mich, und dann bin ich vielleicht enttäuscht. So ist das Leben eben.«

Sewka hörte sich das Gespräch nicht länger an, er nahm sein Fahrrad und ging auf die Straße.

Es regnete in Strömen. Die Kinder standen wie aufgeplusterte Hühner im Torweg.

Als Sewka mit seinem Fahrrad auftauchte, sahen ihn alle an. Er genierte sich. Und deshalb mochte er nicht im Torweg bleiben, er ging schnurstracks auf den Bürgersteig hinaus, so, als hätte der strömende Regen überhaupt keine Bedeutung für ihn.

Das Fahrrad war zu groß für ihn, er hatte es von einem Verwandten geerbt, der schon zu erwachsen war, um Fahrrad zu fahren.

Sewka schwang das rechte Bein über die Stange und stemmte sich mit seinem ganzen Gewicht auf das Pedal. Dann richtete er sich wieder auf und verlagerte das Gewicht auf das linke Bein.

Die Kinder standen da und sahen zu, wie Sewka Fahrrad fuhr und dabei mit seinem angehobenen Hinterteil wackelte. Und allen kam es plötzlich so vor, als könne man nur so und nicht anders seine Freizeit verbringen – bei strömendem Regen auf einem unbequemen Fahrrad fahren.

Zuerst begegnete ihnen der Schauspieler Tichonow höchstpersönlich, ihm folgte Puschkin, kraushaarig und gebrechlich.

Sewka riß Mama wieder am Arm und erwartete, daß sie ihn abermals zurechtweisen würde, aber Mama war beschäftigt. Immer wieder sah sie auf das Papier, blieb stehen und fragte: »Wie kommt man zur Aufnahmehalle?«

Man erklärte es ihr und wies mit dem Finger die Richtung. Mama hörte aufmerksam zu und folgte mit den Augen dem Finger, der komplizierte geometrische Figuren in die Luft zeichnete. Dann nickte sie, und Sewka und sie machten sich erneut auf den Weg ins Nirgendwo, und es schien, als sollte dieses Kreisen niemals ein Ende nehmen.

Schließlich trafen sie ein sehr hübsches Mädchen mit

weiten Hosen und einem Spitzenhemd. Sie nahm Mamas Papier und brachte die beiden direkt zu der angegebenen Adresse. Dann lächelte sie und wünschte ihnen alles Gute.

»Was für ein netter junger Mann!« lobte Mama.

Sewka drehte sich verwundert um und erkannte, daß es tatsächlich ein langhaariger Bursche war.

Sewka und Mama stießen die Tür auf und traten in das Zimmer.

Die Zimmerwände hingen voller Bilder. Neben dem Fenster stand ein Tisch mit einem Telefon, und hinter dem Tisch saß die Tante von gestern. Sewka dachte, daß sie ihn wiedererkennen, aufspringen und sich freuen würde. Aber die Tante sah sie ohne jede Gemütsbewegung an und sagte: »Setzen Sie sich einen Augenblick. Der Regisseur hat noch zu tun. Er ist in einer Besprechung.«

Mama setzte sich auf einen Stuhl. Sewka seufzte und preßte sich verschüchtert an Mamas Knie. Mama atmete ihm leise ins Ohr. Er spürte ihren kühlen Atem, und sofort fühlte er sich ruhiger und sicherer.

Wenn Sewka zusammen mit Mama weit weg von zu Hause war, liebte er sie besonders stark und fühlte sich für sie verantwortlich.

Die weiße Tür öffnete sich, und ein Mann mit rotem Gesicht stürmte herein.

»Gehen wir!«

Die Tante von gestern trat auf Sewka zu, führte ihn von Mama fort und durch die weiße Tür hindurch.

Auch hinter der Tür war ein Zimmer voller Bilder. In der Mitte stand ein Tisch mit Sesseln drum herum, und in einem der Sessel saß der Regisseur und blickte Sewka an.

Der Regisseur hatte blaue Augen, die feurig blitzten wie die eines fröhlichen und erfolgreichen Piraten.

Sewka hätte plötzlich zu gern so einen Verwandten gehabt, den man oft besuchen konnte oder, noch besser, bei dem man überhaupt nie mehr weggehen mußte.

»Hallo!« Der Regisseur streckte Sewka seine Hand hin.

Sewka streckte seine ebenfalls aus, und sie begrüßten sich fest und kurz wie zwei Männer.

Augenblicklich vergaß Sewka sein Zuhause und den Hof mit den anderen Kindern. Er wollte all das aufgeben und mit dem Regisseur auf Piratenfahrt gehen.

»Setz dich hin!« lud ihn der Regisseur ein. »Wie heißt du?«

»Sewka.«

»Und dein Vatersname?«

»Sewka Igorjewitsch.«

»Bist du gut in der Schule?«

»Es geht.«

Der Regisseur unterhielt sich mit Sewka über dies und das und über Gott und die Welt, ohne dabei seinen erfreuten Blick von ihm zu wenden. Sewka setzte sich im Sessel zurecht, und wollte überhaupt nie mehr von hier weggehen.

»Kannst du durch die Zähne spucken?« fragte der Regisseur unvermittelt.

Sewka ließ sich nicht lange bitten. Er zuckte ein paarmal mit den Wangen und spuckte elegant in die Zimmerecke.

»Ausgezeichnet!« lobte der Regisseur. »Wir machen die Probeaufnahmen!«

Sewka hörte sich das Kompliment herablassend an. Er war in seiner Klasse Zweitbester im Spucken und traf das Zentrum der Zielscheibe von jedem Stockwerk aus.

»Hast du schon einmal eine Riesenechse gesehen?«

Vor Sewka saß mit auf den Holztisch gestützten Ellenbogen ein Mädchen. Ihr spitzes Gesicht ähnelte dem eines Eichhörnchens oder einer kleinen Ratte. Denn schließlich hatten Eichhörnchen und Ratten dieselben Gesichter, und nur ihre Schwänze unterschieden sich voneinander.

»Natürlich«, sagte Sewka. »Auf unserer Datscha lebt eine.«

»So ein Quatsch! Riesenechsen sind schon lange ausgestorben.«

Sewka gefiel dem Mädchen nicht. Das hatte er sofort gemerkt.

»Alle anderen sind ausgestorben, aber unsere hat überlebt«, sagte er.

»Stop!« Der Regisseur klatschte in die Hände.

Eine Frau trat auf Sewka zu und wischte ihm mit einem schmutzigen Schwamm durch das Gesicht. Dann rückte sie ihm den runden Strohhut auf dem Kopf zurecht.

Sewka hatte leinene Hosen und ein ebensolches Hemd an, die beide aussahen wie Putzlappen, wobei die Hose graubraun, das Hemd jedoch graublau war.

In dem riesigen Raum, den alle nur den ›Pavillon‹ nannten, war es gleichzeitig kalt und heiß, leer und überfüllt.

Sewka stand unter den leuchtenden Scheinwerfern, die direkt auf ihn gerichtet waren. Ihm war heiß, langweilig und sogar ein wenig schlecht. Das lag an dieser etwas unbestimmten Traurigkeit und diesem allgemeinen, ziemlich unangenehmen Gefühl.

»Noch einmal!« bat der Regisseur. »Kamera ab!«

»Hast du schon einmal eine Riesenechse gesehen?« fragte die kleine Ratte.

Sewka sah in ihr boshaftes Gesicht, und seine Laune wurde noch schlechter.

»Natürlich, auf unserer Datscha lebt eine«, brachte er den auswendig gelernten Text mit kehliger Stimme hervor.

»So ein Quatsch! Riesenechsen sind schon lange ausgestorben.«

»Alle anderen sind ausgestorben. Aber unsere hat überlebt ...« Sewka bekam Halsschmerzen.

»Stop!« Der Regisseur trat auf Sewka zu. »Versuch es einmal mit mir.«

Sewka sah die Augen des Regisseurs vor sich, und plötzlich war er ganz ruhig, und wie vorher wäre er mit dem Regisseur hingegangen, wohin immer dieser wollte, sogar zum Zahnarzt.

»Hast du schon einmal eine Riesenechse gesehen?« fragte der Regisseur.

Er stellte seine Frage nicht im allgemeinen, sondern richtete sie ganz konkret an Sewka und sah ihm dabei direkt in die Augen.

»Natürlich«, sagte Sewka. »Auf unserer Datscha lebt eine.«

»Sind die Riesenechsen denn nicht ausgestorben?« wunderte sich der Regisseur ernsthaft.

»Alle anderen sind ausgestorben, aber unsere hat überlebt.« Sewka hob einen Finger wie zur Bekräftigung, daß nur eine einzige Riesenechse überlebt hatte, und nicht etwa zwei und auch nicht drei.

»Und warum hat sie überlebt?«

In Sewkas Kopf begann es zu arbeiten, und gleichzeitig begann er, mit den Augen zu rollen.

»Weil sie zufällig in günstige klimatische Bedingungen geraten ist«, redete Sewka sich heraus.

»Und was sind das für Bedingungen?«

»Auf unserer Datscha haben wir sumpfiges Land.«

»Und womit füttert ihr sie?«

»Mit Farn.«

Sewka berichtete so aufrichtig und machte so ehrliche Augen, wie man sie bei Leuten, die die Wahrheit sagen, seines Wissens niemals sieht.

»Und warum holt man sie nicht in einen Zoo?« fragte der Regisseur ganz vernünftig.

»Wir geben sie nicht her. Und sie will ja selbst nicht. Sie bewacht unser Haus wie ein Hofhund.«

Der Regisseur wußte nicht, was er glauben sollte.

»Lügst du auch nicht!« zweifelte er.

»Ich schwöre!« gelobte Sewka und spuckte inbrünstig auf die Seite.

»Ausgezeichnet!« Der Regisseur stand auf. »Kamera ab.«

Vor Sewkas Nase knallten zwei Bretter aufeinander, und es waren irgendwelche ausländischen Worte zu hören: *Scene, Double.* Die kleine Ratte tauchte wieder auf und fragte boshaft: »Hast du schon einmal eine Riesenechse gesehen?«

Aber Sewka war es bereits egal, ob er dem Mädchen gefiel oder nicht, ob es im Pavillon kalt oder heiß war, ob Mama ihn sah oder nicht. Er log nur noch und redete sich heraus, und schließlich glaubte er selbst daran, daß auf seiner Datscha eine Riesenechse an der Leine saß.

Sie hatte einen riesigen Wanst und war so groß wie der Zaun, aber ihr Kopf war winzig. Sie hatte nur wenig Hirn.

Sewka hockte vor ihr und fütterte sie mit Farn. Die Riesenechse kaute melancholisch, wobei sie den Farn zwischen ihren Pflanzenfresserkiefern zerrieb, Sewka traurig anblickte und langsam mit den schweren Lidern zwinkerte. Es tat ihm leid, daß alle ihre Bekannten schon vor Jahrtausenden ausgestorben waren, daß sie keine Freunde hatte und niemand sie verstand, weil Riesenechsen ein prähistorisches Bewußtsein haben.

»Lügst du auch nicht?« fragte das Mädchen voll Neid. Sie wollte auch eine Riesenechse auf ihrer Datscha haben.

Sewka machte eine engergisch wischende Geste unter seinem Kinn, die bedeuten sollte: ›Ich gebe meinen Kopf dafür.‹

In der Tiefe des Pavillons lachte jemand, und Sewka kam es so vor, als hätte er Mamas Lachen erkannt.

»Stop!«

Der Regisseur kam auf Sewka zu, umarmte ihn, legte ihm die Hand auf die Schulter. Sewka war schwindelig vor Hitze, vor Glück und vor Müdigkeit, die ihm so sehr geholfen hatte.

Er spürte, daß der Regisseur mit ihm zufrieden war, jetzt waren sie Freunde, und Sewkas Schulter preßte sich an die Hand des Regisseurs.

In der Tiefe des Pavillons öffnete sich eine kleine Tür in der Wand. Sewka bemerkte es sofort, weil es in der Tiefe des Pavillons dunkel war und das Rechteck der Tür in der Dunkelheit hell leuchtete. In dem Rechteck tauchte ein Junge auf. Er hatte einen runden Strohhut auf und war mit Hosen und einem Hemd bekleidet, die wie ein Putzlappen aussahen. Die Hosen waren ein brauner Putzlappen, das Hemd ein graublauer.

Der Junge kam näher und blieb in Sewkas Nähe stehen.

»Ah! Nikolaj Iwanitsch!« freute sich der Regisseur. Er trat auf den Jungen zu und schüttelte ihm die Hand. »Na, wie geht's?«

Der Junge sagte nichts. Er schluckte und starrte den Regisseur mit dem glücklichen Blick eines Welpen an.

»Wie läuft's in der Schule?« fragte der Regisseur.

»Es geht so«, sagte der Junge mit tiefer Stimme.

»Hast du den Text gelernt?«

Der Regisseur sah den Jungen mit einem Blick an, als hätte er sein ganzes Leben auf dieses Treffen gewartet und als sei jetzt die allerwichtigste Minute seiner Existenz angebrochen.

›Und ich?‹ dachte Sewka. Aber die Antwort auf seine Frage war der andere Junge, der ihm so ähnlich sah. Der unterhielt sich mit dem Regisseur über Gott und die Welt, und beide fanden das außerordentlich interessant.

Sewka ging in die Kulissen, wo einige helle, glattgehobelte Bretter lagen, und nahm seinen Strohhut ab. Er legte ihn auf die Bretter. Er wollte die Hosen und das Hemd ausziehen, aber dann hätte er in Unterhosen dagestanden, und das war ihm peinlich.

Sewka ging in die dunkle Tiefe des Pavillons, weg von den Scheinwerfern. Die Scheinwerfer waren ausgeschaltet. Sie hatten ihr feuriges Auge geschlossen und blinkten jetzt mit gewöhnlichem gläsernem Glanz.

Sewka ging schneller. Dann lief er. Er lief durch irgendwelche Gänge und Winkel, um diese drückende Hitze, die sich in seiner Brust angesammelt hatte, loszuwerden.

Sewka lief in einen Bombenunterstand mit einem Grammophon in der Ecke, setzte sich auf den handgezimmerten Hocker und fing an zu weinen. Er versuchte, die Schluchzer zu unterdrücken, und schluckte sie wieder hinunter, aber sie brachen mit Husten und Stöhnen aus seiner Brust hervor. Manchmal auch mit lautem Aufheulen. Sewka lauschte seinem Heulen und bemerkte: Genauso heulte hinter der Wand bei den Nachbarn der Welpe Richi. Es war dieselbe melodische Linie, die von unten nach oben führte und auf der allerhöchsten Note brach.

Sewka wußte nicht, wieviel Zeit vergangen war. Plötzlich erinnerte er sich daran, daß Mama im Pavillon zurückgeblieben war. Sie würde wahrscheinlich schon mit erschrockenem Gesicht herumlaufen und Sewka suchen.

Er stand von dem Hocker auf, wischte sich das Gesicht mit dem Ärmel des fremden Hemdes ab und versuchte, ›sich zusammenzureißen‹, wie ihm das Papa beigebracht hatte. Sewka drückte seinen Rücken durch, ›befestigte ihn wieder am Rückgrat‹, setzte einen steinern-verächtlichen Gesichtsausdruck auf und ging, den Rückweg nur erratend, zurück. Und während er ging, versuchte er, diesen Gesichtsausdruck festzuhalten, damit er nur nicht irgendwie herunterrutschte.

Als Sewka in den Pavillon zurückkehrte, waren die Scheinwerfer noch nicht eingeschaltet. Das bedeutete, daß nur wenig Zeit vergangen war.

Sogleich kam Mama auf ihn zu und hielt ihm die Schuluniform hin, damit Sewka sich umziehen konnte. Mama sah aus wie gewöhnlich. Sewka beobachtete sie heimlich und aufmerksam: Tat Mama nur so, oder war das ihr wirkliches Gesicht? Aber Mama blickte ihm nicht direkt in die Augen, und er konnte es nicht erkennen.

Der Regisseur trat heran, umarmte Sewka, legte ihm eine Hand auf die Schulter. »Hast du es sehr eilig?«

»Wieso?« Sewka versteifte sich, Rücken und Schultern waren wie versteinert.

»Nikolaj Iwanitsch hat den ganzen Text vergessen«, erzählte der Regisseur. »Du könntest ein wenig mit ihm üben, solange wir hier die Beleuchtung ausrichten . . .«

Nikolaj Iwanitsch trat heran. Er blieb mit hängendem Kopf stehen. Schuldbewußt blinzelte er langsam wie die Riesenechse.

Sewka sah auf seine breiten, blonden Augenbrauen und sagte trocken: »Gehen wir . . .«

Sie gingen zu den Brettern und setzten sich, beide mit gekrümmtem Rücken und auf die spitzen Knie herabhängenden Händen.

»Hast du schon einmal eine Riesenechse gesehen?« fragte Sewka.

»Hast du schon einmal eine Riesenechse gesehen?« wiederholte Nikolaj Iwanitsch.

»Das sage *ich* doch«, verbesserte Sewka. »Und du mußt fragen: ›Was für eine Riesenechse?‹«

»Was für eine Riesenechse?« sagte Nikolaj Iwanitsch verzweifelt und bohrte mit dem Fingernagel im Brett.

»Mit wem sprichst du?«

»Mit dir«, wunderte sich Nikolaj Iwanitsch.

»Na also, dann sieh mich auch an.«

In diesem Moment schlich eine Katze, vorsichtig und angewidert einherschreitend, zu den Brettern. Sie blieb stehen, drehte den Kopf und blickte die Jungen streng und sehr offiziell an.

Und Sewka hätte zu gern gewußt, ob man diese Katze zu den Probeaufnahmen hergebracht hatte oder ob sie hier lebte.

Deutsch von Susanne Veselov

Fliegende Schaukeln

Hörst du mir zu oder nicht?«

»Ich höre. Was soll ich sonst wohl machen?«

»Du denkst über dich selbst nach.«

»Ich denke überhaupt nicht über mich nach. Mit mir ist doch alles klar. Wenn man einen Kochtopf auf eine zu heiße Platte stellt, verdampft die Suppe. Das ist alles.«

»Suppe?« unterbrach Tatjana.

»Mit der Liebe ist es genauso. Man darf die Leidenschaft nicht bei zu hoher Temperatur kochen lassen. Die Polen haben sogar einen Ausdruck dafür: ›normalna miłość‹. Das bedeutet: normale Liebe.«

»Es interessiert dich wohl nicht, was ich erzähle?« fragte Tatjana besorgt.

»Natürlich interessiert es mich. Erzähl weiter.«

»Wo war ich denn stehengeblieben?«

Über den Teich glitten schwarze Schwäne. Nicht weit vom Ufer entfernt standen ihre Häuschen im Wasser. Die Tatsache, daß mitten im Stadtzentrum, im Kultur- und Erholungspark, Schwäne lebten, hatte etwas Falsches und Erniedrigendes für die Menschen wie für die Vögel.

Eine Frau hinter uns rief ihr Kind: »Alla-a, Alla-a . . .« Das letzte ›a‹ zog sie in die Länge wie in einem Lied. Alla kam heran, dünn und spitznäsig.

»Warum mußt du bloß immer allen hinterherlaufen?«

fragte die Frau. »Warum mußt du immer allen hinterherlaufen?«

Alla sah die Frau mit offenem, begriffsstutzigem Blick
an, sie konnte nicht fassen, was sie falsch gemacht hatte.

»Laß uns nach unseren Mädchen sehen«, schlug ich
vor.

Es war der erste Tag der Sommerferien.

Vor jedem Karussell zog sich die Warteschlange einen
halben Kilometer in die Länge, und der ganze Park war
von diesen Schlangen zerschnitten.

Lenka, Julka und Nataschka hatten sich bei den ›Fliegenden Schaukeln‹ angestellt. Sie standen schon eine
Stunde, hatten aber erst die Hälfte hinter sich gebracht. Es
stand ihnen noch eine Stunde bevor.

Tatjanas Töchter Lenka und Julka waren Zwillinge. Es
war möglich, daß sie sich in irgend etwas unterschieden,
aber diesen Unterschied sah nur Tatjana. Was mich betraf,
so unterschied ich die Mädchen an dem blauen Äderchen
auf der Nasenwurzel. Julka hatte so ein Äderchen, und
Lenka hatte keines.

Julka und Lenka waren zart wie zwei kleine Mücken
und riefen bei allen Rührung und Beschützerinstinkte
hervor.

Meine Nataschka sah mir zum Verwechseln ähnlich
und wirkte gleichzeitig wie ein Mehlsack. Sie war linkisch
und stämmig und machte den Eindruck, als sei sie selbst-
sicher und der ganze Stolz ihrer Eltern.

Die Mittagssonne brannte mit voller Kraft. Neben der
Schlange saßen Frauen und Kinder im Gras. Essen lag auf
Zeitungen ausgebreitet.

Auf den Gesichtern der Menschen malte sich völlige Hoffnungslosigkeit und die Bereitschaft, eine Ewigkeit zu warten, und sei es bis zum Ende der Zeiten.

»Wie bei einer Evakuierung«, sagte Tatjana.

»Es ist doch interessant, warum gehen sie bloß nicht weg?«

»Und warum gehen wir nicht weg?«

»Wir gehen nach Hause!« bestimmte ich entschieden.

Lenka und Julka waren augenblicklich von meiner Entschlossenheit überzeugt und versanken in stille Panik. Nataschka setzte die Grimasse geheuchelten Schreckens auf, fing an zu stammeln und jammerte mit dem Tonfall einer Bettlerin: »Bitte, aber Mamachen ... meine Liebste ...«

Dabei preßte sie die Hände auf die Brust wie eine Opernsängerin auf der Bühne und prüfte mich mit einem bohrenden Blick aus den nüchternen und klaren Augen eines Geheimdienstlers.

Lenka und Julka litten schweigend. Sie waren gut erzogen wie Soldaten in der Armee, und es kam ihnen einfach nicht in den Sinn, einen Befehl zu mißachten.

»Sollen sie halt stehenbleiben«, ergab sich Tatjana.

Nataschka warf sofort die Arme in die Höhe und brüllte los: »Hurra-a-a!« forderte sie zu allgemeinem Jubel auf.

Julka brachte rücksichtsvoll ein ›Hurra‹ hervor, und ihr blasses, makellos schönes Gesichtchen strahlte auf.

Lenka schwieg. Sie brauchte immer etwas Zeit, um von einem Gemütszustand auf den anderen umzuschalten.

Ich stellte mich in die Schlange, und dieselbe hypnotische Ergebenheit ergriff auch mich. Es schien, als sänke meine Körpertemperatur, als drehte sich das Hirn langsamer und in Kreisen, so daß es immer wieder zum Ausgangspunkt zurückkehrte. Mein Organismus stellte sich auf Warten ein.

Das Karussellvergnügen war auf vier Minuten ausgerichtet. Man mußte zwei Stunden warten. Nach ungefähren Schätzungen wartete man dreißigmal länger, als das Vergnügen selbst dauerte. Und so war es ein Leben lang: Das Verhältnis zwischen Erwartung und Vergnügen betrug in meinem Leben dreißig zu eins.

Die Menschen vergilben in Alltäglichkeit und nutzen sich ab. Sie stehen in Schlangen an, um vier Minuten lang Glück zu empfinden. Und was ist schon Glück? Die Aufhebung der Alltäglichkeit? Oder die Liebe zu ihr, zu deiner Alltäglichkeit?

Im Alter liebt man seine Alltäglichkeit oder bemerkt sie nicht. Vielleicht sind Tatjana und ich noch jung und erwarten vom Leben mehr, als es uns bieten kann. Aber vielleicht leben wir auch nur zu unaufmerksam oder verteilen unsere Aufmerksamkeit nicht richtig, so wie Erstkläßler in der Schule.

Tatjana stand vor mir. Ich sah ihren einsamen Hinterkopf und die Haarspange mit der Plastikmargerite. Wahrscheinlich hatte sie sich die bei Julka oder Lenka ausgeliehen.

Tatjana drehte sich um und sah mich mit ausgebranntem Blick an.

»Er hat Ansichten wie ein Kleinbauer«, sagte sie. Sie hatte sich erinnert, bei welchem Gedanken sie stehengeblieben war.

»Immer geht es darum: ›mein‹ oder ›nicht mein‹. Und wenn sie ›nicht mein‹ ist, dann soll sie doch zum Teufel gehen.«

»Aber so sind doch alle«, sagte ich.

»Aber wie soll ich ihn verlassen, wenn da dieses Gefühl ist?«

»Im Namen der Zukunft. Eure Beziehung hat keine Zukunft.«

»Zukunft . . .«, spottete Tatjana. »Unsere Zukunft sind diese gewissen drei Quadratmeter.«

»Das heißt, daß er diejenige sucht, die ihn einmal begraben wird.«

»Als ob es nicht ganz egal wäre, wer ihn beerdigt. Man muß diejenige suchen, mit der man glücklich ist. Heute. Jetzt.«

Tatjana sah mich inbrünstig wie eine Gläubige an, und auch ich wollte plötzlich glücklich sein, heute, jetzt. In dieser Minute. Ich sah mich sogar um – ob das Glück nicht vielleicht hinter mit stand.

Wir waren an der Reihe.

Die Karussellaufsicht – ein Tantchen mit dicken Beinen – öffnete die Pforte und ließ den nächsten Teil der Wartenden hindurch.

Die Kinder wurden augenblicklich viel dünner, und ihre Augen wurden größer, so, als hätte sich ein Teil ihrer Körper in die Augen verlagert. Auch ich fühlte eine lang vergessene oder auch früher nicht erlebte Aufregung und konnte meine liebdienernden Augen nicht von dem strengen Gesicht des dicken Tantchens wenden.

Zwischen uns und der Pforte waren noch drei Leute. In

diesem Augenblick zog Lenka Tatjana an der Hand und flüsterte ihr etwas ins Ohr.

»Geht mal zur Seite«, befahl Tatjana. Sie fischte die Mädchen aus der Schlange heraus und führte sie von der Pforte weg.

»Warum?« fragte meine Tochter entgeistert, und ihr Blick wanderte über die Gesichter.

Lenka schwieg. Ihr Gesichtsausdruck war schuldbewußt und leidend.

»Wir sind gleich wieder da.« Tatjana faßte Lenka an der Hand, und im Gleichschritt stürmten sie fort. Tatjana lief vorn, und Lenka folgte ihr im Abstand ihres ausgestreckten Armes.

Nataschka und Julka sahen zu, wie diejenigen, die hinter ihnen gestanden hatten, vorbeigingen. Sie bahnten sich einen Weg durch die Pforte und spritzten dann nach allen Seiten wie Ameisen, die sich aus einer Faust befreien.

Die Ketten waren lang und schienen direkt vom Himmel herabzuhängen. An jedem Kettenpaar war ein Sitz befestigt – eine Schaukel, auf der jeweils eine Person Platz fand.

Alle setzten sich, jeder auf seinen Sitz, und schnallten sich den Gurt um, um nicht herauszufallen oder in den Himmel zu fliegen.

Jetzt hatten alle ihren Platz gefunden und sich festgeschnallt. Das dicke Tantchen warf die Pforte zu und drückte mit entschlossenem Gesichtsausdruck auf irgendeinen Knopf. Die runde Scheibe begann sich langsam zu drehen, zusammen mit der Scheibe drehte sich auch der Pfahl, und die Fliehkraft trieb die Ketten in die Höhe.

Die Menschen flogen im Kreis. Die Erde war nicht zu sehen, und wahrscheinlich glaubten sie wirklich zu fliegen. Sie flogen über der Schlange, über Julka und Nataschka, die mit dümmlichen Gesichtern dastanden – zurückgewiesen, aber tapfer, durch das Leiden geadelt.

Tatjana und Lenka tauchten wieder auf. Lenka ging zu den Mädchen. Jetzt waren es nicht mehr zwei, sondern drei – ein vollzähliger Satz. Die Mädchen blickten auf die Fliegenden Schaukeln, und jede durchlebte etwas anderes: Lenka Freude, Julka Neid, Nataschka leichte Schadenfreude: Denen, die jetzt in den Schaukeln saßen, blieben nur noch eineinhalb Minuten. Es blieb ihnen weniger als die Hälfte. Aber sie, Nataschka, hatte noch alles vor sich. Sie hatte das ganze Glück und dazu die Vorfreude, die ja allein schon sehr wertvoll war, noch vor sich.

»Und unsere Karten?« fiel es Tatjana plötzlich ein.

Mir wurde bewußt, daß wir noch keine Karten gekauft hatten.

»Das schaffen wir nicht«, begriff ich.

Die Kinder drehten sich um. Sie blickten erschreckt und alarmiert wie kleine Tiere, die fremde Schritte hörten. Es war undenkbar, sie noch einmal warten zu lassen. Damit würden wir ihnen die Hoffnung vollends nehmen. Gebrochen würden sie in der Schaukel sitzen, und die Freude könnte diese Gebrochenheit nicht mehr ausgleichen.

»Wir schaffen es«, sagte Tatjana und schien dann wie vom Erdboden verschluckt.

Die Kinder verdrehten ihre Köpfe und blieben so stehen, bis Tatjana wieder an ihrem alten Platz auftauchte.

Das Tantchen hatte inzwischen wieder auf den Knopf gedrückt. Der Pfahl hörte auf, sich zu drehen, und die Fliegenden Schaukeln kehrten auf ihre ursprüngliche Kreisbahn zurück.

Die Mädchen spannten sich wie vor dem Start zu einer Europameisterschaft.

In der nächsten Sekunde fanden wir uns in der Pforte wieder und dann, eine weitere Sekunde später, auf der Holzscheibe.

Nataschka, Julka und Lenka stürmten in eine Richtung. Nataschka kletterte als erste auf einen der Sitze. Zwischen Julka und Lenka entbrannte ein kurzer heftiger Kampf um den Platz neben Nataschka. Julka stieß Lenka mit einem gekonnten Griff zur Seite und setzte sich auf den Platz gleich hinter Nataschka.

Ein fremder Junge in einer blauen Baskenmütze stieß Lenka fort und setzte sich auf den Platz hinter Julka.

Überall suchten sich Kinder und Erwachsene flink ihre Plätze.

»Lenka!« rief Tatjana. »Komm her!«

Lenka bewegte sich nicht. Sie stand da mit einem Gesicht, das bereit war, jeden Moment in Tränen auszubrechen.

»Lenka!« Tatjana wollte sie zur Aktivität oder zumindest zu einer scheinbaren Aktivität bringen. »Lauf schnell! Sonst bekommst du gar keinen Platz mehr ...«

Tatjana lief zu ihrer Tochter und zog sie auf die andere Seite der Scheibe.

Lenka fing zu weinen an.

»Na, was macht es denn für einen Unterschied, wo du

sitzt?« fragte Tatjana, als ob sie allein mit dieser Frage alle Ungerechtigkeit aufheben könne.

»J-ja, aber warum w-wieder ich? W-warum immer ich?«

Lenka stotterte manchmal ein wenig, und wenn sie aufgeregt war, machte sich das Stottern stärker bemerkbar. Tatjana sah ihre Tochter an, die von den Menschen und, wie es ihr schien, auch von Gott selbst gekränkt worden war, und ihr Gesicht wurde tieftraurig. Sie preßte Lenkas warmen Kopf an ihre Wange. Auch sie hätte gern geweint. Ich sah, wie ihre Augen feucht wurden, wie sich kleine Fältchen bildeten und sich in ihrem jungen Gesicht die Züge der zukünftigen Greisin malten.

Julka und Nataschka blickten spitzbübisch wie zwei Mäuse. Sie waren vollkommen glücklich und dadurch häßlich.

Aber Lenkas Leid erreichte sie trotzdem und legte sich als leichte Gewissensbisse auf ihre Seelen, wo sie sich mit egoistischer Zufriedenheit mischten.

»Mama!« Nataschka winkte mit ihrer kleinen runden Hand zwischen den Ketten hindurch.

»Sitz still!« antwortete ich scharf, obwohl Nataschka überhaupt keine Schuld traf. Aber es war einfach nicht schön, Glück zu haben, wenn andere litten.

Tatjana setzte Lenka auf einen freien Sitz und schnallte sie an. Das Tantchen vergewisserte sich, ob auf dem ihr anvertrauten Territorium alles in Ordnung war, und drückte auf den einzigen Knopf ihres Bedienungspultes.

Die Scheibe begann sich langsam zu drehen. Die Gegenstände schwammen langsam zur Seite und nach unten.

»Lenka!« rief Tatjana. Das sollte heißen: »Lenka, sieh nur, wie schön, und es wird noch schöner werden!«

Lenka saß mit versteinertem Profil da und wandte den Kopf nicht. Das sollte heißen: »Mir geht es schlecht, und es wird mir niemals gutgehen. Und ich werde euch nicht vergeben, wie sehr ihr euch auch darum bemühen werdet. Ich werde mich ein Leben lang mit meiner Trauer an euch rächen.«

Die prinzipiell traurige Lenka schwamm fort und verschwand.

Ich flog in den Himmel. Ruckweise verlagerte sich mein Herz in die Fersen.

Dann flog ich zur Erde zurück, und das Herz schwamm langsam und schwerfällig in die Kehle. Ich spürte die Spannung der Ketten nicht, und es kam mir vor, als würde der Fall kein Ende nehmen. Aber dann strafften sich die Ketten, ich begriff: Sie würden es nicht aushalten. Gleich würde ich niederstürzen und zerschellen – und durch Schmerzen hindurch in eine andere Existenz übergehen. Aber in diesem Augenblick wurde ich in die Wolken geschleudert. Wieder war keine Spannung in den Ketten, und es schien, als würde die Himmelfahrt niemals enden.

Aus dem Nirgendwo, wie im Traum, schwimmt meine Tochter auf mich zu – braungebrannt und leuchtend wie eine Erdbeere. Sie kichert lautlos. Ihre langen Haare fliegen im Wind.

Da sind meine Eltern in ihrer Jugend: Papa in einer Soldatenuniform, Mama in einem Kleid aus Crêpe de Chine, dunkelblau mit weißen Punkten.

Mama beugt sich zu Papa und zeigt auf mich: »Das ist deine Tochter. Und du wolltest nicht ...«

Da ist mein ungeborener Sohn.

Ich habe Angst, daß er aus der Schaukel fällt. Ich will ihn im Flug herausreißen und an mich ziehen. Aber er fällt an mir vorbei, und ich schaffe es nicht, sein Gesicht zu erkennen.

Und da fliegt mein Liebster, aufrecht auf der Schaukel stehend, mit ausgebreiteten Armen wie ein Gekreuzigter. Er ist kein Kleinbauer. Nein. Er ist ein Vagabund. Er wird mich nie verlassen, aber er wird mich auch nicht behalten. Er zerbricht mich in kleine Stücke und steckt sich die Splitter in die Tasche.

Er fliegt wie ein Sturmbock. Ich schaffe es kaum, mich nach ihm umzusehen.

»Flieg nicht fort!« ruft er mir zu.

»Ich liebe dich nicht mehr«, rufe ich, und mir wird leichter. So leicht, daß ich meinen Körper nicht spüre.

Ich singe. Aber ich singe nicht mit meiner Stimme. Es ist da einfach ein Lied anstatt meiner selbst. Ich bin frei von der Vergangenheit. Ich bin bereit für eine neue Liebe.

Wie heißt du, meine neue Liebe?

Die vier Minuten waren vorbei.

Wir schnallten die Gurte ab und stiegen auf die Holzscheibe zurück. Dann gingen wir durch die eiserne Pforte. Stiegen hinab zur Erde.

Die Schlange war weder länger noch kürzer geworden. Sie war genauso geblieben, wie sie gewesen war. Und der Ausdruck in den Gesichtern war derselbe wie vorher.

Offensichtlich streiften sich alle, die sich am Warten beteiligten, diesen Gesichtsausdruck über, so wie sie sich am Eingang eines Museums Filzschuhe überstreiften.

»Was soll ich bloß zum Mittag machen?« fragte Tatjana sich selbst. Sie war schon wieder zu Hause.

Ich hatte etwas für das Mittagessen. Mich quälten andere Sorgen. Und mein Vagabund streifte bereits wieder durch meine Seele und sammelte die größeren Scherben auf, um sie dann mit seiner intelligenten Ferse zu zertreten.

Julka, Lenka und Nataschka standen nebeneinander. Jede durchlebte etwas anderes: Julka war bleich, fast grün. Ihr war nach dem Flug übel, und sie verspürte ein grundsätzliches Ekelgefühl gegen das Leben.

Lenka blickte auf einen Punkt vor sich, und ein Widerschein des durchlebten Entzückens lag auf ihrem Gesicht.

Nataschka hatte die Fliegenden Schaukeln bereits vergessen. Sie wollte auf das ›Teufelsrad‹, legte die Hände zusammen und begann zu feilschen, ohne große Überzeugung und ohne an einen Erfolg zu glauben.

Sie stellte sich das Leben als einen endlosen Reigen von Festtagen vor.

Deutsch von Susanne Veselov

Ein langer Tag

Bei den Wladimirzews war die Tochter Anja erkrankt. Herausgestellt hatte sich das so: Die Hausgehilfin Njura hatte gegen ihr eintöniges Dasein rebelliert und mit Kündigung gedroht, also entschloß man sich, Anja in den Kindergarten zu geben. Atteste, Untersuchungen, Laborbefunde wurden dazu verlangt, und eben die Befunde deuteten auf eine verborgene Krankheit hin.

Das Unglück schneit oft mit dem alltäglichsten Gesicht ins Haus. In diesem Fall sah das so aus: Veronika Wladimirzewa, Anjas Mutter, wollte sich gerade mit Melnikow treffen . . . Doch hier müssen wir ein wenig abschweifen und ein paar Worte einflechten – zunächst über Veronika und dann über Melnikow.

Veronika, fünfunddreißig, war Journalistin bei einer großen Zeitung. Sie hatte Anja mit zweiunddreißig zur Welt gebracht, obwohl sie schon mit zwanzig geheiratet hatte. Zwölf, genauer elf Jahre hatte sie darauf verwandt, zu sich selbst zu finden, sich zu bestätigen und zu bewähren. Erst dann war sie bereit gewesen, sich mit Mutterschaft und Säuglingspflege abzugeben. Kinder, so meinte sie, könne jeder zur Welt bringen – auch Katzen und Hunde –, aber das, was ihr am Herzen lag, einThema finden, es aufspüren und den Leuten vorsetzen – das konnte nur sie, und darin lag ihre Verantwortung vor der Menschheit.

Äußerlich wirkte Veronika eher zerbrechlich, ein zartes Wesen, ähnlich dem ›Frühling‹ von Botticelli, mit dem gleichen wehrlosen, halb erstaunten Blick. Bei Regen etwa fühlte sich selbst ein Fremder versucht, schützend die Hand über sie zu halten, damit kein Tropfen diesen zarten, hellblonden Kopf benetzte. Erst auf den zweiten und dritten Blick kam man dahinter, daß man in Wirklichkeit einen Panzer vor sich hatte, bestreut mit Blumen. Man wähnte sich vor einem Blumenbeet, doch sobald man näher trat, schimmerte unter dem duftigen Grün und der Blütenpracht die stählerne Panzerung hervor. Was indes sehr wichtig ist: Veronika benutzte ihre Raupenketten nur im Interesse der Gesellschaft in dem löblichen Bestreben, sie zu sozialem Denken zu zwingen. Niedergewalzt hatten ihre Ketten noch nie jemanden.

Ein echter Journalist kann nicht amorph sein, dieser Beruf erfordert männlichen Kampfgeist. Eben diese Eigenschaft weckte ihr Mann in ihr, Aljoscha Wladimirzew. Er selbst erstrebte in seinem Leben nichts; weder Selbstfindung noch Selbstbestätigung, noch Bewährung. Er liebte es, Bücher zu lesen, sich fremde Erfahrungen anzueignen. Sobald er von seiner Arbeit als Projektierungsingenieur nach Hause kam, pflegte er im Sessel Platz zu nehmen und den nächsten Dickens-Band aufzuschlagen. Veronika war noch niemandem begegnet, der so belesen war, doch dafür lastete alles, was das Leben nun mal forderte, Nestbau, Futter, Sorge um die Nachkommenschaft, auf ihr. Gewiß, auch sie hätte sich in den Sessel setzen und in ein Buch vertiefen können (sie besaßen eine gute Bibliothek), mal sehen, was dann passieren würde. Zu einem solchen Experiment aber konnte sie sich nicht durchringen. Ihren Freundinnen ging es schließlich noch schlechter. Die wagten von einer solchen Idylle – ein nüchterner Mann, der zu Hause sitzt und Dickens liest – nicht mal zu träumen.

Wo waren wir stehengeblieben? Veronika machte sich also zu ihrem Treffen mit Melnikow fertig. Sie schminkte sich gerade die Augen, als die Hausgehilfin Njura eintrat. Räsonierend wie immer (sie war sich Veronikas Abhängigkeit bewußt und wollte sich dieses Überlegenheitsgefühl erhalten) sagte sie: »Der Arzt Ilja Dawydowitsch hat gesagt, Anja soll hinkommen. Mit den Befunden stimmt was nicht.«

»Wieso stimmt was nicht?« fragte Veronika mit unbewegtem Gesicht und zog den Lidstrich unter dem Auge weiter.

»Weiß der Teufel!« Njura ging pikiert hinaus und schlug die Tür zu.

Die dreijährige Anja oder auch Njutja, wie sie zu Hause genannt wurde, kam hereingestürmt. Sie war nach Njuras Geschmack ausstaffiert: ein gepunktetes Kleid, dazu bis in die Kniekehlen rutschende Flanellhosen. Njutja sah aus wie ein Nachkriegskind. Veronika schämte sich dafür, aber damit ließ sie es bewenden. Sie führte ein Leben, in dem auf Monat, Woche und Tag jeder Augenblick bis oben angefüllt war. Will man wirklich etwas erreichen, darf man sich nicht verzetteln, also halste sie alles, was das Kind betraf, Njura auf. Im großen und ganzen ging das auch gut, sah man von Njuras Eskapaden ab, die daher rührten, daß sie sich einsam fühlte, ausgeschlossen aus dem Familienkreis. Sie und das kleine Mädchen lebten auf einer Insel für sich, während die Mutter mal hierhin, mal dorthin eilte und der Vater dasaß wie ein Ölgötze und las, selbst wenn ihm ›das Wasser unterm Hintern kochte‹.

Njutja vergötterte die Hausgehilfin, bemühte sich, sie nachzuahmen, sprach dörflerisch und benutzte ordinäre Ausdrücke, deren Sinn ihr verborgen blieb. Kinder haben eine erstaunliche Auffassungsgabe. Sie eignen sich eine Fremdsprache genauso leicht an wie eine verpönte Ausdrucksweise oder etwa den Welikoluker Jargon.

Veronika hielt beim Schminken inne und musterte ihre kleine Tochter liebevoll. Anja war zwar nicht geschmackvoll gekleidet, aber unbeschwert und gesund. Mollig, rotwangig stand sie da, ihr Haar glänzte seidig, und in ihren beige-eichelfarbenen Augen sprühten Fünkchen, als flimmerten dort Glühlämpchen. Wenn man sie fotografierte, erschien auf den Fotos neben den schwarzen Punkten der Pupillen der weiße Punkt ihres inneren Lämpchens. Es war ihr Lebenslicht, es zeugte vielleicht von ihrem Talent oder von ihrem sprühenden Optimismus, der ebenso angeboren ist wie die Farbe der Augen.

Von Krankheit keine Spur. Ein kranker Mensch kann nicht so strahlen, dachte Veronika, irgendeine Beeinträchtigung muß es geben, und selbst wenn er nichts spürt von seiner Krankheit – strahlen wird er nicht.

Veronika beruhigte sich und fuhr fort, sich zurechtzumachen. Njutja stand neben ihr, das Bäuchlein herausgedrückt, und sah mit stummem Entzücken zu. Alles, was mit der Mama zusammenhing, versetzte sie in einen besonderen Zustand. Veronika war für sie nicht Alltag wie alle anderen Mütter für alle anderen Kinder, sondern Feiertag.

»Sie hat eine gewöhnliche Pyelonephritis oder einen angeborenen Nierenfehler«, sagte Ilja Dawydowitsch.

Der Ausdruck ›gewöhnlich‹ machte Veronika stutzig. Sie hatte geglaubt, nur Menschen könnten gewöhnlich sein, nicht aber Krankheiten. Gewohnt, mit der Sprache umzugehen, vermerkte sie bei sich, daß ›gewöhnlich‹ in der ursprünglichen Bedeutung des Wortes soviel wie primitiv, vulgär bedeutete.

»Wie kommen Sie darauf?« fragte Veronika.

»Sie hat Eiweiß, überdurchschnittlich viele Leukozyten.«

»Und woher kommt das?«

»Eine Komplikation nach einer Erkältung, meistens nach einer Angina. Oder es ist angeboren.«

»Was, es gibt angeborene Nierenfehler?« Veronika hatte von Herzfehlern gehört, bei allen anderen Organen kam ihrer Meinung nach so etwas nicht vor.

»Aber ja . . . Es gibt die Wanderniere, die Doppelniere, eine Zystenniere . . .«

»Woher kommt so etwas?«

»Die Natur variiert, sucht, irrt sich.«

Veronika hatte angenommen, die Evolution des Menschen sei abgeschlossen, vollendet, und nun wunderte sie sich, daß die Natur fortfuhr, an einer abgeschlossenen Idee zu arbeiten.

»Ist das gefährlich?«

Sie fragte ruhig, fast leidenschaftslos, als wäre nicht von

ihrer einzigen Tochter die Rede, sondern von einem flüchtigen Bekannten. Sie hielt sich nicht für berechtigt, andere mit ihren Emotionen zu belasten. Angst, innere Panik, Gewissensbisse waren ihre Sache, damit wollte sie den armen Ilja Dawydowitsch nicht behelligen. Das hatte ihr die Schwiegermutter eingeimpft.

»Laß dir niemals in die Karten schauen. Du, Nika, bist eine Frau ...«, pflegte sie zu sagen.

Ilja Dawydowitsch ließ die Frage unbeantwortet. Er sagte: »Wenn der Fehler angeboren ist, muß operiert werden. Da haben Sie die Überweisung ins Morosow-Krankenhaus.«

Veronika nahm den Schein und verließ das Sprechzimmer. Sie stand eine Weile da, dann kehrte sie zurück, verharrte wortlos.

Ilja Dawydowitsch sah sie verständnisvoll an.

»Es ist schwer groß zu werden ...« Er nickte mit dem kahlen Kopf, auf dem wie bei einem Säugling ein paar spärliche Härchen sprossen. »Schwierige Sache, einen Menschen großzuziehen.«

»Muß sie ... unbedingt ins Krankenhaus?« fragte Veronika mit vager Hoffnung.

»Unbedingt. Es muß eine Urographie gemacht werden. Das wird nur stationär durchgeführt.«

»Was ist eine Urographie?«

»In die Vene wird eine blaue Kontrastflüssigkeit gespritzt, dann wird die Niere geröntgt.«

Veronika stellte sich vor, wie die blaue Flüssigkeit ins Blut gespritzt wird, wie das Blut sich blau färbt und in Njutjas Herz und Gehirn strömt.

»Ist das gefährlich?« wollte sie wissen.

»Es kann zu einem Schock kommen. Eben deshalb wird das stationär gemacht, unter ärztlicher Beobachtung.«

Schock, Operation, blaue Flüssigkeit . . . Gefahren umkreisten ihre Tochter wie die Wölfe im Trickfilm. In einem unheildrohenden Kreis ließen sie sich um das kleine Mädchen nieder. Und sie, nur sie allein und kein anderer konnte ihrer Tochter beistehen und sie aus diesem Teufelskreis herausführen. Aber wie?

Vom Krankenhaus aus fuhr Veronika ins Stadtbezirksbüro zur Verabredung mit Melnikow. Den Zeitpunkt hatten sie vorher vereinbart, und einmal getroffene Vereinbarungen pflegte sie nicht zu verschieben.

Melnikow erwartete sie im Büro, stattlich, mit weißen Zähnen, glänzend wie ein frischgewaschener Apfel. Die Möbel in seinem Arbeitszimmer waren dunkel poliert. Auf den Regalen standen Auszeichnungen für gute Arbeit und Geschenke von ausländischen Gästen: eine Fregatte, der Eiffelturm . . .

»Setzen Sie sich«, forderte Melnikow auf. Veronika nahm ihm gegenüber Platz, doch ihre Gedanken drehten sich nicht um die Sache, sondern um die Worte ›Schock‹ und ›Operation‹. Mußte sie ihre Tochter wirklich in fremde Hände geben? Warum hatte die Natur ausgerechnet Anja zum Herumprobieren ausgesucht?

Die Sache aber war folgende: Vor einem halben Jahr war im Stadtbezirk das Museum eines bedeutenden Aufklärers aus dem ausgehenden 18. Jahrhundert eröffnet worden. Das Museum befand sich in dem Haus, wo dieser Mann eine Zeitlang gewohnt hatte, und erfaßte sein ganzes Leben vom Tag der Geburt an.

Das hatte viel Arbeit gekostet: Die Bewohner des Hauses waren evakuiert worden und hatten neue Wohnungen erhalten, die nach den neuesten Richtlinien pro Person bemessen waren; das alte Haus wurde renoviert, die Exponate herbeigeschafft. Schließlich fand die feierliche Einweihung des Museums statt. Veronika schrieb einen Artikel über das historische Erbe, über die Verbundenheit der Generationen, über die Stafette, die aus der Vergangenheit durch die Gegenwart in die Zukunft weitergereicht werden müsse ... Im Anschluß daran erhielt die Redaktion den Brief eines Studenten im ersten Studienjahr, der mitteilte, daß der Aufklärer gar nicht in diesem Haus gewohnt habe; sondern in einem Eckgebäude auf der anderen Straßenseite.

Daraufhin wurde Veronika entsandt, die Sache zu klären. Ziemlich schnell fand sie heraus, daß es tatsächlich nicht dieses Haus, sondern das auf der anderen Straßenseite an der Ecke war. Ein Wirrwarr entstand. Wie hatte es dazu kommen können? Wie bei jedem Wirrwarr. Gegenwärtig ist das Wort ›Schlamperei‹ gang und gäbe. Irgendeiner hatte also geschlampt oder sich auch nur geirrt. Was war es auch schließlich für ein Unterschied, wo dieser Aufklärer gelebt hatte, an welchem Paradeeingang für ihn die Pferde vorfuhren, an diesem oder jenem.

»Auf den Sinn seines Lebens kommt es an«, bemerkte Melnikow philosophisch, »und nicht auf den Ort. Der Ort ist Zufall.«

»Heutzutage allerdings«, sagte Veronika. »Wir wissen heute wirklich nicht, wo wir eine Wohnung bekommen werden. Aber jenes Haus war das seines Vaters, Großvaters und Urgroßvaters. Und danach haben die Enkel und Urenkel darin gewohnt. Es ist ein Teil des Menschen.«

»Wir verstehen das.«

Melnikow sagte ›wir‹, wenn er von sich sprach. Veronika wußte, daß er allein entscheiden würde, aber er wollte den Anschein erwecken, als hinge von ihm persönlich gar nichts, oder richtiger: als hinge nicht alles nur von ihm ab. Man könnte alles dabei belassen. Nur nicht daran rühren. Man könnte das Museum auch an die richtige Stelle verlegen, wieder umsiedeln lassen, wieder restaurieren. Am Ende würden sie sich nur noch mit dem Aufklärer befassen, dabei gab es doch so viele zwar unbedeutendere, aber doch heute lebende Menschen und Schicksale, die uns bewegen.

»Die Häuser sind doch fast gleich. Von ein und demselben Architekten gebaut«, sagte Melnikow mit leichtem Nachdruck und blickte treuherzig in Veronikas klare Botticelli-Augen.

»Wenn wir alles nach der Devise ›ist doch egal‹ handhaben, wozu kochen wir dann überhaupt noch? Man kann doch auch Rohkost essen. Wozu kleiden wir uns dann? Man kann sich doch auch in Felle hüllen. Wozu braucht man überhaupt Aufklärer und die Erinnerung an sie? Wozu brauchen wir zu wissen, daß vor uns auch Menschen gelebt und Gutes mit uns im Sinn hatten?«

»Wo haben Sie studiert?« Melnikow wechselte das Thema, als interessiere er sich für sie persönlich.

Hinter diesen klaren Augen vernahm er das Klirren der Panzerketten und begriff, daß es leichter war, Mittel, Kraft und Zeit zu investieren, als sich mit dieser Journalistin und ihrer Zeitung anzulegen.

»Ich habe zwei Ausbildungen«, erwiderte Veronika trocken und abweisend. Sie streckte ihm als erste die Hand hin. »Mich zu entfernen ist das einzige, was ich für Sie tun kann.«

Sie lächelte flüchtig und ging. Sie war noch nicht aus der Tür, als sie auch schon Melnikow und das Museum vergessen hatte. Ihr war jetzt alles einerlei, und aus eben diesem Grund, das wußte sie, würde auch alles gelingen. Das Schicksal mag es nicht, wenn man allzu heftig etwas von ihm erwartet.

Veronika schloß die Tür hinter sich. Melnikow starrte vor sich hin, er war es gewohnt, daß alle etwas von ihm wollten, zu ihm kamen mit einschmeichelndem Blick und zitterndem Herzen. Die Augen dieser Frau aber waren von jener Art Freiheit, die das Rechtsbewußtsein und das Gefühl der eigenen Bedeutsamkeit verleihen. Melnikow wünschte sich, daß sie einmal etwas für sich erbäte, wußte aber genau, daß das nie eintreten würde. Solche wie sie forderten nichts für sich.

Anja, bis zur Taille entkleidet, stand vor der Ärztin und gestattete gnädig, daß man sie abklopfte und abhorchte.

Veronika saß auf einem Stuhl an der Wand. Weit nach vorn geneigt blickte sie ihre Tochter an, und in diesem Augenblick war sie ganz Mutter. Es existierten für sie weder Arbeit noch der Mann noch sie selbst, sondern einzig dieses Mädchen mit dem breiten Rücken und dem vorgereckten Bauch.

»Ein sympathisches Herzchen«, sagte die Ärztin anerkennend zum Schluß der Untersuchung.

Hoffnung flammte in Veronika auf. Verklärt sah sie die junge, ein wenig unheimliche Ärztin an in der Erwartung, daß sie alle Ängste vertreiben, Anja nach Hause schicken würde und daß das Kind wieder Njuras Obhut überlassen werden könnte und ihr Leben in den gewohnten Bahnen weiterlaufen würde.

Die Ärztin kritzelte etwas auf ein weißes Zettelchen und reichte es Veronika. »Die Einweisung«, sagte sie.

»Wieso? Das Herz ist doch in Ordnung . . .«

»Aber die Nieren nicht. Hatte sie Angina?«

»Ja«, erinnerte sich Veronika. »Im Frühjahr . . .«

»Also höchstwahrscheinlich eine Nierenkomplikation nach der Angina. Ich rate Ihnen, das nicht auf die lange Bank zu schieben. Die Entzündung schreitet fort. Die Nierenkanäle werden funktionsuntüchtig.«

Veronika war betroffen. »Wann soll ich sie bringen?«

»Von mir aus gleich. Je früher Sie es machen, desto eher ist es vorbei.«

Veronika hätte am liebsten alles sofort gemacht. Sie hatte das Gefühl, daß der entzündliche Prozeß unerbittlich voranschritt, selbst jetzt, da sie mit der Ärztin sprach. Das mußte sofort unterbunden werden.

Sie nahm Anja bei der Hand und ging mit ihr zur Aufnahme.

»Du wirst dich jetzt ins Krankenhaus legen«, sagte Veronika.

»Und du?«

»Ich komme zu dir zurück. Ich fahre deine Sachen holen.«

Anja entzog ihr die Hand und blieb stehen, Veronika griff zu und zog, doch die Kleine widersetzte sich.

»Dann bleib stehen, wenn's dir Spaß macht. Ich gehe jedenfalls.«

Sie erwartete, Anja würde ihr nachlaufen. Anja aber blieb mitten auf der mit gelben Blättern bestreuten Allee stehen. Sie trug ein rotes Mäntelchen und ein mit den Enden nach hinten gebundenes Tüchlein wie ein kleines Kräuterweiblein. Anja weinte nicht, ihr Gesichtsausdruck war verstockt.

Veronika kehrte um, hockte sich vor sie nieder und sprach auf sie ein. Auge in Auge mit ihr appellierte sie mit so unkomplizierten Begriffen wie »braves Mädchen« und »kein braves Mädchen«. Anja hörte aufmerksam zu, und in ihrem kleinen Gehirn arbeitete es.

»Da ist es schön«, überredete Veronika sie. »Dort gibt es viele Kinder. Sie haben Spielsachen. Ich bringe dir auch eine Puppe.«

»Wann?« wollte Anja genau wissen.

»Jetzt gleich. Ich begleite dich jetzt ins Krankenhaus und gehe sofort die Puppe kaufen!«

Anja legte ihre Hand vertrauensvoll in die ihrer Mutter und ließ sich in die Aufnahme führen.

Nach einigen Formalitäten – abermals Abhorchen, Fragenstellen, Ausfüllen des Anamnesebogens – kam eine große, üppige Kinderschwester, nahm Anja an die Hand und führte sie mit sich fort. Die erhobene Kinderhand reichte nicht so hoch hinauf, die Frau zog sie leicht zu sich herauf, wodurch das ganze Kind eine schiefe, von der Kinderschwester wegstrebende Stellung annahm, und sie entfernten sich über den gekachelten, glatten Korridor wie über eine Eisfläche.

Veronika stand wie versteinert da, dann verließ sie die Klinik und hastete zum Kinderkaufhaus ›Djetskijmir‹. Hasten ist hier nicht das richtige Wort: Sie stürzte zu einem Taxi, verließ es im Sprung und flog förmlich durch die Etagen des Kaufhauses. Sie erstand die teuerste deutsche Puppe, die einen ebenso großen Kopf hatte wie Anja und ebenso helles, glattes Haar. Im Krankenhaus übergab sie das Geschenk der Kinderschwester und bat, Anja ans Fenster zu führen.

Veronika wartete auf der Straße. Es war nicht kalt, aber windig. Der Wind riß wütend die gelben und roten Blätter von den Bäumen, die erst hochwirbelten, bevor sie auf die Erde sanken.

Anjas Zimmer lag in der ersten Etage, es war das dritte von rechts. Das Krankenhaus war ein alter Bau aus dem vorigen Jahrhundert, errichtet aus roten Ziegelsteinen. Dicke Mauern, hohe Doppelfenster, und hinter einem erschien nun das angestrengt lebhafte Gesicht der Kinderschwester und neben ihm das von Anja, vom Weinen verzerrt. Sie hielt die Puppe in den Händen, aber sie brauchte sie nicht – was sie brauchte, war das Zuhause, die Mutter, der Vater und Njura. Statt dessen waren da fremde Mauern und fremde Menschen. Sie konnte noch nicht begreifen, daß dies vorübergehend war, daß es so sein mußte, und sie verstand nicht, warum man ihr das antat.

»Der Zug endet hier – bitte alle aussteigen!« Die Lautsprecherstimme tönte teilnahmslos, ohne jede Beziehung zu dem, was da vorging. Welche Beziehung sollte sie auch zu der Tatsache haben, daß der Zug nicht weiterfuhr und die Fahrgäste auf die nächste Bahn warten mußten.

Die Menschentrauben quollen aus den Waggons. Ein Tantchen mit Eisenbahnerkäppi schritt den Zug ab und vergewisserte sich, daß niemand darin eingeschlafen war.

Veronika verließ die Rolltreppe, bestieg einen leeren, bereits kontrollierten Wagen und nahm darin Platz. Sie hatte die Aufforderung entweder nicht gehört oder nicht bewußt aufgenommen. Sie war von aller Welt durch Anjas weinendes Gesicht getrennt.

Die Frau mit dem Käppi schritt gemächlich bis zum Zugende, vollführte eine Kehrtwendung und schwenkte, das Gesicht dem vordersten Wagen zugekehrt, den Arm – das Zeichen für den Lokführer, daß er fahren könne. Der bestieg den Tender, die Waggons ruckten an. Veronika wurde leicht geschaukelt, sie sah nichts – nichts außer Anjas Gesichtchen am Krankenhausfenster.

Wie war das alles gekommen? Wann hatte es angefangen? Im Frühjahr, vor einem halben Jahr. Man hatte ihr eine Dienstreise nach St. Petersburg angetragen.

Ein junger St. Petersburger Geistlicher mit einer wunderbaren Stimme hatte beschlossen, von der Religion zur leichten Muse überzuwechseln. Ein Interview mit ihm sollte gemacht werden. Veronika willigte mit Freuden ein. Sie brauchte St. Petersburg wie ein geliebtes Buch, das man von Zeit zu Zeit wieder liest und nach dem man sich sehnt. Der mitreisende Fotoreporter, Mischka Krassowitzki, war in Veronika geradezu aufdringlich verknallt. Die Sache mit dem Geistlichen versprach ungewöhnlich, vielleicht sogar sensationell zu werden. Außerdem hatte sie große Lust, einmal auszuschwirren aus ihrem so ruhigen Zuhause, wo jeder Tag dem vorigen glich. Das war wie ein Ausbruch, eine Protuberanz in die ›bis zu Tränen vertraute‹ Stadt mit dem ihr ergebenen Mischka zu dem abenteuerlichen Geistlichen.

Die Fahrkarten für den Abendexpreß waren gekauft, am Morgen jedoch stellte sich heraus, daß Anja Fieber hatte: siebenunddreißig acht, Angina. Ilja Dawydowitsch verschrieb ihr eine Medizin. Njura ging zur Apotheke. Veronika packte den Koffer.

»Du fährst weg?« fragte Aljoscha erstaunt.

»Du bleibst doch da«, argumentierte Veronika.

»Aber du bist doch die Mutter!«

»Und du der Vater.«

Veronika reiste ab.

Der Geistliche hatte wirklich eine herrliche Stimme, trug sich aber keineswegs mit der Absicht, zur leichten Muse überzuwechseln, und es war auch auf den ersten Blick klar, daß er alles andere war als ein Unterhaltungskünstler. Er war groß, füllig, naiv wie ein überalterter Säugling, aber hoch gebildet. Er lud Veronika und Mischa zu sich ein, in eine große altertümliche Wohnung auf dem Staro-Newski-Prospekt, die seinem Schwiegervater, ebenfalls einem Geistlichen, gehörte. Die Frau war nicht zu Hause, sie arbeitete in einem Konstruktionsbüro und hatte Dienst. Anwesend war die Schwiegermutter, eine intelligente, unauffällige alte Frau, die sich an den Flügel setzte und den Schwiegersohn begleitete. Zuerst sang er ein paar Psalmen, dann einige Lieder aus dem Repertoire Utjossows. Sein Organ war so gewaltig, daß einem die Ohren taub wurden, aber er sang nicht professionell. Er sang wie ein ungebildeter Autodidakt, indem er die Worte artikulierte, ohne in ihren Sinn einzudringen. Hätte er wirklich die Absicht gehabt, zur Unterhaltungskunst überzuwechseln, wäre er von der Prüfungskommission abgelehnt worden.

Die Alte wirkte reserviert, nicht gerade gewinnend. Bevor sie sich an das Instrument setzte, fragte sie: »Verstehen Sie das überhaupt?«, als wolle sie sich vergewissern, daß sie hier nicht Perlen vor die Säue warf. Der Geistliche nickte daraufhin, was soviel heißen sollte wie: Doch, doch – ein paar kann man ihnen ruhig vorwerfen.

An der Tür hing sein Priesterrock, daneben Boxhandschuhe.

Als Veronika und Mischka nach einer Stunde wieder herauskamen, war die Welt entflammt, sie barst vor Farben und Leben. Es war, als wären sie aus einer Gruft ins pralle Sonnenlicht getreten. Mischka öffnete seinen Koffer und entnahm ihm eine Flasche Likör. Er tat einen tiefen Zug und bot auch Veronika einen Schluck an. Es war ein köstlicher Cherry Brandy. Er verstärkte noch die Daseinsfreude, die Lust am irdischen und sündhaften Leben. Sie langten an einer der zahlreichen St. Petersburger Uferpromenaden an. Das frühlingshaft bewegte Wasser floß dahin, als empfände es dieselbe Daseinsfreude.

Von der dritten Etage eines Hauses kletterte ein Matrose an der Regenrinne herunter – offenbar war das eine Kaserne oder ein Internat, aus dem er flüchtete. Der Mann bekam in Mischkas Bewußtsein plötzlich eine symbolhafte Bedeutung, fast eine Vorbedeutung. Ein Zeichen der Vereinigung ihrer beider Schicksale.

»Begreifst du?« fragte er in geheimnisvollem Flüsterton.

Veronika begriff natürlich überhaupt nichts, er selber übrigens auch nicht, er hatte einfach einen sitzen. Damals fing Mischka gerade erst mit dem Trinken an und trug überall Likör mit sich herum, weil er süß war, stärkte und zugleich berauschte.

Veronika ließ sich zwar nicht von seinen Symbolismen und Zeichen mitreißen, fühlte sich aber dennoch wie das fünfzehnjährige Schulmädchen Nika, der jedes Blatt am Baum Glück verhieß.

Währenddessen litt Anja an Angina und bekam eine Nierenkomplikation, die niemand wahrnahm – Aljoscha hatte seine Augen im Buch, und Veronika versuchte ein Stück von der entschwindenden Jugend zu erhaschen.

An allem Schlimmen, was den Kindern zustößt, sind die Eltern schuld, auch wenn sie keine direkte Schuld trifft.

Veronika fiel plötzlich auf, daß sie allein im Waggon saß. Sie stand auf und sah, daß die benachbarten Wagen ebenfalls leer waren. Allein im Zug. Das Licht ging aus. Sie glitt in der Finsternis dahin. Die roten Lichter des Tunnels leuchteten auf. Ihr schien, daß die gerechte Strafe sie geradewegs der Hölle zuführte, aber das schreckte sie nicht. Das in lautlosem Weinen verzerrte Gesicht Anjas hatte bei ihr alle Ängste verdrängt, sie empfand sich selbst als überflüssig.

Der Zug trug sie überraschend aus der Finsternis hinaus auf ein Feld. Eingeschlossen in der Kapsel des Waggons glitt sie in die frühlingshafte Weite. Dann schlugen harte Wasserstrahlen gegen die Fenster. Der Zug stand in der Waschanlage. Wenn es doch möglich wäre, sein Leben durch eine Waschanlage laufen zu lassen!

Dann kam das, was die Ärzte ›Trennungssyndrom‹ nennen. Anja konnte im Krankenhaus nicht leben. Sie heulte morgens, den Tag über, abends und in der Nacht und fand sich keinen Augenblick mit ihrem Schicksal ab. Anja weinte im Krankenzimmer, Veronika unter dem Fenster.

»Gott, was für ein ekelhaftes Kind!« sagte eine junge Schwester zu ihr.

»Kann sein«, pflichtete ihr Veronika bei. »Aber uns gefällt sie. Sie ist unsere Einzige.«

Die Schwester wurde nachdenklich: Sie hatte nicht erwartet, daß dieses hartnäckig heulende Wesen, tränenüberströmt und verrotzt, bei jemandem Sympathie hervorrufen könnte.

»Schon gut«, lenkte sie ein. »Ich bringe sie Ihnen jetzt heraus. Setzen Sie sich mit ihr ins Bad, damit niemand Sie sieht!«

Veronika war in diesen wenigen Tagen gealtert, abgemagert, sie hörte auf, sich zu schminken, und glich nicht mehr dem ›Frühling‹ von Botticelli, sondern einem Kohlweißling, den man aus Wasserstoffperoxid gefischt hatte. Ihrem Töchterchen aber erschien sie blendend schön; bei ihrem Anblick zuckte sie zusammen, stürmte los und sprang an ihr hoch wie ein wildes Tier, mit Händen und Füßen klammerte sie sich an sie, und Veronika bedeckte ihr Gesichtchen mit Küssen. Anja wandte den Blick nicht ab, und da das mütterliche Antlitz sehr nahe war, glitten ihre Pupillen schielend der Nase zu. So blickte sie unverwandt in das verhärmte Gesicht Veronikas.

Im Bad fand sich ein weißgestrichener Hocker. Veronika nahm die Tochter auf die Knie, holte eine Hühnerkeule hervor und fütterte sie damit, wobei sie ängstlich zur Tür lugte. Anja gefiel dieses Spielchen, sie sah sich ebenfalls zur Tür um und biß dann vom Huhn ab, obwohl sie gar nicht essen wollte. Sie saß da, die Hände auf dem Rocksaum gefaltet, welk und blaß, müde vom unaufhörlichen Kampf gegen das Heimweh.

»Wenn du ein liebes Mädchen bist, bitte ich unseren Chefredakteur, dir ein kleines Kätzchen mitzubringen.«

»Ein lebendiges?« Anja lebte auf.

»Natürlich ein lebendiges. Ein ganz echtes. Es wird herumrennen, miauen und Milch aus dem Schälchen trinken.«

Die Schwester schaute herein und teilte erschrocken mit: »Visite!« Gleichzeitig faßte sie Anja bei der Hand und wollte sie hinter sich her zerren – aber da hatte sie sich verrechnet. Anja entwand ihr ihre Hand und warf sich auf den Fußboden. Während der langen Gefangenschaft hatte sie sich einige Gewohnheiten und Abwehrtaktiken zugelegt.

Veronikas Augen füllten sich mit brennenden Tränen.

»Kann ich von hier aus anrufen?« Sie flehte die Schwester geradezu an. Von ihrem stählernen Panzer war nichts mehr übriggeblieben. Sie selbst befand sich nun unter den Panzerketten.

Die Schwester konnte eine so offensichtliche Ordnungswidrigkeit nicht dulden, nicht unter derart unzulässigen Umständen und erst recht nicht während der Visite. Doch sie brachte es nicht über sich, diesen Augen unter den Panzerketten etwas abzuschlagen.

»Gut«, stimmte sie mißmutig zu. »Aber rasch!«

Das Telefon stand auf einem Tisch mitten im Korridor, seitlich von ihm steckten wie ein gläsernes Bukett Thermometer in einem Halbliterglas.

Anja und Veronika verließen das Bad, näherten sich langsam dem Tisch.

Veronika wählte die Nummer ihres Chefs. Die Sekretärin nahm ab.

»Er hat eine Besprechung«, sagte sie höflich, aber bestimmt.

»Verbinden Sie mich mit ihm. Ich rufe aus dem Krankenhaus an.«

Die Sekretärin schwieg eine Weile, offenbar hatte sie Anweisung, ihren Vorgesetzten von der Außenwelt abzuschirmen, doch in Veronikas Stimme schwang etwas mit, was sie stutzig machte. Veronika vernahm die heisere Stimme des Chefs, der gerade einen Satz zu Ende sprach.

». . . ich wußte, daß es so kommen würde«, sagte er zu jemandem. »Ich wußte, daß Sie genau das sagen würden . . . Ja, bitte?«

»Guten Tag . . . Wladimirzewa hier, Ihre Mitarbeiterin.«

Der Chef schwieg. Nicht, daß er seine Mitarbeiterinnen nicht kannte, aber es fiel ihm schwer, so unvermittelt auf ein anderes Thema umzuschalten. Das war, als schickte sich jemand an, ein auf Glatteis dahinrasendes Auto jählings zu bremsen.

»Ja . . . bitte?« wiederholte er.

»Könnten Sie nicht ein Kätzchen für meine Tochter besorgen? Eine kleine Katze?« fügte sie erläuternd hinzu, für den Fall, daß der Chef, dessen Kindheit weit zurücklag, vergessen hatte, was ein Kätzchen war.

»Was?«

»Sie liegt im Krankenhaus . . . das heißt, sie liegt nicht, sie weint . . . Ich habe ihr gesagt, daß Sie ihr ein Kätzchen besorgen. Ich gebe ihr jetzt den Hörer – bitte, bestätigen Sie ihr das!«

Wie war sie nur auf die Idee gekommen, den Chef anzurufen? Sie hätte jede beliebige Nummer wählen können, und nicht einmal das – es hätte genügt, einfach in den Hörer, mitten in die Rufzeichen hineinzusprechen und um die Katze zu bitten, um Anja etwas vorzuspielen. Doch sie wollte die Tochter in ihrer kindlichen Pein nicht betrügen. Und noch etwas: Sie war sich dessen nicht ganz sicher, aber ihr schien, wenn es jemandem im Ozean des Weltalls schlecht ergeht und er ein Notsignal aussendet, dann muß der Empfänger, selbst ein hoher Chef, darauf reagieren, falls er eine Antenne dafür hat. Er muß antworten: »Ich höre. Ich nehme Kurs.« Und wenn er schon nicht ›Kurs nimmt‹, so muß er zumindest ›hören‹.

Sie streckte Anja den Hörer hin. Anja preßte ihn gehorsam ans Ohr. Sie sagte: »Hallo!«

Offenbar sprach er wenigstens mit ihr, denn sie lauschte und sagte dann: »Nein.« Der Chef hatte demnach umgeschaltet und redete nun ernsthaft mit dem ihm fremden Mädchen.

Am Ende des Korridors ging die Tür auf, und eine große Professorin, umgeben von Weißkitteln, betrat die Station.

Die Schwester drückte auf die Gabel, packte Anja bei der Hand, was zur Folge hatte, daß sich die Kleine sofort wieder auf den Fußboden warf. Die Schwester schleifte sie am Arm über die Fliesen wie einen Schlitten an der Schnur. Das war nicht schmerzhaft, aber rücksichtslos. Anja weinte auf. Auch Veronika heulte los und sank, an die Wand gelehnt, in sich zusammen.

Die Professorin, zugleich Stationsärztin, blieb vor Veronika stehen, die Beine gegen den Boden gestemmt wie der Hauptmann vor seinen Grenadieren.

»Was hat das zu bedeuten?« fragte sie, fand aber genügend Zeit, Veronikas Kleid und ihre Stiefel zu mustern, um den sozialen Status einzuschätzen.

Veronika wollte etwas erwidern, aber ihr versagte die Stimme. Sie weinte hemmungslos, wenn sie sich auch bewußt war, daß Tränen hier niemanden rührten. An menschliche Tragödien war man hier ebenso gewöhnt wie an Thermometer in Gläsern.

»Klar«, sagte die Grenadierin zu sich selbst. Der weitere Text betraf dann Veronika: »Sie sollten weder das Kind noch sich selbst fertigmachen. Es gewöhnt sich schon ein. Kinder haben eine anpassungsfähige Psyche.«

Veronika ignorierte die Anordnung der Ärztin und erschien am nächsten Morgen wieder. Sie öffnete die Stationstür einen Spalt. Anja stand am Ende des Korridors und sah unverwandt zur Tür. Wer weiß, vielleicht hatte sie die ganze Nacht so dagestanden ... Als sie die Mutter erblickte, zuckte sie zusammen und schrie: »Mama!« In diesem Augenblick faßte eine junge Schwester – diesmal war es eine andere – die Kleine bei der Hand und zog sie ins Krankenzimmer. Die Anordnung der Stationsärztin war ihr offenbar mitgeteilt und sogar schriftlich vermerkt worden.

Die Urographie, eben die Untersuchung, wegen der Anja ins Krankenhaus mußte, war von Dienstag auf Freitag verschoben worden. Weshalb? Ohne Grund, einfach so. Warum sollte man sich überstürzen? Das Kind leidet? Es gewöhnt sich schon ein, die kindliche Psyche ist anpassungsfähig. Die Eltern leiden? Na und? Sie sterben nicht daran. Man muß die Sache dialektisch sehen. Auch Kinder müssen negative Erfahrungen machen, und die Erwachsenen sind ohnehin abgehärtet.

Nach der Arbeit erschien Aljoscha. Um diese Zeit wurden die Kinder den Eltern zum Spazierengehen überlassen. Die Grenadierin war nach Hause gegangen, und Dienst hatte wieder die Schwester von gestern. Sie gab Anja ohne weiteres heraus. Vielleicht teilte sie nicht den Kasernenblickwinkel der Grenadierin, vielleicht war ihre Einstellung auch nur leger.

Aljoscha zog dem Kind das rote Mäntelchen an und band ihm ein Tüchlein um. Vater und Tochter begaben sich in den Krankenhaushof, um im Sandkasten zu buddeln. Viele Kinder und viele Mütter waren da. Veronika betrachtete die gelbgesichtigen, aufgeschwemmten kleinen Patienten, die nierenkrank waren. Sie musterte auch die Eltern, und ihr wurde klar, daß sie nunmehr eine Gemeinschaft waren.

Eine Frau mit übermäßig großen, geweiteten Augen wie bei einer Nachteule beklagte sich bei Veronika über ihre Schwiegermutter. Nachdem diese den Sohn verheiratet hatte, hielt sie ihre Mutterpflichten für erfüllt, anstatt ganz normal den Status einer Großmutter anzunehmen. Sie heiratete mir nichts, dir nichts, ›machte auf jung‹, das hieß, sie schwirrte kokett herum und wackelte mit dem Hintern, der einem aufgespannten Schirm nicht unähnlich war. Ihren neuen Ehemann fragte sie, ob er sich mit ihrem Enkel abgeben wolle oder ob das Kind ihm schnuppe sei. Damit legte sie ihm die Antwort fast in den Mund. »Es ist mir schnuppe, was hab' ich mit ihm zu tun?« antwortete er. Er hatte ja recht, der Enkel ging ihn nichts an. Nun stand die Frage, ob Enkel oder neuer Mann. Die Schwiegermutter sagte, sie hätte schon einmal die Wahl zwischen dem Sohn und einem geliebten Partner gehabt, damals hätte sie sich für den Sohn entschieden und damit ihr Leben lang auf persönliches Glück verzichtet. Jetzt aber hätte sie endlich einen Anspruch auf Glück, auch als Fünfzigerin! Der Junge mußte in die Kinderkrippe gegeben werden. Dort holte er sich eine Erkältung. Die Folge davon war Nephritis und die Folge der Nephritis eine Nierenhyperthrophie mit voraussichtlicher Urämie. Urämie aber bedeutete das sichere Grab, an dieser Krankheit war schließlich schon Jack London gestorben. Jedenfalls rührte alles daher, daß die Schwiegermutter glücklich sein wollte. Der eigenen Familie hatte sie den Rücken gekehrt, nur um einen fremden Kerl zu umarmen.

Anja schaufelte feuchten Sand ins Eimerchen, der sich gut zu Küchlein pressen ließ. Aljoscha saß neben ihr und las Zeitung. Veronika hörte der Frau zu und begriff, daß deren Haß auf die Schwiegermutter ihr half, den Kummer zu ertragen. Etwas wie Haß empfand auch Veronika, nur nicht auf einen anderen Menschen, sondern auf sich selber, obwohl es leichter war, einen anderen zu hassen. Angst um ein Kind ist mehr als Angst um das eigene Leben, es ist die Angst um die eigene Unsterblichkeit. Veronika wäre glücklich gewesen, wenn sie mit Anja hätte tauschen können; sie hätte die Krankheit auf sich genommen, hätte sich ins Krankenhaus gelegt, hätte sich von Aljoscha und Anja besuchen lassen. Oder auch nicht, das war unwichtig.

Die Ausgangszeit war um. Aljoscha nahm Anja auf den Arm und trug sie zurück. Nicht einfach so, nein – er ermahnte sie, sprach begütigend auf sie ein. Anja hörte zu, sie wollte es dem Vater gern recht machen, doch ihre Lippen zuckten. Als Aljoscha sie dann zu dem roten Gebäude trug, schrie sie im höchsten Ton äußerster Verzweiflung auf, schlug in seinen Armen um sich. Aljoscha wandte sich von dem roten Gebäude ab und trug sie zum Ausgang, dem Tor am Ende der Allee.

»Wo willst du hin?« Veronika weinte.

»Ja siehst du denn nicht, was mit ihr vorgeht?« fragte Aljoscha.

Anja begriff nicht, daß man sie nach Hause trug, sie streckte die Hände nach Aljoschas Schulter aus, stieß wie ein Vogel kleine Schreie aus, beim Ausatmen, beim Luft-holen. Aljoscha ging mit weitausholenden Schritten, trug die Tochter weg von diesen Schreien. Veronika kam kaum nach und fiel von Zeit zu Zeit in Trab.

»Man muß doch wenigstens Bescheid sagen!« schrie sie keuchend.

»Morgen gehst du hin und sagst es«, meinte Aljoscha ruhig.

Er allein war unter diesen Schreien ruhig geblieben, es war, als hätte er vorübergehend Veronikas Panzer ange-legt. Sie trottete neben ihm her, begriff ihn nicht, hatte Angst.

Nicht weit von zu Hause setzte er Anja ab, und sie ging den bekannten Weg auf eigenen Beinen. Njura sah sie vom Fenster aus kommen, sie winkte aufgeregt, aufgewühlt vor Freude. Anja sah es, reagierte aber nicht. Das Licht in ihr ging nicht an. Der fast einwöchige Kampf hatte die Energie ihrer Batterie aufgezehrt, es brauchte Zeit, sie von neuem aufzuladen, so daß das Licht wiederkehrte. Njura sah das alles aus der Höhe der fünften Etage. Sie fing an zu weinen und wischte sich die Augen mit dem Zipfel des Kopftuchs.

Am folgenden Morgen stand Veronika vor der Grena-dierin wie eine Schülerin mit lauter Fünfern vor dem Direktor.

»Sie haben das Kind einfach geraubt«, brachte die Gre-nadierin vor.

»Sie hat geweint«, rechtfertigte Veronika sich mit schü-lerhafter Hilflosigkeit.

»Sie brauchen sie wohl nicht?«

»Wen?«

»Ihre Tochter. Sie haben wohl zehn davon?«

»Sie ist unsere Einzige.«

»Das einzige Kind einer direkten Gefahr auszuset-
zen . . .«

»Was für einer Gefahr?« fragte Veronika verdutzt.

»Der Lebensgefahr, was denn sonst . . .«

»Sie wollen damit sagen –.«

»Ja. Genau das will ich sagen!« Die Grenadierin schnitt
ihr das Wort ab.

»Was soll ich denn machen?« Veronika spürte, wie sie
in einen Ozean der Ausweglosigkeit tauchte.

»Bringen Sie sie zurück!«

Davon konnte keine Rede sein. Veronika füllte ein Papier aus, das einen Passus darüber enthielt, daß man das
Kind vor Abschluß der Untersuchung mitgenommen
habe und dafür die ganze Verantwortung trage und so
weiter und so fort.

Veronika setzte ihre Unterschrift unter das Papier und
ging. Sie wußte nicht von dem Hang der Ärzte, übertriebene Diagnosen zu stellen, Gefahren aufzubauschen. Man
tut dies, um im Falle eines schlechten Ausgangs sagen zu
können: »Wir haben ja gewarnt. Uns trifft keine Schuld.«
Damit die Eltern dann nicht Beschwerdebriefe ans Ge-
sundheitsministerium schicken und Klage einreichen.
Geht es hingegen gut aus, werden alle den Ärzten dankbar
sein und die übertriebene Diagnose vergessen, es wird
höchstens heißen: »Diese Ärzte – keine Ahnung haben
sie.« Doch davon wird den Ärzten weder kalt noch heiß.
Die Grenadierin sicherte sich auf diese Weise ab, was aber

Veronika dabei empfand und in welcher Verfassung sie nach Hause ging, das war nicht mehr ihre Sache.

Veronika kehrte zurück und leerte ein Glas Wein, um alles zu vergessen. Sie trat zum Sofa und legte sich hin. Die Liegestatt hob und senkte sich unter ihr wie ein Schnellift.

Anja spielte im Nebenzimmer mit den Puppen Krankenhaus. Sie war abgemagert und blaß, ihr Gesicht war durchsichtig und asketisch wie das einer Betschwester.

Njura wich keinen Schritt von ihr. Auch wenn es nichts zu tun gab, saß sie einfach da und blickte auf ihren leidgeprüften Abgott, die Hände über der Brust verschränkt. Hätte der Wind sie in dieser Stellung allmählich zugeweht – sie wäre nicht von der Stelle gewichen.

Abends kam Aljoscha. Er schnupperte den Weingeruch, sah seine Frau auf dem Rücken liegend auf dem Sofa ausgebreitet. Ihr Hinterkopf war wie abgestorben und schien gleichzeitig vor Schmerz zu platzen. Veronika hatte das Gefühl, daß er sich lösen und auf dem Kissen liegenbleiben würde, wenn sie nur ein wenig den Kopf höbe.

»Steh auf, und setz Tee auf«, verlangte Aljoscha.

»Ich kann nicht.«

»Du kannst.«

Aljoscha setzte sich in den Sessel und nahm die Zeitung.

Veronika kroch vom Sofa und taumelte, sich an der Wand stützend, in die Küche. So seltsam es war: Der Anblick des lesenden Mannes half ihr mehr zu ihrem Gleichgewicht zurückzukehren als der Wein. Wenn Aljoscha dasaß und las, dann hatte sich in der Welt nichts verändert. Das Krankenhaus mit der Grenadierin rückte weit weg und schrumpfte zu einem Punkt zusammen. Zu Hause aber war alles wie eh und je. Anja zwitscherte, und wenn sie auch nicht strahlte, so war sie doch da, tappte umher, man konnte sie anfassen und auf dem Arm tragen.

Der Hinterkopf verschmolz wieder mit dem Kopf und der Kopf mit dem Körper. Man mußte weiterleben. Man mußte kämpfen und durfte sich nicht hinter dem Wein verkriechen.

Abends gingen Anja und Njura zu Bett, selbst im Schlaf unzertrennlich. Veronika und Aljoscha saßen in der Küche. Es waren wohltuende Minuten, so seltsam es war. Sie fühlten sich wie zwei Soldaten an der vordersten Linie, von denen einer feuerte und der andere Munition herbeischaffte – keiner von beiden war allein, durchhalten konnten sie nur zu zweit. Eine Kolonne, genannt ›Lebensgefahr‹, rückte gegen sie an, doch sie waren geeint und blickten ihr furchtlos ins Gesicht. Der Sinn ihrer Ehe war Veronika vorher manchmal entglitten. Doch in diesem Augenblick rückte alles wieder an seinen Platz. Auch Mischka Krassowitzki mit der Likörflasche gehörte zur feindlichen Kolonne – wäre gar nicht übel, auch bei ihm nicht mit Patronen zu sparen.

Hinter den Fensterscheiben herrschte windzerzauste, herbstliche Nacht. Wie gut, in einer solchen Nacht im warmen Haus zu sitzen und zu wissen, daß man Freunde und nahestehende Menschen hatte.

Die Korblampe warf einen spinnennetzartigen Schatten an die Decke. Lange saßen sie so, und lange noch schwankte in der Nacht der Kreis des Spinnennetzes an der Decke.

Die Redaktion erhielt einen Brief des Arbeiters A. B. Netschajew, in dem er von dem Konflikt mit dem Ingenieur W. G. Subatkin berichtete.

Zu dem Streit war es auf der Jagd gekommen. Sie hatten einen Hasen gejagt, waren über das aufgeweichte herbstliche Feld gelaufen. Der Hase flüchtete mit großen, kraftvollen Sätzen, doch plötzlich hockte er sich hin, das Gesicht den Verfolgern zugewandt (Netschajew schrieb wirklich: ›Gesicht‹, nicht ›Schnauze‹). Netschajew und Subatkin liefen zu dem Tier, das zusah, wie sie sich näherten, und sich nicht vom Fleck rückte. Es war unerklärlich, weshalb es so verharrte, doch als sie heran waren und den Hasen anhoben, wurde es klar: An jeder seiner Pfoten klebte ein Kilo Schlamm, und mit vier Kilo Gewicht, soviel wie sein Körpergewicht, vermochte er nicht länger zu springen. Der Hase hatte begriffen und hatte aufgegeben. Mit dem Rücken zu den Verfolgern dazuhocken war aber noch schrecklicher, und so drehte er sich um, um dem Tod ins Auge zu schauen.

Subatkin setzte den Hasen wieder auf die Erde, zerrte das Gewehr von der Schulter und zielte aus nächster Nähe – das war schon keine Jagd mehr, sondern ein Erschießen. Daraufhin riß Netschajew seinerseits die Waffe hoch, zielte auf Subatkin und sagte warnend, er würde ihn umbringen, wenn dieser den Hasen erschösse. Subatkin wollte das nicht glauben, ging aber kein Risiko ein, er senkte den Flintenlauf und versetzte Netschajew einen Fausthieb aufs Ohr. Dem war im Grunde nicht an einer Schlägerei gelegen, doch Aggression gebiert nun mal Aggression, und so gab er Subatkin eins mit dem Kolben auf den Unterkiefer. Mitten auf dem herbstlichen Feld war eine große Keilerei im Gange, bei der man einander beleidigte und verletzte. Der Hase saß indessen da und sah zu, wie die Jäger sich prügelten. Für ihn war das die Gelegenheit zu flüchten, was er auch getan hätte, wenn er dazu imstande gewesen wäre.

Subatkin reichte Klage ein, obwohl er als erster zugeschlagen hatte. Den Kiefer hatte man ihm im Krankenhaus zusammengeflickt, ihn mit irgendwelchen Stiften zusammengeschraubt und fixiert, und nun konnte er ihn wieder benutzen. Netschajew drohten bis zu drei Jahre Haft wegen Rowdytums, und wenngleich das keine besonders lange Haftzeit war, so hatte er doch für diese drei Jahre andere Pläne gehegt: Er wollte seine Brigade zum besten Kollektiv im sozialistischen Wettbewerb machen und in Ruhe dem Hinüberwachsen des Sohnes vom Krippen- zum Kindergartenalter beiwohnen.

Netschajews Frau begab sich nun zu Subatkins Frau mit der Bitte, sie möge auf ihren Mann Einfluß nehmen, damit er die Klage zurückzog. Subatkin war ja auch schuld, doch das hatte nur der Hase gesehen, und ein Hase konnte nun mal nicht in den Zeugenstand treten. Die Subatkina verlangte tausend Rubel, woraufhin ihr Netschajews Angetraute ins Gesicht spuckte und die Subatkina sich ins Haar der Netschajewa verkrallte. Der Bruch war nun beiderseitig vollzogen. Netschajew wandte sich nun an die Zeitung um Hilfe, weil ein öffentliches Organ die gesellschaftliche Moral zu vertreten habe – die Moral aber sei auf seiten des Hasen zu suchen und nicht auf Seiten Subatkins.

»Sie wollen das nicht übernehmen?« fragte der Abteilungschef.

»Nein, will ich nicht.«

»Warum nicht?« Der Chef war verblüfft.

»Meine Tochter ist krank. Darum nicht.«

»Kinder müssen auch mal krank sein«, erklärte der Chef. »Sonst wachsen sie nicht.« Seine Sorglosigkeit bannte gleichsam die Gefahr, die Anja bedrohte. Sie war nicht die erste und würde auch nicht die letzte sein, sollte das wohl heißen, Mitleid und Erschrecken wären für Veronika viel weniger hilfreich gewesen.

»Was hat das Mädchen denn?« wollte er wissen.

Veronika nannte die Diagnose.

»Das ist Jegorows Fachgebiet«, meinte er mit der gleichen Sorglosigkeit. »Versuchen Sie, Jegorow zu erreichen. Seine Telefonnummer muß die Abteilung Wissenschaft haben. Er hat bei uns schon ein paarmal medizinische Vorträge gehalten.«

»Jegorow?« fragte Veronika zurück.

»Er ist ein Genie. Die letzte Instanz vor Gott. Bleiben Sie hier stehen, gehen Sie nirgendwohin. Ich hole Ihnen jetzt seine Nummer.« Der Chef verschwand, als hätte er sich aufgelöst. Er war beweglich, weil untergewichtig. Er wog zwanzig Kilo weniger, als es seinem Wuchs entsprochen hätte, daher konnte er mit Leichtigkeit aufspringen und sich in Luft auflösen.

Veronika stand mutlos da. Wirklich, wie hatte sie nur Anja dem Krankenhaus ausliefern können, wo es doch das Genie Jegorow gab, der zuwege brachte, was niemand sonst vermochte!

Der Chef brachte einen Zettel mit einer siebenstelligen Nummer – einen Code zu einem Safe, der Anjas Leben barg und ihre, Veronikas, Unsterblichkeit. Sie ging in ihr Arbeitszimmer, wählte sieben Ziffern. Die Sekretärin Jegorows verband sofort weiter. Veronika vernahm die Stimme eines Menschen, der in Eile ist. Nicht einfach in Eile: wie jemand, der im Begriff ist, sich vor einer Feuersbrunst zu retten. Während ringsum alles in Flammen steht, knistert und zusammenstürzt, schrillt zu allem Überfluß auch noch das Telefon, und man muß sich unterhalten.

»Ja . . .«

»Guten Tag«, sagte Veronika verwirrt. Immer wenn sie spürte, daß sie unerwünscht war – und das war sie offensichtlich –, fiel ihr das Reden schwer.

»Wer sind Sie?« klang es abgehackt, eilig, angespannt.

»Mein Name ist Veronika Wladimirzewa. Ich bin die Mutter von Anja Wladimirzewa, drei Jahre alt.«

»Kürzer«, befahl Jegorow.

»Sie hat eine gewöhnliche Pyelonephritis, einen angeborenen Nierenfehler . . .«

»Lassen Sie sich zur Sprechstunde eintragen. Bringen Sie Röntgenaufnahmen mit.«

Das Gespräch war beendet.

»Ich habe keine!« rief Veronika aus, um Jegorow am Auflegen zu hindern.

»Lassen Sie welche machen.«

»Das ist unmöglich!«

»Warum?« wunderte sich Jegorow, und sie vernahm zum erstenmal so etwas wie eine menschliche Intonation.

»Dazu muß sie auf Station.«

»Dann legen Sie sie auf Station.«

»Da bleibt sie aber nicht.«

»Das ist ein unseriöses Gespräch!«

Jegorow legte auf, das kurze, gleichgültige Tuten war zu hören.

Veronika heulte los. Der Chef stand neben ihr. Es schüttelte ihn. Er hatte das Gefühl, mit nassen Händen blanken Leitungsdraht zu berühren, so hoch war die Konzentration der Verzweiflung.

Veronika weinte, das Gesicht auf den Schreibtisch gepreßt. Das Antlitz der Hoffnung war in sich zusammengefallen und wich der Fratze des Leids.

»Soll ich gehen oder bleiben?« erkundigte sich der Chef. Seine Hilfe hätte darin bestehen können, zu bleiben und selbst anzurufen oder sich zu verziehen und Veronika Zeit zu lassen, sich zu fassen.

Veronika winkte ab, was soviel hieß wie: Gehen Sie ... Der Chef entfernte sich gehorsam, blieb aber an der Tür stehen, um niemanden ins Zimmer zu lassen. Mit verwirrter Miene stand er da. Fremdes Leid durchbrach die ihm eigene Unbekümmertheit, die er von der Mutter und Großmutter geerbt hatte.

Veronika hörte auf zu weinen und verharrte mit dem Gesicht auf der Tischplatte. Dann hob sie den Kopf, sah auf die Uhr. Dreiviertel drei. Sie gab sich noch zehn Minuten. Teilnahmslos saß sie da, starrte vor sich hin, nahm nichts wahr. Als die Uhr fünf vor drei zeigte, rückte sie das Telefon zu sich heran, wählte Jegorows Nummer, hörte die Sekretärin.

»Mit wem spreche ich?« erkundigte sich die Sekretärin sanft.

»Mit der Zeitung.« Veronika nannte den Namen des Blattes.

»Einen Augenblick.«

Veronika hörte wieder das Jegorowsche »Ja«.

»Ich bin Journalistin«, stellte sich Veronika trocken vor und nannte nochmals ihr Blatt. Ihr war es einerlei, ob Jegorow es eilig hatte oder nicht, ob er sich verspätete oder nicht – die Interessen einer Zeitung entsprechen denen des Staates, und ein Krankenhaus ist ein Teil davon.

»Ja«, wiederholte Jegorow, und diesmal klang seine Stimme ganz anders: Ich höre, ich bin ganz Ohr, bin bereit, alles stehen- und liegenzulassen und Sie in Ruhe anzuhören.

»Ich möchte über Sie einen Artikel unter der Rubrik ›Menschen unserer Stadt‹ schreiben. Dafür brauche ich drei von Ihren Tagen, sagen wir Dienstag, Mittwoch, Donnerstag.« Sie sprach fordernd, fast im Befehlston.

»Was heißt drei von meinen Tagen?«

»Das heißt, daß ich volle drei Tage von morgens bis abends um Sie herumsein muß.«

»Und nachts?« scherzte Jegorow. Jetzt war er der Schüchterne und fand auf einmal menschliche Töne.

»Arbeiten Sie denn auch nachts?«

»Nein. Nachts schlafe ich.«

»Die Nacht brauche ich also nicht, nachts sind alle Katzen grau. Wann kann ich kommen?«

»Heute ist Montag . . . Na gut, also morgen. Mein Arbeitstag beginnt um acht Uhr fünfzehn.«

»Ich notiere.«

Jegorow diktierte die Adresse der Klinik und fing an zu erklären, welches öffentliche Verkehrsmittel am geeignetsten wäre.

»Der Chauffeur wird sich schon zurechtfinden«, unterbrach sie ihn zurückhaltend und gab damit zu verstehen, daß sie einen höheren sozialen Status innehatte. Sie hatte es nicht nötig, die Metro zu benutzen und mit Blick auf den Zettel Passanten zu fragen, wo das gesuchte Krankenhaus, Gebäude und Dienstzimmer zu finden sind. Sie wird unmittelbar vor ihrer Haustür auf dem Sitzpolster des Dienstwagens Platz nehmen und sich erst am Bestimmungsort wieder erheben. Unterwegs wird sie gelangweilt auf die vorbeihuschende Stadt blicken, an den Tagesplan oder auch an nichts denken.

Als der Chef einen Blick ins Zimmer warf, verstand er gar nichts mehr. Anstelle der weinend am Tisch kauernden Veronika saß da ein Panzer in Kleinformat, geschmückt mit Naturseide und baltischem Bernstein. Sein Motor war warmgelaufen, seine Geschützmündung auf das Ziel gerichtet.

»Also, was ist – übernehmen Sie den Hasen?« fragte er leichthin.

»Einverstanden«, sagte Veronika. »Bloß hetzen Sie mich nicht.«

Jegorow saß da und entspannte sich nach einer dreistündigen Operation. Das Kind hatte man aus Charkow gebracht. Es war zum zweitenmal operiert worden, ein ärztlicher Kunstfehler hatte wiedergutgemacht werden müssen.

Die Schulter schmerzte. Das war die Berufskrankheit der Chirurgen, wenn der Arm die ganze Zeit im Schwebezustand gehalten werden mußte. Der Schmerz bedrückte wie jeder Schmerz und ließ alles ausweglos erscheinen. Was tun, wenn einem Chirurgen der Arm abstirbt? Amossow hatte in solchen Fällen zu noch größeren Belastungen geraten. Demnach müßte er nicht drei, sondern sechs Stunden operieren.

Irgendeine dumme Gans rief an, bat um eine Konsultation, weigerte sich aber, Röntgenbilder mitzubringen. Wie sollte er einen angeborenen Nierenfehler bestätigen oder ausschließen ohne Röntgenaufnahmen? Er war Chirurg und kein Hellseher. Jegorow konnte dümmliche Mütter nicht ausstehen, weil ihr Gegacker und ihre Hektik mehr schadeten als nützte. Es wäre gut, solche Mütter zu isolieren, sie einzusperren und zu bewachen.

Die Sekretärin Sima brachte Tee.

»Stellen Sie kein Gespräch mehr durch«, bat Jegorow.

Sima nickte schweigend, sie schirmte ihn ab wie eine Mauer. Sie liebte Jegorow, wie Mütter ihre Söhne lieben, sie diente ihm, ohne etwas für sich zu fordern. Für alle war Jegorow ein Gott, sie aber sah, daß dieser Gott barfüßig, erkältet und hungrig war. Sie hatte das Bedürfnis, ihm Schuhe anzuziehen, ihm zu essen zu geben, ihn zu wärmen. Alle anderen waren nur darauf erpicht, ein Stück von ihm für sich zu erhaschen. Besser gesagt, für ihre Kinder, und das ist mehr.

»Markin hat angerufen«, sagte Sima.

»Wollte er was?«

»Nein, einfach so.«

Markin war der einzige Mensch, der einfach so anrief. Sie waren seit der Schulzeit befreundet, also alles in allem vierzig Jahre lang. Kaum zu glauben.

Markin hatte nicht aus Liebe geheiratet, sondern weil seine Lidka schwanger war. Er dagegen, Jegorow, aus leidenschaftlicher Liebe. Er hatte Irina bis zum Wahnsinn geliebt, im wahrsten Sinne des Wortes. Markin hatte ihn stets darum beneidet. Lidka wußte, daß er sie nicht liebte, und um ihn zu halten, gebar sie ihm fast jedes Jahr ein Kind. Jegorows Irina dagegen wollte Schönheit und Jugend nicht opfern, und so mußte er geradezu betteln und sich erniedrigen, damit sie sich dazu durchrang, ihrem einzigen Sohn das Leben zu schenken. Er liebte sie lange, fünfzehn Jahre, dann aber war sein Gefühl binnen vierundzwanzig Stunden verflogen. Am Dienstag hatte er sie noch geliebt, und am Mittwoch erwachte er frei von ihr. Vielleicht vollzog sich dieser Umschwung auch nicht an einem einzigen Tag, vielleicht hatte sich über einen längeren Zeitraum so viel angesammelt, bis es zum Knall kam. Irina jedenfalls ahnte nichts und war weiterhin davon überzeugt, große Macht über ihren Mann zu besitzen. Sie ließ sich gehen wie eh und je und war starrköpfig.

Wie Tschechow sagte: »Ob du aus Liebe heiratest oder nicht, das Ergebnis ist das gleiche.« Markins Ehe, Jegorows Ehe – alles lief aufs gleiche hinaus. Bei den Markins gab es jedoch wenigstens die Kinder, und hier nur die verpufften, verrauchten Leidenschaften, die nunmehr, aus der Distanz, zu einem Nichts geschrumpft waren.

»Irina Nikolajewna«, teilte Sima mit. »Wollen Sie mit ihr sprechen?«

»Nein ... Bin im OP.«

Jegorow wußte schon, was sie ihm sagen würde. Ihr Sohn hatte gestern seine Braut mit nach Hause gebracht. Das Mädchen war so verklemmt, daß es unterentwickelt wirkte. Sie stotterte, daher waren ihre Gesichtszüge verkrampft und die Laute unartikuliert. Sie arbeitete in einer Konditorei. Wie sollte man mit ihr Umgang pflegen? Aber vielleicht brauchte der Sohn wirklich keinen geistigen Austausch ... Jegorow empfand tiefe Enttäuschung über seinen Sohn und begann ihn genauer zu beobachten – war er am Ende debil? Er war es natürlich nicht, aber so einer sollte sein Sohn sein? Im Vergleich zu ihm hatte sich Jegorow seinerzeit von seinem Vater losgemacht und sich aufgeschwungen wie ein Adler über einem Maikäferchen. Sein Sohn würde niemals über den Zaun fliegen. Dazu fehlten ihm nicht nur die Flügel.

»Die Zeitung«, sagte Sima mit erschrockener Stimme.

Jegorow telefonierte ausnehmend höflich. Er war ohnehin bemüht, es nicht mit der Presse zu verderben. So etwas konnte Komplikationen heraufbeschwören, und die behinderten nur die Arbeit.

Es war kurz nach drei. Er mußte hinunter in den Konferenzsaal zu einem Vortrag vor jungen Ärzten, die zum Fortbildungskurs gekommen waren. Unter den Teilnehmern waren auch junge Frauen. Jegorow ließ seine Blicke schweifen, aber sein Herz blieb unberührt. Die Welt erschien ihm seit einiger Zeit schwarzweiß, Farben entdeckte er kaum noch. Aus diesem Zustand konnten

Wodka und Liebe herausführen. Etwas, was die Alltäglichkeit sprengte. Wodka trank er jedoch nicht, er brauchte den klaren Kopf für die morgendlichen Operationen. Die Liebe wiederum verlangt den ganzen Menschen, und über den verfügte er nicht mehr.

Veronika stand um sechs auf, um gegen acht im Krankenhaus zu sein, vor der Tür zu warten und pünktlich um acht Uhr fünfzehn einzutreten. Pflichtgefühl und Pünktlichkeit sind heutzutage seltene Eigenschaften, fast Relikte, und es war an der Zeit, sie ins Rote Buch für aussterbende Spezies einzutragen. Pünktlichkeit ist die Höflichkeit der Könige, heißt es. Offenbar war mit dieser Institution auch die Pünktlichkeit verschwunden.

Sie mußte genau *dann* dasein und *so* auftreten. Aber wie? Veronika schminkte sich und überlegte dabei, wie sie vor Jegorow hintreten sollte. Als Panzer? Als Frühling? Panzerplatten schrecken ab. Frühlingslüfte wecken romantische Hoffnungen. Was hatte die größere Wirkung: Furcht oder Liebe? Furcht versprach mehr. Ihre Redaktion plante überhaupt keine Artikelserie, keine Porträts von Zeitgenossen. Veronika hatte dem Chirurgen eine Lüge aufgetischt, bereute jedoch nichts: Ihr Ziel rechtfertigte die Mittel.

Sie brauchte vierzig Minuten, um das gewünschte Äußere herzustellen. Sie hatte sich für einen ›gemischten Typ‹ entschieden: frühlingshafter Blick, aber königlich stolze Haltung. Was die Stimme betraf, so war sie bereit, ihr drohendes Panzergrollen ertönen zu lassen.

Eine Stunde brauchte sie, um den Weg und das richtige

Gebäude zu finden. Neben der Kinderklinik, in der Jegorow arbeitete, befand sich eine Tuberkuloseheilstätte.
Eine ganze Krankenhaussiedlung war das, und natürlich
ging Veronika fehl und irrte ziemlich lange herum, den
Zettel mit der Adresse in der Hand knautschend. Doch
genau um acht Uhr fünfzehn – nicht vierzehn und nicht
sechzehn – klopfte sie an die richtige Tür und betrat das
richtige Zimmer.

Sie erkannte ihn sofort, obgleich noch zwei andere
Weißkittel anwesend waren: ein weibisch wirkender, junger Dicker und ein alter Dicker, der an einen ausgewach-
senen Eber voller Saft und Kraft erinnerte.

Jegorow hob den Blick. Seine Augen blitzten auf. Er
fixierte sie, als wollte er sie fotografieren.

Veronika verharrte eingeschüchtert auf der Stelle. Von
wegen Panzer, von wegen Königin! Ein Lehrling vom
Kammgarnkombinat.

»Sie sind das?« fragte Jegorow und sah auf die Uhr.

Veronika nickte.

An Leuten, die es mit der Zeit und mit Versprechen
nicht so genau nahmen, verlor er jegliches Interesse. Un-
pünktlichkeit und Unverbindlichkeit waren für ihn ein-
deutige Symptome wie etwa der Ausschlag bei Scharlach.
Außen rote Punkte und innen ein schwerer, zerstöreri-
scher Krankheitsprozeß, dazu ansteckend. Jegorow versuchte, solche Leute loszuwerden. Hätte sich Veronika
um fünf Minuten verspätet, wäre sein Widerwillen gegen
sie in diesen fünf Minuten ständig angewachsen. Wer
weiß, vielleicht hätte er sie hinausgejagt.

Der junge Dicke saß mit verlorener Miene da, etwas

verstimmte ihn, vielleicht war er mit sich selbst unzufrieden. Der Eber dagegen zeigte sich energisch und verlangte etwas. Sicherlich irgendwelche Vergünstigungen.

Jegorow hörte ihn an, blickte zum Jungen hin. Veronika schien er vergessen zu haben.

Der Chirurg war braungebrannt, offenbar war er unlängst aus dem Süden zurückgekehrt. Nur die Lider waren weiß geblieben, desgleichen die strahlenförmigen Fältchen in den Winkeln der hellblauen Augen. Von Zeit zu Zeit hob er den Blick zu ihr: übermütige Bauernaugen in einem Herrscherantlitz. Junker und Kleinbauer in einem, Sproß eines Küchenmädchens und eines Edelmanns.

Der Eber zeigte sich stur. Jegorow blickte auf den Tisch, um ihn nicht ansehen zu müssen. Der Junge kapselte sich mehr und mehr ab. Wenn Jegorow nach unten sah, wirkte sein Gesicht ohne das Leuchten der Augen verquollen, so, als hätte er zuvor geweint oder etwas getrunken und sich danach kalt gewaschen.

Veronika hätte am liebsten gesagt: »Weine nicht, trink nicht . . . « Sie war nahe daran, ihre Hand auf seine nicht mehr junge, leicht faltige Wange zu legen.

Jegorow schien ihre Hand auf seiner Wange zu spüren. Er erhob sich, forderte zum Gehen auf und faßte sie beim Vorbeigehen an der Schulter. Das Krankenhaus war so etwas wie sein Wald, und er war der Bär, der darin hauste.

Sie verließen das Arbeitszimmer. Um Jegorow herum bildete sich sofort ein Gefolge von Kitteln.

Die Visite begann. Jegorow ging voran. Der Kittel bauschte sich wie ein Umhang. Das Gefolge vermochte kaum Schritt zu halten.

Das erste Zimmer war das Reanimationszimmer. Hier lagen die frischoperierten und schwerkranken Kinder.

Am Fenster ein zehnjähriger Junge, blaß bis ins Grünliche. Er quälte sich, wand sich, gab sich launisch. Eine Schwester ermahnte ihn, redete auf ihn ein. Der Junge beachtete sie nicht. Erschöpft lag er da, die Lippen qualvoll verzerrt. »Urämie«, erläuterte ihr der junge Dicke. Er hieß Marutjan.

Veronika mußte an die Frau mit den geweiteten Augen denken. Sie hatte zuerst diesen Begriff erwähnt. Urämie – als Endstadium. So also sah das aus.

»Dima«, wandte sich Jegorow an den Jungen. »Warum hörst du nicht?«

Dima erkannte Jegorow und riß sich einen Augenblick zusammen, dann gaben seine Lippen wieder den Leiden nach, und er wußte mit seinem Kopf nicht, wohin.

Die Aufsichtshabende rief Jegorow beiseite und redete aufgeregt auf ihn ein. Sie war Krankenschwester, ihr Herz würde vor Kummer zwar nicht zerspringen, doch hätte sie alles dafür gegeben, daß es Dima besserginge.

Jegorow hörte aufmerksam zu, den schweren Kopf geneigt. Dann sagte er: »Ich bin doch nicht Gott . . . «

Neben der Tür lag ein Mädchen in Anjas Alter. Der frische Schnitt auf ihrem Leib wurde von Fäden zusammengezogen. Narbe und Fäden waren vom Jod braun gefärbt. Das Mädchen atmete schwer, krampfhaft. Das Luftholen war für sie eine übermäßige Kraftanstrengung, und ihr kleiner Körper erzitterte. Das Ausatmen sah und hörte man nicht, so daß es schien, sie sauge die Luft nur ein.

Veronika bekam Atemnot. Sie legte die Hand an den Hals.

»Wir haben nichts gefunden«, sagte der Eber. »Aller Wahrscheinlichkeit nach war das eine Darmkolik.«

»Der Eingriff war also unnötig?« präzisierte Jegorow. Schweigen.

So also sah es aus in der letzten Instanz vor Gott. Unnötig operiert, damit hat sich's. Die Eltern hatten ein lebendiges und fast gesundes Mädchen ins Krankenhaus gebracht, und was bekamen sie zurück... Ob sie es überhaupt zurückbekommen? Veronika fühlte Jegorows Hand auf ihrer Schulter. Er schob sie aus dem Reanimationszimmer, ging, vor sich hin pfeifend, weiter. Veronika begriff, daß er die Geschichte mit dem Mädchen wie etwas Unvermeidliches betrachtete. Ausschußrate, ein gewisser Prozentsatz davon war nun mal unumgänglich, die Ärzte mußten ja Erfahrung sammeln, und Erfahrung setzt sich nicht nur aus Erfolgen zusammen, sondern auch aus Fehlern.

Sie betraten den OP. Veronika begriff nicht gleich, wo sie sich befand. Dann erblickte sie auf dem OP-Tisch einen Säugling. Der Schnitt wurde bei ihm nicht mit dem Skalpell, sondern mit der Schere vollzogen. Geschnitten wurde unterhalb des Schulterblattes, das sich wie bei einem Hühnchen löste.

Veronika machte kehrt und ging hinaus. Marutjan folgte ihr.

»Sie müssen da nicht hineingehen«, sagte er. »Man kann doch da nicht hinein, ohne sich vorher damit vertraut gemacht zu haben.«

»Ich bin Journalistin«, rechtfertigte sie sich.

»Sind Journalisten keine Menschen?«

Aus dem OP erschien Jegorow in glänzender Laune. Er faßte Veronika unter, führte sie ins Arbeitszimmer zurück. Sein Gefolge segelte hinterher.

In seinem Zimmer beantwortete er Anrufe, gab der Sekretärin Anweisungen. Er schien seinen Gast vergessen zu haben. Sie stand von allen abgewandt und weinte.

Jegorow bemerkte ihre Tränen nicht. Er hatte das Gefühl, ihr eine besondere, fast königliche Gnade zu erweisen. Sicherlich war sie professionell befriedigt und menschlich geschmeichelt.

»Drehen Sie sich nicht um«, bat er. »Ich muß mich umziehen.«

Veronika hörte, wie er den Bügel verrückte, mit der Kleidung raschelte und ein Lied aus dem Repertoire der Pugatschowa vor sich hin pfiff.

»Fertig!« verkündete er fröhlich.

Veronika wandte sich nicht um. An ihrem gespannten, seltsam starren Rücken erkannte Jegorow, daß sie weinte. Das paßte nicht in sein lebensbejahendes Programm. Dazu war auch keine Zeit.

»Na, na ... «, machte er enttäuscht. »Das führt zu nichts.«

Jegorow mied negative Menschen und negative Stimmungen. Er erwartete von anderen seelische Desinfektion und nicht neuerliche Ansteckung.

Veronika spürte, wie deplaciert sie hier war. So brauchte er sie nicht, anders konnte sie aber nicht sein. Sie weinte nun aus doppelter Einsamkeit.

Sima sah herein.

»Ich gehe jetzt zur Sprechstunde. Dann zum wissenschaftlichen Rat. Wenn jemand anruft – ich bin schon weg.«

»Das Auto steht schon an der Auffahrt«, teilte Sima mit.

»Fahren Sie mit?« fragte Jegorow.

Veronika wischte sich über die morgens so sorgfältig geschminkten und nunmehr verschmierten Augen. Weder Königin noch Panzer, noch Frühling. Ein Häufchen Elend.

Veronika und Jegorow verließen das Krankenhausgelände. Er führte sie nun nicht mehr am Arm, sondern stürmte voran.

Vor dem Tor standen gleich einer kleinen Verehrerschar Eltern herum, die auf Jegorow warteten. Veronika fiel eine Zigeunerin mit einem Kind auf dem Arm auf. Ein zweites Kind hielt sich an ihrem Rocksaum fest. Ein junger Mann mit regloser Miene stand dabei. Sein Gesicht war tränenlos, doch Veronika sah, daß er weinte. Vielleicht war er der Vater von Dima oder von dem Säugling, den man mit der Schere zerschnitten hatte.

Es waren nicht viele Leute, nicht mehr als zehn, die da wie eine kleine erschrockene Herde zusammengedrängt warteten.

Bei Jegorows Anblick wichen sie zur Seite, gaben den Weg frei. Jegorow zerteilte die Versammlung, schritt, ohne sich umzublicken, hindurch, so, als existiere sie nicht.

Veronika ging hinter ihm und wäre am liebsten im Erdboden versunken. Sie selber hatte eben noch zu diesen

Eltern gehört, doch war es ihr gelungen, sich in den Kreis seiner Begleiter zu schmuggeln, anders konnte man das nicht nennen. Sie wußte, wie es *da draußen* war. Da, wo man zutiefst unglücklich ist und erniedrigt. Man schlägt einen Liegenden, und der hascht noch nach dem Bein und leckt den Stiefel.

»Nehmen Sie Platz.« Jegorow öffnete den Wagenschlag.

Alle wandten die Köpfe nach ihnen.

»Ich fahre nicht mit«, sagte Veronika.

»Warum nicht?« Jegorow wunderte sich.

»Es ist mir unangenehm.«

»Begreife ich nicht.« Jegorow senkte finster den Kopf, die Brauen hochgezogen.

»Warum gehen Sie durch die Menge wie ein Schlagerstar? Sie sind doch Arzt und keine Diva. Die Leute warten doch auf Sie. Sie haben kranke Kinder.«

»Dies ist ein Kinderkrankenhaus, und da liegen natürlich kranke Kinder. Kinder werden nun mal krank und sterben sogar. Ihre Sterblichkeit gehört zum Beruf. Wollen Sie, daß ich herumstehe und allen die Tränen trockne?«

»Ja, das will ich. Eltern sind rechtlos. Ich möchte Barmherzigkeit. Sie aber sind grausam. Und das ist unmoralisch.«

»Ich begreife nicht: Wer ist eigentlich zu wem gekommen – ich zu Ihnen oder Sie zu mir? Sie haben sich mir doch geradezu aufgedrängt. Sie brauchen mich und stören mich. Und ich, entschuldigen Sie, dulde Sie. Aber länger habe ich nicht diese Absicht, klar?«

Jegorow stellte fest, daß er in letzter Zeit leicht die Beherrschung verlor und sie nur schwer wiedererlangen konnte. Eine Kleinigkeit genügte, ihn für den ganzen Tag aus dem Rhythmus zu bringen.

»Versuchen Sie, mich in Ruhe zu lassen.«

Er setzte sich ins Auto und fuhr davon. Veronika blieb stehen.

Am Fenster in der zweiten Etage saß ein Junge im Schlafanzug, der wie ein kleiner Gefangener aussah.

Subatkin glich Kiribejewitsch aus dem Lied vom Kaufmann Kalaschnikow – die gleiche bezaubernde Unverschämtheit, die fröhliche Verschmitztheit eines Herrn des Lebens. Er sah Veronika mit einem Ausdruck an, als säße sie in seinem Arbeitszimmer und nicht in ihrem. Subatkin wußte, daß er die Gesetze auf seiner Seite hatte und die moralisch-ethischen Kategorien etwas völlig Verschwommenes und nicht Greifbares waren, so wie eine Wolke. Eben ist sie rund, wenig später länglich, und schließlich ist sie überhaupt nicht mehr da, hat sich aufgelöst wie Rauch. Jeder hat seine eigene Moral. Ebenso wie seine Handschrift.

»Hier heißt es: Sie haben den Hasen verfolgt«, erinnerte Veronika.

»Der Hund hat ihn verfolgt«, präzisierte Subatkin. »Ich bin doch kein Äthiopier.«

»Was heißt hier Äthiopier?«

»Die Äthiopier sind die besten Langstreckenläufer.«

»Wo war denn der Hund?« fragte Veronika.

»Der hat sich von anderem Wild ablenken lassen. Er ist sehr dumm.«

»Ist das Ihr Hund, oder gehört er Netschajew?«

»Natürlich Netschajew. So einer könnte nicht mir gehören.«

»Sind Sie mit dem, was Netschajew geschrieben hat, einverstanden? Ist es so vor sich gegangen?«

»Wenn man die Wertung und das Blabla wegläßt, ungefähr.«

»Lassen Sie bitte Ihren Jargon. Sprechen Sie normal.«

»Bitte sehr«, versprach Subatkin fröhlich. »Ich erkläre Ihnen als Philologe: Eine Jagd ist nun mal eine Jagd. Zur Jagd nimmt man eine Flinte mit, und mit der Flinte zielt man und schießt.«

»Eine Jagd ist eine Jagd und keine Hinrichtung. Wild und Jäger müssen gleichberechtigt sein.«

»Wollen Sie dem Hasen auch 'ne Flinte geben?«

»Ihr Hase verfügte nicht mehr über seine Beine. Sie hatten kein Recht, auf ihn zu zielen.«

»Demnach darf man nicht auf einen Hasen zielen, aber auf einen Menschen?«

»Stellen Sie sich nicht dumm.«

»Tue ich nicht. Ich verstehe wirklich nicht, was Sie von mir wollen.«

»Darf ich ehrlich darauf antworten?«

»Natürlich.«

»Daß Sie ein anderer Mensch werden. Oder daß es Sie überhaupt nicht gäbe.«

»Brauchen Sie mich noch?«

»Nein.«

»Schade . . . «

Subatkin erhob sich und verließ das Zimmer. Er war

schlank, breit gebaut wie ein Sportler. Bevor er ging, drehte er sich um und sah Veronika an, als überlege er, ob er sie mitnehmen solle oder nicht. Er bestimmte, nicht sie.

Veronika blickte eine Weile auf die Tür und durchdachte den Artikel, den sie schreiben oder auch nicht schreiben würde. Die Idee, die Lösung des Problems, zeichnete sich gewöhnlich erst nach ein paar Tagen ab. Eben pflügte sie gleichsam die obere Schicht auf, die die Oberfläche bildete.

Wozu geht ein Mensch auf Jagd? Um zu seinen Ursprüngen zurückzukehren, zu der Zeit, als er selber noch ein Urmensch und beinahe genauso war wie die Natur? Wald, Gras, Himmel und Tiere – all das gab es vor uns, gibt es jetzt, wird es nach uns geben. Der moderne Mensch, vollgestopft mit Informationen, ist vielfältigen Belastungen und Streß ausgesetzt, doch er hängt sich eine Flinte um, sucht Verinnerlichung, Stille, um alles von sich abzuschütteln, sich reinzuwaschen, mit der Natur eins zu werden und in sich den alten Jägerinstinkt zu spüren, ein gefährliches oder großes Tier zu verfolgen und zu schießen: einen Eber oder Elch. Zur Not konnte man auch auf einen Hasen schießen, falls gerechte Bedingungen herrschten. Man selbst hat das Gewehr und er seine Beine und den Wald.

Subatkin war nur auf den Hasenbraten aus, weder Natur, noch Verinnerlichung interessierten ihn. Doch war er etwa so eine Ausnahme mit seiner zynischen Verbrauchermentalität? Unlängst war Veronika als Touristin in ein kleines westliches Land gereist. Dort hatten sämtliche unteren Geschosse der Häuser aus Geschäften bestanden.

Die einstige Nation der Dichter und Philosophen war beim Shopping geendet. Keiner las in der U-Bahn, von Bedeutung war nur, was man anziehen und verzehren, was man anfassen und womit man sich vollstopfen konnte. Ganze Heere solcher Subatkins bevölkerten die Welt, und die Netschajews kommen nicht dagegen an. Sie waren sogar noch schuld. Obgleich der Netschajewsche Widerstand auch keine geeignete Methode war. Die Subatkins ließen sich nicht durch Kinnhaken aufhalten. Aber wodurch sonst?

Veronika beschloß, ihre Gedanken zu verdrängen. Das Ganze eine Zeitlang schlummern zu lassen. Die Lösung, der Kern des Artikels, würde ganz von selbst auftauchen wie eine einmal gehörte Melodie.

Anja betrat das Haus mit gellendem Geheul. Ihre Augen quollen vor Anspannung hervor, das Gesicht war tränennaß. Njura folgte ihr laut schimpfend.

Veronika stürzte von einem zum anderen, um herauszubekommen, was los war. Folgendes war passiert: Anja hatte neben der Müllgrube einen Pferde- oder auch Hundezahn gefunden und wollte an ihm lutschen. Njura entriß ihr den Fund und schleuderte ihn mitten in eine Pfütze. Anja rannte zur Pfütze, Njura holte sie ein und klebte ihr eine im Beisein einer großen Ansammlung von Kindern. Alle sahen es. Anja hatte eine moralische und eine physische Niederlage erlitten.

»Dummian!« schrie Anja. »Oooh ... «

»Und was bist du?« entgegnete Njura gekränkt. »Jeden Mist stopfst du dir in den Mund.«

»Dummian! Dummian!«

»Hast du das gehört?« Njura ließ den Finger vorschnellen und rief Veronika zum Zeugen an. »Sie beschimpft mich, der Teufelsbraten. Nee, so'n Kind kann mir gestohlen bleiben!« Njura war ernsthaft beleidigt, denn sie hatte außer Anja niemanden im Leben. Nun, da auch sie sich als ein undankbares Ekel erwies, konnte das Hausmädchen mit niemandem mehr rechnen.

»Anja! Schämst du dich nicht!« Veronika stürzte zu der Kleinen, um sie zu beruhigen, zu umarmen. »Wenn du willst, schenke ich dir einen Knopf.«

Anja konnte sich nicht gleich beruhigen. Vor Schreien und Herzeleid stand ihr der Schweiß auf der Stirn.

Veronika preßte das kleine, schluchzende Wesen an sich und dachte ans Krankenhaus, das heißt, sie dachte eigentlich unaufhörlich daran, an die Untersuchungen, vielleicht auch Qualen, die ihre Tochter erwarteten. Wie konnte sie bloß ihre augenblicklichen Emotionen höher stellen als das Wichtigste? Wichtig allein war Anjas Gesundheit. Sie hätte mit Jegorow mitfahren sollen, in drei Tagen konnte er sich an sie gewöhnen, sie als Bekannte akzeptieren. Einer Bekannten etwas abzuschlagen ist schwieriger als einer Fremden. Statt dessen war sie mit ihrer Wahrheit herausgeplatzt, die jetzt, aus der Distanz, höchst zweifelhaft erschien. Jeder der wartenden Mütter und Väter hatte nur dieses eine kranke Kind – Jegorow aber hatte ihrer Hunderte und Tausende. Er hatte wirklich keine Zeit, jedem die Tränen zu trocknen. Und wieso lud sie überhaupt ihre Gefühle auf ihn ab? Man mußte ihn im Gegenteil abschirmen. Sie war wie Netschajews Hund hinter dem Hasen hergejagt, hatte sich unterwegs von anderem Wild ablenken lassen, und im Ergebnis brachte sie ihren Herrn zum Straucheln. Veronika hatte ihrer Tochter einen schlechten Dienst erwiesen, sie beschloß, ihren Fehler sofort zu korrigieren, selbst um den Preis der Erniedrigung.

Ein Blick auf die Uhr. Viertel nach vier.

Sie lief die Treppe hinunter, nahm ein Taxi und fuhr in die Klinik.

Ihr ganzes Wesen konzentrierte sich auf eine einzige Aufgabe: ihn sehen. Sie war schon kein Panzer mehr, sondern eine programmgesteuerte Rakete.

»Er kommt wieder her«, sagte Sima leise und musterte sie unaufdringlich. Sie gefiel ihr. Überhaupt gefielen ihr Frauen, die anders waren als sie selbst. Neid und Konkurrenzdenken, Gefühle, die fast alle Frauen ihr ganzes Leben lang begleiten, gingen Sima völlig ab. Sie war ein Gottesmensch.

»Wo kann er denn sein?« fragte Veronika mit heiserer Stimme. »Es ist sehr wichtig.«

»Rufen Sie zu Hause an.«

Sima notierte die private Telefonnummer Jegorows auf einen Zettel und rückte Veronika den Apparat hin.

Jegorow nahm ab. Veronikas Herz erstarb.

»Er ist nicht zu Hause«, sagte Jegorows Stimme.

»Wer sind Sie denn?« wunderte sich Veronika.

»Ich bin sein Sohn.«

»Wo ist denn Ihr Papa?«

»Ich rufe mal meine Mutter.«

Jegorows Frau trat heran. Ihre Stimme war tief und

nuancenlos wie eine Hupe. So sprechen Menschen ohne musikalisches Gehör.

»Er ist im wissenschaftlichen Rat«, tönte die Frau.

»Verzeihen Sie, wo ist das?«

Die Frau nannte Straße und Nummer. Sie prägten sich ihr nicht nur flüchtig ein, es ging ihr unter die Haut.

»Hier spricht die Journalistin Wladimirzewa«, sagte sie reichlich spät. Das klang offenbar wie ein »Entschuldigen Sie«, denn die Frau antwortete: »Bitte sehr.«

Die Stimme der Frau klang weder gereizt noch tolerant. Jegorow war Arzt, ein Stern erster Größe, sie war es gewohnt, daß man ihn dauernd verlangte. Sie hatte eine Albinostimme, die von Natur aus farblos war, jedenfalls ärgerte und freute sie sich mit ein und derselben Stimme.

Der Referent hieß Pjatkin und war Finne, wie ein Professor Jegorow zuflüsterte. Jegorow wunderte sich. Ein Finne mit dem Familiennamen Pjatkin? Aber was hatte das schon zu sagen. Pjatkin redete und verkleisterte mit Worten das Wesentliche. Jegorow hatte sich mit seiner Dissertation bekannt gemacht. Eine gewissenhafte, aber aufgeblähte Arbeit. Pjatkin hatte sicherlich nicht nur ein Jahr ihretwegen am Schreibtisch zugebracht und sich den Hintern wund gesessen, aber etwas Neues hatte er in der pränatalen Diagnostik nicht entdeckt. Alles war schon gesagt worden, nur mit anderen Nuancen.

Pjatkin war mager, weißblond, farblos. Doch von der ersten Reihe blickten zwei Frauen erregt und entzückt zu ihm auf, eine ältere und eine junge, offenbar die Mutter und die Ehefrau.

Jegorow sah sie alle drei an und dachte, daß man die Dissertation befürworten müsse, sollte Pjatkin ruhig den Doktorgrad erlangen und in die entsprechende Besoldungsgruppe kommen. Das Einkommen des Arztes ist nicht hoch, und so, wie man sie bezahlt, arbeiten sie auch. Gleichgültige Menschen schaden nur dem Staat, außerdem leidet die Familie darunter. Wenn ein Mann die Familie nicht unterhalten kann, ist er nicht Herr im Haus. Er hat keine Autorität, und das hat weitreichende Folgen. Da die Familie aber die Zelle der Gesellschaft ist, läuft in der Gesellschaft etwas schief. Erhöht man das Gehalt des Mannes, macht man ihn zum Herrn des Hauses und bringt automatisch die Gesellschaft ins Lot. Aus der Tatsache, daß Pjatkin den Doktorgrad erhielte, entstünde also ein großer gesellschaftlicher Nutzen. Zugegeben, die pränatale Diagnostik würde auf der Stelle rotieren wie ein steckengebliebenes Auto. Aber dann würde ein anderer kommen und die Wissenschaft voranbringen. Der eine wird rotieren, der andere etwas bewegen, der Lohn jedoch wird der gleiche sein.

Jegorow sah wieder zu der älteren Frau. Mutter und Sohn waren einander ähnlich, doch die Mutter war schön, der Sohn nicht. Wahrscheinlich hatte sie ihn früh geboren. Das erste Kind. Der erste Versuch. Jegorow glaubte insgeheim daran, daß, wie das russische Sprichwort sagt, der erste Pfannkuchen zum Klumpen gerät. Die gelungensten Kinder entstehen aus der fünften, sechsten Schwangerschaft. Aber welche Frau gebiert heutzutage schon fünf-, sechsmal? Höchstens eine Lidka, die damit ihren Mann halten will. Jegorows Gedanken wechselten von Pjatkin zu seinem Sohn über. Dieser war gewöhnlich und faul dazu. Jegorow dachte an seinen Vater Timofej Jegorow, ein Schuster und Trinker. Im Dorf wurde er Tjunka genannt. Wenn Jegorow jetzt zu Besuch ins Dorf fuhr, sagten die Weiber: »Da kommt Tjunkas Sohn.« Hätte Tjunka jemals geglaubt, daß sein Sohn ein Wissenschaftler wird, der die Latte einmal so hoch legt, daß sie nicht zu überspringen ist? Wadik, Tjunkas Enkel, stand dagegen noch weit unter dem Großvater. Der pflügte die Erde, nähte Stiefel, trank Wodka, tat etwas für sich und andere. Sein Sohn dagegen war weder sich selbst noch anderen von Nutzen.

Jegorow sah wieder die Alte an, dann die Junge. Sie war unscheinbar, im bescheidenen Federkleid wie eine Lerche, doch in ihr war eine stille Zärtlichkeit, eine eigene Schönheit. Tjunka hatte schöne Frauen geliebt. Im Alter hatte er gesagt: »Es ist an der Zeit zu sterben, aber sie lassen mir keine Ruhe.« Jegorow dachte an die Journalistin mit dem tränenverschmierten Make-up. Was wollte sie von ihm? Warum hatte sie geweint? Was hatte sie so schockiert? Das, woran Jegorow längst gewöhnt war. Er hatte sich an die Welt in schwarzweißen Farben gewöhnt, an die Lieblosigkeit, daran, daß ihm keiner zu Hause ein Essen vorsetzte und er es selbst zubereiten mußte. Daran, daß er manchmal gezwungen war, auf Protektion hin jemanden einzustellen, daß die Kinderschwestern sich hin und wieder betranken, daß die Ärzte Geschenke annahmen. Daß es Küchenschaben auf der Station gab, daß alle ihn ausnutzten und niemand ihn liebte. Anfangs hatte er sich über all das gegrämt, doch nun war er daran gewöhnt.

Er weinte schon seit langem nicht mehr, an die zwanzig Jahre. Höchstens im Schlaf. Im Traum empfand er manchmal Kummer und Glück so tief wie in der Kindheit.

Die Natur bereitet den Menschen lange auf den Tod vor. Sie macht ihn immer gleichgültiger, löscht allmählich das Licht wie ein Theaterdiener nach der Vorstellung. Zuerst erlischt es auf der Bühne, dann im Saal, dann im Foyer und zuletzt in der Garderobe. Jegorow fühlte sich wie jemand, der nur halb erleuchtet ist, genauer, wie ein halbdunkles Theater. Heimlich träumte er davon, daß jemand gelaufen käme, die Lichthebel herunterdrückte und alle Lüster im vollen Glanz erstrahlen ließe.

Niemals würde das geschehen, das wußte er. Alle nutzten ihn aus, und niemand liebte ihn, und wenn doch, dann war das stets mit einer Hoffnung verbunden. Er glaubte niemandem, aber das belastete ihn nicht. Auch daran hatte er sich gewöhnt.

Pjatkin beendete seinen Psalm. Die Opponenten waren an der Reihe.

Veronika hielt ein Taxi an. Die Straße, zu der sie eilte, war fast nebenan, und sie fürchtete schon, der Fahrer würde sich weigern.

»Fahren Sie los«, kommandierte sie.

»Wohin soll's denn gehen?«

»Das zeige ich Ihnen gleich.«

Der Mann fuhr an. Ohne Adresse zu fahren war unangenehm, doch die Frau saß da wie ein Oberkommandierender. Bei vierzig Kopeken ließ sie halten.

»Hier.«

»Das war's schon?« Der Taxifahrer war gekränkt.

»Das war's.«

»Da hätten Sie auch hinlaufen können.«

»Wozu sind Sie dann da?«

Der Fahrer sah sie an wie eine Verrückte. Längst schon bestimmte er für die Passagiere die Routen, wer wen aussuchte, war noch die Frage.

Veronika zahlte das Doppelte, in der Taxifahrersprache hieß das ›zwei Zähler‹. Sie klappte die Tür zu und ging. Der Fahrer ließ den Motor an und fuhr gereizt los auf der Suche nach einem neuen Fahrgast. Nochmals würde er sich nicht hereinlegen lassen. Beim nächsten würde er die Oberhand haben. Der nächste ging inzwischen seines Wegs und ahnte nicht, daß er für einen anderen büßen müßte.

Veronika betrat den Saal. Sie setzte sich in die hinterste Reihe, um nicht zu stören und nicht die Aufmerksamkeit auf sich zu lenken. Doch niemand interessierte sich für sie. Über dem Saal hing wie ein Nebel die Langeweile. Dann kam Bewegung auf, man regte sich. Jegorow trat ans Rednerpult, der Nebel verflog sogleich, die Sonne ging auf. Veronika spürte einen Stich in der Herzgegend, ihr wurde klar, daß die Seele ebenda ihren Sitz hat.

Jegorow hob die Augen. Sie waren blau, von weißen Strahlen umgeben. Flieger haben solche Augen. Sie fliegen über den Wolken, wo die Sonne ständig strahlt. Er begann zu reden. Veronika versuchte zuzuhören, verlor aber rasch den Faden, da sie zu wenig von Medizin verstand. So blickte sie ihn einfach an, wie er redete. Jegorow war nicht jung und nicht alt, er stand in dem Alter, wo Form und Inhalt miteinander verschmelzen. Die Form war noch nicht in Auflösung begriffen, und der Inhalt hatte seine Blütezeit erreicht. Er war eins mit seinen Gesten, seiner Stimme, war ein harmonisches Ganzes und glich tatsächlich einem Flieger, der sich mit seiner Wissenschaft über die Wolken erhoben hatte. Von seinen Händen und dem Gesicht ging männliche Kraft aus, er war ein Mann der Tat. Wenn er sich wie Aljoscha mit einem Buch in den Sessel gesetzt und ein paar Tage hintereinander müßig dagesessen hätte, wäre er wohl einem Infarkt erlegen. Er war nicht geschaffen für Beschaulichkeit und Nichtstun. Es mußte sicherlich schön sein, ihm morgens ein gebügeltes Hemd zu reichen, ihm mittags einen vollen Teller Borschtsch vorzusetzen. Wie ein Bauer kehrte er abends müde von seinem Feld zurück und hatte sein Brot redlich verdient.

Ihr fiel ein, wie sie unlängst von einem Besuch bei ihrer Freundin Emka gekommen war, die sie wegen ihrer Magerkeit, ihrer Rigorosität und ihrer weißen Batistkleider »Dekabristin« nannte. Es war spät gewesen, kein Taxi war aufzutreiben, und so hielt Veronika ein Straßenreinigungsauto an. Der Chauffeur, ein junger Bursche, schielte zu ihr hin und sagte: »Ich liefere nur noch diesen Kühlschrank ab, und dann gehen wir aus!« Offenbar zählte er Veronika zu einer bestimmten Sorte Frauen.

»Zuerst bringen Sie mich nach Hause«, hatte Veronika trocken entgegnet, »dann können Sie Ihre Sachen erledigen.«

Er begriff, daß sie nicht ›so eine‹ war, was ihn jedoch

250

nicht weiter verstimmte. Ihm war es einerlei. Wenn's klappte – gut. Wenn nicht – auch nicht schlimm.

Veronika dachte – nicht damals, sondern jetzt, im Saal des wissenschaftlichen Rates –, daß Aljoscha mit seiner Passivität, seinem Langmut sie ganz und gar freigegeben hatte, so daß sie einem nicht angenähten Ärmel glich. Was ist schon ein Ärmel ohne Jacke? Ebenso wie übrigens auch eine Jacke ohne Ärmel. Genau so ließ sich ihr Leben graphisch darstellen: eine Jacke für sich und ein Ärmel für sich. Anstelle des Ärmels gähnt ein Loch in der Jacke. Was ist ein solcher Ärmel – eine Röhre, ein Hosenbein?

Einmal, wahrscheinlich an dem betreffenden Abend, hatte Veronika Emka gefragt: »Was für Verpflichtungen hat dein Mann?«

»Geld und Fleisch«, hatte Emka geantwortet. »Und deiner?«

Veronika dachte nach und antwortete: »Er übernachtet zu Hause.«

»Das ist alles?« Emka war erstaunt. »Wozu brauchst du ihn dann?«

»Er ist gut.«

Konnte man ähnliches von Jegorow behaupten? War er gut? Ein guter Kerl? Nein, mit ihm verhielt es sich ganz anders. Er war wie ein Fluß mit seinen Untiefen, seinen Strudeln. Welche Verpflichtungen er wohl in seiner Familie hatte? Sicherlich Geld und die Einkäufe auf dem Markt. Ein Mann sollte selbst auf den Markt gehen, Fleisch und Gemüse aussuchen. Aber es gibt noch etwas Wichtigeres: der Freundeskreis. Es zog die Menschen zu ihm wie zu einem Fluß, zu einer Naturerscheinung, und ist ein interessanter Mensch etwa kein Naturereignis? Sie selbst fühlte sich ja auch zu ihm hingezogen, sogar die Tochter hatte sie darüber vergessen. Heutzutage sind nicht die Sippenclans stark, wie es im vorigen Jahrhundert der Fall war, sondern die Clans der Gleichgesinnten. Die Subatkins finden sich in ihren Clans zusammen und die Netschajews in ihren. Nähme er sie in seinen Jegorow-Clan auf, würde sie sich darin sicher und geborgen fühlen wie im Elternhaus.

Fleisch, Freunde, Clan – das ist viel. Er aber würde sich der Frau selbst geben. Seine Stimme und Gesten. Seine Wärme und seine Augen von einer unverschämten Bläue. Seine Hände und sein Flüstern ... Veronika sah Jegorow unentwegt an, nahm ihn in sich auf wie ein Blatt das Naß. Unlängst hatte man eine Pflanze entdeckt, die tausend Jahre in Anabiose zubringen kann, doch sobald man sie in Wasser setzt, belebt sie sich augenblicklich.

Gut, daß Jegorow sie nicht sah und ihre Gedanken nicht lesen konnte. Er sammelte seine Blätter ein und verließ das Rednerpult.

Alle erhoben sich, gerieten in Bewegung, strebten ihm zu wie Eisen zum Magneten. Zwei Frauen, eine junge und eine ältere, drängten sich zu ihm durch, redeten mit erhobener, erregter Stimme, umarmten ihn fast. Jegorow lächelte. Sein Lächeln war kindlich. Das Gesicht veränderte sich von dem Lächeln, als blicke die Sonne hinter den Wolken hervor – eben noch war alles in Finsternis gehüllt, und plötzlich funkelt jeder Grashalm in feiertäglichem Glanz.

Veronika fürchtete, er könnte sie erblicken, zu ihr treten und sagen: »Ich habe Sie doch gebeten, mich in Ruhe zu lassen.« Doch er bemerkte sie nicht. Dafür steuerte Marutjan auf sie zu.

»Sie hier?« sagte er traurig erfreut. »Kommen Sie mit uns.«

»Wohin?« Sie war Marutjan dankbar, daß er in diesem Moment neben ihr aufgetaucht war. Er hatte die Fähigkeit, zur rechten Zeit zu erscheinen.

»Zum Bankett. Pjatkin feiert seinen Triumph im Restaurant ›Praha‹. Nicht hinzugehen wäre peinlich. Immerhin ist er das Resultat harter Arbeit.«

»Was soll ich denn da?«

»Sie sind schön, und schöne Frauen sind überall gefragt. Möchten Sie, daß Pjatkin Sie persönlich auffordert?«

Marutjan warb, machte Komplimente, aber seine Miene blieb traurig. Vielleicht war in ihm ein tiefer, nicht verheilender Schmerz, vielleicht war er aber auch nur einfach so veranlagt: Seine innere Antenne war nur fürs Tragische dieser Welt empfänglich.

In diesem Moment bemerkte Jegorow sie. Ihre Blicke trafen sich. Veronika wandte sofort ihre Augen ab, als wollte sie ihm zu verstehen geben, daß sie seine Unverschämtheit durchaus nicht vergessen habe – nur ihr journalistisches Berufsethos habe sie in diesen Saal geführt.

Jegorow schritt vorbei.

»Gehen wir?« fragte Marutjan.

»Ich kann nicht. Ich muß nach Hause, mein Kind ist krank.«

»Da haben wir's. Schon wieder ein krankes Kind. Sind Kinder auch mal gesund?«

Daheim war es wie immer. Aljoscha wärmte sich das Essen auf. Mit Njuras Kochkünsten war es nicht weit her, außerdem fürchtete sie, zuviel Haushaltsgeld auszugeben. Der bis auf die Sprungfedern durchgesessene Sessel wartete schon ergeben auf Aljoschas Rückkehr aus der Küche. Daneben, auf dem Zeitungstischchen, lag die Lektüre für diesen Abend bereit: ›Prawda‹, ›Sa rubeshom‹, ›Literaturnaja gasjeta‹. Im Nebenzimmer waren Anja und Njura dabei, sich mal wieder zu versöhnen. Streit, Beschimpfung, Versöhnung – all das vollzog sich zwischen beiden im bunten Wechsel wie unter Gleichrangigen; daß die eine drei und die andere siebzig Jahre zählte, tat dem Ganzen keinen Abbruch. Die eine hatte noch keinen Verstand, die andere nicht mehr allzuviel.

»Warum hast du mich beschimpft?« warf Njura ihr vor.

»Sagst zu einer Großmutter ›Dummian‹. Macht man denn so was?«

»Das ist, weil du mir gehörst«, erklärte Anja. Sie nahm an, daß man zu einem Fremden so etwas nicht sagen darf, wohl aber zu einem Angehörigen. ›Dummian‹ war demnach ein Vertrauens- und Liebesbeweis.

»Nein. Damit bin ich nicht einverstanden.« Njura verlangte nicht nur Liebe, sondern auch Achtung. Die Etikette mußte gewahrt bleiben.

»Na gut!« trompetete Anja. »Na gut, Dummian!« Seit dem Krankenhausaufenthalt war die Kleine kaum noch zu bändigen. Sie spürte, daß ihr alles erlaubt war.

»Da, schon wieder! Schon wieder! Ich will mit dieser Göre nichts mehr zu tun haben ... Ich reise ab und Schluß!«

Gleich würden die beiden heulend und schreiend hereinstürmen und sich ihr Recht verschaffen. So kam es auch.

»Geht zum Vater«, wehrte Veronika ab und ging zu ihrem Schreibtisch. Sie beschloß, ein wenig zu arbeiten, das half ihr stets, das Gleichgewicht wiederzugewinnen. Sie zog den begonnenen Artikel über Subatkin zu sich heran. MÖRDER wollte sie ihn überschreiben, doch das kam ihr nun zu plump vor, es zeugte nicht von Talent. Der Artikel war wortgewandt, vielleicht sogar klug, doch mit Talent hatte das nichts zu tun. Intuition war ausschlaggebend, nicht Intellekt. Geist ist Verstand. Intuition ist mehr. Von Genies und Frauen verlangt man Intuition.

Veronika schob den Artikel beiseite. Jeder Zeile haftete Talentlosigkeit an wie Fischgeruch, der einem aus der Küche entgegenschlägt. Widerwillen überkam sie, gegen das suppentellergroße Loch im Sessel, gegen die kindische Njura, gegen sich selbst. Mit Bitterkeit dachte sie an die Krankheit der Tochter. Der Gedanke lastete schwer auf ihr, zog sie an den Haaren zu Boden, so daß sie den Kopf nicht mehr hochbekam, den Himmel nicht mehr sah. Hätte sie die Einladung ins Restaurant nicht ausgeschlagen, dann säße sie jetzt in festlicher Runde beim Champagner und hätte die Chance, sich mit Jegorow auszusöhnen. Das Schicksal hatte ihr einen Finger entgegengestreckt, doch anstatt ihn zu ergreifen, war sie aufgestanden und gegangen. Was hatte sie dazu bewogen?

Verletzter Stolz? Die eigene Würde? Was bedeutete das schon angesichts der Tatsache, daß der zerstörerische Prozeß im Organismus ihres Kindes womöglich unaufhaltsam voranschritt und die Nierenkanäle von Stunde zu Stunde mehr Schaden nahmen. Hinzu kam, daß das Zerwürfnis ohnehin sinnlos war. So ein Zwist frißt sich nicht nur in einen hinein, sondern er wächst sich aus – eine Versöhnung wäre morgen schon schwieriger und übermorgen vielleicht vollends unmöglich.

Sie sah auf die Uhr. Punkt neun. Einundzwanzig Uhr null. Noch war Zeit genug.

Veronika stürzte zum Spiegel. Sie wusch sich das Gesicht und trug ein Abend-Make-up auf: goldene Lidschatten, dunkles Rouge. Das Spiegelbild war unglaublich schmeichelhaft. Eine ganz andere Veronika blickte sie an, sprühend vor Intuition. Sie fröstelte innerlich.

Anja kam herbeigelaufen und fing auch an, sich zu schminken. Veronika achtete nicht darauf, sie war nur von dem Wunsch beseelt, ihn zu sehen.

»Wo willst du hin?« Aljoscha ließ von seiner Zeitung ab.

»Sag' ich dir später.«

»Später kannst du's auch bleibenlassen.«

Veronika öffnete die Tür und betrat den Speisesaal. Sie sah sofort Pjatkins Bankett und ging zu dem langen Tisch in der Ecke. Alles drehte sich nach ihr um. Sie trug ein schwarzes Abendkleid. Die Hauptsache an ihm war die Knappheit. Es war kurz und tief ausgeschnitten, wurde weder von Riemchen noch von Trägerchen gehalten.

Jegorow sah sie zunächst nicht. Er saß an der Stirnseite der Tafel, den schweren, bulligen Kopf geneigt, den Blick auf den Tisch gerichtet. Wenn er trank, erwachte in ihm Tjunka, schwarze Wassermassen wallten auf und schlugen gegen die Ufer. Doch das kam erst später. Jetzt hatte er das Gefühl, schuldig zu sein vor der ganzen Welt.

Er hob den Blick und entdeckte die Journalistin, halb nackt, geschminkt wie für einen Bühnenauftritt. Jegorow stutzte. Sie sah ihn unverwandt an, das Glas erhoben. Diese Augen zogen magisch an, sogen einen auf.

»Sie haben das Wort«, sagte der Eber zu Jegorow. »Es wäre sonst peinlich. Als hätten wir den eigentlichen Anlaß vergessen.«

»Auf die Frauen!«

»Was haben die Frauen damit zu tun? Auf die Dissertation!« stellte Petrakow richtig.

»Wozu sollen wir auf die trinken? Die taugt sowieso nichts!« verkündete Marutjan arglos.

»Alles richtig, was du sagst, aber du verstößt gegen die Spielregeln«, bemerkte Pjatkins Frau gleichmütig. »Wenn du schimpfen willst, dann bleib vor der Tür. Aber wenn du dich schon zu uns gesetzt hast, dann schweig auch.«

Jemand lachte, doch Jegorow sah, daß Pjatkins Mutter bekümmert war. Er erhob sich mit dem Glas in der Hand.

»Kinder im Mutterleib können hören und verstehen, sie haben ihr Gehör und ihr Gedächtnis. Deshalb darf man sich in ihrem Beisein nicht streiten. Man muß sie lieben. Liebe muß den Menschen umgeben, schon bevor er auf die Welt kommt. Sein ganzes Leben lang und danach. Nach dem Leben.«

Veronikas Augen zogen Jegorow so an, daß er schwankte. Er mußte sich am Tisch festhalten, verlor den Faden. Man konnte sich nicht verkriechen vor diesem Blick.

Eine Hochspannungsleitung schien sie über den Tisch hinweg zu verbinden. Die Musik donnerte los, auch sie wie elektrisiert. Marutjan forderte Veronika zum Tanz auf. Sie folgte ihm in den zuckenden Kreis, wurde ein Teil von ihm. Hinter Marutjans Schulter hervor suchte sie Jegorows Gesicht. Ohne ihn konnte sie schon nicht mehr sein, wurde zu einer Reliktpflanze, und er war das Wasser, das jede Faser von ihr in sich aufsog. Alles andere um sie herum rückte weit weg, schrumpfte zu einem Nichts – Zwistigkeiten, Artikel, Versöhnungen, Krankheit. Beschämend, dies zuzugeben, aber selbst Anjas Leiden war in jenem Augenblick kleiner als jene kosmische Energie, die alles Lebende auf der Welt lädt.

Die Musik verstummte. Veronika trat auf Jegorow zu und setzte sich neben ihn.

»Wie heißt du?« fragte Jegorow.

»Veronika.«

»Du sprichst deinen Namen falsch aus. Ve-ro-ni-ka.« Er betonte das O. »Von Verona abgeleitet.«

Stimmt, dachte sie. Verona . . . Eine italienische Stadt. Schauplatz einer der Shakespearschen Tragödien.

Der Eber füllte ihre Gläser. »Ich hab' gesehen, wie sie dich angesehen hat«, sagte er. »Weißt du, was sie von dir erwartet? Daß du sie heiratest.«

Veronika lief rot an, als hätte man sie mit der Hand in einer fremden Tasche ertappt.

»Heirate, Kolja«, fuhr der Eber fort. »Hör auf mich. Ich bin schon alt. Heirate, sonst hast du nichts Halbes und nichts Ganzes.«

Jegorow hörte aufmerksam zu, den bulligen Kopf geneigt. Er trank aus, was der Eber ihm eingeschenkt hatte, und starrte vor sich hin. Er dachte an seinen Sohn, das ›Erster-Versuch-Kind‹, an die Kinder auf der Intensivstation, an seine Frau, die manchmal trank. Was würde aus ihnen werden?

»Nein.« Jegorow schüttelte den Kopf. »Ich kann nicht.«

»Dummkopf«, resümierte der Eber.

»So ist es«, stimmte Jegorow zu.

Veronika konstatierte, daß dies einem Korb gleichkam. Im ersten Augenblick fühlte sie sich nicht einmal getroffen, sie registrierte lediglich eines: Er hatte das Pflänzchen Veronika aus seinem Wasser entfernt. Doch dieses Reliktpflänzchen würde davon nicht zugrunde gehen. Zwar lebte es nicht, lag sozusagen im Winterschlaf, eingehen würde es deshalb noch lange nicht. Das, was eben noch in weite Ferne gerückt schien, kehrte im Nu an seinen Platz zurück. Anjas Krankheit schob sich überdimensional in den Vordergrund, verdeckte Jegorows Augen.

»Ich habe ein Anliegen an Sie«, sagte Veronika.

»Ich höre.« Jegorow spannte seine Aufmerksamkeit an.

»Nicht hier und nicht heute. Am besten morgen.«

»Gut. Kommen Sie zu mir in die Klinik.«

»Nein, möglichst auf neutralem Terrain. Sagen wir: im Haus der Journalistin. Punkt siebzehn Uhr. Ist es Ihnen recht?«

»Durchaus.«

»Ohne mich läßt man Sie nicht ein. Ich werde am Eingang auf Sie warten.«

Es gab Örtlichkeiten, wo er die Hauptperson war, aber auch solche, zu denen er keinen Zutritt hatte. Ein kleiner Nasenstüber. Eine Demütigung für eine erlittene Demütigung.

Veronika erhob sich und verließ den Saal.

Sie nahm den Mantel, trat auf die Straße.

Die Reihe der Wartenden am Taxistand war nicht lang, doch der Wind pfiff wie ein Luftstrom im All. Veronika kam sich vor wie zwischen zwei Ozeanen. Ihr dünnes Fähnchen rächte sich nach Kräften.

»Wer will zum Rigaer Bahnhof?« fragte ein Taxifahrer.

Der Rigaer Bahnhof befand sich am entgegengesetzten Ende ihres Fahrtzieles, dennoch trat sie aus der Reihe und stieg ein.

Vorn saß bereits jemand. Das Auto fuhr an. Das sechste Taxi heute, was für ein endloser Tag! Was hatte er nicht alles gebracht – Konflikte, Verliebtheit, Enttäuschungen, eins ergab sich aus dem anderen. Als Schicksalsfügung wollte er, Jegorow, sie nicht akzeptieren, sie aber wollte keine Affäre, keine Romanze, wie es so schön heißt. Nein, nicht mit ihm. Ihre Zuneigung war mehr, durfte nicht entstellt werden. Sich mit einem verheirateten Mann einzulassen hieße, seelisch und physisch kaputtzugehen. Solche Frauen waren die reinsten Psychopathinnen.

Veronika war keine Duckmäuserin. Sie wußte einfach, wohin so etwas führt. Wie gern wäre sie vor ihm niedergekniet und hätte gebeten: Rette mich. Doch der rettete nicht, der war kein Gott. Also mußte sie sich selber retten. Irgendwo saß Netschajew und wartete auf ihren Beistand. Außerdem mußte sie sich um die Sache mit dem Museum kümmern. Ordnung in das Los anderer zu bringen, die früher gelebt hatten, und derer, die jetzt lebten. In Abhängigkeit davon stand wiederum das Schicksal derer, die nach ihnen kamen. Auf jeden Subatkin kommt ein Netschajew. Auf jeden Klugen ein Dummkopf. Und gerade die Dummköpfe, genauer, die Sonderlinge, Verwandte der Dummköpfe, gerade sie würden die Welt retten. Den Artikel sollte man nicht ›Mörder‹ sondern ›Sonderlinge‹ nennen.

Veronika versteckt sich hinter Anja und Netschajew. Man mußte sich gegenseitig retten. Etwas anderes gab es nicht.

Das Auto hielt. Der Fahrgast auf dem Vordersitz zahlte und stieg aus.

»Leninprospekt«, sagte Veronika.

»Das ist doch am anderen Ende«, sagte der Chauffeur verwundert.

»Kutschieren wir ein bißchen herum.«

»Meine Schicht ist zu Ende. Hier ist mein Taxipark.«

»Dann setzen Sie mich am Straßenrand ab«, schlug Veronika vor.

Der Taxifahrer sah sich um, musterte sie. Dann seufzte er und fuhr zu der genannten Adresse.

Der Fahrstuhl war defekt. Sie mußte zur vierten Etage zu Fuß hochsteigen. Von oben polterten ihr steinerne

Schritte entgegen, als käme die Statue des Komtur herab. Veronika erstarb vor Schreck.

»Halt!« befahl die Statue böse flüsternd. Und wieder: »Halt!«

Die Angst öffnete in Veronika zusätzliche Ventile, sie raste die Stufen hinab, überholte ihren eigenen Schatten, wie ihre Freundin Emka zu sagen pflegte. Sie sprang auf die Straße hinaus. Rannte gegen einen jungen Soldaten, akkurat gekleidet und mit Aktentasche.

»Ich bitte Sie!« Sie faßte ihn beim Ärmel. »Man will mich umbringen!«

In diesem Augenblick kam ein Hund aus dem Aufgang gelaufen und zog das Herrchen an der Leine hinter sich her. Der Hund hob das Bein, jetzt hatte er keine Eile mehr. Sein Besitzer sah sich nach allen Seiten um und tat, was der Hund tat.

»Der da?« fragte der Uniformierte.

»Ja, der«, sagte sie unsicher.

Der Uniformierte näherte sich dem Hundebesitzer.

»Schämen Sie sich nicht?« sagte er vorwurfsvoll.

»Wieso?« Das Herrchen tat erstaunt. »Hier führen alle ihre Hunde aus.«

Der Uniformierte blickte wieder Veronika an.

»Entschuldigen Sie«, sagte sie und ging zu ihrem Treppenaufgang.

Aljoscha schlief nicht. Er las im Liegen.

»Ich bin eben fast umgebracht worden!« verkündete Veronika in wütendem Flüsterton. »Und du vergräbst dich in deinen Büchern.«

»Was treibst du dich denn in der Nacht herum?«

»Ich tue das, was du tun müßtest! Wenn nicht du und nicht ich, wer denn dann?«

»Du hast die Frage nicht beantwortet. Ich hab' gefragt, wo du warst.«

»Ich habe Jagd gemacht. Auf einen Arzt.«

Aljoscha beruhigte sich, aber nicht vollends.

»Ein junger?« fragte er.

»Mittelalter«, meinte sie verächtlich. »»Das Lied des goldnen Haines ist verklungen, der Birken grüne Sprache ist verhallt . . .‹«

Sie würdigte Jegorow herab, um Aljoschas Eifersucht einzuschläfern und sich das selbst einzureden. So war Grigori Melechows Vater Pantelej aus dem *Stillen Don* verfahren. Einen Verlust wertete er stets ab.

Sie legte sich zu Bett. Aljoscha umarmte sie. Sie schloß die Augen und stellte sich vor, Jegorow läge neben ihr.

Danach schlief Aljoscha ein. Veronika lag da, blickte nach oben und fühlte sich wie der Hase, dem das halbe Feld an den Beinen klebte.

Jegorow betrat sein Zuhause, genauer, seine Wohnung. Eine Wohnung hatte er, mehr aber auch nicht.

Alles schlief. Hier wartete niemand auf den anderen. Er ging in sein Zimmer am Ende des Korridors, setzte sich aufs Bett, machte sich ans Lösen der Schnürsenkel. Lange blieb er so mit dem Kopf nach unten und wäre fast vornüber gekippt. Er zog die Schuhe aus und legte sich hin. Das Bett war soldatisch schmal. Auch die Kamelhaardecke erinnerte in der Farbe an einen Soldatenmantel.

Jegorow schlief angezogen ein und träumte so deutlich, daß es schon nicht mehr war wie ein Traum. Ihm war, als wäre er in Kleidern eingeschlafen. Veronika trat ein und berührte ihn an der Schulter. »Was ist?« fragte er und setzte sich auf. »Wir sind noch jung. Wir haben noch ein ganzes Stück Leben vor uns. Man könnte es glücklich verleben.« – »Ich bin nicht mehr jung«, wandte er ein, »möchte aber trotzdem glücklich sein.« Sie verließen die Wohnung, flüchteten auf neutralen Boden. Sie gingen hinter das Haus. Jegorow breitete seine Decke aus. Sie legten sich nebeneinander. Menschen gingen vorüber. Jegorow umarmte Veronika und dachte dabei: Warum müssen wir im Schmutz liegen, im Beisein fremder Menschen? Gibt es keinen anderen Ort? Er spürte das Peinliche der Situation und erwachte, wie ihm schien, eben von diesem Gefühl. Der Wecker tickte wie eine Zeitzünderbombe. Irgendein dankbarer Elternteil hatte ihm dieses batteriebetriebene Souvenir geschenkt, das einen großen Schlüssel darstellte.

Jegorow lauschte dem Ticken und dachte: Und wenn es doch wahr würde . . .

Sima saß da mit Verschwörermiene.

»Jemand von Berulawa will zu Ihnen«, teilte sie geheimnisvoll mit. Berulawa war ein mächtiger Mann. Den Berulawas schlägt man nichts ab.

Jegorow betrat das Arbeitszimmer, in dem vier Personen saßen: ein nicht mehr junges Elternpaar, ein etwa sechsjähriges Mädchen und ein junger Bursche, vielleicht der ältere Sohn. Vor jedem stand Tee – Sima war eine

Prachtsekretärin –, doch niemand rührte ihn an. Die Eltern saßen kerzengerade, als hätten sie einen Stock verschluckt. Beide waren schwarzhaarig, dunkelhäutig und auch noch schwarz gekleidet.

Der junge Bursche erhob sich, die anderen blieben mit reglosen Mienen sitzen.

»Sie sprechen nicht russisch«, sagte der Bursche. »Ich werde dolmetschen.«

»Woher sind Sie?« erkundigte sich Jegorow wohlwollend.

»Aus Mestija. Wir sind Swaneten.«

Jegorow entsann sich, daß Swanetien ein Bergland ist. Seine Bewohner sind ebenso hart und verschlossen wie die Natur, die sie umgibt. Gefühle zeigen sie nicht.

Die Frau reichte Jegorow ein Blatt Papier. Es handelte sich um einen Auszug aus der Krankengeschichte. Die Diagnose war grausam: Gaumenkrebs.

Jegorow verlor keine unnützen Worte, da die Eltern ihrer nicht bedurften, außerdem verstanden sie ohnehin kein Russisch. Er stellte das Mädchen schweigend vor sich hin und forderte es auf, den Mund zu öffnen. Die Kleine verstand, sie klappte vertrauensvoll den Mund auf und entblößte die Zähne, die weiß waren wie Zuckerstückchen. Im Unterschied zu den Eltern war das Mädchen guter Dinge. Mitten am Gaumen saß ein großes Geschwür mit einer zentralen Nekrose. Jegorow berührte es mit der Pinzette. Das Geschwür war untypisch fest. Der Arzt starrte und starrte, eine ganze Minute ging darüber hin. Das Kind hatte es satt, mit geöffnetem Mund dazustehen. Es machte ihn zu und sah Jegorow schlau an.

»Na, mach noch mal auf«, bat er.

Die Kleine gehorchte. Weit öffnete sie den Mund. Jegorow führte die Pinzette unter das Geschwür, zog es nach unten. Ein feucht schmatzender Ton, und das Geschwür war entfernt – es handelte sich um das Plastikauge einer Puppe. Das, was er für den nekrotischen Fleck gehalten hatte, war die auf das Plastik gemalte schwarze Pupille. Das Mädchen hatte offenbar irgendwann die Halbkugel des Auges in den Mund gesteckt, wo sie sich am Gaumen festgesaugt hatte. Die Oberfläche war glatt und störte die Kleine nicht weiter, sie lebte damit wunderbar.

»Das wär's«, sagte Jegorow. »Sie können nach Hause gehen.«

»Sie weigern sich zu operieren?« fragte der Bursche. »Man hat uns gesagt, Sie würden es machen. Wenn nicht Sie, dann keiner . . .«

»Eine Fehldiagnose«, erklärte Jegorow. »Das war kein Geschwür. Es ist ein Puppenauge. Ein Fremdkörper. Das Kind ist kerngesund.«

Der Bursche übersetzte.

Das Mädchen trat zu den Eltern, öffnete den Mund. An der Stelle des ›Geschwürs‹ war ein bläulicher Fleck zurückgeblieben.

Diese Menschen pflegten nicht nur ihren Kummer zu unterdrücken, sondern auch ihre Freude. Die Eltern blieben in derselben Stellung sitzen, aber ihre Augen brannten in irrsinniger Freude. Sprachlos verharrten sie auf ihren Plätzen.

»Sie können gehen«, forderte Jegorow auf.

Sie erhoben sich, gingen aber nicht. Jegorow erriet, daß

sie ihm Geld geben wollten, doch für die Unwissenheit anderer ließ er sich nicht entlohnen.

Jegorow war mithin nicht der erste Arzt, an den sie sich wandten, doch keiner war imstande gewesen, ein Geschwür von einem Fremdkörper zu unterscheiden. Jegorow hielt Vorlesungen auf ärztlichen Weiterbildungslehrgängen und kannte viele dieser ›Spezialisten‹, die aus der tiefsten Provinz anreisten. Er wußte, daß so etwas vorkommen konnte. Das Niveau mancher Landärzte war erschreckend.

»Gehen Sie«, sagte Jegorow mit sanfter Stimme. »Ich will nichts. Ich habe ja gar nichts getan.«

Sie standen weiter herum: Entweder verstanden sie nicht, oder sie konnten sich vor Freude nicht rühren. Große Freude löst nicht selten einen ebensolchen Schock aus wie großer Schmerz. Jegorow hatte keine Zeit, doch brachte er es nicht über sich, sie hinauszukomplimentieren. Er verabschiedete sich mit Handschlag von dem Mädchen und verließ das Arbeitszimmer. Im Gehen sagte er zu Sima: »Bringen Sie sie hinaus, aber möglichst höflich.«

Der Fahrstuhl war besetzt. Jegorow ging zu Fuß zur siebenten Etage hinauf und nahm wie ein Schüler jeweils zwei Stufen auf einmal. Fremde Freude steckt an. Ihm war, als seien ihm Flügel gewachsen. Er hatte wenig geschlafen, fühlte sich aber jung und frisch.

Im Laufschritt stürmte er auf die Station. Ein bestimmtes Kind interessierte ihn hier. Man hatte es aus Komsomolsk am Amur hergebracht. Das Kind war zweigeschlechtlich geboren worden. Im Altertum galten solche

Menschen als vollkommen, man benannte sie nach den Göttern Hermes und Aphrodite. Heute gilt es als Fehlentwicklung, die korrigiert werden muß. Man mußte sich für ein Geschlecht entscheiden, also operieren. Die Röntgenbilder hatten ergeben, daß in diesem Falle beides möglich war.

Die Stationsärztin Galina Pawlowna, groß und warm wie ein russischer Ofen, war in ihrem Arbeitszimmer. Bei Jegorows Anblick entflammte sie wie eine Schülerin. Sie war insgeheim, ohne sich dies einzugestehen, verliebt in Jegorow. Ihm gefiel das.

»Hat der Neuropathologe untersucht?« fragte Jegorow.

»Hat er. Hier der Befund.« Galina Pawlowna streckte ihn hin.

»Er meint, daß aus dem Kind kein vollwertiges Mitglied der Gesellschaft werden wird. Wozu operieren? Unnötige Quälerei.«

»Bringen Sie es doch mal her«, bat Jegorow.

Die Stationsärztin ging hinaus und brachte eine Minute später ein etwa vierjähriges Menschlein mit einem Näschen wie ein Spatz und großen durchsichtigen Augen. In diesem Alter machte sich das Geschlecht fast nicht bemerkbar, aber die Tolle über der Stirn wies darauf hin, daß die Eltern es als Jungen betrachteten. Es trug einen kleinen Patientenpyjama mit zu kurzen Hosenbeinen. Die dünnen Knöchel waren zu sehen. Wie in *Krankenzimmer Nr. 6*, dachte Jegorow.

»Grüß dich!« sagte Jegorow sichtlich erfreut über die Begegnung.

Der Junge glaubte ihm diese Freude.

»Grüß dich«, antwortete er und legte seine winzige Hand in Jegorows Pranke.

»Wie heißt du?«

»Sascha. Und du?«

»Nikolaj Timofejewitsch. Na, Sascha, rate mal: Quakt ein Frosch oder krächzt er?«

»Ein Frosch quakt, eine Krähe krächzt!« rief Sascha fröhlich.

»Und fährt ein Zug oder fliegt er durch die Luft?«

»Ein Zug fährt, ein Flugzeug fliegt!«

»Und womit fliegt ein Flugzeug?«

Die Frage war schwierig, doch der Junge sagte klar, ohne zu überlegen: »Ein Flugzeug fliegt mit Benzin.«

»Mit Diesel«, verbesserte Galina Pawlowna. »Das ist billiger.«

Der Junge blickte sie aufmerksam an.

»Du kannst in dein Zimmer gehen«, gestattete ihm Galina Petrowna.

Das Kind ging los. Die kurzen Hosen gaben die stöckchenartigen Knöchel frei.

»Der ist nicht zurückgeblieben«, konstatierte Jegorow. »Wieso hat der Neuropathologe diesen Schluß gezogen?«

»Er ist ekelhaft, vielleicht war der Kleine auch verstockt. Überhaupt verhalten sich die Kinder unter diesen Bedingungen, hier – sagen wir es mal offen, es ist nicht gerade wie im Sanatorium . . .« Sie überlegte, fand nicht das passende Wort.

»Schon gut, ich verstehe. Und die Eltern? Wie verhalten sie sich zu ihm?«

»Sie vergöttern ihn. Tagelang sitzen sie unter dem Fenster herum, damit er sie sehen kann.«

»Dann muß man ihn operieren. Ihnen zuliebe. Stellen Sie sich vor, wie das sonst für sie wäre ...«

Jegorow ertappte sich bei dem Gedanken, daß er noch vor drei Tagen den Befund des Neuropathologen keiner Überprüfung unterzogen hätte. Der Konflikt mit Veronika und überhaupt sie selbst hatten bewirkt, daß er innehielt und um sich sah. Die Folge war, daß drei Schicksale jäh den Kurs wechselten, sich aus Verzweiflung in Rettung wendeten.

»Was machen wir denn aus ihm, einen Jungen oder ein Mädchen?« fragte Galina Pawlowna.

»Was meinen Sie?« fragte Jegorow.

»Einen Jungen. Männer haben es leichter im Leben.«

Jegorow kam zehn Minuten zu früh. Veronika war noch nicht da. Er ging auf und ab und dachte dabei, daß er seit dreißig Jahren nicht mehr so auf jemanden gewartet hatte. Heimliche Affären hatte es bei ihm nie gegeben – nicht weil er moralisch so hoch stand, sondern weil er seine Frau geliebt hatte. Die ersten fünfzehn Jahre hatte er wirklich geliebt, dann hatte er sich das eingebildet, und nun war er alt, zudem fehlte die Zeit. Jede Stunde am Tag war ausgebucht. Jegorow erinnerte sich an seinen Traum. Sein Unterbewußtsein hatte zutage gebracht, was er in sich unterdrückte: daß er trotz seiner Jahre glücklich sein wollte. Irgendwie war er das ja auch – war der heutige Tag etwa nicht glücklich? Den Menschen Gesundheit schenken, sich an ihrer Freude erfreuen, ist das etwa wenig?

Indes möchte man das eigene Glück auch teilen. Nicht allein sein. Teilen wollte er alles, auch diesen Himmel, rauchig und neblig, wie er war ...

Eine Krähe flog vorüber. Schon immer hatte er sich gewünscht, fliegen zu können. Er war überzeugt, daß man bald Flügel erfinden würde. Er würde sie sich mit Riemen umbinden wie einen Rucksack und von seinem Balkon aus starten. Leichte, luftundurchlässige Raumanzüge würden in Mode kommen. Die Verliebten würden sich an den Händen fassen und schweben ...

Veronika erschien genau auf die Minute. Sie trug einen weiten schwarzen Kapuzenmantel, schwarze Stiefel und glich einer Nonne. Beim Näherkommen hob sie den Ärmel und deutete auf die Uhr am Handgelenk.

»Ich sage ja gar nichts«, rechtfertigte sich Jegorow. Er fühlte sich schuldig, daß er zu früh erschienen war.

Sie durchschritten eine schwere Tür. Einmal schon war Jegorow in diesem Haus gewesen. Es hieß, daß man hier gut essen konnte. Am Eingang saß eine intelligente Alte. Sie spielte die Rolle des Rausschmeißers. Jegorow hatte bemerkt, daß auch an den Diensteingängen der Theater intelligente Alte saßen, vielleicht sogar ehemalige Schauspielerinnen, die der jungen Generation den Zutritt verwehrten. An diesen Alten mußte man vorbei wie durch einen Stacheldrahtzaun.

»Der gehört zu mir.« Veronika nickte zu Jegorow hin.

»Jaja, ›der‹ gehört zu ihr«, bekräftigte Jegorow und folgte ihr. Es gefiel ihm, sich unterzuordnen, mit anzusehen, wie überzeugend sie als Herrin des Lebens auftrat. Ein Panzer aus Pappmaché. Eine Panzerattrappe.

Sie legten ab. Jegorow bekam gerade noch ihren Mantel zu fassen, um ihn der Garderobenfrau zu geben. Veronika war es nicht gewohnt, daß man sich um sie bemühte.

Dann saßen sie an einem Tischchen in der Ecke. Es waren nicht viele Besucher da. Der Kellner tauchte im Halbdunkel auf wie ein Zauberer, den Importstift über dem Block gezückt.

»Was essen wir?« fragte Veronika.

»Wer von uns beiden ist denn hier der Mann?« fragte Jegorow.

Der Kellner wandte sich halb Jegorow zu.

»Kaffee«, sagte Veronika kurz.

»Das ist alles?« Jegorow war erstaunt.

»Alles. Und ohne Zucker.«

Jegorow hatte zur Ernährung einen eigenen Standpunkt. Er war der Ansicht, daß Übertreibung beim Essen eine Art Sucht ist. Das ganze Land wimmelte von Eßsüchtigen. Sie nahmen fünfmal mehr zu sich als notwendig. Daß Veronika darauf verzichtete, war für ihn ein Zeichen von Kultur.

»Mir ein Süppchen«, bat er. »Ohne ersten Gang komme ich nicht aus.«

»Und der zweite?« fragte der Kellner.

»Mehr nicht. Ich esse wenig.«

Der Kellner nickte und entfernte sich.

Jegorow betrachtete Veronika. Neben ihrem Ohr war ein Make-up-Streifen zu sehen. Sie hatte Rouge aufgelegt, aber an den Rändern nicht richtig verteilt, hatte sich offenbar beeilt. Man sah deutlich die Grenze zwischen der geschminkten und der ungeschminkten Haut. Die ungeschminkte überraschte durch ihre Blässe und Schutzlosigkeit. Am liebsten hätte er ihren Kopf an seine Brust gezogen und so ganz still dagesessen. Diese Frau gab sich wie die Herrin des Lebens, war aber abgehärmt und vernachlässigt wie ein Waisenkind. Er dachte an all das, was in dieser Nacht zwischen ihnen gewesen war, und es war ohne Bedeutung, daß nichts passiert war.

Veronika entnahm der Tasche ein kariertes Schulheft. Sie schlug es auf und reichte es Jegorow.

Das Heft war mit Linien in Spalten aufgeteilt. Über jeder Spalte war eine Überschrift: Farbe, spezifisches Gewicht, Reaktion, Eiweiß, Leukozyten, Erythrozyten, Zylinderzellen und so fort. Unter den Überschriften standen Ziffern.

»Was ist das?« fragte Jegorow erstaunt.

»Das sind die Werte meiner Tochter«, antwortete Veronika ruhig. »Ich habe sie während des letzten Monats notiert.«

»Eine wahre Buchhalterarbeit«, bemerkte Jegorow.

Er hatte begriffen. Sie war in sein Arbeitszimmer eingedrungen, weil sie eine kranke Tochter hatte. Die Reportage war Vorwand. Das Ziel heiligt die Mittel, und um dieses Ziel zu erreichen, war alles in Gang gesetzt worden, auch der gestrige Abend. Notfalls sogar die Nacht, die es zwischen ihnen nicht gegeben hatte. Auch sie hätte es gegeben – notfalls. Für Jegorow war das wie ein Schlag ins Gesicht. Das angenehme ›was wäre, wenn‹ war mit Füßen getreten worden, es ächzte unter dem Stiefel und verreckte.

Er schwieg, um Fassung bemüht, entschlossen, gleich

dem Swaneten um keinen Preis seine Gefühle preiszuge-
ben. Sie wußte nichts von ihnen und sollte es nie erfahren.

Der Kellner brachte Kaffee und Soljanka.

»Wodka, bitte. Hatte ich vergessen zu bestellen.«

Auf das lichte Andenken seiner Illusionen mußte er
einen trinken. Einen Schlußstrich darunter ziehen.

»Und konnten Sie denn nicht ganz normal anrufen und
sich ganz normal an mich wenden? Weshalb diese Legen-
de mit dem Artikel? Wozu die Lüge?«

»Ich habe ja angerufen, aber Sie wollten mich nicht
anhören. Sie sagten, dies sei ein unseriöses Gespräch.«

»Wann?« fragte Jegorow verwundert.

»Sie forderten die Aufnahmen an. Ich sagte, ich hätte
keine. Da legten Sie auf.«

»Ja . . .«, entsann sich Jegorow. »In der Tat, so eine
Überspannte hat mich angerufen.«

»Die Überspannte war ich.«

»Ich sage jetzt dasselbe. Eiweißausscheidung kann von
einem angeborenen Nierenleiden herrühren. Das muß
ausgeschlossen werden, und dazu braucht man Röntgenaufnahmen.«

»Kann man das denn nicht ambulant machen, damit die
Kleine nicht ins Krankenhaus muß? Kann man das Kind
nicht wieder mitnehmen?«

Jegorow überlegte. Eine ambulante Urographie war natürlich möglich, verstieß aber gegen die Regel.

»Und wer soll das machen?« fragte er und sah ihr ins
Gesicht. Der Puder unter ihren Augen war verwischt. Die
Fältchen, die sie zu verdecken hoffte, traten um so deut-
licher hervor.

»Sie!« sagte Veronika furchtlos und sah Jegorow an, als hätte sie ein Recht auf ihn.

Jegorow war tief im Innern der Überzeugung, daß sie ihn betrogen hatte und er ihr nichts schuldete. Doch ihre Falten und die aus der Verzweiflung geborene Furchtlosigkeit rührten ihn.

»Gut«, sagte er nach einigem Schweigen. »Ich erwarte Sie morgen.«

»Danke«, artikulierte Veronika nur mit den Lippen. Ihr war anzumerken, daß dieses Gespräch sie unendlich viel Nerven gekostet hatte.

»Ist das alles?« fragte Jegorow.

»Ja, alles.«

Sie schwiegen entfremdet. Veronika war in Gedanken schon ganz beim morgigen Tag. Morgen würde man Anjas Vene durchstechen, die blaue Flüssigkeit einspritzen, ihr ganzes Blut würde sich blau färben wie bei einem Wesen von einem anderen Planeten. Auch das mußte man hinter sich bringen.

Der Kellner brachte einen Wodka und Oliven.

»Sind Sie beleidigt, wenn ich nicht mittrinke?« fragte Veronika.

»Natürlich nicht.«

Wieder schwiegen sie.

»Wie nennt man Sie zu Hause?« fragte Jegorow.

»Nika.«

»Mich auch.«

»Wieso?« Sie war aufrichtig erstaunt.

»Weil ich Nikolai heiße.«

Nika und Nika. Was zwischen ihnen war, hätte Liebe

werden können, war es aber nicht geworden. Der Meteorit hatte am Himmel seine Bahn gezogen und war verglüht. Es hätte aber auch ein Stern sein können. Sie war am Dienstag auf dem Weg zu ihm gewesen, er kam ihr am Mittwoch entgegen. Ihre Wege hatten sie nicht an ein und demselben Tag zusammengeführt, sich nicht an einem Punkt gekreuzt. Ein Tag, scheinbar eine Kleinigkeit, doch alle Tragödien beruhen darauf, daß etwas asynchron verläuft. Wenn so etwas in der Biochemie der Zelle passiert, entstehen Mißgeburten, Mißgeburten des Schicksals.

»Ich gehe.« Veronika erhob sich.

»Natürlich.«

Sie verschwand.

Er legte seinen schweren Kopf auf die schwere Tjunkin-Faust. Er beschloß, sich bis zum Geht-nicht-mehr zu betrinken, doch daraus wurde nichts. Von jedem Glas wurde er nüchterner, alle Gegenstände um ihn her und auch die Gedanken wurden immer deutlicher. Jetzt wußte er mit seinem nüchternen Gehirn: Die Zeit vergeht nicht. Die Zeit steht. Der Mensch vergeht. Er, Jegorow, hatte seine Jugend und Reifezeit hinter sich und war auf einer neuen Altersstufe angelangt. Sein Spiel war aus. Doch was für Perspektiven eröffnen sich ihm dafür! Von oben kann man weiter und besser sehen. Und er würde über allen und allem sein – einsam und frei. Dem Himmel näher.

Tags darauf, an einem Donnerstag, erschienen Veronika und Anja zur festgesetzten Zeit.

Jegorow war beschäftigt, dafür empfing sie der traurige Marutjan.

Anja faßte sofort Vertrauen zu Marutjan und entfernte sich zusammen mit ihm nicht ohne Vergnügen.

Veronika blieb zurück. Minuten verstrichen, die den weiteren Verlauf des Lebens bestimmten. Vor diesem Hintergrund wurde alles andere bedeutungslos. In einer halben Stunde würden die Würfel gefallen sein.

Sima schenkte ihr Kaffee ein – ein Zeichen besonderer Zuneigung. Sie unterteilte alle Besucher in Kategorien. Einige bekamen Kaffee, andere Tee, wieder andere nichts. Nichts bekamen die, die glaubten, sie könnten mit ihrem Geld nicht nur Jegorow, sondern die ganze Klinik kaufen.

Die Sekretärin wühlte in ihren Papieren, klapperte auf der Schreibmaschine, beantwortete Anrufe – all dies tat sie leise. Sie antwortete leise, legte leise die Seiten von einer Seite auf die andere. Sie konnte sich erstaunlich gut in andere Menschen hineinversetzen. Wahrscheinlich besteht darin die wahre Intelligenz.

Nach zwanzig Minuten brachte Marutjan Anja zurück. Sie ging auf eigenen Füßen – quicklebendig, gesund und gar nicht blaß. Allerdings war sie unzufrieden. Um die Augen herum zeichneten sich rote Flecken ab, demnach hatte sie geweint. Das Kleid trug sie mit der Rückseite nach vorn. Veronika drückte sie an sich, damit ihre Liebe in mächtigen Strömen in diesen kleinen, wehrlosen Körper überströme. Dann stellte sie die Kleine auf einen Stuhl und brachte das Kleid in Ordnung. Sie drehte den Verschluß auf den Rücken, schloß alle Knöpfchen, erst auf dem Rücken, dann an den Manschetten. Diese gewohnten häuslichen Verrichtungen beruhigten Anja. Sie fühlte sich außer Gefahr. Sima sah sie an und schüttelte den Kopf.

»Besser, man gerät nicht hierher«, sagte sie.

Jegorow trat ein. Marutjan streckte ihm die feuchten Röntgenbilder hin, von denen Wasser tropfte.

Jegorow und Marutjan gingen ins Arbeitszimmer. Veronika blickte verwirrt zu Sima. Die machte eine Handbewegung in Richtung Arbeitszimmer. Veronika und Anja folgten den Ärzten. Man schenkte ihnen keine Beachtung.

Jegorow stellte die Röntgenbilder auf den Monitor und betrachtete sie eingehend. Marutjan stand daneben. Sie wechselten ein paar Worte. Veronika preßte Anja an sich. Jeder Nerv war zum Zerreißen angespannt. So hatten seinerzeit wahrscheinlich die Partisanen im Keller gewartet, während oben die Faschisten Jagd machten – würde die Gefahr vorübergehen, oder mußten sie dran glauben?

Der Eber trat ein. Er sah Veronika und hielt es für angebracht, sie zu unterhalten. Ein Schwall von Worten, wenn nicht gar Witzen, ergoß sich über sie. Am liebsten hätte sie gesagt: »Halten Sie den Mund«, ja sie hätte zuschlagen mögen. Doch sie schwieg und litt physisch unter seiner Stimme.

Jegorow schaltete den Monitor aus.

»Ein Schatten am Nierenbecken«, sagte er. »Der Prozeß hat aber nicht auf die Nieren übergegriffen. Eine Pyelitis.«

»Ist das gut oder schlecht?«

»Das ist besser als eine Pyelonephritis«, erläuterte Marutjan.

»Ich würde keine Antibiotika verabreichen. Brühen Sie Kräuter auf, Bärenkraut, Petersilie, Moosbeersaft. Viel zu trinken geben.«

»Und das angeborene Leiden?« fragte Veronika verwirrt.

»Es gibt keins«, antwortete Jegorow.

»Das kommt nicht gerade häufig vor«, erläuterte Marutjan ausführlicher. »Angeborene Leiden entfallen laut Statistik auf zwölf Prozent der Fälle. Sie gehören zu den achtundachtzig Prozent der Norm.«

Veronika schwieg. Aus ihren Zügen sprach Erschütterung.

»Ist doch leichter, zu den achtundachtzig Prozent zu geraten als zu den zwölf«, erklärte der Eber. Offenbar deutete er Veronikas Verwirrung als Begriffsstutzigkeit.

Galina Petrowna trat ein. Sie besprach etwas mit Jegorow.

Veronika begriff, daß sie überflüssig war. Sie nahm Anja bei der Hand, und sie verließen das Sprechzimmer.

»Auf Wiedersehen«, sagte Veronika.

»Auf Wiedersehen.« Jegorow hob seine ruhigen, kühlen Augen zu ihr auf.

Sie gingen ins Vorzimmer.

»Sag danke zu der Tante«, forderte Veronika die Tochter auf.

»Danke, Tante«, reagierte Anja folgsam.

»Bitte sehr, Kindchen!« Simas Augen wurden feucht. »Was für ein wunderhübsches Mädchen. Wie eine Kirschpirogge.«

Anja lächelte verwirrt, den Kopf zur Schulter geneigt. Sie hatte es gern, wenn man sie lobte.

Jegorow trat ans Fenster und sah zu, wie Veronika und das Mädchen über den Hof gingen. Das Töchterchen ähnelte der Mutter. Ihm schien, Veronika liefe neben ihrer eigenen Kindheit her. Ob sie sich umdreht? dachte er. Sie tat es nicht. Sie schritt zum Tor hinaus. Ein letztes Mal tauchte hinter den Gittern ihr zarter Kopf auf.

Im Sprechzimmer war es schwül. Die Betonwände atmeten nicht. Jegorow löste die festen Riegel und öffnete das Fenster. Hinter einem Baum tauchte das Swanetenpaar auf. Es hatte den Anschein, als warteten sie darauf, daß er sie sah. Sie traten hinter dem Baum hervor und erstarrten in Bewegungslosigkeit, so, als bildeten sie eine Komposition zum Thema ›Dankbarkeit‹. Sie hielten die Hände gegen die Brust gepreßt, rissen die Augen in dankbarer Rührung auf, die Lippen bewegten sich wie betend. Vielleicht beteten sie wirklich für ihn.

Veronika betrat die Telefonzelle, tastete in der Tasche nach einem Geldstück und rief Aljoscha im Dienst an. Er hatte auf ihren Anruf gewartet. Seine Stimme vibrierte freudig. Veronika reichte Anja den Hörer. Sie sagte ihr »Ja«, ihr »Nein«. In der Zelle roch es nach Urin.

Sie traten auf die Straße hinaus. Es war ein klarer, friedlicher Tag, der verhieß, daß es jetzt, heute und immer so sein würde. Alle Ängste hatten mit Moosbeeren und Petersilie geendet. Praktisch mit Null. Veronika hätte nicht einfach Freude, sondern Glück bis zur Euphorie empfinden müssen. Doch sie verspürte nichts als Müdigkeit. Und Leere. Sie hätte sich hinsetzen und sich nicht mehr rühren mögen, wie der Hase. Doch neben ihr trippelte Anja, die Fingerchen in ihre Hand gekrallt.

Zu Hause empfing sie Njura mit einem kleinen Kätzchen auf dem Arm. Das Kätzchen war so winzig wie ein Handschuh.

»Das hat man von Ihrer Arbeitsstelle geschickt«, erklärte Njura.

Veronika begriff, daß der Chefredakteur sein Versprechen eingelöst und einen Kurier geschickt hatte.

Njura stellte das Kätzchen vor Anja ab. Es hob den Schwanz und fauchte. Anja erschrak, ihr Gesicht bekam einen gespannten Ausdruck. Sie standen sich gegenüber, ein kleines Mädchen und ein kleines Kätzchen, und fürchteten sich.

»So ein Finsterling«, rügte Njura das Kätzchen nachsichtig.

»Was ist es denn schon für ein Finsterling?« verteidigte es Veronika. »Es ist doch noch klein.«

Sie nahm das Tierchen vom Boden auf, setzte es auf die Schulter, schmiegte sich mit der Wange an den kleinen Körper. Das Kätzchen spürte Liebe und Geborgenheit und schnurrte ihr ins Ohr, es brummte wie ein Motorrad. Vielleicht sang es seine Katzenhymne an die Sonne.

Deutsch von Monika Tantzscher

Der alte Hund

Inna Sorokina fuhr nicht ins Sanatorium, um sich zu kurieren, sondern um sich einen Ehemann zu angeln. Es war ein Sanatorium für wissenschaftliche Mitarbeiter – leicht möglich also, daß sich hier ein hochbezahlter Mann für sie fand. Die einzige Bedingung, die sie stellte: nicht älter als zweiundachtzig – alles übrige kam in Betracht, wie ihre Chefin Iraida zu sagen pflegte.

Inna ging auf die Zweiunddreißig zu: Das ist nicht viel und nicht wenig, je nachdem, von welcher Warte man es sieht. Zum Sterben beispielsweise war es zu früh, für die Aufnahme in den Komsomol zu spät, zum Heiraten jedoch – höchste Eisenbahn: Der Zug hatte sich bereits in Bewegung gesetzt, schon glitt der letzte Wagen vorüber. Bei ihnen in der Frauenklinik galt eine Dreißigjährige als ›Spätgebärende‹.

Inna war noch nie verheiratet gewesen. Der Mann, den sie liebte und auf den sie hoffte, hatte sich auf charmante Weise gedrückt und sich dabei auf objektive Gründe berufen. Diese waren durchaus nicht von der Hand zu weisen, und man hätte sie akzeptieren können, doch was nutzte ihr das? Es waren seine Gründe, nicht die ihren.

Heutzutage gehört es zum guten Ton, zehn Jahre jünger auszusehen, als man ist – nur unkultivierte Menschen wirken so alt, wie sie sind. Inna war nicht unkultiviert, sah aber dennoch so alt aus, wie sie war – das lag an ihrem Übergewicht. Sie hatte zehn Kilo zuviel. »Du bist etwas mollig, stürmisch und hast sehr schöne Äugeln«, hatte ihr einmal ein Ausländer gesagt.

Inna war also eine ›etwas mollige‹, hochgewachsene, gefärbte Blondine. Hin und wieder ließ sie das Blondieren sein – aus Weltschmerz oder weil das Färbemittel nicht zu bekommen war –, und dann begann ihr natürliches dunkelblondes Haar nachzuwachsen. Fast handbreit wuchs es heraus, so daß ihr Kopf zweifarbig wurde, zur Hälfte hell, zur Hälfte dunkel.

Jetzt war ihr Haar sorgfältig gewaschen und gefärbt und bot sich als »Schüttelfrisur« dar. Die Machart war wie folgt: den Kopf mit Kamilleshampoo waschen und das Haar schwenken, damit es natürlich und locker trocknete, ohne die beim Friseur übliche Gewaltkur.

Bekleidet war Inna mit einer weißen Jeans mit Label und einer modischen weißen Hemdbluse aus indischer Gaze. In dieser Kleidung glich sie einem indischen Lastenträger, wenn man einmal davon absieht, daß diese meist magere Brünette sind und keine fülligen Blondinen.

Inna betrat den Speisesaal und blickte in die Runde. Die Gäste wirkten wie die Insassen eines Feierabendheims: Das Alter war in sämtlichen Varianten, in seiner ganzen Mannigfaltigkeit vertreten. Durchschnittsalter hundertundeins, stellte sie in Gedanken fest. Ihr wurde klar, daß sie ihren Urlaub wohl vergebens genommen hatte. Das Geld für den Ferientalon, das Geschenk für die Frau, die ihr zu dem Kuraufenthalt verholfen hatte – alles war für die Katz.

Man placierte sie an einen Sechspersonentisch neben dem Fenster. Ihr gegenüber saß eine alte Frau mit einer kleinen rosigen Glatze – die Frau war früher einmal als Clown aufgetreten – und daneben ein verheiratetes Paar. Er finster, gleichgültig, teilnahmslos. So sehen Menschen aus, die all ihre Leidenschaft eingebüßt haben, oder ehemalige Alkoholiker. Seine Frau war gekleidet wie eine Vogelscheuche. Sie schien für eine Touristenwanderung durch sumpfiges Terrain zurechtgemacht und nicht für einen Speisesaal für Akademiker.

Man reichte ein ausgezeichnetes Frühstück mit Delikatessen, aber was bedeutete das schon! Inna wollte Nahrung für die Seele und nicht für den Leib. Sie wollte sich verlieben und heiraten, und wenn schon nicht verlieben, so wenigstens unter die Haube kommen. Das Leben ist von der Natur so bemessen, daß der Mensch zwei Generationen großziehen kann: die Kinder und die Enkel. Deshalb muß man alles zu seiner Zeit tun. Dieses gnadenlose ›rechtzeitig‹ hatte Inna im letzten Urlaub auf dem Lande beobachten können. Drei Wochen lang war Erdbeerzeit, dann kamen die Heidelbeeren, und fand man hier und da noch Erdbeeren, so schmeckten sie schon wäßrig. Es folgten die Himbeeren, danach die Pilze – all die Gaben des Waldes schienen in wohlgeordneter Reihenfolge hinter einer Tür darauf zu warten, für eine genau befristete Zeit hinausgelassen zu werden, die jeder Art bekannt ist. Mit dem Menschenleben ist es ebenso: Bis zum vierzehnten Jahr währt die Kindheit, von vierzehn bis vierundzwanzig die erste Jugend, bis fünfunddreißig die Jugend. Weiter blickte Inna nicht. Nach ihrer Rechnung blieben ihr drei Jahre bis zum Ende der Jugendzeit, und in diesen drei Jahren mußte sie sich sputen, noch etwas säen, um dann etwas aufziehen zu können.

Äußerlich war Inna eine stattliche Blondine, innerlich ein naiv-dreistes Weib. Naivität und Dreistigkeit sind polar entgegengesetzte Eigenschaften. Das eine verbindet sich mit Reinheit, das andere mit Zynismus. Inna indes vereinte Naivität und Zynismus, Verstand und Dummheit, Egoismus und Selbstlosigkeit, Aufrichtigkeit und einen Hang zum Flunkern. Sie war keine Lügnerin, sondern eine notorische Schwindlerin. Auf den ersten Blick scheint das ein und dasselbe zu sein, doch es ist etwas völlig Verschiedenes, je nach Zielsetzung. Eine Lügnerin will etwas Bestimmtes erreichen, für sie ist das Lügen eine Waffe, ein Mittel. Eine notorische Schwindlerin dagegen flunkert eben, sie tut es einfach so, für nichts und wieder nichts. Lernte Inna irgendwelche Leute kennen, so gab sie vor, in einem kardiologischen Forschungszentrum tätig zu sein statt in einer Frauenklinik – das menschliche Herz war in ihren Augen nun mal ein edleres Organ als das, mit dem Hebammen zu tun haben. Als Kind hatte sie behauptet, ihre Mutter wäre nicht Reinemachefrau in einem Geschäft, sondern Filmschauspielerin, und daß man sie auf der Leinwand nicht zu sehen bekäme, läge nur daran, daß sie als Double arbeite.

Innas Selbstlosigkeit erstreckte sich auf diejenigen Patientinnen, die nicht launisch waren und niemandem zur Last fallen wollten, vor allem aber auf den Mann, den sie liebte. Ihm gegenüber war sie so duldsam und selbstlos, daß er – wäre er auf eine solche Idee verfallen – seine

Zigaretten an ihr hätte ausdrücken können. Und was ihre Dreistigkeit betraf, so erfüllte sie in ihrem Leben dieselbe Funktion wie die Tinte bei einem gewissen Fisch oder wie die Stacheln beim Igel.

Jeder hat so seine Mittel: Schöne haben ihre Schönheit, Begabte ihr Talent, Narren ihre Dummheit, Pechvögel ihre Geduld. Gebricht es einem aber an all diesen vier Eigenschaften, muß man sich eine fünfte suchen. Man wühlt in einer Truhe für Hilfsmittel und prüft, was am besten zu einem paßt.

Innas Dreistigkeit diente den mannigfaltigsten Zwekken und trat in vielerlei Schattierungen zutage – mal fröhlich, bezaubernd, charmant, mal klug und zynisch. Meistens aber – vor allem vor dem Urlaub – war es nichts als gewöhnliche Unverschämtheit, die vom ständigen Umgang mit Menschen herrührte und so zu einem Wesenszug wurde. Verrichtete Inna ihren Dienst im Vorzimmer des Kreißsaals, so ertrug sie nur mit Mühe die Gebärenden, die wie Elefanten trompeteten und wie gehetzte Pferde hechelten. Die Frauen wiederum fürchteten Inna und waren bemüht, sich zusammenzunehmen. Mitunter gebaren sie schon im Vorraum, weil sie nicht wagten, ein übriges Mal nach ihr zu rufen.

Möglich, daß Innas Barschheit ein Defekt ihrer obdachlosen Seele war. Nur Zärtlichkeit, das Gefühl der Geborgenheit sind imstande, einen solchen Defekt zu beheben. Daß der geliebte Mann mal anruft, oder daß er ihr übers Haar streicht wie einer Katze und dabei gutmütig brummt: »Wozu du es bloß färbst . . . Sogar hier machst du einem was vor. Wenn du nur schwindeln kannst . . .«

Eine Woche verging. Das Wetter war ausgezeichnet. Inna litt unter der Untätigkeit, fühlte sich unausgefüllt. Jeden Morgen nach dem Frühstück setzte sie sich auf eine Bank und wartete: Vielleicht kam doch noch jemand. Er mußte doch kommen, wenn sie so auf ihn wartete . . .

Die alte Artistin setzte sich neben sie und belästigte sie mit Fragen. Inna log ihr vor, sie sei Psychoanalytikerin, worauf die Alte von ihr wissen wollte, weshalb sie wohl nachts von einem ausgenommenen Huhn geträumt habe.

»Ich hole die Leber raus, da begreife ich plötzlich, daß es meine Leber ist, daß ich mich selbst ausnehme . . .«

»Haben Sie Kuprin gekannt?« fragte Inna.

»Kuprin? Was hat Kuprin damit zu tun?«

»Er hat den Zirkus geliebt.«

Die Alte sann nach und fragte: »Was meinen Sie, gibt es ein Leben nach dem Tode?«

»Ich bin nicht der Apostel Petrus. Ich bin Psychoanalytikerin.«

»Und was sagen die Psychoanalytiker dazu?«

»Natürlich gibt es das.« Inna sagte, was die Frau von ihr hören wollte. Man muß die Hoffnungen der Menschen nähren.

»Ehrlich gesagt, ich denke es auch«, vertraute die Alte ihr flüsternd an. »*Dies* hier kann nur der Anfang jenes *anderen* sein. Wozu sollte es sonst sein?«

»Damit es Erdöl gibt.«

»Erdöl? Wie meinen Sie das?«

»Steinkohle, Torf – das alles sind Pflanzen. Erdöl aber sind Menschen, Tiere.« Das war ihre persönliche Hypothese.

»Aber Sie haben doch eben erst gesagt, es gibt dieses andere, und jetzt sagen Sie Erdöl!« murrte die Alte.

»Ach was . . .« Inna war es leid, Hoffnungen zu nähren.

»Ich will aber nicht zu Erdöl werden . . .«

In diesem Augenblick tauchte am Ende der Allee ein Wolga auf. Er brauste, ja flog auf das Hauptgebäude zu, als berührten seine Räder nicht den Asphalt. Inna sah auf. So konnte nur das Schicksal fliegen.

Das Auto blieb neben dem Gebäude stehen. Es hielt nicht, es bremste nicht, sondern stand wie angewurzelt. Man spürte, daß am Steuer ein Supermann saß, der das Auto beherrschte wie ein Cowboy seinen Mustang.

Die Türen gingen auf, und an beiden Seiten zugleich stieg jeweils eine Person aus: eine dünnbeinige Hippie-Greisin im Jeanskleid und ihr Sohn, vielleicht auch Ehemann mit einem Dobroljubow-Bärtchen. Widerlich, konstatierte Inna, doch das war nicht ganz zutreffend. Er zumindest war anziehend und unangenehm zugleich. Wie eine Rübe: süß und gleichzeitig fade.

Er nahm der Alten den Koffer ab und trug ihn ins Haus.

Ihr Mann, vermutete Inna. Er war an die zwanzig Jahre jünger, doch Ehemänner, die Söhne sein könnten, waren offenbar in Mode. In der Regel hielten diese äußerlich wackligen Liaisons recht lange, wie provisorische Brükken. Innas Chefin Iraida war zwölf Jahre älter als ihr Mann und die ganze Zeit darauf gefaßt, daß er eine Jüngere finden und sie sitzenlassen würde. Er seinerseits erwartete dasselbe und sah sich fortwährend nach Jüngeren um in der Absicht, Iraida zu verlassen. So zog es sich nun schon zwanzig Jahre hin. Dauerprovisorien.

Beim Mittagessen bemerkte Inna jedoch, daß die beiden getrennt saßen, die Alte in der Mitte des Saals und der ›Widerliche‹ am Fenster. Neben Inna.

Also keine Verwandten, dachte sie und hörte auf, sich in Gedanken weiter mit ihm zu beschäftigen. Er saß nicht in ihrem Blickfeld, und sie bezog ihn auch nicht ein. Sie starrte die Wand an und sehnte sich nach ihrer Arbeit zurück, nach dem geliebten Mann, der sich zwar drückte, aber immerhin existierte. Er war ja nicht gestorben, sie hätte ihn auffordern können zu kommen. Dazu aber hatte sie keine Lust. Es ist ohne jeden Reiz, ein verlorenes Spiel zu spielen.

Sie dachte an die Neugeborenen. Gewickelt glichen sie Sprotten, und wie Sprotten wurden sie auf den Wagen gelegt, mit dem sie sie in die Zimmer fuhr. Sie befrachtete den Wagen mit doppelt soviel Kindern wie zulässig, um nicht zehnmal gehen zu müssen, und fuhr sie auch doppelt so schnell. Ein Rationalisator. Der Wagen rumpelte so, daß die Mütter einen Schreck bekamen und fragten: »Kippen Sie sie auch nicht um?«

Die Neugeborenen glichen alten Frauen und Männern, genauer gesagt, sich selbst im Alter. Wenn Inna die ihr gegenübersitzende Clown-Dame betrachtete und an ihre Neugeborenen dachte, wurde ihr klar, daß die Natur einen Kreislauf vollzieht. ›Zurück an den Ort, wo es anfing.‹ Die Alten sind ebenso hilflos, jedoch nicht so liebreizend wie die Kleinen, und das hat seinen Grund, ist doch die Natur am Generationenwechsel interessiert.

Die alte Artistin mümmelte mit kindlicher Gier die kalte Vorspeise. Inna kam der Gedanke, daß für dieses Alter nur eines von Bedeutung ist – zu leben, und sie hätte gern gefragt: Wie lebt es sich so ohne Liebe?

»Und wo ist mein Fisch?« fragte ›Dobroljubow‹.

Er stellte die Frage, ohne sie gezielt an jemanden zu richten. Wie ein Philosoph. Doch Inna begriff, daß diese Frage eine unmittelbare Beziehung zu ihr hatte, denn erst jetzt fiel ihr auf, daß sie im Begriff war, zwei Vorspeisen zu vertilgen, ihre und eine fremde. Sie sah mit großen, schuldbewußten Augen zu ihm auf.

Er begegnete ihrem Blick, geriet durch ihre Verwirrung selbst in Verlegenheit, und sie musterten sich einige lange, nicht enden wollende Sekunden. Und da plötzlich erblickte sie ihn. Und er sie.

Er sah ihre Augen und Lippen, überquellend vor Lebensgier. Ihm schien, wenn er diese Lippen berührte oder ihr auch nur in die Augen sähe, ergösse sich diese Leidenschaft in ihn, und sein Körper würde leicht wie in der Jugend. Er hätte im Trab bis Moskau laufen können.

Sie sah, daß er nicht fünfzig war, sondern jünger. Etwa fünfundvierzig. Er hatte etwas Jungenhaftes. Ein graumelierter Knabe. Intelligenzler in der ersten Generation. Ein Rasnotschinze. Es war augenscheinlich, daß er ein Geistesarbeiter war, und es war augenscheinlich, daß noch sein Großvater bis zu den Knien im Mist gestanden und mit der Schaufel hantiert hatte. Auch an ihm selbst erinnerte noch etwas an einen Bauern mit Schaufel, daher das Bärtchen. Er maskierte sich, versteckte den Bauern. Warum eigentlich? Stolz sollte man darauf sein.

Sie sah außerdem, daß er keine ›Rübe‹ war. Eine andere Gemüsesorte, aber auch kein Obst. Ein ordentlicher

Mann. Das war auf den ersten Blick erkennbar. Ordentlichkeit sieht man einem Menschen ebenso an wie Unordentlichkeit.

Sie schaute unaufhörlich hin, sah seine Kindlichkeit, Ordentlichkeit, das graue mit Beige durchsetzte Haar – Iraida nannte so etwas ›kommunalfarben‹ –, blasse Lippen, wie sie Rothaarige haben, demütige Augen, die jede Kränkung blinzelnd schlucken, kommunalfarbener Oberlippen- und Kinnbart.

»Wie heißen Sie?« fragte Inna.

»Wladimir.«

Irgendwann, fast noch in der Kindheit, hatte ihr dieser Name gefallen, dann war er ihr verleidet worden, und nun wollte sie keine abermalige Enttäuschung.

»Darf ich Sie anders nennen?« fragte sie.

»Wie denn?«

»Adam.«

Er lachte leise. Ein seltsames Lachen, als wollte er es verbergen. »Und Sie sind Eva?«

»Nein, Inna.«

»In-n-na«, wiederholte er langsam und ließ das n schwingen. Der Name erschien ihm wunderbar und schimmernd wie eine Weintraube im Sonnenlicht.

»Der Name paßt zu Ihnen«, bekannte er.

Nach dem Mittagessen standen sie zusammen auf und gingen hinaus.

Um das Sanatorium führte ein Pfad, den Inna den ›hypertonischen Kreis‹ nannte. Auf diesem Kreis krochen die Kurgäste wie die Schaben herum, einer hinter dem anderen wie an einer Kette.

Inna und Adam nahmen ihren Platz in dem Reigen ein.

Ihnen entgegen kam die Zirkusdame, begleitet von der Hippie-Greisin. Die Greisin trug eine Malachitbrosche, mit der man sich bequem kopfüber in einen Teich hätte plumpsen lassen können – man wäre nie wieder aufgetaucht. Die beiden alten Frauen ließen ihre Blicke über Inna und Adam gleiten und vereinten sie mit den Blicken, als umschlössen sie sie mit einem Oval. Sie gingen vorüber. Inna hatte das Verlangen, sich umzudrehen. Sie tat es, und die beiden Alten reckten ebenfalls den Hals. Sie waren wie durch ein Fluidumfeld miteinander verbunden. Inna wollte dieses Feld verlassen.

»Gehen wir weg von hier«, schlug sie vor.

Der Weg zum Fluß führte durch hohen Roggen, der tatsächlich golden war wie im Volkslied. Die Ähren schabten am Auto, Inna ließ ihren Blick schweifen; ihr schien, als hätten ihre Augen unversehens die Fähigkeit gewonnen, alles doppelt so klar und erregend zu sehen. Ein allgemeines Gefühl des Ereignishaften, obwohl es doch kein großes Ereignis war, mit dem Auto durch hohen goldenen Roggen zu fahren.

Ein satter schwarzer Vogel erhob sich gleichsam widerwillig aus dem Feld.

»Eine Krähe«, sagte Inna. »Ein Rabe«, korrigierte Adam.

»Wie unterscheiden Sie das?«

»Sie glauben wahrscheinlich, der Rabe sei das Männchen der Krähe. Nein, es ist ein ganz anderer Vogel.«

»Und wie heißt der Mann der Krähe?«

Adam lächelte. Inna sah es nicht, fühlte es aber. Das Wageninnere war wie erfüllt von einer gedämpften, verlegenen Freude.

Ein ganzer Vogelschwarm stob auf, erhob sich aber nur wenig, als wüßte er, daß der Wolga gleich vorbei sein würde und er sich wieder an der alten Stelle niederlassen konnte. Im niedrigen Gleitflug fegten die Vögel mit ihren Flügeln über das Auto hinweg.

Kein großes Ereignis, mit dem Auto mitten durch einen Vogelschwarm zu fahren, doch in Innas Leben hatte es bisher nichts dergleichen gegeben. Und wenn doch, so hätte sie es nicht beachtet. In letzter Zeit hatte Inna nur immer wieder ihre Beziehungen zu dem geliebten Mann zu klären versucht, und das hatte sie ohne Unterlaß ›gepiesackt‹, wie Iraida zu sagen pflegte.

Jetzt aber war das alles so weit weg, als hätte es das nie gegeben. Jetzt gab es nur den goldenen Roggen, die tief kreisenden Vögel, Adams schüchternes Lächeln.

Sie hatten den Fluß erreicht.

Inna stieg aus und trat ans Wasser. Es war durchsichtig. In der Mitte, tief unten, verharrten zwei meterlange Fische. Reglos. Nase an Nase. Sie fraßen etwas oder küßten sich.

Inna hatte unter natürlichen Bedingungen noch nie so große Fische gesehen.

»Döbel«, sagte Adam. Er kannte alles. Offensichtlich war er sehr naturverbunden und wußte alles, was man wissen mußte.

»Ob man sie mit den Händen fangen kann?« fragte Inna.

»Wozu denn?« wunderte sich Adam.

Wirklich, wozu? dachte sie. Um sie dem Koch zu bringen? Sie bekamen doch auch so ihr Essen im Sanatorium.

Adam holte aus dem Kofferraum einen Klappstuhl und eine Luftmatratze. Die Matratze war blau-gelb gemustert und ein ausländisches Fabrikat. Inna vermutete das, weil die einheimischen Matratzen zum Ersticken nach Gummi rochen und dieser Geruch niemals verflog.

Adam blies die Matratze für Inna auf, setzte sich mit dem Klappstuhl ans Wasser und zog das Hemd aus.

Inna überlegte und zog ebenfalls ihre Bluse aus indischer Gaze aus. Sie knöpfte nur die beiden oberen Knöpfe auf, so daß sie Mühe hatte, den Kopf hindurchzuzwängen.

Adam sah, wie sie mit ihren weißen üppigen Armen zappelte, und wandte sich sofort ab. Es war nicht schön, zuzusehen, wenn sie sich unbeobachtet wähnte.

Ein warmer Wind wehte. Kleine, flimmernde Wellen trieben über den Fluß. Sie glichen unzähligen Menschlein, die mit erhobenen Lanzen fanatisch und unerbittlich zuhauf schwammen wie das Heer Dschingis-Chans.

Inna bekam endlich ihren Kopf frei, warf Schuhe und Jeans ab. Langsam ließ sie sich auf die Matratze nieder, als versenke sie ihren Körper in Luft, durchtränkt von Sonne, nahem Wasser und der Nähe Adams. Es war still, beruhigend. All das, was sie gepeinigt hatte, blieb im vorangegangenen Leben zurück, in diesem waren alle Fahnen eingerollt und alle Soldaten entlassen außer denen, die über den sich küssenden Fischen entlangglitten.

›Wie gut . . .‹, dachte Inna, und sie wußte, daß sich dieses ›gut‹ auf ›jetzt‹ bezog. Glück aber ist ›jetzt‹ plus ›immer‹, Augenblick plus Stabilität. Sie müßte sicher sein, daß es so auch morgen und in einem Jahr sein würde. Bis ans Grab und danach.

»Und wo arbeiten Sie?« fragte sie.

Diese Frage entsprang nicht müßiger Neugier. Inna rammte Pfeiler ein, Pfeiler unter das Fundament ihrer Stabilität.

»In einem Patentbüro.«

»Was ist das?«

»Ich befasse mich zum Beispiel mit dem Verkauf unserer Patente ins Ausland.«

Patentbüro. Ein Hauch von fremden Städten, Hotels, Negern und Koffern voller Aufkleber ging von diesem Wort aus.

»Und Ihre Frau ist auch im Patentbüro?« fragte Inna.

Die Kardinalfrage. Es war ihr völlig gleich, welcher Art die Teilnahme der Frau am gesellschaftlichen Leben war. Sie wollte wissen, ob er verheiratet war oder nicht. Direkt danach zu fragen war peinlich.

»Nein«, sagte Adam. »Sie ist Ingenieurin.«

Also verheiratet... Inna empfand jedoch keine Leere in sich.

»Und haben Sie Kinder?«

»Nein.«

»Und warum nicht?«

»Meine Frau hatte in der Studentenzeit eine mißglückte Blinddarmoperation. Vernarbungen ... Undurchlässigkeit der Tuben«, teilte Adam vertrauensselig mit.

»Aber die Undurchlässigkeit hat doch sie.«

»Ich verstehe nicht . . .« Adam wandte sich um.

»Ich sage: Die Undurchlässigkeit hat sie, aber kinderlos sind Sie«, erläuterte Inna.

»Ja. Aber was kann ich tun?«

Sie sitzenlassen, mich heiraten und drei Kinder in die Welt setzen, solange du noch nicht endgültig zum alten Eisen gehörst, dachte Inna, sagte aber nichts. Sie nahm die Bluse von der Erde auf und legte sie sich als Sonnenschutz auf den Kopf. Adam blickte sie noch immer an, wartete auf eine Atnwort, und plötzlich sah er sie ganz, wie sie groß, jung und kräftig auf der grellen Luftmatratze lag, und er dachte an dasselbe wie sie und geriet in Verwirrung.

Zu Mittag aßen sie schon gemeinsam. Das heißt, es war alles so wie früher, jeder aß von seinem Teller. Doch früher war jeder für sich gewesen, und nun waren sie zusammen. Als der zweite Gang gereicht wurde, nahm Adam eine Treibhaustomate von seinem Teller und legte sie auf den von Inna, so, als wäre sie seine Tochter, der die besten Bissen zustünden. Inna lehnte nicht ab und sagte nicht ›danke‹. Sie nahm es als selbstverständlich hin. An dieser völlig runden, beinahe unecht wirkenden Tomate entschied sich gleichsam das künftige Kräfteverhältnis: Er gibt alles hin, sie nimmt alles ohne Dank entgegen. Ungewiß, wer dabei im Vorteil ist, der Gebende oder der Nehmende. Beim Geben büßt der Mensch etwas Konkretes ein, schöpft dafür aber aus dem Kelch des Guten.

Inna hatte seinerzeit auch geschöpft. Alles hatte sie hingegeben, was sie besaß: Jugend, Hoffnungen. Was war ihr geblieben?

Nach dem Mittagessen fuhren sie die Läden am Ort ab. Inna wußte, in den Vorstädten gab es das zu kaufen, was man in Moskau nicht bekam. In Moskau hatte jeder Verkäufer seinen Kundenkreis, und Kunden gab es mehr als Waren. Hier jedoch, hundert Kilometer entfernt, gab es vielleicht nicht genügend Kunden, so daß hochwertige Waren auf den Ladentisch gelangten.

Inna betrat eine Verkaufsbaracke, begab sich in die Abteilung ›Herrenbekleidung‹ und erblickte sofort das, was ihr vorschwebte: ein hellgrauer finnischer Anzug aus grobgewebtem Tuch. Sie nahm den Anzug von der Stange – Größe zweiundfünfzig – und hielt ihn Adam hin.

»Probieren Sie!« verfügte sie.

Adam war unschlüssig – brauchte er nun einen Anzug oder nicht? Doch Inna trat in einer Art auf, als wüßte sie es besser als er selbst. Adam begab sich in die Kabine und zog den Plüschvorhang zu. Zögernd begann er sich umzuziehen, er war es nicht gewohnt, daß man ihn umsorgte, sich für ihn einsetzte. Seine Frau hatte ihn nie eingekleidet und sich selbst auch nicht. Sie hielt es für unwichtig, wie sich der Mensch kleidete, wichtig waren die moralischen Werte.

Inna schob den Vorhang beiseite und musterte Adam. Das Jackett saß wie angegossen, doch die Hosen waren zu weit.

Kurzerhand holte sie einen Anzug der Größe achtundvierzig, nahm die Hose vom Bügel und reichte sie Adam.

»Probieren Sie diese hier«, befahl sie. »Und die da ziehen Sie aus.«

»Weshalb?« Adam begriff nicht.

»Sie ist zu weit.«

»Wirklich?«

»Sehen Sie das denn nicht? Da paßt ja noch ein zweiter rein.«

»Dafür drückt sie nicht«, widersprach Adam unsicher.

In Innas Augen mußte ein Mann mit dem Speer in der Faust Mammuts jagen, seine Rippen mußten vorstehen und sein Hintern hatte so mager zu sein wie der eines Kaninchens. Was Adam betraf, so sah er in seinen alten Hosen aus wie ein Koffer. Jeder Traum würde einem bei einem solchen Anblick vergehen.

»Zu eng«, beklagte sich Adam und schob den Vorhang beiseite. »Ich kann mich nicht hinsetzen.«

Inna sah hin und traute ihren Augen nicht. Vor ihr stand ein wahrer Gott, der seine Macht über die Menschen verbarg.

»Bleiben Sie so«, verfügte sie. Sie hätte sich mit der Rückkehr in die Opahose und das untaillierte Hemd, das sich über dem Gürtel bauschte, nicht mehr abgefunden.

Sie nahm den Kleiderbügel und hängte die übriggebliebenen Sachen darauf: die Hose der Größe zweiundfünfzig und das achtundvierziger Jackett. Beides trug sie zum Ständer.

Adam stand verstört hinter dem Vorhang wie hinter einer Kulisse. Er fürchtete sich, die Bühne zu betreten und sich dem Urteil des Publikums zu stellen.

»Was stehen Sie noch herum?« Inna wunderte sich. »Gehen Sie zahlen.«

»Man sollte die Verkäuferin aufmerksam machen«, wandte er unsicher ein.

»Worauf?«

»Daß wir den Anzug auseinandergerissen haben ...«

»Was glauben Sie, was sie Ihnen antwortet?« fragte Inna interessiert.

»Wer?«

»Die Verkäuferin. Was wird sie Ihnen wohl sagen?«

»Weiß ich nicht.«

»Aber ich weiß es. Sie wird Ihnen sagen, daß Sie alles wieder so aufhängen sollen, wie es war.«

»Na und?«

»Nichts. Sie kriegen keinen Anzug.«

Adam schwieg.

»Sie haben nun mal keine Konfektionsgröße: Schultern zweiundfünfzig, Hüfte achtundvierzig, und so haben wir es auch gekauft. Ich verstehe nicht, was Sie daran finden? Möchten Sie lieber weite Hosen oder ein zu enges Jakkett?«

»Aber der nächste Kunde mit Konfektionsgröße kriegt dann keinen Anzug. Man kann doch nicht nur an sich denken.«

»Und wieso sind Sie schlechter als der nächste Käufer? Warum soll er einen Anzug haben und Sie nicht?«

Dieser Aspekt brachte Adam in Verlegenheit. Um ehrlich zu sein – im tiefsten Winkel seiner Seele hielt er sich für schlechter als der nächste Kunde. Alle schienen ihm besser zu sein als er selbst. Und noch ein Umstand: Adam konnte nicht auf Kosten eines anderen glücklich sein, auch nicht, wenn es sich um den nächsten Kunden handelte.

»Na, ich weiß nicht ...«, sagte er verstört.

»Aber ich weiß. Sie machen es sich selber schwer«, stellte Inna fest. »Ihr braucht kein Brot, wenn ihr nur leiden könnt.«

Sie nahm Adam beim Arm und führte ihn zur Kasse.

»Hundertsechzig Rubel«, sagte die Kassiererin.

Adam reichte ihr das Geld. Sie zählte nach und warf es in ihre Lade, die für die verschiedenen Scheine unterteilt war. Adam hatte das Gefühl, als passiere er mit gefälschten Papieren eine Kontrolle.

Inna begab sich zu einem Verkäufer und streckte ihm Adams alte Kleidung hin. »Wickeln Sie das ein.«

Der Verkäufer verpackte das Bündel geschickt, umschlang es mit Bindfaden und händigte es aus.

Sie traten auf die Straße. Neben dem Laden gab es einen kleinen Markt. Schwarzgekleidete alte Frauen verkauften Äpfel in Körben und Kamille in Eimern. Als sie Adam und Inna erblickten, verstummten sie achtungsvoll. Inna musterte ihren Gefährten mit den Augen der Alten und wurde gleichfalls von Achtung erfüllt. Das aber ist die wichtigste Zutat zum Kuchen der Liebe.

»Umwerfend!« sagte Inna erfreut.

»Ja?« Adam strahlte und vergaß augenblicks seine Skrupel. Wahrhaftig, dachte er, warum nicht ich? Schon seit langem wollte er einen guten Anzug haben, hatte die Anschaffung aber immer wieder verschoben. Ist denn später besser als jetzt? fragte er sich. Eher schlechter. Später ist der Mensch älter und gleichgültiger allem gegenüber. Im Leben sollte man sich alles zu seiner Zeit gönnen.

»*Maintenant*«, murmelte Adam.

»Was?« Inna verstand nicht.

»*Maintenant* ist französisch und heißt jetzt. In Frankreich wurde unlängst gestreikt. Die Studenten zogen durch die Straßen mit Transparenten, auf denen *maintenant* stand. Sie wollten nicht warten.«

Inna blieb stehen und blickte Adam aufmerksam an. Auch sie wollte nicht warten. Sie wollte wie die französischen Studenten sofort glücklich sein, jetzt, in diesem Augenblick.

Adam trat zu einer alten Frau und kaufte bei ihr Blumen. Die Kamille hatte Läuse, von den verwelkten Stengeln troff Wasser.

Inna besah sich die Blumen, gab sie der Alten wieder, verlangte das Geld zurück und erstand dafür bei der benachbarten Händlerin Äpfel. Im Weitergehen bemerkte Adam verlegen: »Ich halte das nicht für anständig.«

»Aber solche Blumen zu verkaufen ist wohl anständig?« Inna sah ihn mit ihren naiven grünen Augen an.

Sie hat recht, dachte Adam verunsichert. Er begriff noch nicht, daß Dreistigkeit ansteckt.

Nach dem Abendessen gingen sie ins Kino.

Im Film ging es um Liebe, aber offenbar war den Autoren nicht ganz klar, weshalb die Welt in zwei Geschlechter gespalten ist, wahrscheinlich hatten sie auch vergessen, wie die Menschen sich vermehren, durch Ableger vielleicht oder mit Hilfe von Pfropfreisern, wie die Bäume.

Inna und Adam saßen da und ließen den Film über sich ergehen, so wie man die Unterhaltung mit einem lästigen

Gesprächspartner über sich ergehen läßt. Mit dem Unterschied, daß es ungehörig ist, einem Gesprächspartner den Rücken zu kehren. Beim Film kann man das, dennoch gingen sie nicht. Inna erwartete von Adam irgendeine Äußerung des Geschlechts: eine Berührung mit dem Ellenbogen oder dem Knie, er aber saß da wie ein Ölgötze und starrte abwesend vor sich hin. Ihr wurde klar, daß das sicherlich so weiterginge, also mußte sie die Initiative übernehmen. So einem war sie in ihrer nicht gerade reichhaltigen Praxis noch nicht begegnet. Adam war die Ausnahme von der Regel. Gewöhnlich befand sie sich in aktiver Verteidigungsstellung, weil sie keine Gelegenheitsliebe sein wollte, für niemanden, und sei es die allerwürdigste.

Inna schielte verstohlen zu Adam hinüber, als wolle sie ergründen, was sich in ihm verbarg. Adam bemerkte das und blinzelte ein paarmal, als wolle er losweinen. Da machte sie es sich bequem im Sessel und sah brav auf die Leinwand. Neben ihr, den Kopf auf der Brust, schlummerte die alte Zirkusdame.

Die Heldin auf der Leinwand benahm sich ganz normal, von Innas Warte aus – sie wollte gut leben. Die Filmautoren indes schienen ihr ständig vorzuhalten: Das darf nicht sein! Man soll nicht gut leben, man muß gut sein zu den Menschen! Als ob sich beides nicht vereinbaren ließe.

Der Hauptheld erinnerte sie durch irgend etwas an den Mann, den sie liebte. Es war die Art zu rauchen. Beim Anrauchen neigte er den Kopf genauso und hielt die Zigarette genauso in der herabgesunkenen Hand. Sie verspürte einen Schmerz in der Herzgrube. Sie wußte, daß sich damit ein Anfall von Schwermut ankündigte, der einem Krankheitsanfall gleichkam. Alles andere wich aus ihrem Bewußtsein, alles konzentrierte sich auf den Schmerz. Inna erhob sich und verließ den Saal. Sie wußte: In solchen Fällen mußte man dem Anfall davonlaufen – im wahrsten Sinne des Wortes. Sofort loslaufen, immer der Nase nach, am besten aber einen Weg entlang, um nicht auf die Füße schauen zu müssen. Einen, zwei, drei, fünf Kilometer laufen, bis die körperliche Belastung die seelische verdrängt. Weiter, weiter, auch wenn man kaum noch kann ... Inna lief den ›hypertonischen Kreis‹ entlang, kam an der Chaussee heraus, überquerte sie und rannte durchs Dorf. Sie hastete über ein Feld, einen Hügel hinauf und hielt inne ...

Die Sonne ging unter, riesig, voluminös-rund und ermattet. Innas Herz pochte, schien gegen die Rippen zu schlagen. Die Haare klebten ihr im Gesicht. Der Kummer wich aus der Herzgegend und ließ eine Leere zurück, ein Vakuum, dem auch die Wirbelsäule keinen Halt mehr zu geben schien. Sie hätte zusammenklappen mögen, auf die Knie sinken, sich lang ausstrecken und weinen. Danach war ihr am meisten zumute ... Aber nein. Nein! Inna hob die Faust und schüttelte sie. Um nichts in der Welt! schwor sie sich, und ihr kam der Gedanke, daß auch Herzen und Ogarjow einst ihren Schwur auf einem Hügel geleistet hatten. Wie kam sie nur auf Herzen und Ogarjow? Lediglich die Hügel ähnelten einander, wie alle Hügel, und die Sonne war wahrscheinlich ebenso untergegangen.

Nachts starb die Clown-Dame.

Wie sich das herausstellte? Sie erschien weder zum Frühstück noch zum Mittagessen. Zur Abendbrotzeit stellte man fest, daß sie gestorben war. Außerdem fand man heraus, daß es im Schlaf geschehen war. Sie hatte sich hingelegt und war nicht mehr aufgewacht.

Das Ereignis erschütterte Inna durch seine erbarmungslose Alltäglichkeit: Gestern gab es sie noch, heute gibt es sie nicht mehr – damit hat es sich.

Inna mied den Speisesaal. Sie fürchtete den Anblick des leeren Stuhls.

Tat es ihr um die alte Dame leid? Sie hatte doch lange gelebt und einen leichten Tod gehabt. Was sie wohl geträumt hatte in ihrer letzten Nacht? Und wo mochte sie jetzt sein?

Inna erinnerte sich an eine spiritistische Sitzung, an der sie vor Jahresfrist teilgenommen hatte. Es war Iraidas Einfall gewesen. Iraida hatte von den Vertretern des Überirdischen erfahren wollen, wie alt ihre Schwiegermutter werden würde. Zu diesem Zweck kauften sie Kerzen, erstanden ein Schälchen aus feinem Porzellan und luden ein bekanntes Medium zu sich ein, einen jungen Mann mit den Anzeichen von Genialität und Schizophrenie. Das Medium machte alle Anstalten, einen sehr autoritativen Geist herbeizurufen, Spinoza oder Napoleon oder etwas in der Art. Er nippte am Weißwein und fragte: »Wünschen Sie mit uns zu sprechen?«

»Ich stehe zu Diensten«, antwortete Spinoza über das Medium.

Anfangs stellten sie Fragen über das künftige Schicksal

der Menschheit, dann überschütteten sie den Geist mit Alltäglichkeiten. Nach der neuen Wohnung erkundigten sie sich, nach dem Gehalt – jeder wollte etwas Konkretes über sich erfahren, und nur der Georgier, der in der Ecke saß, fragte: »Wer ist mein bester Freund?« Inna hörte zu und bat erst nach einer Weile um die Erlaubnis, ihre Frage stellen zu dürfen. Das Medium sagte: »Aber kurz fassen, sonst ermüdet der Geist.«

Inna fragte hastig: »Was meinen Sie, wird er mich heiraten?« Und nannte den Namen des Mannes, den sie liebte.

Spinoza war beleidigt und ließ ihr über das Medium ausrichten: »Ich bin doch keine Wahrsagerin!«

»Aber was soll ich denn tun?« fragte Inna verzagt.

»Höhere Anforderungen an dich stellen!«

Inna begriff, daß Spinoza unzufrieden war. Doch womit? Was tat sie denn nicht richtig? Sie nahm die Kinder auf der Entbindungsstation in Empfang. Hieß Menschen willkommen beim Eintritt ins Leben. Begrüßte sie, wog sie, streifte ihnen Namensbändchen über die Hand . . .

Ob man *dort* wohl auch willkommen geheißen wird? grübelte sie. Klinisch Tote, wiedererweckt, hatten berichtet, sie wären in einem Tunnel gewesen, und an dessen Ende hätten sie Licht gesehen. Bei der Geburt gelangte man ja ebenfalls durch einen Tunnel ans Licht. Vielleicht waren Geburt und Tod identische Vorgänge, vielleicht war wirklich *hier* und *dort* ein und dasselbe? Und wenn es nichts mehr gab? Nur Erdöl?

Sie entsann sich der alten Clown-Dame und ihrer Träume. Offenbar gibt es also ein Vorgefühl, dachte sie. Warum nicht auch ein Nachgefühl? Dann würde sie sich mit dem, den sie liebte, *dort* treffen.

Es klopfte, und gleich darauf trat Adam ein. Inna erhob sich und sah ihn an. In ihren Augen lag Gehetztheit. »Mir ist unheimlich«, sagte sie. »Ich habe Angst.«

Er wollte sie umarmen, wagte es jedoch nicht. Inna trat auf ihn zu und vergrub ihr Gesicht in dem seinen. Er war erstaunlich geruchlos, geruchlos wie ein frostklarer Morgen oder ein Holzstamm.

Inna legte ihm die Hände auf die Schultern und drückte ihn an sich, als vereine sie ihn und sich zu einem gemeinsamen Molekül. Wasserstoff, Sauerstoff – was ist das schon? Gas. Vergänglichkeit. Nichts. Zusammen aber ist es ein Molekül Wasser. Eine qualitativ neue Verbindung.

Adam umfing sie mit den Armen, die plötzlich stark wurden. Sie standen da, betäubt von der Nähe und dem Gefühl der Zusammengehörigkeit. Ihr Blut pulsierte dumpf und im Gleichklang.

Und dann, unversehens, tauchte in ihrem Bewußtsein völlig unerwartet und unpassend das Gesicht dessen auf, den sie liebte. Er sah sie an, lächelte verächtlich und pikiert, als wollte er sagen: Ach du . . .

Das hast du davon, antwortete Inna ihm in Gedanken und schloß die Augen.

»Adam«, rief Inna leise.

Er reagierte nicht.

»Adam!«

Er stöhnte, ohne zu erwachen. Die Zärtlichkeit hielt ihn gefangen bis zur Kehle.

»Ich kann nicht einschlafen. Ich kann nicht zu zweit schlafen.«

»Hm?«

Adam schlug die Augen auf. Im Zimmer war es schon hell. Der Schatten des Fensterkreuzes lag auf der Wand.

»Geh . . . Geh zu dir«, bat Inna.

Er konnte nicht aufstehen. Aber er konnte auch nicht ungehorsam sein. Sie sagte ›geh‹, also hatte er zu gehen.

Adam erhob sich und stieg in seinen neuen Anzug, der ihm unbequem war. Inna beobachtete ihn durch die halbgeschlossenen Lider. In dem grauen Licht, das durchs Fenster einfiel, wirkte seine Gestalt rauchfarben-silbriggrau. Er hatte schöne Hände und schöne Bewegungen, und an der Art, wie er die Hemdknöpfe schloß, sah man, daß er einmal klein gewesen war und die Mutter ihn geliebt hatte. Inna lächelte und glitt in den Schlaf hinüber.

Sie hörte noch, wie erst die eine Tür klappte, dann die andere. Sie genoß die Freiheit, die sie ebenso liebte wie das Leben, und im Einschlafen lächelte sie ihr zu.

Inna schlief mit der Gewißheit ein, daß sie allmächtig und wunderbar war. Sie fühlte sich normal, denn eben das ist die Norm: sich allmächtig und wunderbar zu fühlen. Alles übrige weicht von der Norm ab.

Die Vögel schwiegen, also war die Sonne noch nicht aufgegangen. Tiefliegende, flauschige Wolken trieben rasch dahin.

Adam sah zum Himmel auf, seine Augen füllten sich mit Tränen. Unendliches Mitleid mit seiner Swetlana Alexejewna regte sich in ihm, mit der er zwanzig Jahre gelebt hatte und die ein guter Mensch war. Es mit einem solchen Menschen zu tun zu haben ist an und für sich nicht hoch genug einzuschätzen, doch wie sich erwies, war dies in einer bestimmten Situation bedeutungslos. Adam begriff, daß er sie verlassen mußte, und das hieß, ihr Böses anzutun.

Er wanderte die Allee entlang. Die Bäume reckten sich gen Himmel, dicht die Tannen, lichter die Birken. Eine Birke lag umgestürzt da, mit herausgerissenen Wurzeln, die ineinander verflochten waren wie Drachenköpfe. Einer von ihnen schien an Zahnschmerzen zu leiden, die Wurzelklaue stützte die Wurzelwange. Inna, dachte Adam.

Ein Igel kreuzte seinen Weg. Wie ein Knäuel kullerte er über den Pfad und tauchte im hohen Gras unter. Inna, dachte Adam. Lebendiges, Lebloses, alles verschmolz für ihn zu einem einzigen Begriff: Inna.

Die Wolken zogen dahin. Adam blieb stehen, nahm Himmel und Erde in sich auf. Er war in einer seelischen Hochstimmung, wie er sie nie zuvor empfunden hatte – glücklich wie noch nie und unglücklich wie noch nie.

Zum Frühstück erschien Inna später als sonst. Adam erwartete sie am Tisch.

Sie war aufgeregt. Wie würden sie einander begegnen, was einander sagen? Der Mann, den sie liebte, konnte sich geben, als wäre nichts geschehen. Und das gelang ihm so trefflich, daß Inna selbst Zweifel bekam und prüfend in sein seelenruhiges Gesicht blickte.

Aufrecht, betont lässig trat sie an den Tisch, das erschien ihr auf jeden Fall erst einmal angebracht. Adam erhob sich. Sie standen einander gegenüber und sahen sich schweigend an, Auge in Auge, und das zog sich lange, beinahe endlos hin. Von der Seite sah es aus wie ein Wettstreit: Wer hält es länger aus?

»Herr Pankratow! Telefon!« rief die Putzfrau mit geübter Stimme.

»Ich werde verlangt«, sagte Adam.

»Von wem?« Inna erschrak. Ihr schien, daß er jetzt gehen und nie mehr wiederkommen würde; und dann wäre ihr Herz abermals ein Waisenkind.

»Ich weiß nicht.«

»Herr Pankratow!« schnarrte die Frau ein zweites Mal.

»Sofort«, versicherte er und ging.

Inna ließ sich auf den Stuhl nieder und senkte die Augen auf den Teller.

»Darf ich Sie etwas fragen?« Die Frau des ehemaligen Alkoholikers wandte sich an sie. Sie platzte nicht gleich mit ihrem Anliegen heraus, sondern klopfte gleichsam höflich an. Inna hob den Blick.

»Ich habe heute von einer Katze geträumt. Sie hat mich gebissen.«

»Hat's weh getan?« fragte Inna.

»Schrecklich. Sie schlug die Zähne in meinen Arm, und ich wußte einfach nicht, was tun. Ich hatte Angst, sie würde mir ein Stück herausbeißen.«

»Man hätte ihr die Nase zudrücken müssen«, riet der ehemalige Alkoholiker – schließlich war er korrespondierendes Mitglied der Akademie der Wissenschaften.

»Weshalb?«

»Sie hätte keine Luft mehr bekommen und loslassen müssen.«

»Darauf bin ich nicht gekommen.«

»Auch ich habe übrigens schreckliche Angst vor Katzen«, sagte das korrespondierende Mitglied. »Wenn ich an Katzen vorübergehe, weiß ich nie, was sie so im Schilde führen.«

Adam kam zurück, setzte sich und begann zu essen.

»Deine Frau?« fragte Inna leise.

Er nickte.

»Fährst du weg?«

Er nickte.

»Für immer?«

»Für einen halben Tag. Meine Frau macht eine Dienstreise. Sie kann den Hund nirgends lassen und hat mich gebeten, ihn zu holen.«

»Und wie heißt er?« fragte Inna.

»Radda . . . Sie hat sich immerzu gefreut, da haben wir sie so getauft.«

»Ist wohl dumm, was?«

»Wieso dumm?«

»Na, weshalb hat sie sich denn immerzu gefreut?«

»Weil sie klug ist. Ein Anlaß zur Freude findet sich nicht so leicht wie einer zum Ärger. Die Menschen sind ichsüchtig, daher fehlt ihnen immer irgend etwas, und sie leiden. Hunde aber lieben ihre Herren und freuen sich ihrer Liebe ständig.«

»Ich begleite dich hinaus«, sagte Inna.

»Du wirst mich hinausbegleiten und wieder begrüßen.«

Das Dorf bestand aus einer einzigen Straße. Die letzte Hütte grenzte an eine verwachsene Schlucht. Die Bewohnerin, ein reinliches Weiblein mit einem runden Kämmchen im fettigen Haar, erzählte Adam, unlängst sei ein Spion der Schlucht entstiegen, mit langem Haar, schwarzer Brille und einem piepsenden Sender um den Hals. Bei ihrem Anblick habe er getan, als hätte er sich verirrt, und sie nach dem Weg gefragt. Und sie habe sich ihrerseits verstellt und ihm den Weg gewiesen, so, als glaube sie ihm. Was sei ihr denn auch übriggeblieben? Der Spion hätte ihr eins mit dem Sender über den Kopf gegeben, und aus wär's gewesen . . .

Adam hörte aufmerksam zu und nickte mitfühlend, obwohl ihm klar war, daß der Spion ein harmloser Datschabewohner mit Kofferradio gewesen war, der sich tatsächlich verirrt hatte. Geflissentlich unterließ er es, die Alte von ihrer Überzeugung abzubringen, das entsprach nicht seinen Absichten. Ihm ging es darum, Radda unterzubringen. Den Hund im Sanatorium zu halten, hatte man ihm strikt untersagt, die Alte aber hatte eine leere Hundehütte auf ihrem Hof. Adam verhandelte mit der Frau, und sie überließ sie ihm zu einem nichtigen Preis. Radda wollte nicht ohne Herrchen bleiben und heulte dermaßen auf, daß Adam sich entschied, ebenfalls bei der Alten Quartier zu nehmen. Er beschloß, im Sanatorium zu essen und im Dorf zu wohnen.

Die Alte war mit dieser Variante einverstanden und sogar erfreut. Sie hatte jetzt einen, ja sogar zwei Beschützer im Haus: einen Mann und einen Hund. Wenn auch nur für einen Monat, so war es doch besser als gar nichts.

Als alles geregelt war, ging Adam Inna holen. Er mußte sie mit Radda bekannt machen.

Während des ganzen Weges ins Dorf schwieg Inna. Ihr war, als führe Adam sie zur Brautschau zu seinen Verwandten und als hinge von deren Urteil ihr weiteres Schicksal ab.

»Was für eine Rasse ist sie denn?«

»Ein Schottischer Setter.«

Inna kannte sich in Hunderassen nicht aus und hatte keine Vorstellung, wie ein Schottischer Setter aussieht, doch gefielen ihr die beiden Worte. ›Schottisch‹ – das hörte sich noch ausländischer an als ›englisch‹. Schweigsame rothaarige Männer in kurzen karierten Röcken zogen an ihrem geistigen Auge vorüber.

Der Weg führte durch die Schlucht. Auf ihrem Grunde plätscherte ein Bach über Steinchen. Ein Holzsteg mit Geländer führte darüber. Wie in Schottland, dachte Inna, obgleich eine Schlucht mit Bächlein in jedem beliebigen Teil der Welt vorkommen konnte. Außer in Afrika. Vielleicht aber auch dort.

»Ist sie schön?« fragte Inna.

»Sehr schön«, sagte Adam überzeugt. »Sie wird dir gefallen. Sie kann dir gar nicht mißfallen.«

Er öffnete die Pforte, indem er einen zu einer Schlinge geknüpften Strick löste, und betrat den Hof. Ein großer schwerer Hund sprang breit lächelnd und schwanzwedelnd auf sie zu. Er hob seine Schnauze zu Inna auf, als wollte er sagen: Na, was machen wir jetzt? Ich bin mit allem einverstanden! Inna sah, daß sein rechtes Auge von grauem Star ganz trüb war. Es ähnelte einem hartgekochten Ei. Rund um die Schnauze sträubten sich graue Borsten, die rosige Bauchhaut baumelte wie ein Lappen . . .

»Sie ist wohl schon alt.«

»Hm«, sagte Adam leichthin. »Sechzehn Jahre.«

»Und wie lange leben Hunde?«

»Fünfzehn.«

»Demnach hundertundzehn . . . Eine Langlebige?«

Adam lächelte still, glücklich über die Begegnung der ihm am nächsten stehenden und unentbehrlichen Wesen.

Die Alte kam aus dem Haus und schüttete das Hundeabendbrot ins Gras: Breireste und aufgeweichtes Brot. Radda schnupperte und blickte verstört ihr Herrchen an.

»Friß!« befahl Adam. »Du bist nicht zu Hause!«

Radda machte sich gehorsam darüber her. Ihre Unterwürfigkeit war Inna irgendwie unangenehm. Sie begriff, daß der alte Hund alles fressen würde, absolut alles ohne Ausnahme, wenn Herrchen ihm nur gebot: »Friß!«

Radda beendete ihr Abendbrot, beschnupperte liebedienerisch jeden Grashalm, ob auch nichts übriggeblieben war, und sah Adam in Erwartung eines Lobes an.

»Machen wir einen Spaziergang«, schlug Adam vor.

Sie traten auf den Weg hinaus. Die Hündin lief voran. Inna fiel auf, daß sie zur Verrichtung ihrer Notdurft nicht stehenblieb wie alle Hunde, sondern auf leicht gekrümmten und gespreizten Beinen weiterlief. Offensichtlich tat es ihr leid, dafür Zeit zu verschwenden. Die Hündin schloß mit allem Bekanntschaft, was ihr in den Weg kam: Zeitungsfetzen, Dorfhunde, spärliche Passanten. Wenn sie auf Menschen zulief, beschnupperte sie vor allem deren untere Bauchregion. Die Leute gerieten in Verlegenheit, blickten Adam und Inna verwirrt an, und Inna hatte das Gefühl, als beteilige sie sich an etwas Unschicklichem.

»Radda! Pfui!« herrschte Adam sie mit tiefer, knarrender Stimme an. Wenn er gereizt war, verlor seine Stimme gleichsam an Saft und Kraft und wurde unangenehm.

»Gehen wir doch zum Fluß«, bat Inna.

Adam öffnete die Wagentüren. Mit gewohnter Bewegung sprang Radda auf den Vordersitz.

»Aber sofort runter!« befahl Adam, doch Radda scherte sich nicht im geringsten darum. Sie wollte so nah wie möglich bei Herrchen sein, und sie verstand es, nicht zu hören, was sie nicht hören wollte.

»Man muß sie waschen«, bemerkte Inna matt.

»Wirklich?« fragte Adam, der den matten Unterton in ihrer Stimme wahrnahm und in Verlegenheit geriet.

»Merkst du das denn nicht?«

Der Weg zum Fluß, der Fluß selbst – alles war wie sonst, doch bei Inna stellte sich diesmal keine Freude ein; etwas störte sie, aber was es war, vermochte sie nicht zu sagen.

Radda störte nichts. Als sie aus dem Auto ans Ufer sprang, geriet sie in unbeschreibliche Begeisterung. Sie nahm Anlauf und flog förmlich ins Wasser. Auf Hundeart schwamm sie los, die Nase übers Wasser gereckt, sprang dann heraus ans Ufer, schüttelte sich kräftig, daß die Spritzer fächerförmig auf Inna sprühten und sich in jedem Tropfen alle sieben Spektralfarben spiegelten.

»Schaff sie weg«, bat Inna leise, aber bestimmt.

Sie wegzubringen und selbst bei Inna zu bleiben war praktisch unmöglich.

Adam zog sich aus, nahm Radda am Halsband und ging zusammen mit ihr ins Wasser. Inna saß mürrisch am Ufer und beobachtete, wie er eine halbe Tube Shampoo auf seine Handfläche drückte und den Hund zu waschen begann. Inna dachte daran, daß er mit denselben Händen abends sie umfangen würde, und wurde noch finsterer. Kaum hatte sich Radda von ihrem Herrchen befreit, sprang sie ans Ufer, legte sich auf den Rücken und wälzte sich wie zum Trotz auf der Erde herum, als wollte sie sagen: Du hast mich gewaschen, und ich mache mich wieder schmutzig.

»Puh!« sagte Adam, als er ans Ufer watete.

»Schaff sie weg«, verlangte Inna abermals.

»Stört sie dich denn?« Adam schöpfte Verdacht.

Inna sah Adam aufmerksam an und entdeckte plötzlich eine Ähnlichkeit zwischen ihm und seiner Hündin: die gleichen grauen Borsten, der gleiche Ausdruck von Natürlichkeit auf dem länglichen Gesicht. Und dieselbe Starrköpfigkeit. Ganz gleich, was hinter ihren Wünschen stand, und seien es die edelsten Absichten, sie taten stets das, was sie wollten – sowohl Radda als auch Adam. Die hündische Ergebenheit war vor allem ein Sich-selbst-ergeben-Sein.

»Ja«, sagte Inna. »Sie stört mich.«

»Wie sollen wir dann leben?«

»Wo?« Inna verstand nicht.

»In Moskau. Bei dir. Ich kann sie doch nicht aussetzen. Ich werde sie mitnehmen müssen.«

»Wen?«

»Radda, wen denn sonst . . .«

Das war ein offizieller Antrag. Alles übrige hing jetzt von ihr ab. So war sie also nicht vergebens ins Sanatorium gefahren, hatte nicht vergebens teures Geld für den Kurstalon und für das Geschenk an die Frau ausgegeben, die ihr den Talon besorgt hatte.

»Vorläufig bist du noch nicht umgezogen«, sagte Inna verwirrt, »und schleppst schon den Hund mit . . .«

Sie beschlossen, die Korridorwände mit Holz zu verkleiden und das Schlafzimmer mit Kattun zu tapezieren, so daß es einer Schatulle glich. Das Wohnzimmer würden sie mit normalen Tapeten bekleben, aber mit der weißen Seite nach außen. Inna hatte ein solches Wohnzimmer bei Ausländern gesehen. Bücherregale wollten sie nicht kaufen, sondern selbst bauen, aus richtigen Ziegelsteinen und Brettern. Die Bretter würden sie auf die Ziegel legen und befestigen, damit die Regale nicht auseinanderfielen. Sie kamen überein: keinerlei Möbelgarnituren, nichts Spießbürgerliches. Grundprinzip war Handarbeit, Phantasie und Kreativität.

Einig waren sie auch darin, mit dem Nestbau erst zu beginnen, wenn Adam geschieden und mit Inna offiziell registriert wäre. Man hätte auch eine andere Reihenfolge wählen können: zunächst zusammenziehen und die Schlafzimmerwände mit Kattun bespannen und dann erst Scheidung und Standesamt. Doch Inna fürchtete, wenn sie ihr Einverständnis zu diesem Plan gäbe, würde Adam die Scheidung hinauszögern und sich letztlich beide Frauen erhalten wollen, so wie es der Mann tat, den sie liebte. Weil jede Frau etwas hat, was der anderen fehlt.

Der Sanatoriumsaufenthalt neigte sich dem Ende zu. Täglich gingen sie zu dritt spazieren: Adam, Inna, Radda – und jedesmal wählten sie neue Routen, der Abwechslung halber. Adam brüllte Inna zuliebe den Hund an, der aber war nicht gekränkt, Hauptsache, Herrchen war bei ihm. Ging Adam weg und ließ Radda allein, hatte sie ein Gefühl, das dem Hunger glich mit dem Unterschied, daß sie physischen Hunger ertragen konnte, nicht aber seelischen. Jede Sekunde wurde zur Unendlichkeit, und in dieser Unendlichkeit schwoll ihr Hundeherz vor Schmerz, arbeitete wie im Leerlauf, ohne Blut, und die Herzklappen rieben sich am Herzmuskel. Ihr schien, wenn dieser Zustand nicht bald ein Ende nähme, würde sie die Tollwut bekommen. Sie begann in ihrer Hütte zu heulen. Die Alte trat heraus, sagte etwas, doch Radda in ihrer Verzweiflung hörte sie nicht. Dann kam Herrchen, ihr Herz füllte sich schlagartig mit heißem Blut, und alles in ihr kam zur Ruhe.

Adam liebte seinen Hund, doch in Innas Gegenwart genierte er sich, hatte sogar Angst, es zu zeigen. Er empfand für Inna dasselbe wie Radda für ihn. In Innas Abwesenheit verspürte er in sich den gleichen seelischen Hunger und ertrug ihn ebenso schwer. Inna wußte das, und sie stellte sich vor, wie er sich wohl verhielte, wenn sie ›Adam!‹ riefe und den Stock ins Gesträuch werfen würde. Wahrscheinlich würde er, über seine eigenen Beine stolpernd, losstürzen, mit dem Stöckchen zwischen den Zähnen zurückeilen und mit erhobenem Gesicht auf ein Stück Zucker oder ein Wangentätscheln warten.

Sie genoß ihre Macht, war manchmal sogar fast glücklich, und doch störte sie etwas. Wenn sie nur gewußt hätte, was es war!

Eines Tages endlich wurde es ihr klar. Es war um die Mittagszeit. Sie kamen an ein steppenähnliches Feld mit seidigem Reihergras. Radda erschien etwas verdächtig, vorsichtig schritt sie ins Gras hinein.

»Eine Maus«, vermutete Adam. »Oder ein Maulwurf.« Er rief irgendein Jägerwort. Radda spannte sich, war erregt.

»Sie gleitet wie ein Boot«, sagte Adam.

Der Hund glitt gestreckt übers Feld. Aus der Entfernung war sein Auge mit dem grauen Star nicht zu sehen, und das hohe Gras verbarg den welken Bauch. Man sah nur die schmale, rassige Schnauze und den dunkelbraunen Rücken. Adam beobachtete Radda voller Liebe und väterlichem Stolz, seine Blicke luden Inna ein, diese Liebe und diesen Stolz zu teilen. Er selbst ähnelte in diesem Moment einem Studenten, seine Brille funkelte in der Sonne.

»Wie ein Junger«, sagte er, und in diesem Augenblick begriff Inna in aller Klarheit, daß es das *wie* war, was sie störte. Der Hund lief *wie* ein junger, doch er war alt, und das, was Adam mit Inna widerfuhr, nahm sich aus *wie* Liebe, und dies sogar mit Antrag und kattunbezogenen Wänden. Doch es war keine Liebe. Es war der Wunsch nach Liebe, der sich als Liebe ausgab. Unvermittelt tauchte der Mann, den sie liebte, so deutlich vor ihren Augen auf, als stünde er neben der nächsten Birke. Ihre Beziehungen glichen in letzter Zeit einem Boxkampf, in dem es darum geht, wer wem den schmerzhafteren Hieb verpaßt, mit dem Unterschied, daß beim Boxen bestimmte Regeln gelten, sie aber schlugen wahllos aufeinander ein, bestrebt, vor allem verbotene Zonen zu treffen. Gerade jetzt, da sie im Sanatorium Adam aufgegabelt hatte, war sie im Begriff, ihm eins zu versetzen, auf daß er nie mehr aufstand. Er aber erhob sich wieder, stand vor ihr, dort neben der Birke, und wischte sich das Blut von den Zähnen.

Der Hund streunte noch immer durch das seidige Gras.

Adam strahlte, die Augen zusammengekniffen.

Inna stand da wie zerschmettert, betäubt von der jähen Leere. Und all das vollzog sich am hellichten Tag, unter der strahlenden Mittagssonne. Irgendwo entwischte die unglückliche Maus dem Hund. Oder der Maulwurf.

Innas Zeit war eine Woche früher um als Adams, doch der beschloß, seinen Aufenthalt abzubrechen und nach Moskau zurückzukehren. Er hatte tausenderlei zu tun: die Scheidung, die standesamtliche Registrierung, ein Gespräch mit seinen Vorgesetzten. Die bevorstehende Scheidung würde sein Vorwärtskommen auf der Prestigeleiter sicherlich ein wenig bremsen, doch Prestige bedeutete in seinem neuen Wertsystem nichts mehr. Prestige ist das, was andere Leute von einem halten. Was macht es schon, was Krawzow oder Nissewitsch von einem denken, wenn sie bei sich zu Hause sitzen.

Dienstausweis, Geld – all das gehörte zu den Dingen, die der Mensch im Anzug läßt, den er über Nacht auf einen Stuhl oder in den Schrank hängt, und alles, was man irgendwo ablegen konnte, war für Adam von nun an bedeutungslos. Wichtig war für ihn nur, womit der Mensch sich schlafen legte: Gesundheit und ein ruhiges Gewissen. Und Liebe. Und im Ergebnis der Liebe Kinder. Viele Kinder: drei, vier, fünf – so viele einem Gott schenkt. Er würde sie in den Zoo führen, ihnen das Nashorn zeigen, ihnen Eis kaufen. Ein Haus, umgeben von grünem Gras, wollte er für sie bauen, Tannen sollten auf dem Grundstück stehen, Erdbeeren wachsen. Bei Hitze würde er barfuß über die erwärmten Tannennadeln gehen und ruhig, glücklich altern. Auch das Alter betrachtete er als ein großes Stück Leben, das seine Vorzüge hat, um so mehr, als seine Jugend und Reifezeit nicht gerade glücklich verlaufen waren. Immer hatte er auf Veränderungen gehofft. In jungen Jahren hatten er und seine Frau lange Zeit irgendwelche Winkel gemietet, dann erst richtige Zimmer. Adam war es gewohnt, sich als Bewohner auf Zeit zu betrachten, und dies Gefühl des Provisorischen verband sich unwillkürlich mit Swetlana.

In Workuta – Adam hatte sich dienstlich dort aufgehalten – war er vielen Menschen begegnet, die sich jenseits des Polarkreises Geld für ein besseres Leben in der Heimat erarbeiteten. Sie lebten in der Polarnacht, gähnten infolge von Vitaminmangel, kniffen die Augen vor den Polarwinden zusammen und waren auf ihre Art glücklich, betrachteten dieses Leben aber als ein Provisorium. So vergingen zehn, zwanzig und sogar dreißig Jahre, und wenn sie schließlich in die Heimat zurückkehrten, starben sie bald darauf, weil man in einem bestimmten Alter nicht mehr das Klima wechseln soll. Der Organismus kann sich nicht mehr umstellen.

Adam beschloß, nicht einen Tag länger zu warten, er

wollte rechtzeitig seine Heimat erreichen, das Schlafzimmer mit Kattun bespannen und Kinder zeugen, solange er noch nicht zu alt war. Noch war er keine fünfzig. Angeblich gelingen einem in diesem Alter die Kinder. Noch hatte es kein Genie gegeben, das von einem jungen Vater in die Welt gesetzt worden war.

Als Adam die Treppe hinaufstieg, wünschte er sehnlichst, Swetlana möge nicht zu Hause sein. Er hatte nicht die geringste Ahnung, wie er ihr beibringen sollte, daß er sie verlassen wollte. Das wäre genauso, als träte er auf einen vertrauten Menschen zu, stieße ihm Auge in Auge ein Messer zwischen die Rippen und murmle dabei: Das wär's, das ist schon alles, es tut schon nicht mehr weh, siehst du? Und du hattest Angst ...

Swetlana war daheim, doch ihre Freundin Rajka saß bei ihr. In Anwesenheit eines Außenstehenden davon zu sprechen wäre mehr als unpassend, ja unmöglich gewesen. Adam haßte diese Rajka. Mit der Kunstfertigkeit einer erfahrenen Bettlerin preßte sie aus Swetlana heraus, was sie nur konnte. Adam hatte ihre Methode längst durchschaut: Zuerst fing Rajka an, sich über ihr Leben zu beklagen, und führte so überzeugende Argumente an, daß sie einem leid tat. Dann begann sie sich wegen ihrer Bitte zu entschuldigen und tat das so weitschweifig, daß man am liebsten sofort alles für sie getan hätte. Zum Schluß kam die Bitte selbst. Sie fiel auf vorbereiteten Boden, und Swetlana, diese Närrin, war bereit, sich auf der Stelle das letzte Hemd vom Leib zu ziehen, nötigenfalls zusammen mit der Haut, die sich möglicherweise verpflanzen ließ.

»Hast du nicht fünfzig Rubel?« fragte Swetlana.

»Man sagt erst einmal ›Guten Tag‹«, empfahl ihr Adam und dachte dabei: Jetzt lasse ich Swetlana sitzen, und diese Rajka nimmt sie bis zum letzten aus, setzt ihre Verwandten in die Wohnung und zwingt Swetlana, sich im Klo einzuquartieren und die Hände im Toilettenbecken zu waschen . . .

»Guten Tag!« Strahlend drückte Swetlana Raddas Schnauze an sich.

Radda verharrte ein Weilchen, lud sich bei der Herrin mit Wärme und Liebe auf und begab sich dann still auf ihren Platz auf der Matratze. Sie war müde von der Reise.

Rajka saß zwischen den Kissen. Swetlana hatte im Kaufhaus an die zehn Kissen erstanden und hellblaue Cordbezüge dazu genäht. Am Cord klebten die Hundehaare, die der Staubsauger nicht erfaßt hatte, man mußte jedes Härchen einzeln ablesen. Jedesmal, wenn Swetlana versuchte, Behaglichkeit zu schaffen, kehrte sich das in sein Gegenteil.

»Wolodja, du siehst blendend aus!« Ehrlich begeistert richtete Rajka die großen, unverschämten Augen auf ihn.

»Du ebenfalls«, sagte Adam höflich.

Rajka trug ein Kleid mit tiefem Ausschnitt. Sie liebte Dekolletés – offenbar hatte ihr mal jemand gesagt, sie habe einen schönen Hals und eine schöne Brust. Vielleicht hatte das wirklich einmal gestimmt, doch Rajka ging inzwischen auf die Neunundvierzig zu, und dieses Alter nahm jedermann wahr, außer sie selbst. Auf die Frage: »Wie alt bist du?« pflegte sie zu antworten: »Schon siebenunddreißig.« Dabei nahm sie einen Gesichtsausdruck an, den sie sich im Kindergarten angeeignet hatte: den Ausdruck einer glücklichen, ungetrübten Kindheit. Und eine ebensolche Stimme – wie ein kleines Mädchen, das gerade erst zu sprechen anfängt.

»Die fünfzig Rubel . . .«, erinnerte Rajka.

»Er hat kein Geld«, sagte Swetlana schuldbewußt.

»Doch«, widersprach Adam. »Aber ich brauche es selbst.«

»Ich werde die Nachbarn bitten«, sagte Swetlana verwirrt und ging hinaus. Dabei trat sie seltsam auf, als wären ihre Füße gefesselt.

»Was ist denn mit deinen Füßen?« fragte Adam.

»Sie trägt meine Schuhe ein«, antwortete Rajka. »Ich habe sie zu klein gekauft.«

»Dann sind sie doch für sie erst recht zu klein! Sie hat doch einen größeren Fuß.«

»Deswegen trägt sie sie ja ein.«

Adam beschloß, das Gespräch abzubrechen. Rajka und er saßen auf verschiedenen Glockentürmen, sie verstanden einander nicht. Adam dachte an Swetlana, Rajka an die Schuhe.

»Und wie ist die Stimmung?« fragte Rajka teilnahmsvoll.

Adam sah sie an. Wenn ich mich jetzt beklage, dachte er, wird sie mir sofort vorschlagen, mich in Stimmung zu bringen . . . In ihrem Verhältnis zu Swetlana war sie nicht nur Erpresserin, sondern auch Verräterin. Swetlana kannte sich überhaupt nicht mit Menschen aus, sie bevorzugte vor allem solche, denen sie etwas zukommen lassen konnte und die es nötig hatten. Freundschaft beruht auf Ge-

genseitigkeit, Swetlana aber betrachtete sie als Einbahnstraße, und wenn sie auf Niedertracht stieß, wunderte sie sich nur und machte große Augen. Wie Radda. Sie waren wesensgleich.

»Mit mir ist alles in Ordnung«, sagte Adam und betrachtete seine Hände, um Rajka nicht ansehen zu müssen. »Und wie geht's dir?«

»Mir? Ich bin bankrott.«

»Wieso das?«

»Ich hab' immer gehofft und gehofft, und jetzt stehe ich vor dem Nichts.«

»Wieso?«

»Weil ich immer nach den Sternen gegriffen habe. Aber es gibt keine. Meine ›Sterne‹ haben sich bei näherem Augenschein als gewöhnliche Saufbrüder entpuppt, anmaßend und schlecht.«

»Wie alt bist du jetzt?« fragte Adam.

»Schon siebenunddreißig.« Rajka ließ die Wimpern zittern, ihre Mundwinkel glitten flüchtig nach oben.

Swetlana trat ein und ließ sich augenblicklich nieder, außerstande, länger zu stehen. Ihre Füße waren geschwollen und quollen förmlich aus den Schuhen. Sie bot ein Bild des Jammers.

»Sie fastet«, sagte Rajka, »Dummerchen!«

»Du fastest?« fragte Adam.

Swetlana hatte eine Menge Übersetzungsliteratur über den Nutzen kalorienarmer Ernährung gelesen und tat von Zeit zu Zeit ihrem Organismus etwas Gutes an.

»Heute ist Safttag«, antwortete Swetlana.

»Der vierte Safttag hintereinander«, präzisierte Rajka.

»Anschließend wird sie vier Tage nur grünen Tee trinken. Danach kannst du sie ins Krematorium schaffen.«

»Hier ist das Geld.« Swetlana streckte ihr einen Fünfzigrubelschein hin.

»In einer Woche geb' ich's dir wieder«, versicherte Rajka.

»Mach dir keine Gedanken. Im Notfall erstatte ich es zurück, und du gibst es mir, wenn du kannst.«

Adam erhob sich und ging in die Küche. Swetlana folgte ihm.

»Zieh die Schuhe aus!« befahl er.

»Warum?«

»Weil du Schmerzen hast! Weil du Gangrän bekommst!«

»Das wäre mir peinlich. Wenn sie gegangen ist, ziehe ich sie aus.«

»Ich zieh' sie dir gleich selbst aus und hau' sie ihr über den Schädel.«

»Aber was soll sie denn machen? Sie sind ihr zu klein . . .«

»Soll sie sie doch weiten lassen, beim Schuhmacher!«

»Aber dort schütten sie Wasser rein und verderben sie . . .«

Swetlana stand ebenfalls auf Rajkas Glockenturm, sie dachte nicht an ihre Füße, sondern an die Schuhe. Adam sah seine Frau an. Sie war abgemagert, und in ihren Augen stand ein fanatischer Glanz. Sie hatte sich das Gesicht mit Creme und Sanddornöl eingeschmiert, wovon es gelb war wie bei einer Kranken.

Adam hockte sich vor sie hin und zog ihr mit Mühe die

Schuhe, die etwa drei Nummern zu klein waren, von den Füßen.

»Und laß das Fasten sein«, bat er.

»Es wäre schade, jetzt aufzuhören. Ich hab' mich so gequält. Nur noch vier Tage.«

In vier Tagen werde ich's ihr sagen, dachte Adam. Jetzt hält sie's nicht aus ... Dieser Vorsatz beruhigte ihn, und sogar Rajka erschien ihm nicht mehr in einem gar so üblen Licht. Ein unglückliches Frauenzimmer mit ihren Schrullen, mehr nicht.

Er kehrte ins Zimmer zurück und sagte zu Rajka: »Jeder Verlust enthält ein Stück Gewinn. Und umgekehrt.«

»Was meinst du damit?«

»Deine betrogenen Hoffnungen. Siebenunddreißig – das ist noch nicht aller Tage Abend.«

Rajka lächelte.

Adam setzte sich auf die Couch zwischen die Cordkissen. Rajka und Swetlana begannen über allen möglichen Klatsch zu palavern, obwohl es ihnen besser angestanden hätte, über Enkelkinder zu sprechen. Adam interessierte Klatsch nicht. Er schloß die Augen und versank in Erinnerungen.

»Ich habe Angst«, hatte Inna gesagt. »Geh nicht weg von mir.« Sie begann ihn abzuküssen, als hätte sie den Verstand verloren – jeden Finger, jeden Fingernagel, jedes Gelenk, ohne daß er ihr Einhalt gebieten konnte. Ihm war, als sei er in ein wahnsinniges Gewitter geraten, bei dem Erde und Himmel verschmelzen.

Er saß da, die Augen geschlossen, von Sehnsucht übermannt. »Ich mache einen Spaziergang mit Radda.«

Er nahm den Hund und ging zu einem Automaten, um zu telefonieren.

Radda versuchte sich ungeschickt in die Telefonzelle zu zwängen, doch Adam ließ sie nicht hinein. Er stieß sie mit dem Fuß weg und schloß die Tür. Er wollte mit Inna allein sein.

Das Rufzeichen ertönte. Dann hörte er ihre Stimme.

»Ich bin's«, sagte Adam aufgeregt. »Na, wie geht's?«

»Es ist widerwärtig in der Stadt«, sagte Inna.

»Mehr als widerwärtig. Ich fahre jetzt zu dir. Aber nicht allein.«

»Mit wem denn?« wunderte sich Inna.

»Mit Radda.«

»Laß das.«

»Warum?«

»Sie haart.«

Jemand trat heran und klopfte kräftig mit einer Münze gegen das Glas.

»Ich ruf' wieder an«, versprach Adam. Er konnte nicht mit Inna sprechen, wenn er gestört wurde. Er konnte sich nicht aufspalten, er gehörte nur ihr.

Adam trat ins Freie. Radda war nicht da. Sie kommt schon noch, dachte er, wo soll sie denn hin sein.

Er stand und wartete, bis der Mann mit der Münze gesprochen hatte. Dann kam eine Frau. Er wartete auch sie ab und lauschte unwillkürlich dem Gespräch. Die Frau schrie, ihr Mann gehe überhaupt nicht mehr auf die Straße, sondern spaziere täglich fünfzehn Minuten auf dem Balkon auf und ab. Wie ein Häftling. Und wenn er das Haus doch einmal verlasse, dann nur, um Wodka zu holen. Spaziergänge an und für sich seien ihm ein Greuel, und überhaupt sei ihm das Gefühl, gesund zu sein, unerträglich. Er empfinde Gesundheit wie eine Krankheit.

Radda tauchte nicht auf. Beunruhigt ging Adam nach Hause. Auch dort war sie nicht. Er begab sich wieder hinunter und kehrte zur Telefonzelle zurück, in der Hoffnung, Radda stünde dort. Doch sie war nicht da.

Adam durchstreifte die Höfe, hielt nach einzelnen Hunden und Hunderudeln Ausschau und langte am Bahnhofsplatz an. Da er in Bahnnähe wohnte, kam ihm der Gedanke, Reisende könnten Radda entführt und mitgenommen haben. Schottische Setter sind die besten Jagdhunde, auf dem Ptitschi Rynok, dem Moskauer Tiermarkt, kosten sie hundert Rubel. Er überquerte den Platz, ging zu den Vorortbahnsteigen, schritt die Züge ab. Immer wieder drängte er sich durch die Menge und rief laut: »Radda! Radda!« Alles drehte sich nach ihm um.

Schließlich kehrte er zu der Telefonzelle zurück und verharrte dort mindestens zwei Stunden. Ein paarmal machte er Anstalten zu gehen, kehrte aber wieder um und blieb stehen wie eine Säule. Die Bahnhofsuhr zeigte elf Uhr abends.

Adam betrat die Telefonzelle, wählte Innas Nummer und sagte: »Mein Hund ist weg.«

»Dann komm«, sagte Inna.

»Ich kann nicht.«

»Warum nicht?«

»Mein Hund ist weg.«

Sie schwiegen, und das Schweigen war von gegenseitigem Unverständnis erfüllt. Ihm dämmerte, daß sein

Glockenturm wahrscheinlich der unbehaglichste und zugigste war, weil niemand mit ihm gemeinsam hinaufsteigen wollte.

Adam erwachte mitten in der Nacht, ihm war, als habe ihn jemand an der Schulter berührt. Er schüttelte den Schlaf ab und begriff klar: Radda war gestohlen worden. Jemand hatte sie gelockt, und sie war hingelaufen. In all den sechzehn Jahren war sie noch nie auf Bosheit gestoßen, ja sie konnte sich nicht einmal vorstellen, daß es so etwas auf der Welt gab. Adam hatte sie als einwöchiges Wollknäuel erworben, Swetlana und er liebten sie wie eine Tochter. Radda nährte sich von ihrer Güte und Liebe, sie wußte nicht, daß es auch noch andere Nahrung gab. Sie hatten Radda nie allein gelassen, sie nie jemandem anvertraut. Trat einer von ihnen eine Urlaubs- oder Dienstreise an, blieb der andere beim Hund. Und jetzt war sie ein paar Minuten allein auf der Straße geblieben, und man hatte sie gestohlen – man hatte sie gerufen, und sie war mitgelaufen. Adam stellte sich vor, was wohl geschähe, wenn der Dieb gewahrte, daß sie alt war und fast erblindet. Was würde er mit ihr tun? Sie wegjagen? Umbringen? Adam sah Radda vor sich, blind, krank – sie litt an einer chronischen Nierenkrankheit. Wenn er ihr Antibiotikaspritzen verabreichte, kam sie selbst zu ihm und hielt das Bein unter die Nadel. Er stellte sich Raddas Verdutztheit, ihre Fassungslosigkeit vor, wenn man sie schlüge. Ja, Fassungslosigkeit, weil sie nicht wußte, was das ist.

Adam setzte sich ruckartig auf und sah, daß auch Swetlana sich aufgerichtet hatte.

»Wie konnte das bloß passieren?« Weinend streckte sie ihm die Hände entgegen, als wollte sie die Antwort direkt mit den Händen empfangen. »Wie?«

Ich habe euch verraten, das ist es, dachte Adam. Radda ebenso wie dich ...

»Vielleicht kommt sie morgen wieder«, sagte er. »Hat sich einfach verirrt.«

Der Säugling schrie aus vollem Halse, die siebzehnjährige Peskarjowa indes begab sich seelenruhig auf die Toilette.

»Oje! So was nennt sich Mutter«, meinte Inna mißbilligend. »Das Kleine brüllt, und sie schert sich nicht drum.«

»Hat sich noch nicht dran gewöhnt«, meinte Iraida. »Ist ja selber noch ein Kind. Sollte lieber mit Puppen spielen.«

Im Dienstzimmer klingelte das Telefon. Iraida nahm den Hörer ab, lauschte und sagte: »Für dich.«

Inna nahm den Hörer und erbleichte. Das Blut wich ihr aus dem Kopf, ihr Herz hämmerte. Es war der Mann, den sie liebte.

»Wann und wo?« fragte Inna. Alle übrigen Fragen waren überflüssig, zumal die Brustkinder auf sie warteten, die ein Recht darauf hatten, daß man sie nicht warten ließ.

»Um sieben«, sagte er, »am Fernsehturm.«

Warum Fernsehturm? dachte Inna, während sie sich zu dem kleinen Schreihals begab. Dann wurde es ihr klar: Er wohnte neben dem Gelände der Volkswirtschaftsausstellung, da war es für ihn am bequemsten, zum Fernsehturm zu kommen. Daß sie dagegen durch ganz Moskau rasen mußte, war offenbar unerheblich; dabei fuhr er im eigenen Wagen, und sie war auf öffentliche Verkehrsmittel angewiesen. Inna nahm den Säugling auf den Arm. Er war bis unter die Brust gewickelt, die Ärmchen waren frei, er hielt sie angewinkelt wie ein Häschen. Das Kind hatte eine Neugeborenengelbsucht und sah aus wie ein kleiner Japaner. Die siebzehnjährige Peskarjowa trat hinzu, nahm ihren kleinen Japaner, gab ihm die noch fast kindliche Brust. Das Kind beruhigte sich, wandte das Gesichtchen nach rechts, verfehlte die Brustwarze, dann nach links, verfehlte sie abermals, erst beim drittenmal traf es sie genau und saugte sich fest. Zu kurz . . . zu weit . . . Treffer! dachte Inna.

Voller Inbrunst, stöhnend vor Gier, sog das Japanerchen die Muttermilch. Unbändiges Mitgefühl zu dem Kind und seiner kleinen Mutter erfaßte Inna. Alle Menschen auf der Welt taten ihr plötzlich leid, sie selbst inbegriffen. Ihr wurde klar, daß bei dem Treffen nichts Vernünftiges herauskommen würde. Zwecklos, überhaupt hinzugehen.

»Na?« fragte er spöttisch. »Hast du dich erholt?«

»Ja«, antwortete Inna vorsichtig, bemüht, den weiteren Gesprächsverlauf zu erraten.

Während der ganzen Fahrt – mit drei verschiedenen Verkehrsmitteln – hatte sie gegrübelt, was er wohl sagen würde, und sich einige Varianten ausgemalt. In Variante eins sagt er: Ich bin es leid, mit dir zu kämpfen. Innerlich bin ich ausgedörrt wie eine Backpflaume. Wir sollten uns von nun an nicht mehr trennen.

Und sie: Was für Gründe hast du auf einmal? Darauf er: Es gibt keinen wichtigeren Grund als die Liebe.

Die zweite, weniger günstige Variante lautet: Inna, warte noch vier Monate. Sie schürzt daraufhin die Lippen und antwortet: Aber keine Minute länger! Worauf beide genau vier Monate weiterrechnen und exakt Tag, Stunde und Ort festlegen. Sie kommen überein, wann und wo sie sich treffen werden, um nie mehr auseinanderzugehen.

»Na, was ist?« fragte er. »Hast du nun jemanden?«

Inna sah ihm aufmerksam ins Gesicht, bemüht, seinem Blick wenigstens eine der Varianten zu entnehmen, doch das Gespräch nahm einen anderen, logischeren Verlauf. Nicht eine ihrer Phantasievarianten erwies sich als richtig. Offensichtlich gab es für ihn wichtigere Gründe als die Liebe, und das waren – wie eh und je – seine Gründe und nicht die ihren.

Inna wollte schon sagen: Ich habe jemanden.

Warum bist du dann gekommen? würde er fragen.

Sie: Und warum hast du angerufen?

Um dich zu sehen.

Hast du mich gesehen?

Ja.

Na, dann tschüs.

Und er würde gehen, und fremde alte Hunde würden in ihrem Leben herumspringen . . .

»Ich hab' überhaupt nicht gesucht«, entgegnete Inna.

»Und warum hast du eben so lange überlegt?« fragte er ungläubig. »Schwindelst du?«

»Wozu sollte ich mir jemanden suchen? Ich hab' doch dich.«

Jetzt hätte er sagen müssen: Ich bin die Trennung so leid, und so weiter, aber er blinzelte nur zufrieden wie jemand, der befürchtet hat, bestohlen worden zu sein, und der nun Licht macht und sieht, daß alles an seinem Platz ist. Er beruhigte sich und schlug vor: »Komm, sehen wir uns ›Die Wüste‹ an.«

Der Film war gerade erst angelaufen, mit erstklassiger Besetzung. Er ließ den Motor an, blickte über die Schulter und ließ den Wagen zurückrollen. Inna begriff: Es war das alte Programm. Erst würden sie ins Kino gehen, dann zu ihr fahren, und dann würde er nach Hause gehen. Alles wie gehabt, doch mit einem Unterschied: Bis jetzt hatte sie gewartet, nun aber stand für sie Warten nicht mehr zur Debatte. Das neue Schema war so: Hatte sie Lust, dann bitte sehr, hatte sie keine – auch gut. Sie hätte sich ihre Mutmaßungen auch schenken und ihn einfach danach fragen können, doch dann bekäme sie auf eine direkte Frage eine direkte Antwort, und es wäre ausgeschlossen, länger im Auto zu bleiben. Sie würde gehen müssen. Aber sie hatte ihn doch so lange nicht gesehen.

Sie hielten vor einem Kino.

»Geh und sieh nach, was es gibt«, sagte er kurz.

Inna stieg aus und ging die breite Treppe hinauf zur Kasse. Sie bekam Lust, umzukehren und zu fragen: Warum eigentlich ich? Sie dachte daran, wie sie und Adam den Laden verlassen hatten. Adam hatte ihr die Tür geöffnet. Dahinter stand ein angetrunkenes, schäbiges Bäuerlein; es hätte nicht viel gefehlt, und Adam hätte es umgestoßen. »Gib doch acht«, hatte Inna gesagt. »Soll selber achtgeben!« hatte Adam entgegnet. »Hier kommt eine Königin.«

Und hier zuckelte die Königin durch ganz Moskau, nahm zweimaliges Umsteigen in Kauf, eilte folgsam zur Kasse, nahm ihn mit zu sich nach Hause, tröstete ihn, flötete ihm ins Ohr, wie viele Vorzüge er in sich vereine. Und das anstelle des Glücks, ein eigenes Japanerchen an der Brust zu halten ...

Die Vorstellung lag zeitlich ungünstig, und es lief ein seichter Streifen, wenn auch ein italienischer.

»Können Sie mir nicht sagen, wo ›Die Wüste‹ gespielt wird?« fragte Inna die Kassiererin.

»Rufen Sie null-fünf an«, riet die Frau.

Inna fand ein Geldstück in der Tasche, trat zum Automaten und wählte null-fünf. Eine verständnisvolle weibliche Stimme meldete sich sogleich: »Sie wünschen?«

»Sagen Sie mir bitte: Wo wird der Film ›Die Wüste‹ gezeigt?« fragte Inna und wunderte sich, daß die Frau Nummer dreizehn so aufmerksam und teilnahmsvoll fragte und zuhörte, als befände sie sich nicht im Dienst, sondern zu Hause.

»Rufen Sie bitte in zehn Minuten wieder an.«

Es hörte sich an, als brühe sie sich gerade einen Kaffee und habe Angst, das Wasser könnte überkochen.

»In zehn Minuten kann ich nicht«, schrie Inna, doch der Hörer war bereits aufgelegt. Inna kehrte zur Kassiererin zurück: »Sagen Sie bitte, haben Sie vielleicht«, sie bewegte die Finger, »na, so einen Kinoplan?«

»Was?« Die Kassiererin begriff nicht.

»Na, so ein Programm, wo draufsteht, wo was läuft?«

»Gehen Sie ums Kino. Auf der anderen Seite muß eins hängen.«

Inna tat, wie ihr geheißen. Zwei kräftige Burschen schlenderten hinter ihr her.

»Innerhalb von drei Tagen war ich in Jerewan, Tiflis und Baku«, sagte der eine zum anderen.

»Also warst du nirgends«, erwiderte der andere, »weder in Jerewan noch in Tiflis noch in Baku. – Stimmt's, Mädchen?« wandte er sich an Inna.

»Im Flugzeug war er«, sagte Inna und blickte sich nach dem Auto um. Sie wollte, daß er sie sah und mitbekam, daß sie gefiel und zu mehr taugte als dazu, Hohlräume im Leben mit ihr zu füllen, so wie man eine Vogelscheuche mit Werg ausstopft. Doch er sah es nicht. Er starrte vor sich hin. Seine Miene war finster und abwesend, und er glich einem Opfer seiner selbst. Inna machte eine Runde um das Kino, konnte aber keine Aushänge entdecken, also ging sie ein zweites Mal, suchte die Wände ab. Sie ertappte sich bei dem Gedanken, daß sie sich im Kreis bewegte, wie ein Gaul in der Kohlengrube. Die Mutter hatte ihr erzählt, daß in früheren Zeiten Pferde im Schacht gearbeitet hätten. Zehn, zwanzig Jahre wären sie immer nur im Kreis herumgetrottet und mit der Zeit erblindet, ohne es zu wissen, weil es im Schacht sowieso dunkel ist. Schaffte man sie dann ans Tageslicht, sahen sie weder Himmel noch Gras und fingen wieder an, sinnlos im Kreis zu gehen. Sie konnten nicht mehr anders.

Inna verließ ihren Kreis, überquerte die Straße und begab sich zur Haltestelle. Der Bus fuhr vor. Sie stieg ein und setzte sich auf den Sitz, der höher war als die anderen. Der Bus ruckte an. Inna wurde kräftig geschüttelt, unter ihrem Sitz befand sich das Rad. Sie setzte sich näher zum

Fahrer, dort aber strömte ihr dumpfe Heizungsluft entgegen.

Sie erhob sich, hielt sich am Griff fest und fuhr stehend im halbleeren Bus. Sie dachte an den Mann, den sie liebte. Der war sicherlich überzeugt, sie stünde in einer langen Schlange nach Karten an. Endlich würde er das Warten satt haben, aussteigen, die Treppe zur Kasse erklimmen und die Kassiererin fragen: »Haben Sie hier nicht ... so eine große Blondine gesehen?« Dann würde er ums Kino herumgehen, zum Auto zurückkehren, noch ein wenig warten und schließlich nach Hause fahren. Wäre Inna aber nicht gegangen, hätte er nach dem Kino noch ein Weilchen bei ihr zugebracht und wäre dann nach Hause gefahren. Heimgekehrt wäre er in jedem Fall, so wie ein Flugzeug auf der heimatlichen Piste landet – es fliegt eine Weile und landet wieder. Ein Flugzeug jedoch hat seinen Flugplan, seinen Kurs, er hingegen flatterte frei umher, niemand forderte Rechenschaft von ihm. Inmitten harter, unbarmherziger Verpflichtungen genoß er seine Freiheit. Wie ein Adler im Zoo. Inna entsann sich seines finsteren Gesichts; sie dachte, daß er im Grunde gar nichts von einem Adler oder einem Flugzeug hatte. Ein unglückseliger Mensch war er, weiter nichts, seine Gründe wogen wirklich schwer, er brannte an allen vier Enden, wie ein angestecktes Zeitungsblatt. Und er liebte sie, Inna, auf seine Art, wie es jetzt so schön hieß. Sicherlich hatte man auch jenes Pferd im Schacht auf seine Art geliebt, auf seine Art bemitleidet und mit Zucker und Lebkuchen gefüttert.

An der nächsten Metrostation stieg Inna aus, suchte eine Telefonzelle auf, wählte Adams Nummer. Sie bestand nur aus geraden Zahlen, war einprägsam, schlicht und klar wie Adam. Das Rufzeichen ertönte. Inna war in der gleichen Verfassung wie damals nach dem Tod der alten Zirkusdame. Mir ist schrecklich zumute, hätte sie am liebsten gesagt. Nimm mich zu dir. Rette mich. Zum Teufel mit deinem Hund. Schließlich ist er nicht unsterblich . . .

Wladimir Pankratow hatte morgens wieder seinen Dienst im Patentbüro angetreten, doch er konnte sich auf nichts konzentrieren. Er lag fast auf dem Sessel in seinem Arbeitszimmer. Die Beine von sich gestreckt, dachte er daran, daß ›Depression‹ von ›pressen‹ kommt. Ein schwerer Druck lastete auf seinen Nerven, die auf keinerlei Reize mehr reagierten, weder auf angenehme, wie das Wiedersehen mit den Kollegen, noch auf unangenehme, wie den Hunger. Er konnte weder essen noch Freude empfinden.

»Was haben Sie?« fragte Nisnewitsch. »Sie sehen aus, als wäre ein Unglück passiert.«

»Sie haben's erraten«, sagte Pankratow. »Ein Unglück. Mein Hund ist weg.«

»Ah . . . das versteh' ich.« Nisnewitsch zeigte aufrichtiges Mitgefühl. »Mir ist im vergangenen Jahr mein Kater vom Balkon gestürzt. Glauben Sie mir, es ist beschämend, aber unter dem Tod meiner Schwiegermutter habe ich weniger gelitten. Na ja, wir haben in verschiedenen Städten gelebt«, fügte er entschuldigend hinzu.

Pankratow blieb noch eine Stunde, dann begab er sich nach Hause, und unterwegs glaubte er plötzlich fest daran, daß Radda in seiner Abwesenheit zurückgekehrt sei.

Ihr Spürsinn hatte natürlich mit den Jahren nachgelassen, aber immerhin besaß sie eine Hundenase. Radda ist also schon zu Hause, Swetlana hat sie bereits gebadet und ihr Suppe mit Pelmeni und Wurststückchen vorgesetzt. Er tritt ein, beide empfangen ihn. Pankratow stellte sich ihre Augen vor: Swetlanas grau, Raddas rotbraun ... Er beschleunigte seine Schritte.

Vor seiner Tür blieb er ein Weilchen stehen, so sehr pochte sein Herz. Dann gab er sich einen Ruck und läutete. Die Tür ging augenblicklich auf, als hätte Swetlana dahinter gestanden. Ihr Blick richtete sich auf ihn und erstarb. Es war die Hoffnung, die ihm gegolten hatte und die nun erloschen war. Einen Augenblick hatte sie in der Luft geschwebt wie ein emporgeworfener Gegenstand, dann war sie in sich zusammengefallen.

Swetlana sagte nichts, sie wandte sich um und ging in die Küche. Auch Pankratow schwieg, begab sich ins Zimmer und legte sich mit dem Gesicht zur Wand auf die Couch. Die Depression diktierte dem Organismus diese Pose. Er schloß die Lider, wollte nichts sehen, nichts hören und sah im selben Augenblick Swetlanas Blick vor sich. Er begriff, daß er solche beredten Blicke nur mit seiner Frau wechseln konnte, mit niemandem sonst. Sie beide lebten auf ein und demselben Glockenturm, und so eintönig es dort auch sein mochte, manchmal auch hoffnungslos – dieser Turm war der ihre. Swetlana gehörte nicht nur zu ihm, sie war ein anständiger Mensch. Natürlich gibt es Momente, da dies bedeutungslos erscheint, doch es sind eben nur Momente. Letzten Endes ist die Anständigkeit das einzige, was gilt, an schwarzen Tagen ebenso wie an grauen und an rosigen. Anständigkeit ist Gewissen.

Swetlana trat ein, und in diesem Augenblick läutete das Telefon. Es läutete kurz hintereinander, fordernd, wie immer bei Ortsgesprächen. Inna . . . Pankratow ahnte es.

»Sag, ich wäre nicht zu Hause«, bat er.

Swetlana hob den Hörer ab und wandte sich ihrem Mann zu. »Für dich . . .«

»Ich hab' doch gebeten . . .«

»Ich kann aber nicht . . .«

Swetlana war außerstande zu lügen. Schwindeln war für sie das gleiche, als sollte sie einen Satz in einer polynesischen Sprache sprechen, die sie nicht nur nicht kannte, sondern nie gehört hatte.

Pankratow erhob sich und nahm den Hörer.

»Adam!« rief Inna.

Er schwieg. Nicht wegen Swetlana. Wegen Radda. Inna liebte den Hund nicht, und sich jetzt mit Inna auszutauschen, als wäre nichts geschehen, hätte Verrat nicht nur an Radda, sondern auch an ihrem Andenken bedeutet.

»Adam . . .«

»Sie haben falsch gewählt. Den gibt es hier nicht.«

Er legte auf. »Irgendeinen Adam . . .«

Pankratow streckte sich auf dem Sofa aus, schloß die Augen und sah: Tiefhängende Wolken zogen vorüber, endlos. Am Weg lag ein trauriger Drache, die Wurzelwange auf die Wurzelklaue gestützt.

Inna verließ die Telefonzelle und überquerte die Straße. Als sie die Mitte erreichte, flammte grünes Licht auf, und eine dichte Autolawine setzte sich in Bewegung.

Inna wartete inmitten der Passanten den Verkehr ab. Plötzlich erblickte sie den Mann, den sie liebte. Sein Wagen fuhr in der mittleren Reihe. Er hat kaum eine Stunde gewartet, dachte sie. Immerhin, an die vierzig Minuten . . . Sie sah, daß er sie ebenfalls entdeckt hatte. Sie lächelte ihm wohlwollend-gleichgültig zu, wie einem guten Bekannten, und nickte beiläufig, als wollte sie sagen: Ich sehe, ich sehe . . . sehr angenehm! Er verstand sofort, war ein Schlaukopf, deswegen hatte sie ihn auch so lange geliebt. Er begriff, lächelte ebenfalls und fuhr weiter, sein Auto verlor sich unter den anderen. Inna verspürte plötzlich eine wunderbare Ruhe. Ihr wurde klar, daß Adam und der Mann, den sie liebte, auf seltsame Weise miteinander verbunden waren, wie in einem Gefäßsystem. Das Vorhandensein des einen in ihrem Leben bedingte das Vorhandensein des anderen. Wenn der eine sie erniedrigte, erhöhte sie der andere, und umgekehrt. Jetzt aber, da der eine an ihrem Leben vorübergefahren war, schwand die Notwendigkeit der Rettung, der Selbstbestätigung. Adam war nur als Pendant denkbar, eigenständige Bedeutung hatte er nicht. Nicht weil er schlecht war. Sie gehörten einfach verschiedenen Gattungen an.

Die Ampel zeigte Rot, die Fußgänger überquerten die Straße. Menschen unterschiedlichen Alters und Typs kamen Inna entgegen, darunter eine sonnengebräunte Blondine, ähnlich der Finnin auf dem Schmelzkäseetikett ›Viola‹. Sie erinnerte Inna an einen Menschen, der ihr sehr gut bekannt war. Wem ähnelt sie nur? fragte sie sich. Mir . . . ›Viola‹ schritt auf Inna zu, ohne die Augen von ihr zu wenden, bis Inna begriff, daß sie sich selbst sah, in der

Spiegelvitrine eines Geschäfts. Sie ging auf sich selbst zu und sah sich gleichsam von außen: Da geht eine Frau von nicht ganz zweiunddreißig, und so sieht sie auch aus. Nicht jünger, aber auch nicht älter, nicht eine Minute. Zweiunddreißig, das ist nicht viel und nicht wenig. Je nachdem, aus welchem Blickwinkel man es betrachtet: zu früh für die Rente, zu spät für die Aufnahme in den Komsomol. Aber zum Leben und Hoffen gerade richtig. Und solange dein Zug rollt, schimmert der letzte Wagen der Hoffnung.

Deutsch von Monika Tantzscher

Viktorija Tokarjewa
im Diogenes Verlag

Zickzack der Liebe
Erzählungen. Aus dem Russischen
von Monika Tantzscher

Die Menschen der Viktorija Tokarjewa rebellieren gegen ein Leben, das mit der Regelmäßigkeit eines Uhrwerks abläuft und keinen Raum für spontanes Glück läßt. Sie träumen vom Überschwang des Herzens und von leidenschaftlicher Liebe – zu deren Unbedingtheit sie sich dann doch nicht entscheiden können. Das Leben zu zweit erscheint wie ein spannender Kampf ›zwischen Wahrheit und Lüge‹. Ironisch und mit Herzblut erzählt eine selbstbewußte Autorin von den Partnerschaftsnöten emanzipierter sowjetischer Frauen.

»Die große Kunst der Viktorija Tokarjewa besteht im äußerst sparsamen Gebrauch der erzählerischen Mittel. Überflüssige Details zu vermeiden und auf kürzestem Weg ins Herz der Dinge und der Menschen vorzudringen ist die Maxime der Autorin. Ihre Erzählungen sind von geradezu elementarer Wucht. Sie ist eine Meisterin.« *Frankfurter Allgemeine Zeitung*

Mara
Erzählung. Deutsch von
Angelika Schneider

Die ehrgeizige Mara hat nur zwei Ziele: Macht und Geld. Da sie beides mangels Ausbildung auf direktem Wege nicht erreichen kann, geht sie den Umweg über Männer. In *Mara* entwirft die Autorin das psychologisch feinfühlig gezeichnete tragikomische Bild einer modernen russischen ›femme fatale‹.

»Ihre Erzählungen führen sehr direkt an das Wesen der Menschen heran. Was sie sagt, sagt sie in äußerst gedrängter Form. Eine ›Vaterschaft‹ Čechovs scheint

vor allem im Umgang mit der Sprache, in der Beobachtungsgabe und im manchmal fast melancholischen Humor durchzuschlagen. Und obwohl Viktorija Tokarjewa in der Sowjetära lebt, sind ihre Figuren zeitlos, sieht man von den wenigen Tönen des Zeitkolorits ab. Wieviel klingt da mit.«
Regula Heusser/Neue Zürcher Zeitung

Happy-End

Erzählung. Deutsch von
Angelika Schneider

Aus purem Trotz heiratet Elja viel zu früh den sie naiv vergötternden Tolik und zieht mit ihm zu seinen Eltern in ein russisches Provinznest. Als sie an der Langeweile des Kleinstadtlebens zu ersticken droht, verliebt sich Elja in den Schauspieler Igor, der so wunderschön Lermontow rezitiert. Sie zieht mit ihm nach Moskau. Aber Igor ist Alkoholiker und hat seit Jahren keine guten Rollen mehr gespielt...

»Vor allem aber liegt der Zauber von Viktorija Tokarjewas Schreibweise in einem Čechovschen Humor, der das schwere Leben leichter macht, dazu in gelegentlichen Ausflügen ins Träumerisch-Phantastisch-Absurde, im Witz der Formulierung, der den Geist vom Druck der Verhältnisse befreit.«
Deutsche Welle, Köln

Lebenskünstler

und andere Erzählungen
Deutsch von Ingrid Gloede

»Viktorija Tokarjewas Geschichten sind seit jeher von großer Anmut, allesamt Kunst-Stückchen, die einem die Vorstellung von Leichthändigkeit suggerieren. Nicht jedoch von Leichtgewichtigkeit. Die Genrebilder aus dem sowjetischen Alltagsleben, die die Autorin in ihrem Kaleidoskop aufleuchten läßt, sind nichts

weniger als heiter, sie sind stellenweise sogar nieder-
drückend und bestürzend. Wenn sie uns dennoch ein
Schmunzeln entlocken, dann liegt das daran, daß die
Tokarjewa über einen ausgeprägten Humor verfügt
und diese Gabe durchweg einsetzt. Es ist kein Humor
der satirischen Art, eher eine sanfte Ironie, gewürzt
mit einer Prise Traurigkeit und einem vollen Maß an
mitmenschlichem Erbarmen.«
Sabine Brandt / Frankfurter Allgemeine Zeitung

»Viktorija Tokarjewa psychologisiert nicht. Sie erzählt. In einem Ton und mit einer Sicherheit, die nicht
den geringsten Zweifel zuläßt, daß hier eine großartige Autorin zu entdecken ist.« *NDR, Hamburg*

»Sie erzählt von Menschen – erstaunlich emanzipier-
ten Frauen –, die einem Ideal nachjagen, dauernd im
Aufbruch begriffen sind und doch an den realen
Bedingungen klebenbleiben wie an Leimruten.«
Die Weltwoche, Zürich

Sag ich's oder sag ich's nicht?

und andere Erzählungen
Deutsch von Angelika Schneider, Monika Tantzscher
und Elsbeth Wolffheim

Sag ich's oder sag ich's nicht? lautet die bange Frage,
die sich durch das Leben einer jungen Frau zieht wie
ein roter Faden. Als reife Frau hält sie Rückschau auf
alle Gelegenheiten, die sie durch ihr langes Abwägen
verpaßt hat. Als sich eine letzte Gelegenheit bietet,
wagt sie schließlich den Sprung ins Ungewisse.

Je suis, tu es, il est ist die Geschichte einer alleiner-
ziehenden Mutter, deren ganzer Lebensinhalt ihr
Sohn ist. Eines Tages bringt der Sohn ein junges
Mädchen mit nach Hause. Die Mutter findet die junge
Frau unsympathisch und wartet, daß ›der Besuch‹
wieder geht. Da teilt der Sohn ihr mit, daß das
Mädchen seit ein paar Tagen seine Ehefrau ist.

Pascha und Pawluscha heißen zwei Freunde, die unterschiedlicher nicht sein könnten: Pascha, der Introvertierte, ist Lehrer in einer Sonderschule und geht in der Sorge um ›seine‹ behinderten Kinder auf. Pawluscha, der Sunnyboy, interessiert sich vor allem für Autos und wie man sie gewinnbringend weiterverkaufen kann. Trotzdem verbindet die beiden eine lange Freundschaft – bis Pawluscha eines Sommers auf der Krim dem Freund die Freundin ausspannt…

»Viktorija Tokarjewas Erzählungen sind durchdrungen von trockenem Witz und warmem Humor, distanziert und engagiert zugleich.«
Süddeutsche Zeitung, München

Sentimentale Reise

Erzählungen. Deutsch von
Angelika Schneider

Auf einer Reise durch Italien verliebt sich die Kinderbuchillustratorin Romanowa in den unangepaßten Künstler Leonid, den sie so faszinierend-rätselhaft findet, daß sie ihn nur ›Raskolnikow‹ nennt. Raskolnikow macht der Romanowa den Hof, nutzt jede Gelegenheit, um mit ihr allein zu sein. Aber der Grund dafür ist ein anderer als der von der Romanowa vermutete, und die *Sentimentale Reise* nimmt ein überraschendes Ende.
Vier Geschichten über Hoffnungen und Sehnsüchte.

»*Sentimentale Reise* vereinigt vier Erzählungen, die das zentrale Thema der Liebe in eine ausdrucksstarke, manchmal groteske Bildlichkeit umsetzen. Die Tragik des Lebens bricht nicht mit Pauken und Trompeten eines Schicksalsschlags über den Menschen herein, sondern dringt als leises Scheitern in alle Ritzen der Existenz. Und hier liegt Viktorija Tokarjewas Wahrheit, in die sie ihre Leser mit einem lachenden und einem weinenden Auge einweiht.« *Neue Zürcher Zeitung*

Lydia Tschukowskaja
im Diogenes Verlag

Sofja Petrowna

Erzählung
Aus dem Russischen von
Eva Mathay

Sofja Petrowna handelt im Schicksalsjahr 1937. Der
Mut der Autorin und das Schicksal dieses Textes sind
einmalig in der Geschichte der Sowjetliteratur.
Sofja Petrowna erlebt das Schicksal einer ahnungs-
losen Mutter, die an die Gerechtigkeit des Systems
glaubt, bis sie völlig gebrochen und desillusioniert
ihren Sohn als ›Volksfeind‹ an den Gulag verliert.
Lydia Tschukowskaja verarbeitete die Atmosphäre
der Terrorjahre nicht wie manche andere Autoren re-
trospektiv, sondern beschrieb das Erlebte unmittelbar.
Damals war die junge Autorin durch die Verhaftung
ihres Mannes, des Physikers Matwej Bronschtein,
selbst von der stalinistischen Repression betroffen wie
Zehntausende anderer Frauen.

»Ihr Buch ist genauso bedeutend und in seiner Art
genauso meisterhaft wie Solschenizyns *Iwan Denisso-
witsch.«   Times Literary Supplement, London*

»Ein erschütterndes Meisterwerk von ungeheurer
Dramatik. Ich stelle es noch über das berühmte Werk
von Solschenizyn.« *Sigismund von Radecki*

»Ein ›document humain‹ von bewegender und ein-
dringlicher Kraft.« *Süddeutsche Zeitung, München*

»Ihr Bericht hat den Vorzug der Unmittelbarkeit, der
Überzeugungskraft.« *Welt der Literatur, Hamburg*

»Zählt zu den ›Klassikern‹ über die Zeit der stalinistischen Verfolgung.«
ÖsterreichischerRundfunk, Wien

Untertauchen

Roman
Deutsch von Swetlana Geier

Ein Roman von größter Aktualität über jene Epoche, deren Opfer im Zuge von Perestroika und Glasnost endlich rehabilitiert werden.

»Der Roman *Untertauchen* ist in gewisser Weise die Fortsetzung von *Sofja Petrowna.* Wieder steht eine Frau im Mittelpunkt. Nina Sergejewna ist Schriftstellerin und Übersetzerin. In einem Erholungsheim für Künstler lernt sie eine Handvoll Menschen kennen, die wie sie gezeichnet sind von der Erfahrung totalitärer Staatsgewalt; Opfer oder Angehörige von Opfern. Lydia Tschukowskaja erzählt die Geschichte dieser Menschen ohne alle Sentimentalität, aber so engagiert, als habe sie selbst deren Schicksal erlitten.«
Frankfurter Allgemeine Zeitung

»*Untertauchen* ist das Beispiel einer ernsten dichterischen und moralischen Bemühung. Es ist eine Selbstdarstellung der sowjetischen Intelligenz, selbstkritisch und von eigentümlicher Schwermut; ein Buch, das bleiben wird.« *Süddeutscher Rundfunk, Stuttgart*

»Was Lydia Tschukowskaja beschreibt, ohne es uns aufzudrängen, ist das menschliche Leid; ihre Trauer und ihre Liebe gelten vorab den Kindern, den vernachlässigten, ihrer Eltern beraubten, der Roheit der Zeit preisgegebenen Geschöpfen. Tief bewegend ist ihr stiller Bericht gerade in seiner Einfachheit, in seiner Aufrichtigkeit.« *Neue Zürcher Zeitung*

Doris Dörrie
im Diogenes Verlag

Liebe, Schmerz und
das ganze verdammte Zeug
Geschichten

Vier großartige, liebevolle, traurige, grausame Geschichten: *Mitten ins Herz, Männer, Geld, Paradies.*
Geschichten von befreiender Frische.

»Doris Dörrie ist eine beneidenswert phantasiebe-
gabte Autorin, die mit ihrer unprätentiösen, aber sehr
plastischen Erzählweise den Leser sofort in den Bann
ihrer Geschichten schlägt, die alle so zauberhaft zwischen Alltag und Surrealismus oszillieren. Ironische
Märchen der 8oer Jahre – Kino im Kopf.«
Der Kurier, Wien

»Ihre Filme entstehen aus ihren Geschichten.«
Village Voice, New York

»Was wollen Sie von mir?«
und 15 andere Geschichten

»Es ist vollkommen gleichgültig, ob Sie Doris Dörrie
in der Badewanne, im Intercity-Großraumwagen, im
Lehnstuhl oder in der Straßenbahn lesen, nur: Lesen
Sie sie! Lassen Sie sich nicht irre machen von
naserümpfenden Kritikern, diese sechzehn Short-
Stories gehören durchweg in die Oberklasse dieser in
Deutschland stets stiefmütterlich behandelten Gat-
tung.« *Deutschlandfunk, Köln*

»Vor allem freut man sich, daß Doris Dörrie den eitlen
Selbstbespiegelungen der neuen deutschen Weiner-
lichkeit eine frische, starke und sensible Prosa entge-
genstellt.« *Kölnische Rundschau*

Der Mann meiner Träume
Erzählung

Doris Dörrie erzählt die Geschichte von Antonia, die den Mann ihrer Träume tatsächlich trifft. Sie erzählt eine moderne Liebesgeschichte, eine heutige Geschichte, deren Thema so alt ist wie die Weltliteratur, eine Geschichte von der Liebe.

»Ein erzählerisches Naturtalent mit einem beneidenswerten Vermögen, unkompliziert und gekonnt zu erzählen. Der Leser beendet die Lektüre mit höchst bewußtem Bedauern darüber, daß er diese kurzweilige, unprätentiöse Erzählung schon hinter sich hat.«
Frankfurter Allgemeine Zeitung

Für immer und ewig
Eine Art Reigen

Ein überschaubarer Kreis von Personen, darunter auch das Model Antonia, im ewigen Karussell des Lebens: Man begegnet sich, verliert sich wieder aus den Augen, liebt und leidet.

»Die Dörrie ist in diesem Buch auf der Höhe ihrer Männer- und Frauencharakterstudien. Ein Buch zum Lachen und zum Weinen. Zum genießerischen Wehmütigsein und zum sinnigen Nachdenken.«
Die Welt, Bonn

Love in Germany
Deutsche Paare im Gespräch
mit Doris Dörrie

»Doris Dörrie hat die *Love in Germany* erkundet – in 13 anrührenden und saukomischen Interviews mit deutschen Paaren zwischen Mittelmaß und Beziehungswahn. Ganz normale Leute, aber alle sind mit ihren Ramponiertheiten und unverwüstlichen Liebesträumen Persönlichkeiten. Aufschlußreicher als jede Statistik.« *stern, Hamburg*

Bin ich schön?

Erzählungen

Leopold und seine junge Frau wollen es anders machen als die spießigen Nachbarn ihrer niederbayri-
schen Umgebung. Sie bitten die vietnamesische Asy-
lantenfamilie Hung zu sich ins Haus, laden sie zum
Tee und zum Essen ein, schenken ihnen warme
Winterkleidung und ein Paar *Neue Schuhe für Frau
Hung*. Doch nach ein paar Tagen kapitulieren sie vor
den kulturellen Unterschieden, die trotz guten Wil-
lens unüberwindbar scheinen.
Charlotte will wieder arbeiten gehen und sucht ein
Kindermädchen für ihre kleine Tochter. Aber nicht
irgendeins, sondern »ich möchte einen Babysitter, der
mich verehrt, nicht stört und immer verfügbar ist«.
Natürlich muß sich das Kindermädchen schnell in
›gesunde Ernährung‹ und ›angstfreie Erziehung‹ ein-
arbeiten lassen, und ein gutes Karma sollte sie auch
haben. Anita, ein junges Mädchen aus Ostdeutsch-
land, die erst seit zwei Wochen im Westen ist, macht
das Rennen: *Gutes Karma aus Zschopau* und seine
Folgen...
Mit liebevoll-kritischem Blick nimmt Doris Dörrie
die aufgeklärte, alternative Intellektuellenszene aufs
Korn.
Sechzehn tragisch-komische Geschichten, die nachdenklich stimmen, weil sie so hemmungslos ehrlich
sind.

»Doris Dörrie ist eine ausgezeichnete Kurzgeschich-
ten-Schreiberin mit der erforderlichen Prise Selbstironie und mit stilistischer Eleganz.«
Annemarie Stoltenberg / Die Zeit, Hamburg

Ingrid Noll
Der Hahn ist tot
Roman

Mit zweiundfünfzig Jahren trifft sie die Liebe wie ein Hexenschuß. Diese letzte Chance muß wahrgenommen werden, Hindernisse müssen beiseite geräumt werden. Sie entwickelt eine bittere Tatkraft: Rosemarie Hirte, Versicherungsangestellte, geht buchstäblich über Leichen, um den Mann ihrer Träume zu erbeuten.

»Die Geschichte mit dem überraschenden Schluß ist eine Mordsgaudi. Ein Krimi-Spaß speziell für Frauen. Ingrid Noll hat das mit einem verschwörerischen Augenblinzeln hingekriegt. Wenn die Autorin so munter weitermordet, wird es ein Vergnügen sein, auch ihr nächstes Buch zu lesen.«
Martina I. Kischke/Frankfurter Rundschau

»Ein beachtlicher Krimi-Erstling: absolut realistisch erzählt und doch voll von schwarzem Humor. Der Grat zwischen Karikatur und Tragik ist haarscharf gehalten, die Sache stimmt und die Charaktere auch. Gutes Debüt!« *Ellen Pomikalko/Brigitte, Hamburg*

»Wenn Frauen zu sehr lieben... ein Psychokrimi voll trockenem Humor. Spielte er nicht in Mannheim, könnte man ihn für ein Werk von Patricia Highsmith halten.« *Für Sie, Hamburg*